新疆师范大学西域文史丛书

西域文学与文化论丛
（第三辑）

周 珊 吴华峰 主编

学苑出版社

图书在版编目（CIP）数据

西域文学与文化论丛．第三辑 / 周珊，吴华峰主编．
—北京：学苑出版社，2018.12
ISBN 978-7-5077-5639-5

Ⅰ．①西… Ⅱ．①周… ②吴… Ⅲ．①西域－文学研究－文集 ②西域－文化史－文集 Ⅳ．① I209.945-53 ② K294.5-53

中国版本图书馆 CIP 数据核字（2018）第 301101 号

出 版 人：	孟　白
责任编辑：	魏　桦　张敏娜
出版发行：	学苑出版社
社　　址：	北京市丰台区南方庄 2 号院 1 号楼　100079
网　　址：	www.book001.com
电子邮箱：	xueyuanpress@163.com
销售电话：	010-67601101（营销部）、67603091（总编室）
印 刷 厂：	北京虎彩文化传播有限公司
开本尺寸：	710×1020　1/16 开本
印　　张：	18.25
字　　数：	380 千字
版　　次：	2018 年 12 月第 1 版
印　　次：	2018 年 12 月第 1 次印刷
定　　价：	80.00 元

卷首语

《西域文学与文化论丛》和《西域历史与文献论丛》，是新疆维吾尔自治区普通高等学校人文社会科学重点研究基地——新疆师范大学西域文史研究中心的同人集刊。

以塔里木盆地为核心，包括其周边邻近地区的亚欧内陆地带，是中国历史上习称的"西域"。虽然在不同的历史时期和不同的传世典籍中，它的指称和面积都有所不同，但以新疆这一丝绸之路上连接东西方文明的重要地域为中心，则是毫无疑问的。独特的地缘决定了西域成为世界文化多元对话的十字路口，也注定了西域——无论是过去还是今天——要为人类创造出丰富而珍贵的文化遗产。

新疆师范大学建立伊始，注重西域本土的研究便成为当然的学科理念。21世纪之初，"西域文史"被确立为学校的第一批优先发展学科；经过几年的努力，这一学科群体升级为第一批校级人文社会学科重点研究基地——"西域文史研究中心"。2011年，"新疆师范大学西域文史研究中心"再度升级为新疆维吾尔自治区普通高等学校人文社会科学重点研究基地。

在"立足西域，弘扬文史"目标下，我们创办了《西域文史》的年度集刊，希望在新疆本土建立起与世界学术潮流遥相呼应的西域研究园地，打造学术刊物的新品牌。这一努力是有效的，在其创刊之初，便得到了来自国际方面的回应，著名的中国学家池田温教授高度评价集刊为"体现了近年来中国学界的近代化和文化水准的提高"。如今，《西域文史》已经出版12辑，并从第六辑开始，与教育部人文社会科学重点研究基地北京大学中国古代史研究中心合办，继续在国际学界推动西域研究的发展。

以增强和提高西域研究的综合水平为己任，这也是新疆师范大学西域文史研究中心创立之初的学术追求。因此，与《西域文史》为海内外学人搭建西域研究的新平台相表里，我们力图将新疆本土，特别是在西域文史研究中心组织下的研究成果，比较集中地展示给国际学界，这便是中心集刊《西域文学与文化论丛》

和《西域历史与文献论丛》创办的缘起。

  以西域文史研究中心升级为自治区人文社会科学的重点研究基地为契机，自2012年，我们共推出两种论丛的创刊号。此后，我们仍将以不定期的方式，按专题分类，汇集中心专职与兼职成员新近发表的研究成果，持续不断地提供给学界，从而体现我们为历史时期西域文明的研究、为"一带一路"背景下当代新疆的文化建设所做出的努力。

新疆师范大学西域文史研究中心
2012年4月
2018年8月修订

目 录

清代统一西域前军营僚属诗作论略 …………………………… 星　汉（1）
清代西域诗的唐诗影响
　　——以《历代西域诗钞》及《清代西域诗辑注》为中心 …… 孙文杰（9）
清代西域词综论 ……………………………………………… 周燕玲（20）
伊犁将军晋昌西域诗歌创作研究 …………………………… 史国强（31）
"天山渔者"王大枢的遣戍生涯与诗文创作 ……… 吴华峰　周燕玲（39）
满族西域诗人觉罗舒敏与《适斋居士集》 ………………… 姚晓菲（54）
罗家伦的新疆行及其《西北行吟》 ………………………… 潘　丽（65）
不一样的精彩
　　——论双语作家阿拉提·阿斯木笔下的小说世界 ……… 刘　霞（76）

西域诗学论略 ………………………………………………… 王佑夫（84）
简析少数民族文论中有关文学功能的论点 ………………… 宝音达（93）
生态批评话语与新疆生态文学 ……………………………… 刘长星（99）
语体视域下的《大唐西域记》心理形容词考察 … 宋晓蓉　黄晓东　辛丽芳（106）
由语言风格手段的表现看唐代边塞诗的语言风格 ………… 黄晓东（119）
河西民间宗教宝卷方俗语词的文化蕴藉 …………………… 程　瑶（129）
论托忒蒙古文的文化价值 …………………………………… 布力格（139）
清末民国时期新疆普及国家通用语言文字策略探析 ……… 赵新华（145）

20世纪以来《弥勒会见记》研究综述 ………………… 李　梅（154）
卫拉特档案公布的进展及其学术意义 ………… 巴·巴图巴雅尔（169）
《西域考古录》的史料来源与运用 …………………… 司艳华（181）

新疆历史文化的基础及其地位 ………………………… 刘学堂（191）
试论唐人的汉代情结在西域的现实对应 ……………… 海　滨（213）
泼寒胡戏在唐代长安的境遇
　　——以张说的变化为中心 ………………………… 朱玉麒（229）
佛教信仰从授记到结构化的转化
　　——以于阗佛菩萨信仰为例 ……………………… 栾　睿（239）
论卫拉特婚俗之"上赭色哈达"礼仪 ………… 那·舍敦扎布（250）
浅谈柯尔克孜约隆的传唱现状 ……… 买买提艾沙·买买提吐尔汗（260）
甘肃八旗驻防历史变迁研究 …………………………… 锋　晖（265）
清朝前期新疆官办学校制度研究
　　——以《伊江汇览》叙述为例 ………… 多　强　钟名扬（275）

CONTENTS

A Brief Discussion of the Poems by the Entourages in Military Camps before the Qing's Unification of the Western Regions ....Xing Han (1)

The Influence of Tang Poetry on the Western Region Poetry in the Qing Dynasty ....Sun Wenjie (9)

Study on the Western Region Ci in the Qing Dynasty ....Zhou Yanling (20)

A Study on the Western Poetry of Yili General Jin Chang ....Shi Guoqiang (31)

Wang Dashu: Life of Exile and Poetic Creation ....Wu Huafeng ; Zhou Yanling (39)

On Manchu Western Region Poet Jueluo Shumin and His Poetry *Shi Zhai Ju Shi Ji* ....Yiao Xiaofei (54)

Luo Jialun's Travel to Xinjiang and His *Northwest Travel Poetry* ....Pan Li (65)

On the Fiction World of Bilingual Writer Arlati Asmu ....Liu Xia (76)

On the Study of Western Regions Poetry ....Wang Youfu (84)

On Literary Functions Arguments in Minority Literary Theory ....Bao Yinda (93)

Ecological Criticism Discourse and Ecological Literature of Xinjiang ....Liu Changxing (99)

Psychological Adjective in *Travelling Notes of the Western Region in the Great Tang Dynasty* ....Song Xiaorong ; Huang Xiaodong ; Xin Lifang (106)

A Study on the Language Style of the Frontier Fortress Poetry in the Tang Dynasty ....Huang Xiaodong (119)

Cultural Implication of Folk Words and Phrases in Hexi Folk Religion Baojuan ....Cheng Yao (129)

On the Cultural Value of Toth Mongolian ....Bulige (139)

Analysis of the National General Language Strategy in Xinjiang in the Late Qing Dynasty and the People's Republic of China ···Zhao Xinhua（145）

A Summary of Studies on *Maitrisimit* since the 20th Century ·····················Li Mei（154）

The Development of Oirat Archive's Publishing and its Academic Significance

···Ba Batubayar（169）

The Historical Sources and Application of the *Historical Literature and Textual Research of the Western Regions* ··· Si Yanhua（181）

The Basis and Status of Xinjiang's History and Culture ···························· Liu Xuetang（191）

On Realistic Correspondence of Tang People's Love Knot of the Han Dynasty
  in the Western Region ···Hai Bin（213）

On Situation of Po-Han-Hu-Xi at Chang'an in the Tang Dynasty: Focusing on
  Zhang Yue's Attitude Toward the Play ···Zhu Yuqi（229）

The Evolution of Bodhisattva Belief : Taking Bodhisattva Belief in Khotan as an Example
···Luan Rui（239）

On the Etiquette of " on Ochre Hada " in Wedding Custom of Vilat ······ Na Shedunzhabu（250）

A Study on the Current Spreading Situation of Kirgiz Yue-long Song·········Maimaitiaisha（260）

On the Historical Changes of the " Eight Banners " Garriso in Gansu ·············Feng Hui（265）

The Government-Run School Education in the Early Qing Dynasty

··Duo Qiang ; Zhong Mingyang（275）

清代统一西域前军营僚属诗作论略

星 汉

从康熙五十四年（1715），厄鲁特蒙古准噶尔部首领策妄阿拉布坦派兵两千袭击归附清朝的哈密起，清政府和准噶尔之间在西域范围的战争序幕拉开。雍正七年（1729），清廷命领侍卫内大臣傅尔丹为靖边大将军，屯兵阿尔泰山为北路，陕甘总督岳钟琪为宁远大将军，屯兵巴里坤为西路，准备进讨准噶尔。雍正十二年和乾隆三年（1738）双方两次派员和谈，划定喀尔喀与准噶尔以阿尔泰山为界的牧区范围，清政府与准噶尔部之间的矛盾暂时得到缓和，以后维持了近20年的和平局面。直到乾隆二十四年，清政府统一天山南北，现知其间出现了四位西域诗人：岳钟琪、阿克敦、沈青崖和丁荣。

岳钟琪和阿克敦是生有爵、死有谥的朝廷大员。岳钟琪"历事三朝，威望著海内。穷巷邃谷之民，贩竖妇人孺子之微，无不知有岳将军"①。阿克敦曾于雍正十二年和乾隆三年两次出使准噶尔，虽然第一次身份为副使，但是两次出使归来后的"总结报告"《初次使准噶尔奏》和《再使准噶尔奏》，都由阿克敦上奏雍正帝和乾隆帝，应说两次出使准噶尔的核心人物是阿克敦。研究岳钟琪和阿克敦的西域诗作已见有论文发表，但是作为西路军僚属的沈青崖和丁荣的诗作却未见系统论述。本文拟就此二人在清代统一西域前反映"战"与"和"的诗作加以梳理、评说，以期就正于方家。

沈青崖，字艮思，号寓舟，浙江嘉兴人，顺天大兴籍。雍正元年举人。雍正十一年，以西安粮盐道管军需库务驻肃州。曾出关，远至哈密。乾隆元年，改授延榆绥道。乾隆三年，川陕总督查郎阿"奏劾肃州道黄文炜、军需道沈青崖侵帑，并及于义徇庇。遣左都御史马尔泰会鞫论罪"②。沈青崖有《寓舟诗集》传

---

① 周正《四川提督威信公岳公传》，钱仪吉《碑传集》卷一一六，上海古籍出版社，1987年，第575页。
② 《清史稿》卷二九七《查郎阿传》，北京：中华书局，1977年，第10389页。

世，前有乾隆十三年沈德潜和于大猷的序。沈序谓："观察由侍读出任西陲，今莅中州。"知其后又起复，官河南开归道。著述有《毛诗明辨录》《尚论编》等。另有署陕西总督刘於义修、沈青崖纂的《陕西通志》，同驻肃州时与黄文炜一起主持修纂的《重修肃州新志》。

《寓舟诗集》中的诗作，均有编年。作于西域境内者为雍正十二年《西路从军乐》七绝16首。这一组诗是为歌颂接任岳钟琪的宁远大将军查郎阿而作。开篇第一首为："中朝新拜汉嫖姚，壁垒旌旗出绛霄。十万朱绶齐整肃，九天纶綍咏弓弨。"诗中"朱绶"代指铠甲。诗后注为："大将军查以十年秋受钺。"以汉嫖姚校尉霍去病比拟查郎阿，歌颂其军容整肃，为朝廷所倚重。第三首为："斥堠森严遍打班，先锋报敌匿前山。指挥两翼围将去，釜底游鱼系颈还。"诗后注为："十一年秋大将军查大冢宰亲寻卡路，获贼五十余人，斩馘极夥。"诗中"打班"即达坂。注中"冢宰"，为清人对吏部尚书的拟古之称。查郎阿在一次巡视卡伦时的小胜，就被作者作为颂词如此张扬，作为查郎阿的属下，后人当予以理解。这16首绝句真实地反映了查郎阿主兵时的方方面面，诸如屯田、操练、射猎、选士、军械、军餐、军装等，都有涉及。

其二为：

哈密山阴筑大城，雄兵环驻度辽营。北边海比居延阔，月下牵驼饮水清。

诗下自注："营北即巴里坤海子。"诗中"度辽营"，《后汉书》卷八九《南匈奴传》谓，明帝永平八年（65），为防止南北匈奴秘密勾通，于五原曼柏（今内蒙古达拉特旗东南）驻屯重兵，名曰"度辽营"。此处指屯有重兵的清军军营。"居延"，指居延海，位于内蒙古自治区阿拉善盟额济纳旗北部。在沈青崖的时代，人们对"哈密山阴"的巴里坤不甚了了，作者此诗有必要交代驻军地理环境的重要和驻军地位的重要。

其六为：

仁君字小爱黎元，族帐移回吐鲁番。新筑瓜沙丰水草，一般城堡乐田园。

这首诗讲的是清廷和少数民族的关系。诗中"仁君"指雍正帝。"字小"是抚育百姓的意思。此诗的本事是：雍正十年，雍正帝认为："吐鲁番部落，……去巴里坤军营，尚有七八百里，易为贼人所窥伺，我师难以庇护。"[①]决计放弃

---

① 《清世宗实录》卷一二五"雍正十年十一月乙未"条，北京：中华书局，第643页。

吐鲁番，并同意当地维吾尔人东迁内徙的请求。其上谕谓："料理吐鲁番回民迁移之事，……朕思回民诚心归向，屡拒贼锋，甚属可嘉。而冬月寒冷之时，仓皇转徙，又甚可悯。除在途加意保护外，伊等到时，务须安插妥帖，重加赏赉，出其望外。使老幼男妇，咸庆得所。不可为爱惜钱粮起见稍负远人内附之心也。"①应当说，这是雍正帝的肺腑之言。是年一月，在大阿訇额敏和卓的率领下，吐鲁番16城1万余维吾尔人启程东行，清军沿途护送，先抵达哈密军屯区塔勒纳沁。次年，再从塔勒纳沁东行，于八月间到达安西瓜州。这批维吾尔人被安置在瓜州五堡，清朝给他们提供了田地、牛具、籽种、住房，并蠲免赋税。额敏和卓被封为札萨克辅国公。

其九为：

夏衣才送又冬裘，缝缀无劳戍妇愁。古碛雪深能度马，卡伦诸将各防秋。

"缝缀"句，句下自注："俱系营中代置。"此诗写清军的后勤供应。单举军服一事予以说明其后勤保障，夏衣冬裘，无劳军人家属挂念。这样的军队战斗力必然加强，也就杜绝了历代边塞诗中那种"少妇城南欲断肠，征人蓟北空回首"，以及"更吹羌笛关山月，无那金闺万里愁"的"凄凄惨惨戚戚"的景象②。在清代西域诗中找不到"送征衣""寄征衣"之类的题目。

其十二为：

材官奇伎集京城，六郡良家勇健营。免胄喜教鸣镝射，耸肩偏向石头迎。

《汉书》卷二八《地理志下》谓："汉兴，六郡良家子选给羽林、期门，以材力为官，名将多出焉。"颜师古注："六郡谓陇西、天水、安定、北地、上郡、河西。"诗中用典源于此。大意谓，将西北良家少年集中在京城进行训练，使其身怀绝技，后充实巴里坤军营。后二句颇有奇趣：这帮小伙子竟然脱掉军盔，让响箭射自己的头；耸起肩膀去接飞来的石头。这简直是在练气功了。

其十四为：

关中才造劈山雷，粤峤还驮九节来。鹤膝螺纹凭一炬，遥闻天狗堕黄埃。

"粤峤"句，句下自注："粤东抚军鄂公进九节铜炮，有螺缠纹，凑合为

---

① 《清世宗实录》卷一二五"雍正十年十一月丙戌"条，第641页。
② 高适《燕歌行》，《全唐诗》第6册，北京：中华书局，1960年，第2217页；王昌龄《从军行七首》其一，《全唐诗》第4册，第1444页。

一大炮，可击三十里。"作者在这组诗中，写了许多清军的先进武器，有"龙文盾""滚长刀""短鞘""钻不刺"（新铸枪）、"大食刀"，还有用于战争的"混沌"（羊皮筏子）；但是最有威力的还是两种新造的大炮，一是关中的"劈山雷"，二是广东的"九节炮"。广东巡抚鄂弥达所进九节铜炮，由螺丝拆合，炮筒长，射程远，搬运方便，适于野战。作者表示，有此重武器，定教灾星天狗般的敌军一扫而光。这是历代西域诗中唯一的赞颂先进武器的诗作。

西域防守各塘汛关卡的军士的伙食也有别于内地或是其他边地。诗云："黄粱炊饭乳熬酥"，"刺倒元熊肉满厨"（其十），"马潼喷雪饮酸浆，常割单于双尾羊"（其十五）。他们吃的是奶疙瘩，喝的是马奶子，肉食有家畜双尾羊和野兽元熊（玄熊，黑熊，避康熙帝讳改）。这种军餐，颇见豪放。这组诗后有批语："归愚云：切定本朝西陲，不作泛常塞下曲，是作者独到处。"归愚就是清代主张"格调说"的沈德潜。此语洵为确评，也有其"独到处"。究其原因，是沈青崖亲历其地，皆其亲见，有感而发，自不同于凭口耳相传而挥毫者。

七言歌行《南山松歌》这样写道：

> 南山松，百里阴翳车师东，参天拔地如虬龙。合抱岂止数十围，拜爵已受千年封。其间最老之古树，或曾阅历汉唐平西戎。山椒据险筑营垒，牧夫樵采孙枝空。金戈铁马恣蹂躏，燎原不尽仍青葱。茯苓蟠其根，苍鼠游其丛。鳞甲裹层冰，柯条撼朔风。王师十万征西域，伊吾直走阳关通。中材相度构广厦，大材臃肿莫可攻。剥取霜皮厚三尺，花纹藓蚀胭脂红。宋斤鲁削成异彩，军城制作几筵供。下余木屑香且艳，清光乱沸霞光浓。更调乳酥入穹帐，臭味竟与团茶同。养荣益卫滋脏腑，服食常觉精神融。玉华金液任君饵，愿蹑鹿皮仇季之仙踪。

此诗前有小序，谓："军中医院，推察药性，采皮熬汁成膏，号曰'松龄'，以贻同志，因歌纪之。"此诗雍正十三年作于巴里坤。题中"南山"，即指今新疆哈密境内的北天山，以其在巴里坤之南，故清人称其为南山。诗中"车师"，古西域族名。汉宣帝时分前部和后部。前部亦称"车师前王国"，王治交河城（今新疆吐鲁番市交河故城遗址）。后部亦称"车师后王国"，王治务涂谷（今新疆吉木萨尔县南泉子街一带）。"拜爵"句，用《史记·秦始皇本纪》秦始皇登泰山封松树为五大夫典，言南山松之古。"或曾"句，东汉永和二年（137）敦煌太守裴岑率郡兵击败匈奴呼延王寿和唐贞观十四年（640）吏部尚书侯君集为交河道行军大总管，领姜行本诸将进击高昌等战，都曾翻越天山，故云。"王师"句，指清廷于雍正七年用兵准噶尔。"更调"两句，意谓用松屑煮过之水，加上牛奶和酥油，于篷帐饮之，其味与团茶相类。团茶，宋时以圆模制成的茶块，可充贡品，此指精美的茶叶。"愿蹑"句，大意是说服用"松龄"，有得道成仙之功效。《太平广记》卷五八《女仙三·魏夫人》谓"得道去世，或显或隐。托体遗迹者，道之隐也"。并举"道之隐"的例子，中有"鹿皮公吞玉华而流虫出户；仇季子咽金液而臭闻百里"的故事。

这首七言古诗是历代西域诗中唯一的一首写"军中医院"的诗。通过"松龄膏"这一成药联系到天山松树，又由天山松树联系到古今的西域战事，其间突出本朝"王师十万征西域，伊吾直走阳关通"的历史功绩。回笔继写天山松树浑身是宝，其中的"木屑"还能制成"松龄膏"，有"养荣益胃滋脏腑"的功效，极尽赞美之能事。纵观全诗不难发现，作者是在借题发挥，实为歌颂清廷对准噶尔的战争。其要求统一，反对割据的意向已充满字里行间。此诗一韵到底，长短句相间，读来流丽晓畅，不见阻塞。

如果说沈青崖是以"松龄"借题发挥，来歌颂清代统一西域前的"战"，那么丁崟就是以"山市"借题发挥，来歌颂清代统一西域前的"和"。丁崟，苏州人。雍正十年，以州同知办大将军幕府事务。诗载和宁《三州辑略》。另有《巴尔库尔南山运道记》一文，载《重修肃州新志》。《山市》全诗复录如下：

祁连六月堆晴雪，赤日当天冻云结。北面巨浸虎臂舒，漫漫道是沧溟穴。将军幕枕百尺楼，书生冬晓楼上头。北望山连数百里，桔槔指点烟云浮。羲驭将升九霄紫，黯雾东迎半山起。千态万状顷刻间，傍人为我说山市。昔闻山市海市同，定有妖蜃藏其中。宝光暂向甘泉浴，凭虚变幻迷长空。怀疑已久未敢说，岂有光天肆妖孽。自来细柳乃三年，理窥感应心怡然。初春山市在子丑，妖氛杀气弥山川。往往西隅飞一缕，先为蛇豕后虦虎。饥鹰瘦狗争奔腾，倏休驿突散复聚。介然铁骑从东来，韡櫜腰弓莫可数。指日瞥从戈影回，卷风直使旌声怒。恍闻鼙鼓万马嘶，猖狂鸟兽皆禽房。两年变态非一端，大抵规模仿佛取。元戎简骑亲巡历，松柏俄成剑戟光。前年七月秋风凉，弓劲刀寒人马强。闻说贼人众沮匿，白杨沟外衔枚列。一麾将士势吞牛，四面蜂围万重壁。野麕在圂豕在牢，霜锷作刀雨作镝。生擒死馘无遁藏，唱凯归来敛干戚。去年九月哈透边，合围夹击如从前。帝嘉懋功与懋赏，锡以宠命颁金钱。天子曰嘻贼已殄，均我赤子何歼焉。十月使星乍西指，山市形容顿不尔。春树烟笼有万家，家家禾黍兼桑麻。又化金城数千雉，绕城五色芙蓉花。晴旭熙熙曲阿上，散作祥光归沧溟。别有余霞蟠结成，紫府仙人白鹤氅。东向神京拜至尊，金盘甘露擎仙掌。更喜新年吐庆云，玉枝轮囷金柯分。自从元旦至元夕，碧落朝朝呈锦文。知是天山通帝座，纷纭瑞霭先期贺。非关伊犁弹丸归，安怀恩被乾坤普？二月星轺万里还，策凌泥首陀奇山。后车贡使泥金表，新从大宛携骕骦。革心革面备四藩，阳关烽燧一时了。万年处处山海间，凝成鸾凤青天晓。

诗中"十月使星乍西指"，"二月星轺万里还"两句，是指清廷派遣傅鼐、阿克敦等前往伊犁与准噶尔和谈使团的前往和归来。由此可知此诗雍正十三年作于巴里坤军营。山市，是大气中由于光线的折射，把远处的景物显示到空中或地面上的奇异幻景。另有海市，湖市等。古人误以为蜃吐气而成，常以比喻虚幻不足恃之事。此处山市是指巴里坤湖每于春秋晴爽之时，昊日初升，湖中云起，依山而成市。清人多有记载或歌咏。此诗以山市附会雍正年间平定准噶尔叛乱的战事及其平息。

这首七言古诗，按照其叙述脉络可分为六段。由起句到"岂有光天肆妖孽"凡18句为第一段。这一段中，"祁连"，为祁连山，此指天山。《汉书》卷五五《卫青霍去病传》颜师古注："祁连山即天山也，匈奴呼天为祁连。"故清人亦将天山称为祁连山。"北面"句，句下自注"谓巴尔库尔蒲类海"，即巴里坤湖。第一段是写"今年"（雍正十三年）见到的山市。首先交代出现山市的条件，就是山（天山）的"冻云结"和水（巴里坤湖）"沧溟穴"生发而成。次写无战时将军和幕僚的闲适，开始谈论山市的事情。继而作者另有说辞，认为山市并非"妖蜃""妖孽"，其变化与西域战事有关，为下文张本。

由"自来细柳乃三年"到"大抵规模仿佛取"凡16句为第二段。这一段中，"细柳"即细柳营，为汉文帝劳军处，后以此指军纪严明之军队，此指清军军营。"初春"，当指雍正十年初春，"春"字别本作"看"。"子丑"，作者自注："丙子，己丑。"巴里坤天寒，春迟，此二日当是三月十九日和四月初二。第二段写雍正十年和雍正十一年上半年山市的变化。由山市的"妖氛杀气""蛇豕""虓虎""饥鹰瘦狗""枭獍攫突"等字眼来看，明显是指准噶尔军的猖獗。此数句当暗示查郎阿主兵以前副将马顺战败、石云倬纵敌诸事。从"介然铁骑从东来"以下六句来看，当是暗示查郎阿主兵后所取得的战绩。

由"前年七月秋风凉"到"唱凯归来敛干戚"凡12句为第三段。这一段中，"前年"指雍正十一年。"元戎"指署宁远大将军查郎阿。"白杨河"在今新疆哈密城北40公里。此战即上文沈青崖《西路从军乐》第三首诗后注所说："十一年秋大将军查大冢宰亲寻卡路，获贼五十余人，斩馘极夥。"为此雍正帝在上谕褒扬查郎阿的同时，还谴责了岳钟琪"数年以来，因西路将军等办理疏忽，是以逆贼敢于玩忽"①。

由"去年九月哈透边"到"均我赤子何歼焉"凡6句为第四段。这一段中，"去年"指雍正十二年。诗中"哈透"，《清世宗实录》作"喀桃"，确址不详。诗中所言这次军事行动，实际是一场由西路军副将军张广泗指挥的遭遇战。在哈透一带，连败敌军。在噶顺（今巴里坤哈萨克自治县西之芨芨台）一带，歼敌400人，生擒36人，重伤者甚众，所获马匹、器械、口粮等物无算，追杀百余里，余敌远遁。雍正帝对此的态度是："张广泗调度分遣，悉协机宜，在事将弁兵丁等俱各奋勇直前，得获全胜，甚属可嘉，著从优议叙赏赉。署大将军查郎阿虽奉调来京，然自统兵以来，与张广泗同心协力，整饬戎行，鼓励士气，此番克捷，亦由查郎阿平日训练整顿之所致，著一并交部从优议叙。"②此次军事行动，与远在京师的查郎阿毫无关系，雍正帝竟然如此偏心，不能不说在他心目中的满员查郎阿和汉军镶红旗的张广泗地位是有区别的。皇上如此，幕僚们当然心知肚明，丁萦也不例外。此诗上一段查郎阿一次小胜用了12句予以全方位的歌颂，而张广泗这一次的大胜，仅用了6句。这6句当中，讲到军事行动的只有"去年九月哈透边，合围夹击如从前"两句，就草草结束。另外4句是对"今上"的歌颂。雍正帝也确实说过"均我赤子何歼焉"的话："两路将军大臣，即欲尽驱雄兵，乘势进剿，朕悉谕令停止。朕为天下元后，惟以好生为本，并无将准噶尔必行剿灭之意。"③尽管这些话是在此次军事行动之前说的，但总算"颂圣"有据。

由"十月使星乍西指"到"安怀恩被乾坤普"凡20句为第五段。这一段中，"十月"指雍正十二年的十月。"使星乍西指"，指雍正帝遣侍郎傅鼐、学士阿克敦、副都统罗密为使至伊犁与准噶尔议和罢战。由此山市呈现出的各种吉祥的图形，有农村丰收，城池坚固，仙人朝圣，以至于"自从元旦至元夕，碧落朝朝呈锦文"，15天之内天空祥瑞不断。"知是天山通帝座，纷纭瑞霭先期贺"，这是天山神灵的超前行动，预示着和谈的成功。这一段用了20句，是这首诗中最长的一个段落。今天想来，山市是否就如丁萦说的如此，那倒未必。但是它至少可以说明作者对双方息兵罢战的期盼。这也应当是中原和西域各族百姓共同的期

---

① 《清世宗实录》卷一三四"雍正十一年丙辰"条，第726页。
② 《清世宗实录》卷一四七"雍正十二年九月壬辰"条，第829页。
③ 《清世宗实录》卷一四六"雍正十二年八月丙午"条，第817页。

盼。

由"二月星轺万里还"到结句，凡8句为第六段。这一段中，"二月星轺万里还"句，指雍正十三年二月使团路过巴里坤。"策凌"通作"策零"，即准噶尔部首领噶尔丹"策零"。"泥首"，以泥涂首，表示自辱服罪，此指诚服。"陀奇山"当即塔勒奇山之讹。"后车贡使"，指噶尔丹策零派遣随傅鼐等入京的使者吹那木喀等人。"泥金表"议和表章以金泥封之，以示郑重。"大宛"古西域国，在今中亚费尔干纳盆地一带，此处指伊犁。"骤裹"，良马之通称。这一段是上一段的结果，以示山市显示祥瑞之不虚。在此照应第一段，使其前后呼应，首尾圆合。最后作者高唱"万年处处山海间，凝成鸾凤青天晓"，希望人间青天白日，鸾凤和鸣，一派和谐，永远不要出现战争。

这首七言古诗，用韵自由，换韵凡18次，有两句一换韵者，有12句一换韵者，排奡奔放，有一泻千里之势。然诗中"非关伊犁弹丸归，安怀恩被乾坤普"两句，一句一韵，殊不可解，疑有误字。笔者臆测，个中"归"字当作"土"字。若云"归"字，非傅鼐等人"归来"之归，当是伊犁"归属"版图之归。然此次和谈于土地归属无涉，丁芥不能不知，不会出此误句。

沈青崖和丁芥的西域诗作，以艺术成就论，在整个西域诗中算不上上乘之作，但是却有很高的认识价值。成书于嘉庆十三年（1808）和宁的《三州辑略·艺文门》将《南山松歌》和《山市》予以选录。这两首诗是《三州辑略》中仅有的两首清代统一西域前与国家大政有关的诗作。由此也能看出这两首诗在和宁心目中的地位。沈青崖和丁芥的诗作和岳钟琪、阿克敦的诗作组合在一起，反映出清朝统一西域前的战争与和谈的全过程。四位诗人，以各自不同的身份，抒发了对朝廷统一天山南北的期盼，而作为军营僚属的沈青崖和丁芥的诗作，则更为客观地反映了这段史实。

（本文原载《西域研究》2016年第2期，第114—119页）

清代西域诗的唐诗影响

——以《历代西域诗钞》及《清代西域诗辑注》为中心

孙文杰

乾隆二十四年（1759），随着平定大小和卓叛乱战争的结束，天山南北又重新回到中央政府的直接管辖，这对中国西北边防的稳定，乃至于近代中国疆域的最终形成，都有重大的意义与影响，是清代历史上的大事。在这过程中，伴随着清政府统一战争的推进，以及统一之后对西域经营与管理的开展，大批的官员、文人西出阳关。政事之余，面对着域外独特的自然、人文、历史等诸方面元素，自然会行之于诗笔，从而留下了大量的清代西域诗。

对清代西域诗编纂有肇首之功的是吴蔼宸先生的《历代西域诗钞》[①]，共收录22位清人的诗歌904首。其后的重要成果是星汉先生的《清代西域诗辑注》[②]，共收录58位清人的诗歌1111首。二书收录77位清人的2015首诗歌，于清代西域诗的搜集整理功莫大焉。据此，清代西域诗的发展与转型，可窥一斑。

由于清代盛行"宗唐"的诗学观念，受此影响，再加上身处西域，这些诗人们自然而然即会想到在"文治武功"方面仅能与清帝国媲美的汉唐盛世，以及历代文人所追慕的唐代诗人及其作品，积极师法唐人，对唐代诗人及其诗作进行广泛地学习。据笔者统计，清代西域诗中涉及唐人、唐诗、唐事的诗作共有453题617首，占《诗钞》与《辑注》总数2015首的31%之多，可见其受唐诗影响之深。

一、对唐诗意象的继承与发展

唐代边塞诗在描写西域时，其题材与主题无论是抒情还是描述塞外风光，

---

① 吴蔼宸《历代西域诗钞》，乌鲁木齐：新疆人民出版社，2001年，以下简称《诗钞》。
② 星汉《清代西域诗辑注》，乌鲁木齐：新疆人民出版社，1996年，以下简称《辑注》。

天山、瀚海、玉门、轮台、孤城、戍楼、羌笛等意象均频繁出现，清代西域诗也同样继承了这一点。据笔者统计，在《诗钞》与《辑注》2015首诗中，"天山"意象共出现134次，瀚海（大漠、平沙、黄沙、龙堆）119次，玉门（玉关）80次，轮台59次，三州（伊、西、庭）57次，祁连26次，戍楼21次，昆仑17次，葡萄（葡桃）16次，阳关15次，关山14次，花门13次，葱岭13次，楼兰9次，羌笛（胡笳）9次，高昌7次，孤城7次，蒲类（蒲海）7次，白草7次，天马5次，交河4次，雪山4次，沙场3次，龙城、胡天、刁斗、河源各2次。可见，清代西域诗人们在创作诗歌时，在有意识地向唐诗学习、模仿，进而创作。

唐代诗人们在运用这些意象描写西域奇异的风光时，无外乎苍茫孤寂，或者登楼送别，闻笛思乡，进而表达自己或慷慨或悲凉之情，题材内容较为单一。如王维《渭城曲》："渭城朝雨浥轻尘，客舍青青柳色新。劝君更尽一杯酒，西出阳关无故人。"①清代西域诗受唐诗影响较深，当然也有如此意境，如史善长《出嘉峪关》：

> 一出此门去，便与中土殊。明知有还日，得及生也无。狂我多病躯，思亲泪眼枯。当此冻裂肤，上马索人扶。前望雪漫漫，黄沙万里宽。回首望天山，重门寂寞关。凄绝咽无声，谁识此中情。②

此诗作于史善长坐失察罪遣戍新疆出关时，充满了无奈、凄凉与迷茫，流露出对自己个人身世的感慨，以及对现实的些许不满。但这类诗歌仅仅是戴罪入疆的遣戍诗人们的偶一为作，在清代西域诗中并不占主题。

与唐代西域诗人大多出关为幕僚不同的是，清代的西域诗人们远远突破了单一的幕僚角色。不管是出征将帅，还是幕府任职，乃至流放贬谪之士，在清政府文治武功的历史背景下，他们要么是统一战争的亲历者，要么是经营与管理新疆的参与者、见证人的身份，决定了他们的诗歌即使是写景也大多具有慷慨激昂的气势，不见悲凉哀怨之情，如蒋业晋《九日随将军阅库尔喀喇乌孙城》：

> 戍己新屯骠骑营，恰逢九日上孤城。重关不断黄云色，大漠长流黑水声。万里登高兼审势，三边从猎剧论兵。时平伏莽都销歇，岂学悲歌塞上行。③

---

① 《历代西域诗钞》，第5页。
② 《历代西域诗钞》，第208页。
③ 《清代西域诗辑注》，第57页。

此外，即使同样使用这些诗歌意象，清代西域诗写景时，也往往与唐诗浪漫的笼而统之的重视主观感情抒发的描写不同，而是稍显内敛，以务实为主。进而跳出了唐诗描写西域风光时题材与内容的单一，进一步扩大了诗歌的表现按内容。比如同样写沙漠，唐人是"大漠孤烟直，长河落日圆"来形容（王维《使至塞上》），清人则"无秋无夏无三春，无飞无走并无介与鳞，无草无木亦无水与薪。凝睇何所见。但见沙中细石碝且璠"①；同样写新疆雪大、风大，唐人是"北风卷地白草折，胡天八月即飞雪。忽如一夜春风来，千树万树梨花开"②，清人则"天山雪花大如席，一朵雪铺牛背白。寻常鸡犬见亦惊，避雪不啻雷与霆"③；再比如，同样描写天山景色，唐人、清人也同样不同：

> 天山雪云常不开，千峰万岭雪崔嵬。北风夜卷赤亭口，一夜天山雪更厚。能兼汉月照银山，复逐胡风过铁关。交河城边鸟飞绝，轮台路上马蹄滑。晻霭寒氛万里凝，阑干阴崖千丈冰。将军狐裘卧不暖，都护宝刀冻欲断。正是天山雪下时，送君走马归京师。雪中何以赠君别，惟有青青松树枝。（岑参《天山雪歌送萧治归京》）④

> 地脉至此断，天山已包天。日月何处栖，总挂青松巅。穷冬棱棱朔风裂，雪复包山没山骨。峰形积古谁得窥，上有鸿濛万年雪。天山之石绿如玉，雪与石光皆染绿。半空石堕冰忽开，对面居然落飞瀑。青松冈头鼠陆梁，一一竟欲饕天光。沿林弱雏飞不起，经月饱啖松花香。人行山口雪没踪，山腹久已藏春风。始知灵境迥然异，气候顿与三霄通。我谓长城不须筑，此险天教限沙漠。他时逐客倘得还，置家亦象祁连山。控弦纵逊票骑霍，投笔或似扶风班。别家近已忘年载，日出沧溟尚家在。连峰偶一望东南，云气濛濛生腹背。九州我昔历险夷，五岳顶上都标题。南条北条等闲耳，太乙太室输此奇。君不见奇钟塞外天奚取：风刀吹人猛飞举；一峰缺处补一云，人欲出山云不许。（洪亮吉《天山歌》）⑤

---

① 李銮宣《瀚海歌》，载《历代西域诗钞》，第145页。
② 岑参《白雪歌送武判官归京》，载《历代西域诗钞》，第14页。
③ 洪亮吉《行至头台雪益甚》，载《历代西域诗钞》，第128页。
④ 《清代西域诗辑注》，第15页。
⑤ 《清代西域诗辑注》，第121页。

岑参《天山雪歌送萧治归京》概括地写出天山雪景之壮观。洪亮吉《天山月》通过对天山的雄壮、飞瀑、禽兽、气候的描述，再过渡到中原的大山，最后写到天山的云与风，把天山的雄伟奇丽刻画得淋漓尽致。通过对比，我们可以发现，唐诗主要用夸张的比喻、过度的夸张、抑扬开合的笔法来写景，体现了唐人个性的张扬。而清诗则用精细的笔触、务实的态度、细致周密的笔法来写景，体现了清人个性的内敛。当然，也进一步地扩大了清代西域诗的题材与内容。

二、对唐诗人的追慕及化用唐句

《诗钞》与《辑注》两书共有14首诗谈及12位唐代诗人，分别是追慕韩愈："昌黎不来坡老死，可惜无诗志奇幻。"[①]"退笔亦羞毛颖氅，安石榴红珠粒湛。"[②]"六出纷如，颇有秦岭蓝关之虑。"[③]追慕岑参："后来岑著作，歌词尤慷慨。"[④]追慕卢仝："卢仝如过此，无计润枯肠。"[⑤]追慕柳宗元："昔柳宗元尝言：思报国恩，惟有文章。"[⑥]追慕刘禹锡："刘郎倘是修花谱，芍药丛中定误题。""前度刘郎手自栽，夭桃移的过山来。"[⑦]追慕王昌龄："诗情谁似龙标尉，好赋流人水调歌。"[⑧]追慕李白："赢得番回道旁看，争传李白夜郎还。"[⑨]追慕李贺："李囊吟有难除癖，沈带腰无可减围。"[⑩]追慕孟郊："懒向众中看攘臂，愿从东野拜低头。"[⑪]追慕李杜："倪黄时对晤，李杜日当筵。"[⑫]追慕王维："却输摩诘诗中画，且趁闲情寄笔端。"[⑬]追慕卢纶："剩有卢纶豪气在，高吹铁苗送残年。"[⑭]由此可见，清代西域诗人们在创作诗歌时，确实是在有意识地主动学习唐人、模仿唐人。

但最能体现唐诗对清代西域诗影响的是，清代西域诗人在创作过程中对唐

---

① 李銮宣《明霜歌》，载《历代西域诗钞》，第152页。
② 陈庭学《寓怀再叠前韵》，载《清代西域诗辑注》，第99页。
③ 黄濬《天山快雪》，载《清代西域诗辑注》，第371页。
④ 施补华《轮台歌》，载《历代西域诗钞》，第180页。
⑤ 史善长《一碗泉》，载《历代西域诗钞》，第219页。
⑥ 纪昀《乌鲁木齐杂诗》，载《历代西域诗钞》，第76页。
⑦ 纪昀《物产六十七首》其二九、三五，载《历代西域诗钞》，第95页。
⑧ 纪昀《物产六十七首》其九，载《历代西域诗钞》，第99页。
⑨ 洪亮吉《伊犁纪事四十二首》其四二，载《历代西域诗钞》，第133页。
⑩ 庄肇奎《出嘉峪关纪行二十首》其七，载《清代西域诗辑注》，第66页。
⑪ 陈庭学《秋感》，载《清代西域诗辑注》，第97页。
⑫ 毓奇《暮春途中即事有怀却寄明寅斋将军兼示陆友鲁瞻二十八韵》，载《清代西域诗辑注》，第153页。
⑬ 雷以諴《过南山口用萨香舲壁间原韵》，载《清代西域诗辑注》，第401页。
⑭ 方希孟《塞上杂感》，载《清代西域诗辑注》，第426页。

诗的大量化用。如施补华《轮台歌》化用岑参"轮台九月风夜吼，一川碎石大如斗，随风满地是乱走"而来的"边风夜吼不可挡，一川碎石挟之舞，误惊群燕翻空翔"句，两书中类似这样的例子还有很多。如左宗棠《吴桐云西来且喜且恼出册索题漫书二绝句》"五年一觉清凉梦，茶伴香初海国天"句，化用齐己《荆渚偶作》"从容一觉清凉梦，归到龙潭扫石枰"而来；谭嗣同《天山》"会当绝顶观初日，五岳中原小眼前"句，是化用杜甫《望岳》"会当凌绝顶，一览众山小"而来；王树柟《闻俄罗斯沿途益兵二首》其一"忧时一见泪，去国若为情"句，是化用杜甫《春望》"感时花溅泪，恨别鸟惊心"而来；曹麟开《温泉夜雨》"依稀共话巴山雨，剪烛西窗忆当年"句，显然是化用李商隐《夜雨寄北》"何当共剪西窗烛，却话巴山夜雨时"而来。

在《诗钞》与〈辑注〉中，共有51首诗化用唐人诗句，其中最突出的是化用王之涣《凉州词》其一"羌笛何须怨杨柳，春风不度玉门关"句，在清代西域诗中，共有12首诗歌化用该句，不同于王诗的苍凉悲壮、极力渲染戍卒不得还乡怨情的是，除奎林〈闻蛩〉"孤客莫悲秋意早，玉关原自阻春风"与其意稍近之外，其余由于历史背景、作者的身份经历的变化，均写得慷慨激昂，积极乐观。分别是：邓廷桢《回疆凯歌十首》其七："千骑桃花万行柳，春风吹度玉门关。"①萧雄《草木》其四："应同笛里边亭柳，齐唱春风度玉关。"②杨昌濬《恭颂左公西行甘棠》："新栽杨柳三千里，引的春风度玉关。"③王树柟《正月元夜日本南州少佐日野强来游西域索赋赠之》："雪消金满谷，风度玉关春。"④阿克敦《途中纪事》："漫因沙漠思杨柳，已有春风度玉关。"⑤国梁《得旨调授乌鲁木齐丞再成二律》其二："按部书生还较远，春光唯有玉关浓。"⑥国梁《郊外》："春风早度玉关外，始悟旗亭唱者非。"⑦舒其绍《巴燕岱城》："玉关飞渡外，杨柳早春风。"⑧常钧《题哈密驿馆》："高城月落飞羌笛，又见春光度玉关。"⑨和瑛《闻城二海螺》："春风玉门关夕满，不须听作战场声。"⑩在这些

---

① 《历代西域诗钞》，第189页。
② 《历代西域诗钞》，第264页。
③ 《历代西域诗钞》，第270页。
④ 《历代西域诗钞》，第320页。
⑤ 《清代西域诗辑注》，第13页。
⑥ 《清代西域诗辑注》，第23页。
⑦ 《清代西域诗辑注》，第38页。
⑧ 《清代西域诗辑注》，第183页。
⑨ 《清代西域诗辑注》，第212页。
⑩ 《清代西域诗辑注》，第221页。

诗歌里面，同样面对玉门关，唐、清诗人感情却如此不同，也许萨英阿《用〈凉州词〉原韵》即能解释这一原因："桃杏花繁溪柳间，雨于如笑见青山。极边自古无人到，便说春风不度关。"①

综上所述，清代西域诗追慕唐人、化用唐人诗句，其诗歌创作当然也受唐诗影响较深。但是，由于清代西出阳关的官员、文人们特殊的人生历程，他们的西域诗在继承唐诗的同时，也有发展，其感情远比唐诗更为奔放、乐观、激昂。

三、借用唐人诗韵作诗

清代西域诗的唐诗影响还体现在其借用唐人诗韵作诗。《诗钞》与《辑注》中和唐韵的诗歌除前述萨英阿《用〈凉州词〉原韵》外，还选录了7题82首之多，多以组诗的出现，表现宽泛的内容。据此，也可窥见清代西域诗的唐诗影响。

清代西域诗人中，黄濬是比较特殊的，其西域诗存165首，其中多达130多首为和韵之作。杜甫是唐代律诗的高手，其五律、七律均是唐诗的巅峰之作，黄濬用唐韵的诗歌首先集中体现在他对杜甫诗歌的次韵上。《辑注》就选录了他两首唱和杜甫诗作，《重九日追次杜少陵韵》《庭州杂诗二十首次杜少陵秦州杂诗韵》（选一）：

天比中原眼界宽，人于佳节异悲欢。新尝鱼脍殊吴味，醉插茱萸尚楚冠。初雪已催残菊老，暖风留斗敞裘寒。且将都护军门柳，当作龙山羽盖看。（黄濬《重九日追次杜少陵韵》）②

老去悲秋强自宽，兴来今日尽君欢。羞将短发还吹帽，笑倩旁人为正冠。蓝水远从千涧落，玉山高并两峰寒。明年此会知谁健，醉把茱萸仔细看。（杜甫《九日蓝田崔氏庄》）

已过蒲类海，还住准夷宫。甲队双城接，滩沙十里空。沟通连巷水，涛吼远天风。列肆辉玑织，都来自粤东。（黄濬《庭州杂诗二十首次杜少陵秦州杂诗韵》）③

秦州城北寺，胜迹隗嚣宫。苔藓山门古，丹青野殿空。月明垂叶露，云

---

① 《清代西域诗辑注》，第344页。
② 《清代西域诗辑注》，第379页。
③ 《清代西域诗辑注》，第385页。

逐度溪风。清渭无情极，愁时独向东。（杜甫《秦州杂诗》其二）

所谓次韵，也叫步韵，是指用前人韵脚原字及其先后顺序来写诗唱和①。黄濬前和杜诗与杜甫原诗韵脚完全一致，分别用"宽""欢""冠""寒""看"五字依次为韵脚。后诗也与杜诗韵脚完全一致，分别用"宫""空""风""东"四字依次为韵。

此外，《辑注》还选录了黄濬《己亥中秋夕红山对月用唐人"此夜一轮满，清光何处无"之句为韵成十绝》两首限韵诗。②所谓限韵，是限用前诗韵字，但韵字的先后顺序可以改动。③像黄濬这样大面积追和唐人诗作的行为，固然有呈才之嫌，但也恰恰反映了清代西域诗的唐诗影响。

竹枝词，本巴蜀一带民众喜闻乐见的民歌，杂咏当地风物和男女爱情，富有浓郁的生活气息。后中唐著名诗人刘禹锡贬官夔州时，根据民歌创作新词，变民歌为文人诗体，共创作《竹枝词》两组十一首，写男女爱情与当地风情，也曲折地流露自己遭贬之后内心的哀怨之情，流传甚广，后人多有效仿。

清代西域诗作者的主体，就是那些因各种原因流放新疆的贬官遭戍之士。他们抵达西域后，面对域外独特的风情，又由于相同的命运，自然会联想到他们所追慕的唐人，创作了大量的《竹枝词》，如林则徐的《回疆竹枝词三十首》④，福庆《异域竹枝词百首》⑤，曹麟开《塞上竹枝词三十首》⑥，祁韵士《西陲竹枝词百首》⑦。对西域少数民族的历史、文字、制度、历法、宗教、文化、医疗、建筑，以及饮食起居、婚丧嫁娶、民族关系等方面均有细致描写。

唐代边塞诗在描述西域风土人情、民族关系时，大多统而概之，语焉不详，如岑参《与独孤渐道别长句兼呈严八侍御》："中酒朝眠日色高，弹棋夜半灯花落。冰片高堆金错盘，满堂凛凛五月寒。桂林蒲萄新吐蔓，武城刺蜜未可餐。军中置酒夜挝鼓，锦筵红烛月未午。花门将军善胡歌，叶河蕃王能汉语。"⑧而清代西域诗比唐诗更进一步，对此有比较详细的深入反映与描述，如林则徐《回疆竹枝词》其十五：

---

① 星汉《清代西域诗研究》，上海：上海古籍出版社，2009年12月，第27页。
② 《清代西域诗辑注》，第378页。
③ 《清代西域诗研究》，第27页。
④ 《历代西域诗钞》，第183页。
⑤ 《清代西域诗辑注》，第160页。
⑥ 《清代西域诗辑注》，第85页。
⑦ 《清代西域诗辑注》，第230页。
⑧ 《历代西域诗钞》，第17页。

>豚彘由来不入筵，割牲须见血毛鲜。稻粱蔬果成抓饭，和入羊脂味总膻。①

前两句写维吾尔族由于宗教信仰，饮食有忌食猪肉与自死动物的习俗。喜食用羊肉、大米、食油、胡萝卜以及葡萄干等水果做成的抓饭。

《回疆竹枝词》其七：

>把斋须待见星辰，经卷同翻普鲁干。新月如钩才入则，爱伊谛会万人欢。②

伊斯兰教历九月为斋月。"把斋"，即伊斯兰教众九月白天必须封斋，晚上才能饮食。"普鲁干"，维吾尔语，即《古兰经》。"入则"，维吾尔语，即肉孜节，伊斯兰三大节日之一。"爱伊谛"，维吾尔语，意为传统节日。此诗详细地记载了西域少数民族过节时，万民欢腾，载歌载舞庆祝节日之情景。

这类诗歌在清代西域诗用唐诗韵的诗作中，成就最高，也最为后人所激赏。反映了清代西域诗在描述西北风情、民族关系时，一方面有着明显的唐诗影响，另一方面与唐诗相比，记载更为细致，反映更为深刻，在继承唐诗的同时，也有着明显的发展与转型。

四、借咏唐事来歌颂清帝国的统一

唐朝，是中国历史上鼎盛期之一，也是士人们对经世致用狂热之时。而清代官员文人西出阳关时，恰逢清帝国大一统的文治武功逐步开展之时，经世致用的社会思潮风起云涌，因此，清代西域诗人们在对唐代诗歌的学习和模仿中，逐渐把知识分子固有的经世致用之心融入诗歌，在诗歌中不仅描写清帝国的统一大事，而且也描写唐史上的相关重大事件，以古鉴今。

《诗钞》与《辑注》中，歌咏唐事的诗歌共有28首，其中，曹麟开《哈喇沙尔》纪阿史那社尔擒焉耆王薛婆阿那支，以其地为都督府事③，陈庭学《奉和奎元戎鉴远楼题壁韵二首》其一述唐王播少孤贫事④，王大枢《边关览古六十四咏》（选十一）其九、十、十一分咏薛仁贵、裴行俭、张孝嵩平定西域事⑤，舒

---

① 《历代西域诗钞》，第204页。
② 《历代西域诗钞》，第203页。
③ 《清代西域诗辑注》，第88页。
④ 《清代西域诗辑注》，第102页。
⑤ 《清代西域诗辑注》，第147页。

敏《秋日寄兴》咏张仲武破回鹘事①，祁韵士《伊犁》述苏定方讨西突厥事②。这些诗歌均对清政府统一新疆充满自豪，并希望收复之后的西域人民能够乐居安康。

在清政府统一新西域的历史上，两定准噶尔是一件大事，奠定了统一的基础，这与贞观年间唐政府征服高昌相似，自然也就成为清代文人歌咏的重点对象：

> 战绩侯姜说有唐，西州名改旧高昌。而今莫问童谣谶，日月长年照雪霜。③

唐时，高昌国始与唐交好，后则反复不定，且劫掠西域入唐使及商人。贞观十四年，唐太宗命侯君集、姜行本为交河道行军正副大总管率军讨伐。当时，高昌人民也不满麴文泰倒行逆施的行为，假托民谣表达对唐军队到来的希望："高昌兵，如霜雪；唐家兵，如日月。日月照霜雪，几何自殄灭。"④诗人歌咏此事，是对清政府平定准噶尔分裂政权、统一西域的礼赞。与之类似的还有毓书的《天山碑》：

> 巀嶪丰碑记有唐，当年君集破高昌。刀烧柱自夸寒热，日月旋看化雪霜。百载封圻空叹麴，千秋文笔却推姜。只今过客徘徊处，古迹依稀认战场。⑤

唐碑，因碑额有"大唐左屯卫将军姜行本勒石□□文"⑥，亦名"姜行本纪功碑"。库舍图，属巴里坤，是连接天山南北地区的主要通道。在侯君集、姜行本奉命讨伐高昌时，高昌王麴文泰闻之笑曰："唐去我七千里，碛卤二千里无水草，冬风裂肌，夏风如焚，行贾至者百之一，安能致大兵乎？使能顿吾城下一再旬，食尽当溃，吾且系而虏之。"⑦诗人在诗中首先论述侯、姜二人平定高昌之事，进一步证明"日月"必照"雪霜"，也说明了历代中央政府对西域的管理与经营，以及西域各民族之间的融合是历史的必然，任何企图分裂的行为都也必然会以失败而告终。同时，作者更希望在国家一统、民族关系和谐的现实背景下，

---

① 《清代西域诗辑注》，第171页。
② 《清代西域诗辑注》，第233页。
③ 和瑛《小歇吐鲁番城》，载《清代西域诗辑注》，第213页。
④ （后晋）刘昫等撰《旧唐书》卷一九八《高昌传》，北京：中华书局，1975年，第5296页。
⑤ 《清代西域诗辑注》，第389页。
⑥ （清）王树枏《新疆图志》卷八十八"金石志"，宣统三年活字本。
⑦ （后晋）刘昫等撰《旧唐书》卷一九八《高昌传》，第5295页。

中央政权和西北边地人民能和睦共处，维护来之不易的安详生活，共同建设美好边疆。

因此历史事件寓意过于深远，对清代新疆的现实意义也很重大，所以就成为清代西域诗的重点歌咏对象。除上述两首之外，清代西域诗颂咏此事的还有20首，分别是：王芑孙《西陬牧唱词六十首》其五、三二[①]，李銮宣《塞上曲》其二[②]、《登库舍图岭纵笔作歌》[③]《务涂谷》[④]《登库舍图岭二首》其二[⑤]，施补华《送严紫卿榷税巴里坤》[⑥]《戏作火州歌赠黄芸轩司马》[⑦]，史善长《到巴里坤》[⑧]，王树枏《塞上二首》其二[⑨]，岳钟琪《天山》[⑩]，沈青崖《南山松歌》[⑪]，曹麟开《塞上竹枝词》其一[⑫]、《轮台秋月》[⑬]，王大枢《边关览古》[⑭]，祁韵士《巴里坤》[⑮]，颜检《由南山口至松树塘》[⑯]，方希孟《度天山》[⑰]《大石头》[⑱]。

与之对应的是，唐代西域诗也有诸多征战怀远之作，如王昌龄《从军行七首》其四："青海长云暗雪山，孤城遥望玉门关。黄沙百战穿金甲，不破楼兰终不还。"[⑲]但由于种种条件的限制，在诗歌内容与感情的表达上并未能进一步深入探析[⑳]。而正如前所揭，清代西域诗在继承唐人诗歌的基础上，在歌颂统一方面，其题材内容显然

---

① 《历代西域诗钞》，第102、105页。
② 《历代西域诗钞》，第145页。
③ 《历代西域诗钞》，第148页。
④ 《历代西域诗钞》，第155页。
⑤ 《历代西域诗钞》，第156页。
⑥ 《历代西域诗钞》，第160页。
⑦ 《历代西域诗钞》，第181页。
⑧ 《历代西域诗钞》，第220页。
⑨ 《历代西域诗钞》，第318页。
⑩ 《清代西域诗辑注》，第4页。
⑪ 《清代西域诗辑注》，第5页。
⑫ 《清代西域诗辑注》，第85页。
⑬ 《清代西域诗辑注》，第91页。
⑭ 《清代西域诗辑注》，第147页。
⑮ 《清代西域诗辑注》，第232页。
⑯ 《清代西域诗辑注》，第269页。
⑰ 《清代西域诗辑注》，第433页。
⑱ 《清代西域诗辑注》，第440页。
⑲ 《历代西域诗钞》，第7页。
⑳ 详见姚春梅《唐代西域诗研究》，武汉：华中师范大学硕士毕业论文，2006年。

比唐人更为丰富，歌颂并拥护统一的成分大大增加，爱国热情也是更为高扬。

五、余论

综上所述，清代西域诗人群体在创作的过程中，他们推崇唐人，学习唐诗、模仿唐诗，在不同程度上都受到了唐诗的影响，这主要体现在他们对唐诗意象的承袭、化用唐人诗句、用唐人诗韵、咏崖事等方面。但清代西域诗在继承唐人成果的同时，也体现出了其发展与转型的特点。首先，他们在描写边地风光时，跳出了唐人题材与内容都比较单一，写景笼而统之的局面，而是用丰富的题材、精细的笔触、务实的态度、细致周密的笔法进行创作；其次，在军旅题材诗歌中，清人内敛的个性虽不似唐人那么奔放浪漫，但在歌颂帝国一统方面大大加强，远比唐人更加昂扬，爱国主义感情更加明显；第三，在情感抒发方面，清代西域诗不似唐诗那样主情，而是重写实，偏重于事实的描写与探究；第四，在反映边地风情、民族关系时，比唐诗更为深刻与细致，如果说唐诗具有"诗人之诗""才人之诗"的特点，那么清人之诗则体现了"学人之诗"的特征；第五，与唐代仅十数人亲履西域、多为赴幕文士不同的是，清代西域诗人远远突破这一角色，身份涉及帝王、使臣、将军、贬官、赴任官员、幕僚以及随从、贫民等。如前所揭，经过清代西域诗人的不懈创作，他们在承袭前人的基础上，又努力地进行发展与转型，最终，清代西域诗成为历代西域诗扛鼎之作，"历代西域诗，无论是在数量上还是质量上，都首推清代"[①]。

（本文原载《新疆社科论坛》2016年第2期，第108—112页；有增补）

[①] 周轩《清代西域诗编注与研究述评》，载《西域研究》1998年第2期。

清代西域词综论

周燕玲

清代西域汉语文学创作具有文体多样化的特点，西域词即是重要表现之一。清代西域词的出现一方面与清朝边疆治理的加强密切相关。自乾隆年间西域平定，亲历斯土的能文之士数量为历代之冠。另一方面与清词繁荣局面曲径通幽："清词之盛，号称中兴，其作者之多，流派之盛，以及其对词集之编订整理，对词学之探索发扬，种种方面之成就，固已为世所共见。"[①]时代变幻的风云际会与文学演进的自然规律共同造就出这一前所未有的词史现象，在清代西域诗创作臻于高潮之际，显示出以词作反映西域风貌的文体独特性。

一、亲历西域词人考述及词作叙录

清代西域词作者的身份主要有遣戍文人、戍边官员和游边幕僚。在清廷经营西域的150余年间，目前可以考知有西域词传世者共计11人。

1.张锦（1745—1799？）《塞外词》一卷，存词74首。卷首作于乾隆五十四年（1789）的引言交代了张锦在塞外借填词以消遣日月的缘起：

> 余当弱冠，即喜为词，迄今三十年来，统计所作，几及千首，焚其不欲存者十之七八，业订为《餐英》《悔绮》两小集矣。而戍塞无聊，兴之所至，故态复萌，偶得如干首，录而藏之，命曰《塞外词》，将于生入玉门关时代羌笛之吹，以博雅人之笑耳。[②]

张锦，号菊知，山西阳城人，曾以举人试用直隶知县。乾隆五十一年在清丰

[①] 叶嘉莹《清代名家词选讲》，北京：北京大学出版社，2007年，第1页。
[②] 冯乾编《清词序跋汇编》第2册，南京：凤凰出版社，2013年，第566页。

县任上因"屡怜上官，以事谪戍"伊犁①，嘉庆二年（1797）赐还。菊知遣戍期间著述颇丰，《塞外词》即作于此时。

2.庄肇奎（1728—1798）《胥园诗钞》附《诗余》一卷，作于西域者约10首。庄肇奎，字星堂，号胥园，浙江嘉兴人，乾隆四十六年因云贵总督李侍尧贪纵受贿罪牵连遣戍伊犁，居塞外凡八年。乾隆四十九年授伊犁抚民同知，赐还后于嘉庆二年升广东布政使。

3.韦佩金（1752—1808）《夜雨珠帘词》二卷，存西域词11首。韦佩金，字书城，号酉山，江苏江都人。历官广西苍梧、凌云等地知县。嘉庆四年以军需案罢官谪戍伊犁，"八年释归"②。韦佩金东归途中路经乌鲁木齐，友人顾揆为之送行。其《水调歌头》一首后自注称"是夕顾大雯堂填词二阕，枉送东归，即席和酬"③，并录顾揆之作。《国朝词综补》亦收录顾揆《水调歌头》一首，自注"喜韦君酉山回自伊犁，即送入关，时在哈密"，但词中有"今宵二分明月，照到古轮台"句，或为韦氏送行时在乌鲁木齐，事后于哈密追忆补作此首④。顾揆为江苏长洲人，生卒年不详。乾隆五十九年受漳州府民人薛、林二姓械斗案牵连，于海澄县知县任上革职遣戍乌鲁木齐。

4.成瑞（1792—？）《薜荔山庄诗文稿》附词9首。成瑞，字辑轩，满洲镶白旗人。道光十七年（1837）升补迪化直隶州知州⑤，二十五年卸篆返京。其词作编年为道光辛丑至甲辰，故应作于迪化知州任内。

《薜荔山庄诗文稿》卷首有图璧《临江仙》题词一首，李垒《满江红》《百字令》《沁园春》题词三首。图璧为成瑞任职乌垣时的同僚。李垒系山东金乡人，官至湖北通县知县。道光二十一年湖北崇阳钟人杰起义反清，"通城县知县李垒、典史单名扬、外委谢奕武，均有守土之责，乃不能先事筹防。一经贼匪突入，即各怀印奔逃，殊出情理之外。均著先行革职"⑥，并遣戍乌鲁木齐。从他为《薜荔山庄诗文稿》题词的身份来推测，大概他在遣戍期间曾充任知州僚属。

---

① 《同治阳城县志》，载《中国方志丛书》本，台北：成文出版社，1976年，第570页。
② 《嘉庆重修扬州府志》，《中国地方志集成·江苏府县志辑》，南京：江苏古籍出版社，上海：上海书店，成都：巴蜀书社，1991年，第114页。
③ 韦佩金《经遗堂全集》，载《清代诗文集汇编》第432册，上海：上海古籍出版社，2010年，第406页。
④ 丁绍仪辑《国朝词综补》，载《续修四库全书》第1732册，上海：上海古籍出版社，2002年，第148页。
⑤ 《清代官员履历档案全编》第3册，上海：华东师范大学出版社，1997年，第471页。
⑥ 《清宣宗实录》卷三六五，北京：中华书局，1986年，第577页。

5.黄濬（1779—？）《壶舟诗存》存西域词8首。黄濬，字睿人，号壶舟，又号古樵道人，台州太平县人，道光二年进士。道光十一年于彭泽知县任上因事被议落职，十九年夏谪往乌鲁木齐，三弟黄治陪同往戍。兄弟二人与知州成瑞交往密切，曾共同组成"定舫诗社"，时相唱和①。

6.邓廷桢（1776—1846）与林则徐（1785—1850）。道光十九年，林则徐以钦差大臣赴广东禁烟，邓廷桢佐之，事后二人先后遣戍伊犁。邓廷桢于道光二十三年释还，林则徐道光二十五年召还。今邓廷桢《双砚斋词钞》存西域词10首。林则徐《云左山房诗余》中作于西域者4首。

7.宋伯鲁（1853—1932）《海棠仙馆诗余》一卷。伯鲁，字芝栋，一字子钝，号芝田，陕西醴泉人。光绪十一年（1885）进士，散馆授编修，擢山东道监察御史。新疆布政使王树枏曾为其《西辕琐记》作序，叙及二人光绪三十二年受伊犁将军长庚招募至新疆事："伊犁少白将军奉天子命经略新疆。招延天下豪俊博伟识时务之士。而吾同年宋子钝侍御与载而西。"②宋伯鲁之词即作于彼时。《海棠仙馆诗余》为宋伯鲁自刻《海棠仙馆丛书》之一种。收录由醴泉治装西进至伊犁绥定城期间词作36首，作于新疆境内的作品共计21首。

在作者的西行日记《西辕琐记》中，也附录了每日所作的诗词。其中《谒金门·出哈密》《凤凰台上忆吹箫》《醉花阴》《满庭芳》四首与词集所录字句略有不同。如《谒金门》中"叶坠丹黄明灭"句，《琐记》作"叶落"；《醉花阴》"九转蓉屏森欲暮""雪卧风餐""清游尚记黄花戍，红遍墙头树"句，《琐记》分别作"九曲""雪虐风饕""清游每忆黄花戍，红叶墙头树"。由此可知《西辕琐记》所录词作乃途中信手为之，待后来单独刻印词集时，作者又对词作中个别字句重新加工，故词集所收作品文字更为雅驯妥帖③。

除上述11人，相关记载中留下更多关于西域词创作的历时性信息。铁保作于乌鲁木齐的《即事》诗其四"调高客遇柳耆卿"句下自注，谓遣员朱栋与门人笪立枢均善作词："朱砥斋、笪绳斋俱善词学。"④庄肇奎《鹧鸪天》词系"次韵德润圃秋日偶成"，《东风齐著力》⑤乃和陈庭学而作，二人均彼时伊犁流人。

---

① 吴华峰《道光年间乌鲁木齐"定舫诗社"钩沉》，载《西域研究》2015年第3期。
② 宋伯鲁《西辕琐记》，海棠仙馆刻本。
③ 《西辕琐记》中有《好事近》（戏作示姬人）一首，作于甘州，其中"绿云鬒鬒晓鬟松，欲挽娇无力。唯有鬑波红处，斗焉支山色"句，浅近艳俗，词集中并未收录，也可作为词人筛选词作的旁证。
④ 铁保《梅庵诗钞》，载《清代诗文集汇编》第432册，第560页。
⑤ 庄肇奎《胥园诗余》，载《清代诗文集汇编》第363册，第71—72页。

韦佩金有《沁园春·题陈四净含（涵）半研斋诗词合稿》之作，陈静涵名陈懿，随父陈淮遣戍伊犁，从韦词题目即知陈懿当日有诗词合集行世。林则徐《壬寅日记》载道光二十二年在伊犁东坡生日集会上，邓廷桢之子邓尔颐"填《大江东去》词，又作七律一首"①，诗词均未见存。《光绪台州府志》载黄治有《今樵词》一卷，"是编凡一百五阕，末附曲二十九阕，今存"②。实际《今樵词》今未见传。另阿克敦《德荫堂集·余集》附《沁园春》词二首，有"直捣伊犁，铭功泰岭"，"庙谟无遗，会通西域，金戈遥指"之句③。阿克敦曾于雍正年间二度出使准噶尔至伊犁，留下若干西域诗，他的词作没有明确编年，是否作于新疆境内无法详考。

二、清代西域词作内容综论

现存西域词作的内容主要可以归纳为描写西域自然风物、交游唱酬和记述塞外生活三类。不同内容的背后实则蕴含着共同的深层心理与文化生发机制：尽管词人至西域时间先后有别，原因各异，但是人生当中一次偶然因素而引发西域之行的意外经历，为他们"浊酒一杯家万里"的异域生活创造了共性体验。身处边塞的所闻所见，无不感发激荡着全新创作素材的产生与发掘。

西出阳关，迥异于内地的边塞景象最容易给人带来由外而内的强烈冲击，摹写西域绮丽风物首先成为词人的群体共识。在不同人笔下，对边塞景观的展现各有不同，有借写景怀古。如韦佩金描写巴里坤的《沁园春》，题下自注云："巴里坤海子，古鱼泽也。其障为晋效谷县，即今宜禾县，以西凉王李暠之父李意作令得名。"④词作正文完全围绕注语铺衍，上阕描写巴里坤"大障远接燉（敦）煌，中敞平原伊庭奥衍，蛮触兵戈古战场"的重要战略位置，以及驻足巴里坤湖岸"登高望见天山，四绕塞水全荒"的苍茫景色。下阕追怀历史"当年李武昭王，据廿载西凉，廿叶唐记，犉驹启瑞，野惊额白鸦，军略地堆拓花黄沙碛"。武昭王即李暠，陇西成纪人，晋隆安元年（397）为效谷县令，后任敦煌太守，隆安四年建立西凉政权，《晋书》《魏书》有传。效谷县本渔泽障，治所在今甘

---

① 《林则徐全集》第9册，福州：海峡文艺出版社，2002年，第4695页。
② 《光绪台州府志》，民国十五年台州旅杭同乡会印刷，卷54，第66页。
③ 阿克敦《德荫堂集》，载《续修四库全书》第1423册，第567页。
④ 韦佩金《经遗堂全集》，载《清代诗文集汇编》第431册，第407页。

肃瓜州县境内。宜禾县为晋朝所置，治所亦在瓜州县地。清代的宜禾即巴里坤县治，为乾隆三十八年所设，隶属甘肃布政使，与前者并非一地。韦佩金乃将李暠的史事误植于巴里坤名下，但这种无意为之的失误仍为全词增添了一重历史厚重感。

有借咏物抒情。如邓廷桢在伊犁所作的《百字令·伊江新月》，词作上片营造了边月窥户的苍凉之境："戍楼西眺，乍纤纤光逗边庭新月，曾是乌孙盘马地，筇管而今吹裂草，尚藏钩。冰将碎玉，冷照弓刀，雪如环，才好冉萦。窥户如玦。"①下片紧承抒情之笔，借咏月反观自身："搔首欲问孀娥，还应知我，白了盈簪发，纵不伤春春也瘦，休负枚生七发。雪拥参旗，风催垒鼓，夜向南山猎，归来欹枕，梦回天上宫阙。"全词的情感核心都挽结在末句对早日赐还东归的渴望当中，于乌孙故地对月伤怀之举，突破了传统咏物词借物咏怀的格局，构造出一种古之未有之境。

西域词人当中，宋伯鲁最长于写景。他以西行行踪线索为纬，把一路所见之景采撷入词。《念奴娇·出嘉峪关》："雪冻堆厓，沙深没路，暗水流渐疾，一轮莽苍，照人寒月无色。"②将塞外荒寒尽揽笔端。《临江仙·福寿山残雪夜月尤奇》："玉镂银装阴岭秀，皑皑涌出云端，黄昏人上戍楼寒，一天新霁色，风定卷帘看。"③刻画雪后新晴、夜月登楼眺望所见。词中福寿山即今乌鲁木齐市城区内雅玛里克山，俗称"妖魔山"。作者"晚来扶杖荒湾"的身影点缀在玉楼银装、月明烟淡的夜晚，给满目清旷之景注入一丝生气。《满江红·静海》一词描写赛里木湖美景，也堪称佳作：

> 万里边风，吹我上三台峰顶，看一片蔚蓝无际，碧波如镜，晓涨平添沙步软，晴峦倒写天容净，只唤将箫鼓画船，来西湖并。　临曲岸，伤流景，前度事休重省，但乱流车辙，夕阳鞭影，雨过山门松桧润，云生涧户衣裳冷。待历过二十四重桥，真仙境。④

静海即赛里木湖，一名三台海子，是清代赴伊犁必经之地。词作上阕以简洁之笔勾勒出静海碧波如镜、倒写天容的澄净。下阕写身披夕阳、沿湖岸进入果子

---

① 邓廷桢《双砚斋词钞》，载《清代诗文集汇编》第520册，第158页。
② 宋伯鲁《海棠仙馆诗余》，民国十三年刻本。
③ 宋伯鲁《海棠仙馆诗余》，民国十三年刻本。
④ 宋伯鲁《海棠仙馆诗余》，民国十三年刻本。

沟山口即目所见的风云变幻。在与西湖画舫、扬州二十四桥景致相对比的虚实结合中，突出赛里木湖的梦幻仙境，构成对塞外景色的绝佳审美观照。

"诗可以群"，词亦可以群。作为文学交游主要方式的酬唱赠答之作，几乎充斥在每位词人的作品中。韦佩金有《水调歌头·赠张梦庐太守》《金缕曲·方来青观察留饮寓斋竟夕征歌感填一阕留示书记文元》；成瑞有《水调歌头·黄壶舟以病夕无寐词书笺索和，戏次原韵答之》；邓廷桢作《金缕曲·偕少穆同游绥园》，林则徐以《金缕曲·春暮和嶰筠绥定城看花》和之。除了交流情感，颂扬友谊，频繁地交游唱和还具有排遣孤独、抚慰遣戍苦闷的现实意义。同时，这些身处绝塞的酬赠之作因为折射出边塞文人的群体交往风貌而尤其显得意义非凡。如张锦《前调·柬蔚问亭》之作：

> 人道秋光。胜似春光。揽云山、一片清凉。邀君郊步，几处徜徉。到望江楼，钓鱼渚，牧羊冈。　自带壶觞。随意斜阳。采野花，香插帽傍。高吟低唱，归去犹狂。访王白沙，李云圃，范秋塘。①

此词中的蔚问亭名叫蔚楷，"盱眙诸生，任真而有痴趣，谐俗而不世情，著有《槎客诗存》"②。王大枢，号白沙，在彼时伊犁享有"博雅群推王白沙"③之誉。李云圃，名成瑶，范秋塘，名建杲，均为文雅之士。张锦谪居伊犁十余年之久，与患难与共的挚友往来，成为他度过遣戍生涯的重要精神支柱。此词虽然只是邀请友人共同出游的代简之作，但直白浅易的语言背后，却鲜活地反映出乾嘉时期伊犁文人的精神风貌，成为彼时文坛生态和谐图景的生动写照。

林则徐《金缕曲·寄黄壶舟》当是西域词中最为人耳熟能详的作品。词作反映的是道光时期西域文人跨越伊犁与乌鲁木齐两大地域的交往故实：

> 沦落谁知己？记相逢，一鞭风雪，题襟乌垒。同作羁臣犹间隔，斜月魂销千里，爱尺素传来双鲤。为道玉壶春买尽，任狂歌醉卧红山嘴，风劲处，酒鳞起。　乌丝阑写清词美，看千行珠玑流转，光盈蛮纸。苏室才吟残腊句，瞬见绿阴如水。春去也，人犹居此。褪尽生花江管脱，怕诗人，漫作云泥拟。今昔感，一弹指。④

---

① 张锦《全清词·雍乾卷》第10册，南京：南京大学出版社，2012年，第5776—5777页。
② 王大枢《西征录》，载《古籍珍本游记丛刊》，北京：线装书局，2003年，第7262页。
③ 舒其绍《听雪集》，载《清代诗文集汇编》第403册，第384页。
④ 林则徐《云左山房诗钞》，载《清代诗文集汇编》第543册，第724页。

道光二十二年，林则徐遣戍伊犁，路经乌鲁木齐时与黄濬结识，抵戍后两人常遥相唱和。词作表达了对黄濬的思念，同为天涯沦落人的遭遇以及卓越的文采，成为两人惺惺相惜的情感基础。词中所写为今乌鲁木齐著名景点红山，道光时期，红山已是乌鲁木齐士女盛游之地。林词自注中曾赞黄濬"来诗有'风劲红山起酒鳞'之句，余极赏之"。词作虽然是从对面着笔刻画友人诗酒风流的形象，其中把酒临风、醉后狂歌的潇洒情态却更包含些许自我标榜之意。下阕在称赞友人文采的同时，亦流露出在戍地光阴蹉跎、英雄迟暮的惆怅之情。一首短短的酬赠之作，不仅成为联系友人的文化纽带，也真实反映出遣戍者的心态波动。

将日常生活琐事系之于词，从普通事件中提升凝练出独特艺术感染力，构成西域词的另一重要内容。如张锦《六州歌头·中秋宴集记》，记叙了中秋时节"高人韵士，相赏不相嫌。满座风流，尽可瞻"的欢愉境况①。宋伯鲁《喜迁莺·移居》描写在"高柳簇桥，女墙斜转，水细当门，阴浓绕屋"的新居读书纳凉的潇散之情②。邓廷桢《甘州·食四鳃鲈》写在伊犁食鱼之事，"芹丝斫鲙，偏报秋风，待酌金樽"的良辰美景，却引起词人"为念垂虹鰕菜，正半江红树，寒水烟笼"的无限乡关之思③。邓廷桢另有一首《百字令·东坡生日》，记述道光二十二年十二月十九日，作者约集同人为苏轼庆生事宜，尤为独特。词云：

> 九疑云黯，更匆匆去跨，南飞孤鹤。天上琼楼寒自好，偏向琼田飘泊。磨蝎身宫，飞鸿爪迹，生气还如昨。海山兜率，旧游应许寻著。　　侬亦珠崖余生，乘风缥缈，来听龟兹乐。一种天涯萍与絮，腰笛今而零落。北府兵销，西州路远，归梦时时错。华年知几，翠尊聊为公酌。④

上片对苏轼生平略加概括，点化东坡《水调歌头·明月几时有》《和子由渑池怀旧》等作品入词，营造出浓郁的浪漫主义氛围，寄予对东坡仙逝的缅怀。下片实写于塞外为东坡庆生的场景与感受。当事人之一林则徐曾记载参加宴会者"主客共十一人：将军、参赞、五领队、一总戎、三谪宦"⑤，即时任伊犁将军布彦泰，参赞大臣庆昌，领队大臣常清、皂兴、花沙布、开明阿、都广，总兵福珠洪阿。"三谪宦"为前东河总督文冲与林、邓二人。这次雅集的影响力甚至还

---

① 张锦《全清词·雍乾卷》第10册，第5785页。
② 宋伯鲁《海棠仙馆诗余》，民国十三年刻本。
③ 邓廷桢《双砚斋词钞》，载《清代诗文集汇编》第520册，第159页。
④ 邓廷桢《双砚斋词钞》，载《清代诗文集汇编》第520册，第159页。
⑤ 《林则徐全集》第9册，第4695页。

波及乌桓，黄濬即以不得预之为恨："此间居大不易，交谁有功，俗不可医，人与俱化，即如坡翁生日，先生雅集尚有十许人，丙某三度陈觞，未来一客。"①

在康熙年间，宋荦首度发起"为东坡寿"集会，之后经翁方纲、毕沅等人倡导实践，逐渐成为清代文人雅集的传统②。邓廷桢此词则代表了清代文人寿苏活动的边塞嗣响。清人寿苏的动机一般出于"东坡之物的获得"和"与东坡宦迹的接近"③。邓廷桢贬官伊犁，对"东坡宦迹"当有更加深刻的体会。"侬亦珠峤余生，乘风缥缈，来听龟兹乐。一种天涯萍与絮"的感慨，说明他对苏轼的认同，尤其出于对东坡屡遭贬谪的经历，以及在逆境当中仍然保持旷达精神的共鸣上，从而给清代"为东坡寿"的雅集活动增加了新的内涵。

三、清代西域词作的艺术风格及得失平议

张锦《塞外词》后附友人范建杲跋语一通，指出张氏部分词作具有秉承苏轼、辛弃疾豪放慷慨格调的特点：

> 夫诗余一道，韵律最严，名士才人往往借绮窗媚笔，作搓酥滴粉吟，跬步循循，丽而不健。……自老髯"大江东去"、少保"剩水残山"两调一出，而元宋名家齐齐束手。又谁料数百年后，有才大如天，胆粗如斗者如我菊知公之《沁园春》诸阕耶？④

这也不妨视为清代西域词的整体风格追求。无论内容有何差异，西域词风格宏观上都偏于深雄雅健的向上一路，少有浮艳软媚之音。然而人生经历与创作个性的差异及其他错综复杂的外部影响，使每个词人个体风格又因人而异。单纯以传统边塞文学雄浑磅礴、豪放浪漫标签式的概念来定义西域词风，显然有失严谨。

乾嘉时期西域政局平稳，社会经济逐渐恢复。特别是伊犁地区，随着不断的移民经营，自乾隆年间即已"荷锸如云，土地日辟，时和岁稔，蒸黍盈余。

---

① 黄濬《红山碎叶》，载《中国西北文献丛书》第118册，兰州：兰州古籍书店，1990年，第131页。
② 张莉《清代寿苏活动的开端》，载《清代文学研究集刊》第六辑，北京：人民文学出版社，2013年，第61—67页。
③ 张莉《清代寿苏活动的开端》，载《清代文学研究集刊》第六辑，第72页。
④ 冯乾编《清词序跋汇编》第2册，第566页。

十数年以来,休养生息,民庶物阜。乌孙故壤,始熙熙然成大都会矣"①。遣戍文人的生活波澜不惊,词作亦悠游冲淡,张锦《醉太平·山中》:"依山为园,环园皆山。白云苍霭之间,任采药往还。"②《渔家傲·渔》:"苍烟漠漠鸥为友,垂纶深处疑天透。坐石流连宵继昼"最为典型。③稍后韦佩金《水调歌头·赠张梦庐太守》:"六月午窗寒,挏酒径须醉,来日莫嗟叹。"④《水调歌头》:"生平师友同命,逐影荷戈眠。行脚都逾万里,拄腹须输万卷,风度老翩翩。"⑤格调均积极乐观。成瑞任职乌桓时期同样政通人和,道光六年张格尔之乱似乎并未给这座城市带来负面影响,同时期的遣员史善长曾记载此地"车马喧阗、衽帷汗雨、戏园酒馆不异中华。达旦笙歌、四时游乐"⑥的塞外巨镇景象。成瑞与僚属唱和之词也展现出一种娴雅格调:"有酒度今宵,只可自家怡悦。清绝,清绝,满院菊花香彻。"(《如梦令·独酌》)⑦黄濬点评其词即谓"清境宜人,惟静者独能领略"。

林则徐与邓廷桢赴西域之前,刚刚经历过鸦片战争的硝烟。加之两人作为边疆重臣的身份,一种时不我待的用世之情也通过作品流露出来。如邓廷桢《虞美人》"梦回惊听乌啼树,芳草迷归路"⑧,《水龙吟·闰七夕》"倚匡床,暗数流萤点点,引秋心碎"⑨。林则徐《金缕曲·春暮和嶰筠绥定城看花》"谪居权作探花使,忍轻抛韶光。……任花开花谢皆天意,休问询春归未"⑩。均极具低回沉郁之致,却并无衰飒之气。光绪年间宋伯鲁为伊犁将军长庚赏识而就幕边塞,昂扬出关,故词作也充满着踌躇满志、意气风发之情:"射虎男儿,投笔书生,立马居鞍,正梨花如雪,远征绝塞,柳枝攀雨,三唱阳关。戴鹖辞家,闻鸡起舞,腰下莹莹一剑寒。"(《沁园春》)⑪"洪河一线天外,雪浪落樽前。自是枌榆情重,又道关山修阻,萍水尽缠绵。"(《水调歌头》)⑫境界与邓、徐

---

① 成瑞《薜荔山庄诗文稿》,道光二十四年刻本,第456页。
② 张锦《全清词·雍乾卷》第10册,第5773页。
③ 张锦《全清词·雍乾卷》第10册,第5774页。
④ 韦佩金《经遗堂全集》,载《清代诗文集汇编》第431册,第405页。
⑤ 韦佩金《经遗堂全集》,载《清代诗文集汇编》第431册,第406页。
⑥ 史善长《轮台杂记》,载《中国稀见地方史料集成》第61册,北京:学苑出版社,2010年,第441页。
⑦ 成瑞《薜荔山庄诗文稿》,道光二十四年刻本,第2页。
⑧ 邓廷桢《双砚斋词钞》,载《清代诗文集汇编》第520册,第158页。
⑨ 邓廷桢《双砚斋词钞》,载《清代诗文集汇编》第520册,第160页。
⑩ 林则徐《云左山房诗钞》,载《清代诗文集汇编》第548册,第725页。
⑪ 宋伯鲁《海棠仙馆诗余》,民国十三年刻本。
⑫ 宋伯鲁《海棠仙馆诗余》,民国十三年刻本。

又有不同。这都展示出西域词作风格的多样性。

清代是西域诗创作的第二次高峰，与之相辅而生的西域词也自有独特价值。其一，西域词作的数量尽管比西域诗少得多，但内容丰富性与诗歌相比毫不逊色。除前文详加探讨的三类以外，还有题画词如韦佩金《前调·题顾小谢华岳云开立马看图》、宋伯鲁《念奴娇·汪桐阶观察骑虎图》《摸鱼儿·汪文端廷珍烟波一棹图》，有题序词如韦佩金《水调歌头·题杨双梧观察西来草》、成瑞《满江红·题黄壶舟明府倚剑诗谭》。西域诗中出现过的内容，词中几乎全部涵盖。其二，词作从某些方面以独特的文体优势与诗歌内容形成互补。这在张锦"以文为词"的系列作品中表现尤为突出。其《兰陵王·此君传》《喜迁莺·徐铁樵传》系为自己与友人作传；《前调·桃花源记》《沁园春·归去来辞》系追慕渊明高隐精神；《兰陵王·拟织女与牵牛牒》与《兰陵王·拟牵牛答织女牒》以浪漫奇特之笔演绎传说故事，成为清代西域词之创举。

毋庸讳言，清代西域词的不足之处也非常明显。首先，西域词人数量相对较少，即使这些传世词作，质量也良莠不齐。西域词的出现虽与清词中兴局面息息相关，但庞大的文人队伍基数下，并非所有人都喜好填词，洪亮吉就是一个例证。他在《冰天雪窖词序》中明言："主人少喜填词，壮岁后恐妨学，辍不复作。即偶一为之，终岁不过一二首。"①他现存词作中与西域相关者仅有赐还后所作《壶中天·和女士归佩珊韵即寄令叔方伯伊犁》一首。洪亮吉为阳湖文派大家，且负一时之诗名，没有在贬谪伊犁期间留下词作无疑是西域词史的缺憾。

现有词人中邓廷桢与宋伯鲁词作质量较高，其余诸家之作的水平客观上略逊一筹。王菼《壶舟文存序》给予黄濬文学创作至高的评价："新城王阮亭尚书以诗名天下，实为本朝第一，而其文亦倜傥不群。太平黄壶舟先生终生好吟咏，其诗当为吾台本朝第一。"②但他于填词并不在行，除《红山秋感追次王渔洋宴游红桥词韵成四阕》的感怀之作，其余应酬之作鲜有可观。有时候，填词成为文人们消磨时光休闲手段，如庄肇奎《东风齐著力》词自注云："莼溪见贻《东风齐著力》词一阕，久以尘冗置之，兹于案头捡及，偶叙其奚奴长儿始末，以答其戏谑之意。"③他偶读《聊斋志异》，见册内有〈惜余春〉词一阕，竟不厌其烦地两和其韵。这种随意为之的态度自然也影响到词作质量，造成西域词经典作品的缺

---

① 洪亮吉《更生斋集》，载《清代诗文集汇编》，第414册，第581页。
② 黄濬《壶舟文存》，清宣统三年刻本。
③ 庄肇奎《胥园诗余》，载《清代诗文集汇编》第363册，第72页。

失。

其次,清代西域词在艺术表现力方面创获不多。描写西域风物,多数作品无法脱离咏物抒怀的传统创作模式。部分酬赠之作,无法摆脱为文造情的窠臼,对日常生活表现的角度也比较单一。这些问题固然与词人创作态度、词作数量过少有关,但主要还是文体内部缺陷所致。协律可歌是词体产生之初的重要特征,随着词乐消亡,词作也逐渐失去了"别是一家"的独特个性。龙榆生先生即曾指出清词创作的这一软肋:

> 清代二百数十年间,文物昌明,远迈元明二代,而尤以倚声填词之学,宗派迭兴,作者竞起,篇章之富,直夺宋贤之席,而有斯道中兴之誉焉。然自词乐既亡,歌词之作,不复重被弦管,所尚惟在意格,而声律次之。彼"长短不葺之诗",在宋贤引为讥议者,而生乎宋元之后,惟赖前贤遗制,以推究其声调之美,藉达作者心胸所蕴之情,而至情之激发,有关世运,非可力强而致。故终清之世,穷词之变,竟不能恢复歌词之法,仍惟有自成其为"长短不葺之诗"。①

早在北宋,苏轼突破词体音律束缚之后最大限度地以词作抒情言志、铺陈排叙,而至清代,既不能够恢复歌词之法使之重被管弦,词家又多注重从艺术技巧与格律声调上争奇斗巧。这无形当中都增加了填词的难度,才力稍有不足,自然落入创作的第二义。在清词生长的时代与文学史背景中,词作颇难迎合自乾嘉以降重考据和以学问入诗创作思潮与实践的兴起,与同时期西域文相较,由于体制的限制,又无法发挥体物摹情的淋漓尽致,且传播途径与接受范围都比诗文狭窄,故而作者们在描写西域闻见时均首选诗文而很少用词,这些都成为清代西域词独特词史意义背后不可避免的文体局限性。

(本文原载《中国韵文学刊》2017年第4期,第69—74页)

---

① 《龙榆生词学论文集》,上海:上海古籍出版社,1997页,第578页。

伊犁将军晋昌西域诗歌创作研究

史国强

一

晋昌（1759—1828），爱新觉罗氏，字戬斋，后改字晋斋，号红梨主人，满洲正蓝旗人。清世祖五子恭亲王常颖六世孙，同山贝子明韶的长子。《国朝耆献类徵初编》卷三一五有传。初授三等侍卫辅国将军，乾隆五十三年（1788）袭镇国公爵，授散秩大臣。后历任正红旗蒙古副都统、镶白旗护军统领、镶蓝旗满洲副都统、镶白旗满洲副都统、镶红旗满洲副都统、宗人府右宗人、内大臣、宗人府左宗人、宗人府右宗正等职。嘉庆五年（1800），担任盛京将军的职务，嘉庆八年革职。嘉庆十年以头等侍卫衔出任乌什办事大臣，次年授喀什噶尔参赞大臣。嘉庆十二年任乌里雅苏台将军。嘉庆十四年，调伊犁将军。嘉庆十八年革职。嘉庆十九年，第二次任盛京将军。嘉庆二十二年二度出任伊犁将军，嘉庆二十五年回京。道光二年（1822），三任盛京将军，道光七年任绥远城将军，道光八年免职，不久去世。

纵观晋昌一生，虽屡任要职，却几无作为，反倒屡屡因遇事张皇、孤恩溺职、疲玩无能、办事因循废弛、不胜将军之任被革职，用嘉庆皇帝对他的评价就是"才识拘隘"[1]"不过中才而已"[2]。

伊犁将军任上，嘉庆十六年，因被参于伊犁进献朝廷的贡马外多带马匹、沿途多索支应，晋昌以办理不善被革职留任。嘉庆十七年，奏请将八旗公租田私分各种获准，但其准许旗人佃人耕种的提议被认为日久恐滋流弊而遭到否决。也

---

[1] 《清仁宗实录》卷二七〇"嘉庆十八年六月庚申"条。新疆社会科学院历史研究所《〈清实录〉新疆资料辑录·嘉庆朝卷》，乌鲁木齐：新疆大学出版社，2008年，第225页。
[2] 《清仁宗实录》卷三一九"嘉庆二十一年闰六月丁未"条，第276页。

就在这一年,时任协办大学士、吏部尚书的松筠奏称:"前在伊犁将军任内,曾于伊犁河北岸近地筑堡造屋,移驻闲散壮丁,按堡授田,教之树畜。并令三时务农,冬时操演。所办已将次第进行,费用亦有款可支,无须另给。"为此,嘉庆皇帝"诏晋昌遵照所定章程认真妥办,以收实效"①。但事实上,晋昌对于松筠经营的屯田事业并不热心,并没有遵诏认真办理。等到嘉庆十八年松筠三度出任伊犁将军,才完成此项伊犁河北岸的旗人拓耕计划。嘉庆十八年,因越界管理境外俄罗斯与哈萨克争议事务,晋昌被革去领侍卫内大臣,斥退伊犁将军。嘉庆二十二年二度出任伊犁将军的三年内,晋昌亦是业绩平平,无什么大的作为。当时流放伊犁的废员陈寅有一首《瑞雪歌上红黎(梨)将军》写到了晋昌在伊犁的履职情况:

> 红藜(梨)宗胄作大帅,四时之气身咸备。衔恩仗节来遐荒,蕃汉回夷均抚字。自从莅任一载余,物与民胞胥畅遂。寒暑以时风雨调,小雪大雪应时至。公曰此间亘古原称沙碛区,不比江淮河汉水所萃,沟渠四达滋田畴,春雨夏霖足光被。惟此塞垣仰水源,万山之雪一年利。些须不足润屯田,来岁何以裕农事。虔诚谒庙祈神灵,同云密布感天意。如席如手洒太空,盈天适符丰年瑞。万姓欢呼声若雷,预卜仓箱满嘉穟。万里聿纾宵旰怀,宸衷喜获边陲寄。伫看黄阁调盐梅,锡马蕃庶承宠异。②

诗歌本意为歌颂晋昌宵旰为政,诚信感动天意,既得君王赏识,也受到民众的拥护。但我们知道,伊犁并不乏水,已为前任将军松筠兴修水利的政绩所证实。从诗中的描述,我们分明可以感受到晋昌在屯田水利问题上不谋人事但求天意佑全的被动无为的思想和行事风格。陈寅还有一题《红藜(梨)将军阅马巡边》诗则反映了晋昌于将军职责的履行,其中一首云:

> 虎帐鸾旗绕翠堤,威传四国慑雕题。龙驹有福皆归驭,邻马当风不敢嘶。碧树多阴秋意早,远山如画夕阳低。将军惟恐从行乏,为嘱前驱缓过溪。③

诗歌描写了将军出行巡边的威仪和边塞江山的美丽,颂扬了大清王朝强大的

---

① 李桓辑《国朝耆献类征初编》卷三一五,载周骏富辑《清代传记丛刊·综录类》,台北:明文书局,1985年,第507页。
② 陈寅《向日堂诗集》卷十五,清道光二年刻本,叶二十一正、背。
③ 陈寅《向日堂诗集》卷十六,叶九正。

国势，也展现了晋昌作为将军对下属的体恤。

二

晋昌虽然政绩平平，但却工诗善画。在盛京将军任上，与幕僚叶耕畲和程伟元等人公余往还吟咏，留有诗集《且住草堂诗稿》。伊犁将军任上，也多有唱咏，汇为《西域虫鸣集》。嘉庆二十五年，晋昌将二者合为《戎旃遣兴草》付梓刊行。对于晋昌的能诗，诗人方士淦道光六年到达伊犁后还听闻其许多逸闻雅事，并在其《伊江杂诗十六首》中赋诗题咏：

地迥宜华月，霜清肃大旗。将军偏好客，幕府总能诗。黄菊香何晚，红梨墨尚滋。两番持虎节，风雅系人思。①

诗下作者作注说："节署园林颇壮，晋公旧昌嘉庆年间两至此地，风清令肃，公暇题咏甚多，自号红梨主人。当时，周春田太守、徐星伯太史皆在幕中，至今传为美谈。"这首诗及下注真实地反映了晋昌两任伊犁将军期间，以伊犁将军府为主要处所与幕府文人从事的文学活动已成为伊犁文人群体中的浪漫传说，并留给后人无穷的遐思。

明义在《且住草堂诗稿跋》中提及晋昌，认为他虽贵为宗室子弟，"其趣向，无服饰车马之好，而唯诗文翰墨是耽"②。这种耽于诗文翰墨的习好，正是晋昌创作西域诗文的不竭动力。

在晋昌《西域虫鸣草》③中，以他为主导的伊犁将军府文人群体的诗酒风流活动得到了充分的反映。嘉庆十五年重阳，晋昌有《九日登庆宜楼，与周听云、赵菊人、高心兰、傅啸山联句》诗：

料峭轻寒送雨凉，边城此日赋重阳。山凝积雪千峰白（红梨主人），菊绽疏篱尺径黄。槛外孤舟漾水縠（菊人），池边高阁泛霞觞。题糕翻笑刘君怯（啸山），落帽还如孟掾狂。何处清砧敲断续（春田），谁家玉笛弄悠扬。倚栏秋可思前度（心兰），把盏情应忆改乡。醉撷红萸争作佩（红梨主人），吟成锦字漫探囊。西风帘卷人同瘦（菊人），北塞云深雁正忙。万对

---

① 方士淦《啖蔗轩诗存》，载黄秀文、吴平主编《华东师范大学图书馆藏稀见丛书汇刊》第39册，北京：北京图书馆出版社，2006年，第401页。
② 晋昌《戎旃遣兴草》，载《清代诗文集汇编》第456册，上海：上海古籍出版社，2011年，第24页。
③ 本节所引晋昌诗句均引自晋昌《戎旃遣兴草》，不再一一标注。

垂杨初脱叶（啸山），一痕芦荻不惊霜。陶然彭泽延新赏（春田），老去蓝田问旧庄。诗与平林分淡远（心兰），花从小圃斗芬芳。满斟聊助登临兴，莫动天涯客子肠（红梨主人）。

庆宜楼是伊犁将军府内西园内的一座高楼，晋昌曾赋诗云"庆宜楼近读书斋，几度登临畅客怀"，在这样一个富有文化气息的处所，重阳佳节里，晋昌和幕府文人周听云等在这里登高临远，联句遣兴，通过回味古来文人墨客重阳佳日的风流雅事，体会重阳佳节浓郁的文化韵味，抒发天涯游子浓浓的思乡情怀。参与这次雅集的周听云，名锷，字莲若，号春田，又号听云，长沙人。乾隆五十二年进士，曾官四川学政，扬州、苏州知府。嘉庆十二年，以苏州府任上办案受贿被遣戍伊犁。周锷多才富艺，能诗，画善风竹，尤以书法见称。赵菊人，或为与周锷同案被遣戍的长洲知县赵堂。而傅啸山、高心兰则情况不详，疑均为遣戍伊犁之废员。晋昌与四人交集频繁，形成了一个相对固定的圈子，"同是天涯作客身，翰墨缘应无外道"，在晋昌的眼中，似乎已经没有将军与犯人的区分，他们同处西域，有着共同的文学好尚，彼此结下了深厚的情谊。他们常常在一起佳日宴集，良宵觞咏，登高临流，题画赏花，给伊犁将军府增添了一种特殊的人文氛围。这种生活似乎使晋昌乐此不疲，即使出去短暂的行围狩猎、阅马巡边，他也会对一起诗酒唱咏的署中诸子念念不忘："寄语风流贤太守，孱躯别后倍精神。"（《围次寄怀周听云》）"聊吟明月夜，记否醉西楼。"（《围次寄怀傅啸山》）"寄语西园园内客，南窗高卧好清吟。"（《阅马途次系狱寄怀署中诸子》）偶尔，长于歌咏的伊犁领队大臣福勒洪阿也会加入到他们的圈子中，《庆宜楼偕福乐斋及园中诸子饮菊屏下，即席偶成二首》云：

聚白堆黄色相奇，波光日影映差池。花如解语应含笑，人到忘情却不痴。酒泛千樽倾琥珀，楼开三面敞玻璃。座中绝少梨园子，玉板银笙唱柘枝。

天涯相聚酒杯倾，况值秋光澹荡明。到眼云山皆入画，惊心佳节又频更。量移紫塞诚无补，辜负黄花亦不情。幸有风流园内客，金英点缀趁新晴。

云山入画，秋光澹荡，金英点缀，诗人的笔下描画出一幅明丽迷人的秋日紫塞图，在这美丽的图画中，伊犁将军府这群相聚天涯的文人墨客登高宴集，发歌觞咏，在诗酒风流中生动反映出晋昌治下边塞生活的和平与安乐。同时，诗句

"玉板银笙唱柘枝"也体现出来自中原的翰墨人士在西域文化生活中自觉吸收边塞文化并使二者融为一体的文化现象。嘉庆一八年,饱学之士徐松的到来,使晋昌的团体增加了新的成员,《立春日饼筵,与周听云、徐星伯、赵菊人、高心兰、傅啸山联句》诗就记载了该年立春之际晋昌召集刚刚抵达伊犁戍地的徐松及署中诸子一起品食春饼、联句遣兴的情景。徐松或许是得到了格外的赏识,在晋昌出行时还常常得以亲随同伴。在徐松后来撰著的《西域水道记》中就记载了嘉庆二十四年晋昌二度出任伊犁将军期间带徐松、布彦泰等人在哈什围场狩猎的情景:

> (汇入哈什河)诸水皆发自北山,山无林木,惟水道所行,乔柯交荫。登高遥瞩,若苍龙十余,蜿蜒南走,奔赴巨壑。空山丰草,自成周陛。每岁官兵行围以习驰逐。己卯(嘉庆二十四年)之秋,余随将军晋公昌校猎于此,营合围会,离散别追,径峻赴险,越壑厉水,箭不苟害,弓不虚发,长杨羽猎,未足为侈。迨乎弭节,返次旃庐,和门所向,临乎哈什。……
>
> 哈什河又西,傍北上流十里……其山四面高阜,中平旷,周十余里,将军顿宿于兹。水来自东北隅峡中,澄清无滓。余与领队大臣布君彦泰策马峡中,溯流十里,屡颜积黛,蒙笼拨云,幽讨造深,赏心斯契,垂纶投饵,白小盈筐。水自峡出南流,经将军营东,自山东南隅峡出。峡长里许,怪石狰狞,累累塞路,激湍环曲,琴筑齐鸣。层嶂衔日,晚照薄林,余复与布君褰衣蹑磴,徙倚山腹。晋斋将军篮舆相就,料数茶枪,指挥谈麈,清言毕景,无负溪山矣。①

这两段文字,既生动地描绘了伊犁河支流哈什河周围山水幽深壮观、绮丽绝美的自然风光,回忆了追随晋昌赴险越壑、追逐校猎于雄山大川的紧张激烈场景,也动情地回味了和布彦泰策马峡中、垂纶投饵的逸兴野趣,以及与将军晋昌竟日临流品茗、听漏谈麈、忘情山水的相得契合。它们在体现晋昌和徐松关系特殊的同时,也展示了晋昌崇尚魏晋风度的雅致情怀。

当晋昌嘉庆十九年因革职离开伊犁之际,几年间与幕客们交际唱酬的快乐往事成为他挥之不去的美好回忆:"天涯相聚日追陪,几度春风共举杯","每逢佳节喜留宾,汤饼当筵几度春","记否后堂深夜酒,诸公酬唱到更阑","灯花酒果欢连夜,直到西山月落时"。这些诗句均来自晋昌《车中静坐,往事萦

---

① 徐松著,朱玉麒整理《西域水道记》,北京:中华书局,2005年,第223—224页。

怀，因以韵语书成寄署中诸子，非敢言诗，聊志当时之事云尔》组诗，这组诗共十首，它们既是晋昌东归途中萦绕不绝的伊犁情思的艺术体现，同时也是晋昌首任伊犁将军期间以他为主导的伊犁将军府文人群体活动的集中反映。

在《西域虫鸣草》中，引人注目的还有两位伊犁将军晋昌与松筠之间交集的诗。嘉庆十四年四月，松筠因处置蒲大芳案存在失当之处，被革去伊犁将军，授为喀什噶尔参赞大臣，伊犁将军由晋昌接任。五月，晋昌到达伊犁接替松筠将军职务，并送松筠到喀什噶尔赴任，有《己巳五月受代伊犁，即赋送湘浦大兄之喀什噶尔二首》，诗云：

> 万里同舟气味亲，五年有幸见精神。唯遵政令推前辈，愧乏经纶步后尘。威德兼施传朔塞，讴歌载路听军民。从兹鱼雁频来往，莫忘天涯作代人。

> 留君无计别君难，握手能余几日欢。十载贤劳肩任重，八荒无事梦魂安。霓旌已去人犹恋，葱岭重过雪尚寒。珍重前途休怅望，九重雨露海波宽。

诗歌一方面赞美了松筠十年来在边疆威德兼施，使八荒无事、军民安乐的功德，另一方面也表达了敬重松筠、渴望经常书信往来的诚挚情谊和对松筠前途的良好祝福。实际上，晋昌对松筠的这种推崇，完全来自于松筠对于边务的用心和对即将担任伊犁将军的晋昌的关照。据晋昌《西陲总统事略叙》云：

> 己巳夏，余奉命量移来伊，方以任大事繁、难以报称为虑，途次适接湘浦寄示《伊犁总统事略》十二卷，于车中阅之，凡山川、城郭、土俗、夷情、治兵、治屯、抚夷、镇边之要，莫不井井有条，燎如指掌，允为任斯土者所当奉为圭臬也。①

从这段话来看，在缺乏戍边执政经验的晋昌尚在赴任途中，松筠已遣人将倾注自己极大心血的十二卷《伊犁总统事略》抄本慷慨地送到晋昌手中，这似为问序，实则是醉翁之意不在酒。晋昌通过旅途阅览，未至伊犁已对筹边之道、前人之执政良法有了大致的了解，摆脱了"任大事繁、难以报称"的顾虑。因此，晋昌诗中"唯遵政令推前辈，愧乏经纶步后尘"，"从兹鱼雁频来往，莫忘天涯作代人"之意都来自于阅读《伊犁总统事略》之后的心悦诚服和感激从善之情。

---

① 晋昌《西陲总统事略叙》，载松筠《西陲总统事略》，台北：文海出版社，1965年，第9—10页。

并且，这种对松筠的感激之情在随后的日月中逐步凝聚为深厚的情谊，并在嘉庆十九年晋昌离开伊犁之际的《松湘浦大兄用寄诸公原韵口占见赠，词真意切，一往情深。因不揣拿鄙，再叠前韵答之》《五月十九日济木萨寄松湘浦大兄》两首诗中得到了集中的抒发。两位伊犁将军在新疆结下的这份深情厚谊和他们诗文往还的风流韵致，堪称清代西域文坛弥足珍贵的一段佳话。

在《西域虫鸣草》中，还有一组由三十首诗组成的《伊江衙斋杂咏》诗，该组诗以上下平声为韵，对伊犁将军府内园林三十处建筑、景观进行了分题唱咏。凡射圃、野堂、亦园、船室、荷沼、澄心亭、芦塘、露台、西楼、憩花吟馆、吃墨听茶山房、听莺闲馆、云林书舍、棕亭、假山、山庄、虹桥、帝君祠、学农圃、绿荫草亭、茶亭、花圃、菜畦、豆棚、瓜架、沟渠、杏林、新开射圃、孔雀房、马房等无不诉诸笔端，这些描述可以说是对方士淦"节署园林颇壮"简单记载的具体而又鲜活的诠释。晋昌时代的伊犁将军府在同治十一年（1872）已经随着惠远城被沙俄入侵者摧毁而荡然无存，彻底消失在历史的云烟之中。今天，我们通过晋昌具体、形象、真切的吟咏描画，如"野堂西畔亦园东，万字回廊面面风"（射圃）、"花影扶疏树影重，当蹊石路碧苔封"（野堂）、"鸟声寂寂水淙淙，四面云廊四面窗"（亦园）、"石径萦纡百步余，澄心亭畔锦屏舒"（澄心亭）、"偶来庭院静无尘，满壁丹青著色新"（吃墨听茶山房）、"东轩西榭景非殊，半亩方塘长碧庐"（芦塘）、"棕覆云亭亚字栏，依山傍水客来难"（棕亭）、"凌空十丈驾虹桥，云影天光共碧寥"（虹桥）、"鸡犬桑麻眼豁然，山庄门在寺门前"（山庄）等，可以透过历史的时空想见当时伊犁将军府宏大的建筑规模和优雅美丽、风趣各异的园林构造，这不仅对于我们研究清代惠远城伊犁将军府的建设以及伊犁将军的工作、生活等具有重要的文献价值，同时还对我们还原历史场景，深入研究伊犁将军府文人群体的文化活动具有重要的意义。与此相得益彰的是，陈寅《向日堂诗钞》中有一题《和红藜（梨）将军衙斋杂咏原韵》，对晋昌三十首诗作进行逐一唱和。和晋昌主人的视角不同，陈寅的诗是以旁观者的身份对将军府衙斋进行的诗意描述，这些诗和晋昌的诗互为弥补，相辅相成，为我们保留了惠远故城伊犁将军府园林建筑珍贵的历史记忆，也为我们保留了伊犁文人活动的生动记录。

晋昌《西域虫鸣草》共八十一篇，除上述作于伊犁的诗作外，还包括任职乌什、乌里雅苏台期间往来西域各地的诗作，以及部分离开伊犁赴任盛京将军期间的诗作。

关于晋昌西域诗的艺术成就，徐松在《恭录西域虫鸣草终卷，诗以志幸》

中说晋昌的诗"八十一新篇，篇篇锦字鲜。香山广大主，赵国栋梁贤。画意浓花槛，离情觯酒筵。衙斋题咏遍，应得翠珉镌"①，除去恭维的成分，基本上还是比较贴合晋昌诗的实际的。总体来说，晋昌的西域诗风格类似于唐代白居易的闲适之作，内容上多吟玩于情性，以公余题画赏花、宴饮唱酬、送别寄远、思亲怀友及衙斋闲吟之作为主，表现出身处极边的诗酒逍遥和天涯漂泊之感。在艺术表现上，晋昌的西域诗往往诗境平易，但却清新自然，情味醇厚，徐如澍《读西域虫鸣草》说"亦是口头语，拈来便自佳。何曾事雕饰，离思满天涯"②，正是领悟了晋昌诗作的神韵。在晋昌的诗中，很难找到与其将军身份相符合的意境宏大豪迈的言志之作，这也许与他写诗追求"随时适兴，意到即书"③的真性情密切有关。

（本文原载《新疆教育学院学报》2015年第1期，第91—95页；有增补）

---

① 晋昌《戎旃遣兴草》卷下，载《清代诗文集汇编》第456册，第75页。
② 晋昌《戎旃遣兴草》卷下，载《清代诗文集汇编》第456册，第77页。
③ 晋昌《戎旃遣兴草》卷下，载《清代诗文集汇编》第456册，第29页。

"天山渔者"王大枢的遣戍生涯与诗文创作

吴华峰 周燕玲

乾嘉时期,来自五湖四海的遣戍者在伊犁构成了若干文人集群,成为这个边陲重镇的重要文化景观,也是整个清代文坛建构不可忽略的组成。他们活跃在大清帝国版图的最西端,以独特的情感体验演绎着各自的人生传奇。其中,安徽太湖县举人王大枢的遣戍生涯和相关著述,为今人了解这个特殊历史时代的特殊群体,提供了一个佳例。

王大枢(1732—1816)[①],字澹明,因家乡有白沙河而自号"白沙"。至新疆"屏迹伊犁北山空谷中",因号"空谷子"[②]。晚年遇赦还乡后,又号"天山渔者""天山老人"。他以博学多才、能诗善文成为乾嘉之际伊犁遣戍文人之职帜。略与他同时的舒其绍有诗云"博雅群推王白沙,一生书里度年华",并赞其"学问渊深,研究经史,诸达官争延致为子弟师"[③]。

甚至连时任伊犁将军的保宁也"时宛辔必加存问,逢节必遣人下赐"[④],可

---

① 王大枢的生卒年,星汉《清代西域诗研究》载为1731—1816年,杨镰《流放的诗人》定为1732—1818年,江庆柏《清人生卒年表》载为1732—？年,(同治)《太湖县志》载其"卒年八十七"。按《西征录序》谓"嘉庆十九年岁次甲戌重阳后六日,'天山渔者'皖湖王大枢识于介石山房,时年八十有三"。故其应生于雍正十年(1732)。《太湖县文史资料》谓王大枢墓在太湖县北里乡东口村太平架山,嘉庆二十一年冬立,上书"天山渔者三公讳大枢之墓"。据此王大枢当卒于1816年,年85岁。
② 王大枢《空谷子小传》,《西征录》卷六《存草》下,民国十一年(1922)石印本。本文所引《西征录》文字皆出自此本。按:吴丰培将该书《纪程》二卷单独影印,题名《西征纪程》,编入《甘新游踪汇编》,后又被收入《丝绸之路资料汇钞》,较为常见。
③ 舒其绍《听雪集》卷四,载《清代诗文集汇编》第403册,上海:上海古籍出版社,2010年,第384页。
④ 《谒别相国总统将军少保义烈公》诗自注,《西征录》卷五《存草》上。

见时人对王大枢文学地位的认可。

一、王大枢的《西征录》及其遣戍生活

　　作为一个40岁中举的普通文士，王大枢正史无传。他的生平主要保存在同治《太湖县志》中。据知其"少孤力学，筑室司空山下。购书万卷，朝夕寝馈其中，熟读精思，贯穿今古"。因饱学多才而名闻乡梓。志又载其为"乾隆辛卯举人，拣选知县。将铨部会，以公事戍伊犁"①。王大枢将自己西行途程及西域生活闻见著成《西征录》一书，取潘岳《西征赋》之意名之，可谓其遣戍生涯的见证与结晶。定本《西征录》八卷，首二卷为西行《纪程》，卷三《新疆》，卷四《杂撰》，卷五、卷六《存草》，卷七《跫音》辑录友人诗作，卷八为赐还归程诗作《东旋草》。

　　《纪程》中保留了他乾隆五十九年（1794）作于伊犁的自序，谓"予谪戍伊犁，途路所经，证以素所综览，随得随记。既至，又辑伊犁南北两路诸见闻，共诠次之，得数卷，总名之曰《西征录》"。卷首还有戍友蔡世恪序，落款是乾隆五十六年，说明此书非成于一时，蔡序四卷最先成书流布。追后王大枢又将遣戍时所著诗文陆续诠次，成为新的六卷本。而《跫音》和《东旋草》则是在回乡后才编定加入的，待总辑著作时，仍旧沿用了最初《西征录》的名称。

　　比王大枢稍后谪至伊犁的洪亮吉曾见过《西征录》，却将著者误作"王元枢"。其《天山客话》云："怀宁王孝廉元枢以事谪戍伊犁，著《西征录》六册，亦间有可采。"②吴丰培先生最早发现此问题，他指出"《新疆图志·艺文志》因之而延其误，并作六卷"③。杨镰则进一步说："想必王大枢离开伊犁后，新疆还留有《西征录》传抄本。……所以《西征录》曾有两个版本，六卷（六册）流传于新疆者误题王元枢。八卷本流传于内地。后者是定本。"④

　　杨镰先生此说可取，然尤有可补充者。实际上，《西征录》中数次提及此书在伊犁的流传情况。《杂撰》中有云："所撰《西征录》及《古史综》《古韵通例》诸稿，公（皂君保）特派书胥一名唐恒泰者，专务抄誊。"卷六《答徐别

---

① 符兆鹏修，赵继元纂《（同治）太湖县志》卷二二，同治十一年（1872）刊本。
② 洪亮吉《伊犁日记·天山客话·外家纪闻》，光绪三年（1877）刊本。
③ 吴丰培《吴丰培边事题跋集》，乌鲁木齐：新疆人民出版社，1998年，第204页。
④ 杨镰《流放的诗人》，载《文学遗产》2000年第5期。

驾铁樵书》亦谓："拙草《西征录》本秋虫号穴，无心向人，亦无足动人，乃辱高贤枉驾数顾。……谨如命捡第六卷奉上，其前五卷抄毕，即望掷还。第六卷《天山赋》及《边关览古诗》二项，舒公现有《天山赋》矣，《览古诗》观察杨公处有，可于彼处取之。"由此可知，六卷本《西征录》成书伊始就被人借阅传抄，洪亮吉所见应为这一传抄本。在递相抄录的过程中，王大枢被误写为"王元枢"。今所传八卷本《西征录》中，《天山赋》在第六卷，《边关览古六十四咏》在第五卷，说明王大枢最终编辑此书时，对编次又有调整。

据《西征录》卷一《纪程》所载，乾隆五十三年三月，57岁的王大枢由安庆出发，踏上西行之途。同行者有同乡举人刘定行及家僮勤儿。七月十六日出嘉峪关，九月三日达乌鲁木齐，"未几至芦草沟，至绥定城，始抵伊犁之惠远城，予于是为伊犁人。……时乾隆五十三年戊申岁十月十一日也"。嘉庆四年（1799），他始由伊犁释回，有诗《己未八月初一，惠远城领路票回，初二日自绥定城发轫》记其事，次年四月抵家①。王大枢在伊犁度过了十一年，在生平经历具体可考的西域流放文人中，少有出其右者。

他的遣戍生活细节亦可通过《西征录》钩稽还原。初至伊犁，王大枢被委派在印房办事，卷三《新疆》云："枢来伊犁，奉派印房，得见蒙古、回纥、西洋、西藏、鄂罗斯、哈萨克诸部书。"次年三月，他向时任伊犁将军的保宁进呈了《伊犁星野述》之文，因受赏识，"命入志局修《伊犁志》"②。乾隆五十五年，保宁奉调四川暂署总督事务，修志之事遂报罢③。然而白沙的才华却由此得到地方官员以及戍友们的推重，其友华振声即称赞他"白沙挈其僮，僦屋阛阓间，卷帖充盈，左右鳞次。其学自天人性命、经子百家旁及象纬声律之术，无不博综淹贯"④。

也正因此，他得以摆脱公差，开始在伊犁坐馆谋生。先是绥定城游戎刘化成聘其教子。王大枢《应乙阁刘公聘，里句奉赠》诗题下自注谓"辛亥春，绥定城中营游戎乙阁延予西席，课其三子。……构还读斋、列岫轩、绮余阁诸处，园池颇胜。"刘化成嘉庆元年还乡，绥定城总镇皂君保继聘白沙至家，"主宾师弟

---

① 《庚申四月十一日至伊犁，是冬重葺啜菽庐以居》，载《西征录》卷八《东旋草》。
② 《谒别相国总统将军少保义烈公》诗自注。
③ 此据蔡世恪《西征录序》："次年义烈公总制西川，志中辍。"按保宁乾隆六十年复出任伊犁将军，故王大枢集中有辞别之作。
④ 《西征录》卷七《跫音》。

款洽无间"①。除了这两次有明确时间记载的坐馆经历，《西征录》中多次提及自己的塾师身份："云圃讳成璠，广西临桂孝廉，侄孙慈麟学于我。"（《答叶金江、张菊知、孙观成、李云浦四明府问询近况》）"中峰纳公讳尔松阿……其子德克谨吾徒也。"（《霍城参戎中峰纳公以冰车来迓，途中即事》）"（刘秀才）名开金，从父戍，授业吾门。"（《勉戆州刘秀才》）这种生活一直维持到他赐还东归。

在坐馆教书的同时，王大枢还勤于著述。除《西征录》外，先后完成《古史综》《古韵通例》诸作，惜未能传世。边城坐馆的生活为他的著述提供了时间保障，更重要的是，这种经历扩大了他的交游网络，促使其更快融入以镇边官员和遣戍文人构成的风雅群体当中，并成为这个群体中最受人瞩目的一员。

王大枢受聘皂君保家时，尝馆于其"听荷书屋"，书屋在"绥园"中。"绥园"位于"绥定城总镇都督府署东偏。创始于镇台德公，至佑斋皂公接镇而扩之，益以巴蜡庙、关庙及射圃，亭台池岛水阁诸胜，每八月十五，游人入玩，管弦灯火，彻夜欢腾"②。园名乃镇台德光命王大枢所起，也是他和友人固定的聚会场所：

  一时交往诸彦，若李公又泉、杨公廷理、纳公中峰、徐公铁樵、陈公峻峰、蔚问亭、朱锦江、陈晓桐等时来访胜，相与磋磨学业，品剑谈诗，春水泛舟，秋宵醉月。主人皆欢忻供具，声溢九城。盖绥园兼九城之胜，书屋又兼绥园之胜。③

乾隆五十九年的一次雅集，是"绥园"众多集会的高潮，王大枢为之作《绥园宴集碑记》。碑记描写了与会者"各抬雅韵，弄月酣歌"的盛况。并借此由衷感慨："噫，此地本为乌孙故壤，夙为行国。何渠无人，何时无月，然自汉唐以来胜概不传也。吾侪幸享太平，托仁人之并宇，飞觞进牍，得与斯游，虽永夕常羊，谓非千秋之嘉会欤。"在这些文字中，丝毫看不出他"侧身榛莽之间"④的苦痛，反而饱含着宾主融洽、文人相惜的和谐。

洪亮吉《天山客话》中曾记载清代伊犁地区"迁客之贤者，则种花养鱼，读

---

① 《西征录》卷四《杂撰》。
② 《西征录》卷四《杂撰》。
③ 《西征录》卷四《杂撰》。
④ 《西征录》卷五《存草》上。

书静坐,余则亦无事不为矣"①。王大枢遣戍期间的种种经历正为"无事不为"提供了一个具体例证。乾嘉时期的伊犁,边庭安定,这不仅为王大枢创造了良好的生存环境,使他在此地找到了作为一个遣戍文士应有的尊严与人生价值,并且潜移默化地影响着他体物缘情的态度。

二、王大枢西域诗作的题材意趣及意义

王大枢的诗文作品全部保存在《西征录》中。据袁行云《清人诗集叙录》、柯愈春《清人诗文集总目提要》所载,他尚有《天山集》抄本二卷传世,实即《存草》两卷的单行本②。

王大枢以诗书为宿业,自谓"谈及诗书则目瞤"③,友人也说他"长尤在诗"④。《纪程》部分存诗54题73首,乃西行途中随行随咏。《存草》计诗95题255首,为伊犁所作。《东旋草》计46题48首。有研究者将其诗作主题概括为寓意于美酒与美女的诗作⑤,似有未确。王大枢诗歌常写酒,但并未沉醉其中。他诗中也写过女子,特别是《兰招辞》七绝42首,仿屈子《招魂》,乃暗寓生平系恋情事,非心怀嬫嫚。美女与酒作为中国古典诗歌中两个重要的抒情因素,在王大枢的诗作里多半是他寄托遣戍情怀的符号,而非借以放纵的现实存在。

尽管《西征录》中亦有描写伊犁屯田农户生活的纪实之作《老掌柜诗》,也不乏如"行到天山不见山,山头积雪极天顽"(《天山雪诗》)、"地势平如掌,山形曲似垣"(《乌鲁木齐》)的写景纪行诗,但他的兴趣点并不在此,王大枢西域诗的题材偏好主要集中在如下两方面:

第一,酬唱赠答之什。集会赋诗、往来唱和、临别赠诗均属此类,占诗作总数一半以上,是他日常生活的真实写照。

遣戍期间,每逢佳节,戍客们都要举行集会,王大枢的不少诗作就是在这种场合中写下的,如《庚戌九日同戴员外、岳明府、陈司理、殷岫亭、富礼园、蔚问亭、何练塘、蒋锦峰登鉴远楼,次壁间原韵十绝》。鉴远楼"在惠远城南郭

---

① 洪亮吉《伊犁日记·天山客话·外家纪闻》。
② 袁行云《清人诗集叙录》,北京:文化艺术出版社,1994年,第1295页。柯愈春《清人诗文集总目提要》,北京:北京古籍出版社,2002年,第744—745页。
③ 《空谷子小传》,载《西征录》卷六《存草》下。
④ 《西征录》卷七《跫音》。
⑤ 星汉《清代西域诗研究》,上海:上海古籍出版社,2009年,第291页。

外二里许,伊水之滨,碧树周围,雪峰环拥"①,是伊犁胜游之所,楼间题咏甚多。此诗首先塑造了一片金秋胜景:"四围山色玉屏风,一片秋光宛在中。山似美人江似镜,落霞都作故衫红。"(其一)其次点明众人身处塞外的景况:"楼头衰草遍天长,楼外烟沙阅汉唐。百尺栏杆千丈雪,依然佳客度重阳。"(其四)与大枢共游之人,生平多不可详考,要之均为遣戍伊犁的废员戍客。重九佳节,登高望远,思乡怀归之情显然是他们强烈的共同感受,组诗的主旨也正归结于此:"肺病经年只掩扉,何人为觅蜀当归。高楼此日一翘首,便算扬州跨鹤飞。"(其三)

除了与戍友集会,王大枢也常受邀参加镇边官员的私人雅集,所作甚夥。《奉陪润堂德公及晴溪高观察、自怡赵同乡泛舟绥园,引德公教》即是其一:

吴侬常枕大江流,却阻边关殆十秋。何处更逢桃叶渡,今朝端上鄂君舟。心随鱼跃依台沼,迹类查浮近斗牛。万里龙沙身一粟,暂回烟水即瀛洲。

身阻边关、迹类查浮,流露出对自己万里流放身世的回顾与嗟叹;枕流抱江、心随鱼跃,又隐含思归之情。颔联中用楚国鄂君子皙泛舟湖上之典,赞誉德光及同游友人之贤。自适与惆怅并存,正是诗人此刻的真实心境。

王大枢不止一次在诗中写道过:"九城萃华彦"(《跋陈峻峰诗稿后》),"新疆萃群才"(《黄菊篇寿菊知张明府》),可见这些遣戍士人在边城相互倚重,惺惺相惜的感情,这亦是王大枢的精神支柱:"我行类罔两,吊影不成偶。摆迹来绥城,栖栖亦求友。绥城面首杂,欲同颇难苟。时得洗心言,才可一二数。"(《人山问亭相继去惠远,……感而为诗索锦江和》)故而,与友人们诗歌唱酬,成为联络友情、排遣孤独的最佳方式,也是他生活的重要内容。

他的唱和之作基本都围绕着思乡怀归的主题:"遥思却月参差影,只在孤山水石旁。笛里江城原自落,陇头春信更谁将。"(《诸人作忆梅诗次和二首》其一)塞外本无梅,"忆梅"只是一种寄托情思的方式。"海风飘月色,秋水滟前除。……古辞吟蟋蟀,清露滴蟾蜍。亦有林栖者,低头忆敝庐。"(《次又泉望月怀龚谦亭原韵》)借秋月秋雨起兴,抒思乡之情,语淡情深。在为数众多的和诗中,《和王渔洋秋柳四首》最富韵致。据题下自注云"和韵始于张菊知,于是

---

① 《西征录》卷四《杂撰》。

继声者众"。菊知名锦，山西阳城孝廉，亦戍客中之文采出众者。以下援引此诗其一、其三如次：

> 走马章台欲断魂，西风情态上东门。弱条曾挂春山影，绿黛阴销月夜痕。游子尚寻芳草陌，佳人已老苎萝村。当年濯濯凭谁记，不见桃花血面论。（其一）
>
> 弓弯浑忘嫁时衣，九烈青袍事已非。弹指声随春梦杳，画眉人上翠楼稀。六朝离绪和烟挽，一夜惊乌匝月飞。不信飘零还作态，风前小折最依违。（其三）

王士禛主盟康熙诗坛，《秋柳四首》为其所倡"神韵"诗风的典型，大江南北唱和无数。就白沙此篇而言，乃借助传统思妇与离人的抒情模式，为自己内心天涯飘零的感受张本。且语言朦胧，诗风缥缈，有渔洋神韵之旨，这也意味着内地主流诗风在遥远边陲的影响。

由以上所举诸诗可以看出，这些酬赠之作，较为深刻地反映出诗人遣戍期间的群体交往、日常生活和情感律动。所谓"诗可以群"，它们同样是群体心声的表达，是王大枢所处时代遣戍文人生活群像与主体心态的剪影。

第二，吟咏史事古迹。嘉庆元年，王大枢于"听荷书屋"创制了《边关览古六十四咏》七言组诗，记述上古至明代与西域相关的人物故事。诗序自谓："尝裁一寸纸条，每取一人节以一事，各吟二十八字。……聚之得百余纸，觉饶舌，乃删存六十四咏，已而嫌其晦僻，缀释文焉。"在这组诗作中，除了西王母、细君公主、张骞等常见于历代吟咏的人物，他也将那些史书所载，而前人关注较少的人事纳入诗中，如写西汉的常惠、辛庆忌："但镇乌孙赤谷城，不难西北一方平。他时号令风雷转，只在王人掌上生。"诗歌的注语本自《汉书》而略有删节："宣帝本始二年，常惠持节护乌之兵击匈奴，幸庆忌随之屯田赤谷城，匈奴西域亲附。"组诗尤其热衷于对唐、宋、元、明四朝人物的描写。如写唐朝将领阿史那社尔："新疆南路古龟兹，汉废唐兴各几时。七百余城皆画饼，空传社尔勒功碑。"注云："贞观中，社尔击平龟兹，降七百余城，勒石纪功，今无矣。"写唐人张孝嵩："塞上丰碑海上波，那能杖剑望蛟鼍。孝嵩亦有镌华处，寻遍乌孙跋汉那。"注云："玄宗开元三年，孝嵩击败吐蕃以救拔汗那，威振西域，勒石纪功而还，拔汗那古乌孙也，今无此碑。"此外，唐代崇徽公主、宋代王延德、元代耶律楚材等人的事迹也首次被剪裁成诗。

王大枢的这组诗作名义上描写历史人事，但又不同于传统咏史怀古诗借物抒情，其重点在纪事，是典型的"资书以为诗"。组诗丰富的资料性在当时就得到友人杨廷理"缋修能汲古，才富许探奇"①的赞誉。六十四首诗歌按朝代编排，实际也是对清前经营西域重要人事的回顾，有一定诗史意义。

王大枢对西域古迹有着特殊嗜好，遣戍期间搜奇访古不倦，并将所得用作诗材。《塔尔奇古城中掘得玻璃小瓶，作古瓶歌索朱梅芬和》《姜碑》《裴岑碑》均属此类。尤其是《裴岑碑》一诗，以叙事之笔对此碑详加描述，具有强烈的写实性。

自康熙年间"裴岑碑"由征西将军岳钟琪在巴里坤发现之后，一直被视为文物与书法的精品，多见于乾嘉时期的公私著述②。王大枢出关时未经其地，待嘉庆四年东旋，专程绕道巴里坤访碑。此诗有一段长达数百字的序言，谓此碑"在城北半里关侯庙右厢小亭中，石若青铁，光色莹然，八分隶体，虽刓泐，犹可辨识"。并记载了他校碑所得："以榻本参校。'太'字加点，显有凿痕。'卒'改为'兵'，'河'改为'域'，盖庸俗但知'太'字有点，呼'兵'不呼'卒'，知'西域'罔识'西河'故尔。'寿'字则颇似'等'字，'众'字有首，书家只言横目者，殆误。'竟艾'即'境乂'，古文所通，惟'灰'字不见字书，其左旁亦斑驳，疑是'疢'字，末行另有细书六七，惟'刊'字可认。'刊'下当是'勒'字。右畔犹有'力'字形，以昧没，榻本弃之。"

诗歌正文分为三个层次。其一，交代访碑缘由："好游未穷西海畔，好古未阅周秦汉。……画革旁行看已惯，更扫葱河搜震旦。木客山精访将遍，闻有古碑沧海峤。是汉永和二年建，遐荒势阻苦难践。求得墨本乃漫漶，枣木贞珉两莫辨。"王大枢初未闻此碑，至伊犁后读《肃州志》方览碑文，后又从杨廷理处得到碑石拓本，尝将拓文与志文对照，认为两者皆有疑点，于是归途遂有访碑之举。

其二，描述古碑形制和校碑经过。这是全诗的核心：

> 万耳不如亲眼见，何当灼闪岩下电。瓜期适届飞蓬转，归途幸绕宜禾

---

① 杨廷理《王白沙大枢孝廉出所著天山赋西征记见示，漫赋四律并以志别》，《知还书屋诗钞》，载《清代诗文集汇编》第418册，上海：上海古籍出版社，2010年，第543—544页。此二句后自注曰"白沙近著《边关览古六十四咏》"。

② 官修志书《钦定皇舆西域图志》、钱大昕《潜研堂金石文跋尾》、王昶《金石萃编》等均有记载。

县。蒲类海旁森庙殿，群言此碑在前院。迂道往寻心剧箭，到门如有物相先。乍见将无女娲炼，形色青苍光染藓。截铁劙铜雕玉琢，屹立空亭苔藓茜。龟趺脱落额破烂，四尺轮围字三寸。非籀非科非小篆，倒薤悬针青玉案。鹤头虎爪身飞雁，雀屏开阖翚张扇。蛟鼍跋剌神龙战，汉隶由来称独擅。镌深亦自垂久远，泥印锥沙画犹见。敦煌太守风威振，诛呼衍王清四郡。功勒一时表世万，六行六十字贯穿。另有小行攒铁线，我以墨本相较看。"庆""寿"二字原弥漫，"域""河""兵""卒"却相萦。"太"字有点亦加宰，是谁强适缁衣馆。

诗句气势流转，将自唐代韩愈以来"以文为诗"的创作范式发挥得淋漓尽致，同时典型体现了乾嘉时期以考据入诗的创作风气。诗歌所述正可与序言所载相照应，句下注云"或传裴岑碑，乾隆年间有游击刘某自海旁移置关庙，遂加刊改，且刻木本并传"，也说明对碑文的揣测并不是空穴来风。

其三，概括石碑的价值："得见真原翻目眩，卓哉此物真壮观。……何如此物非近玩，年深笔古词兼善。"并抒发亲睹此碑的喜悦之情："而我何缘得亲面，若彼登途逢淑媛。投漆以胶油入面，喜心到极还三叹。急倩工人存逸范，响榻数纸咄咄办。其事可以补史传，词义亦堪登庙算。……此行实惬平生愿，若不长歌岂吞炭。"

"裴岑碑"自现世以来，不断进入西域诗人的吟咏视野。目前所见最早的诗作，是乾隆间曹麟开《塞上竹枝词》中"永和贞观碣重重，博望残碑碧藓封"①句，所述较为简略。嘉庆时的李銮宣、和瑛，光绪时的萧雄都有相关诗作。但如王大枢此诗之详细者，在清代西域诗中尚未之见。

王大枢还专请一小沙弥"能榻者"重拓碑文二纸，所得碑文是："惟汉永和二年八月，敦煌太守云中裴岑，将郡卒三千人，诛呼衍王寿。斩馘部众，克敌全师。除西河之厄，蠲四郡之害，边境艾安，振威到此，立德祠以表万世。"由于他并非纯粹的考据家，故所校碑文，比之嘉庆十四年徐松《西域水道记》所录

---

① 和瑛《三州辑略》，载《中国方志丛书》，台北：成文出版社，1968年，第310页。

文字，考辨颇有疏漏①。然而此诗所记校碑过程的实录，及对碑文遭人改动的蠡测，仍然具有史学价值。

要之，王大枢《西征录》中的两类诗作，题材意趣各有不同。但都充满了生活气息，从不同角度展示出一个普通遣戍文人的本色，也为了解乾嘉时期西域遣戍文人整体精神风貌提供了独特视角。

三、王大枢遣戍时期文作考论：以《天山赋》为中心

《西征录·存草》中收录王大枢文作15篇。此外《杂撰》中的《廉五酒坊》记载了他在伊犁与友人合伙开酒馆的始末，亦可视为一篇纪实散文。他的文作不多，可创作视野开阔，有政论文《伊犁星野述》、序跋文《刘公乙阁诗集叙》，还有暗喻遣戍情思的寓言《巧娘传》等。这其中，《天山赋》一文最为佳制。

《天山赋》成篇伊始即广受赞誉，甚至还因此遭人冒名，成为西域文学中的一段公案。嘉庆十二年和瑛辑纂的《三州辑略》最早收录《天山赋》，作者署名却作欧阳镒。另据吴丰培介绍，此文还有嘉庆三年所刻单行本传世："封面题为岭南欧阳梅坞著，金城邵乙园注。"刻本前有欧阳镒自识，谓"是编脱稿后，未敢示人，戊午秋忧居京师，适皋兰邵孝廉乙园设帐姑臧，偶出相质，乙园谬谓可存，并为音注，以付诸梓"②。

由于欧阳镒《天山赋》单行本刊刻年代较早，加之《三州辑略》鼓吹，此赋作者问题遂产生分歧。至光绪年间，诗人萧雄《听园西疆杂述诗》在自注中两度援引赋文，亦谓是书乃欧阳镒作③。吴丰培先生在1982年编印《新疆四赋》时将此文署名王大枢著，但显然他对作者的归属问题还存有疑惑："王大枢为遣戍人员，而欧阳镒则宦游新地，两人身份不同，颇难互相抄袭，意大枢旅新也久，嘉庆元年尚未离新，曾游幕多处，或曾入镒之记室，代为捉刀，亦未可知。故两人

---

① 徐松记此碑曰："余度以虑俿尺，碑高四尺三寸，宽一尺八寸，六行，行十字，隶书。其词曰：'惟汉永和二年八月，敦煌太守云中裴岑将郡兵三千人，诛呼衍王等，斩馘部众，克敌全师。除西域之疢，蠲四郡之害，边境艾安，振威到此，立海祠以表万世。'"朱玉麒整理《西域水道记（外二种）》，北京：中华书局，2005年，第182页。王大枢所考碑文与《西域图志》所载略同而小异。参钟兴麒、王豪、韩慧校注《西域图志校注》，乌鲁木齐：新疆人民出版社，2002年，第182页。
② 吴丰培《吴丰培边事题跋集》，第205页。
③ 萧雄《虫鱼》《草木》诗自注，《听园西疆杂述诗》，《灵鹣阁丛书》，光绪二十三年（1897）湖南使院叙刻本。

均作己作而刊布，今将两名并列，以待进一步的考证。"①

实际吴丰培先生此语本有漏洞：欧阳镒明言自己为宦焉支，在甘肃境内，而非新疆之焉耆。王大枢遣戍期间也不曾反馨肃州，故断无代欧阳镒捉刀之理。而《天山赋》也可确信为王大枢所作。其《东还草》中《无题》诗专述此事，诗序略云：

> 予至伊犁之三年，客有赠诗者云："天教大笔赋昆仑。"予谢何敢，以为赋天山可也，因著《天山赋》并注，约数千余言。诸人抄写有刻板于甘省，略改数句，据为己有者。……拙作曾何足道，而亦有是为，抑重可哂已。今者行次皋兰，而刻板之人适在省，访之颇申款洽。窥此人殆非不能文者，即此一刻，亦不可谓非知己。惟是竟削贱名，并不假以注释评跋之目，无乃类齐丘之行，有伤雅道欤。

可见王大枢对《天山赋》被剽窃之事了然于胸。序中"刻板之人"即指欧阳镒，镒字梅坞，广西马平人，乾隆四十五年庚子科举人②，六十年任甘肃徽县县令③，是王大枢伊犁戍友杨廷理的内弟。除了方志中一鳞半爪的线索，其生平可从杨廷理诗中了解一二，《知还书屋诗钞》中有五首诗歌涉及欧阳镒。其中《夜起怀人》诗"频怀梅坞酒，谁其竹窗灯"句下自注曰"欧阳梅坞现署永昌县令"④。嘉庆壬戌年（1802）《立春日得欧阳梅坞内弟书，详述予家事，兼寄示首阳山辩等作喜成》中又有"踪迹传无定，云霄志未伸"句，注谓"梅坞丁艰后以军务留甘，往来秦阶，办运粮饷，尚未得实缺"。另据《甘省东门外义院哭梅坞五内弟》诗的编年，可知欧阳镒卒于嘉庆八年⑤。

杨廷理集中亦有酬赠王大枢的诗作数篇，除嘉庆二年《王白沙大枢孝廉出所著天山赋、西征记见示，漫赋四律并以志别》外，在王大枢离戍后的嘉庆八年，他尚作《以王白沙孝廉所著天山赋及边关览古六十四咏呈将军阅定》一诗，有"老手才华不让人，穷边览古订其真。笔花艳吐天山雪，墨痕轻挥塞漠尘"之句，注曰"予与白沙交颇厚，许代刻此两种诗赋，今遇篡志，呈将军饬印房钞存

---

① 吴丰培《吴丰培边事题跋集》，第205页。
② （清）舒启修、吴光昇撰《（乾隆）柳州县志》卷七，载《中国方志丛书》，1961年，第22页。
③ 张伯魁纂修《（嘉庆）徽县志》卷四，载《中国方志丛书》，1976年，第228页。
④ 《知还书屋诗钞》，第544页。
⑤ 《知还书屋诗钞》，第605页。

备用"①。杨廷理自然不会将内弟之作署于他人名下,故此赋必为王大枢所作无疑②。而从这些文字片段中,也能够让人感受到白沙此文一时"洛阳纸贵"的荣耀。

《天山赋》正文之外自为之注,洋洋近万言。赋序首陈对"天山"范畴的界定:"历来名天山者,唯指伊吾之一截。其实自西凉过嘉峪抵乌孙,断续出没,遥望负雪崔嵬,冬夏皓皓如一者,皆天山也。"奠定了全文铺陈的范围。次叙作赋缘由:"予荷戈西出,饱玩此山,叹其偃蹇遐荒,若非黄图远及,顾此奇特安得落吾辈眼中。辄不揣敷陈其略,为《天山赋》。"故此赋虽用天山名篇,实则以之为线索与核心,全方位描写西域的自然与人文风貌。正文部分,首先总述天山南北两路史地概况,并遵循着"博物知类"的原则,依次描写山中果木花卉、飞禽走兽、异域人物、仙灵传说,最后由包揽万物之势,挽结到对清朝疆宇之盛的赞颂。

王大枢自称《天山赋》的创作态度乃"学步三都"。作为传统都邑赋的扛鼎之作,"美物者贵依其本,赞事者宜本其实"③是《三都赋》的主要宗旨,但在实际的行文中他并未步趋左思。王大枢一方面秉承了左氏"征实传信"的词赋观,有别于传统汉赋"虚而无征"。另一方面也不乏浪漫之思,以虚实结合之笔,极尽"铺采摛文"之能事。《天山赋》内容来源可以分为两个部分,除了学习左思通过众多典籍资料获取各种事实外,主要依靠自己的亲身闻见充作赋材。以下分别述之:

1.参酌相关图书典籍

赋中总释山名一段:"自夫孝武启边,右臂是虔,陇西通道,焉支祁连,此之祁连,乃甘肃南山。骠骑深入,远逾居延二千余里,至祁连而还,此之祁连,即单于称天。贰师西出,击右贤王于天山,此之天山,援据古经,始属华言。窦固耿秉,出昆仑塞,击白山虏,至于蒲类海,此则白山之名,始见记载。若乃魏击柔然,其汉匿南山,南山之名,至是始沿。迨乎唐击高昌,勒碑崇冈,时罗漫之名,至是始彰。"将不同历史阶段对天山的称呼加以罗列。据自注可知,这段文字的内容取自《史记》《汉书》《通鉴纲目》诸典籍。

---

① 《知还书屋诗钞》,第574页。
② 按《(光绪)湘潭县志》亦载:"《天山赋》,陈中骐撰。"陈中骐即陈峻峰,王大枢戍友,生平不详。《中国方志丛书》,1970年,第1664页。大概其赐还南归后曾将《天山赋》抄录带回,为志所误记。
③ 萧统编《文选》,上海:上海古籍出版社,1986年,第174页。

除了正史，其他山经地志，也在他的征引范围，如写山中走兽曰："亦有独峰之驼，一角之麒。帝江神识，人猿儿啼。羡角端之解语，嘉獬豸之知非。""角端""獬豸"均为独角兽，名多见载于典籍。天山神兽"帝江"则出自《山海经》一书。伊犁所处极边，得书颇为不易。饶是如此，赋作注语征引书籍达到数十种，经史子集无所不包。

2.直书异域闻见

如写西域果木，赋曰：

> 彼夫连卷朴樕，山巅水曲，崖干参天。……赤柽低丛，白杨高蔌。青啼细柳之莺，红放桃林之狖。沙枣纂纂而遗香，石柏纤纤而泛馥。樲蹊储鼠雀之粮，榆叶聚蚊蛇之族。核物砢萃于盘阿，沙果烂填于空谷。涔涔堕泪，医传胡律之桐；落落干霄，史载松桧之木。虽琐琐之不才，亦媚灶而见储；况梨梨之可口，实钉盘之所录。唯有杏而无梅，权将芦以代竹。

描写了红柳白杨、云杉胡杨等十余种植被，都是新疆特有之物。"虽琐琐之不才"句后注曰："琐琐木，叶如鸟爪，曲梗粗理，惟可薪炭。""梨梨之可口"句后又注："土人呼物每双声，如呼牛曰牛牛子，呼梨曰梨梨子，识此聊见方言。"显系作者生活中实际所见。

他也将一些逸闻传说写入赋作，如"雪兽示迈往之踪，雪鹰唤迷途之返"句，注云："冰梯中有神兽，非狼非狐，行旅晨视其踪之所，往循而践之，不致迷途。又有神鹰，一迷途者辄闻其声，往即之必归正道。"这段充满传奇性的故事，为全文增添了几分神秘感。总之，不论是征引典籍，还是直陈闻见，《天山赋》均秉持着虚实相间的叙事原则。

据前引《无题》诗序，知《天山赋》乾隆五十六年即已撰成，此时距王大枢来新疆不到三年。尽管时间并不短，但此赋所具有的体物大赋的规模与容量，出自一个此前从无西域经验的普通文人之手，其赋之依然令人惊叹。个中原因，除他本人博学多才外，也与《西征录》的写作紧密关联。前已叙及，《西征录》前四卷正成书于本年，《天山赋》中大部分内容，都能够与之互相印证。

如赋中写天山冰雪一段谓："若乃穷年积雪，竟体凝冰，千岩刻玉，万壑雕琼，冰梯巇崿，雪海瀇滉，沆瀁甗漾，通透玲珑。"注云："伊犁往南路中途有冰梯，上下百里，奇险万状，有雪海深广莫测。"所云之冰梯，在伊犁通温宿的穆素尔达坂间。卷三《新疆》曾专载此道:"穆素尔达坂,译言冰山也,在伊犁回疆接壤,为南北两路往来必由孔道。其山竟体皆冰,玉岫银峰。……陡绝处则有冰梯。"写雪山消融之利谓:"不藉滂沱之毕,何关鲊答之风。"注曰:"蒙古回部皆用鲊答求雨,鲊答乃牛羊野畜腹中所生,坚如石,大如鸡卵。"卷三对此物亦有详细介绍:"蒙古及回疆地方多珍砟答(一名鲊答,一名劄答,音转也)。砟答非骨非石,打破层层生于牛马驴羊诸畜腹中。……蒙古之喇嘛、回民之阿浑有能以术用此者。其人名曰砟答气,用之祈雨则以柳条系浸水中,淘漉玩弄即雨。"两相参照,能够对西域的自然概况、民俗风情有更加深刻的了解。可以说,《西征录》的成书过程,也为《天山赋》积累了丰富的素材,让王大枢写作此赋时对各种材料信手拈来,并得以将历史与现实,耳闻目见与典籍所载协调地融为一体,达到文史兼美的效果。

单从文学艺术角度来考察,《天山赋》以传统大赋的丰美笔力关照异域风情,仍然是其不可忽视的亮点所在。写西域之水,言辞秀美瑰丽:"况其远势所兼,大局所含。崩云畜岸,坠露澄潭,汇淖尔之八九,名海子者二三。深涵雪乳,倒浸晴岚。秋光写练,晓镜开奁。市浮潭溦,岛露岈崟。"写天山山势情状,则气势磅礴:

尔其山之为状也,则如龙如虬,如沉如浮。鲸呿鳖掷,风骇云流。聚如矢束,散若丝抽。平行若缊,曲转如钩。直奔九虎,横回万牛。刿然中断,决起仍投。烟中缥缈,物外雕镂。……又况苍霭缅邈,寒云参错。乍阴乍阳,可惊可愕。奇峰每挈絮将飞,怪石直粘天而不落。朝旭则黄金射榜,暮霞烘则胭脂染萼。

此赋几乎通篇采用骈偶句式,间插散体,笔法错落有致、自然妥帖,又体现出赋体文"词必巧丽"的创作技巧。

毋庸置疑,以《天山赋》为代表的一批边塞赋作的出现,也是清代国家一统,文修武治的象征。因此在赋作结尾,王大枢亦不忘带出这一主旨:"皇清天覆地载,雷动风驱,无远弗届,万物归并育之中,四海在邦域之内,雕题凿齿重九译以来王,乌戈黄支验三阶而款塞。……狼弧西射宁需薜箭之三,宛马东驰焉用李师之贰。七十二家所未闻,二十一史所未志。"然而,此赋对于异域景观精心刻画所带来的新鲜感,又在一定程度上淡化了传统赋作"曲终奏雅"的固定模式。在诗歌与游记之外，以其所具有的历史、文化与文学等多重价值，突显出以赋作摹写西域风物的文体优势。

四、结语

至于王大枢遣戍新疆的缘由，有一种说法是他反对以朝廷名义摊派杂税，得罪治事者遭贬[①]。此说未知可信与否。白沙自己对此从未明言，其《痛饮大醉戏为试笔诗》曾谓"我行坐笔墨，几欲投之诉"，因此，他或许确由文字官司忤触官府而遭到贬谪。

今人杨镰先生《流放的诗人》文中有一个论点：他认为流放西域的苦难历程是一个文人成长为真正诗人的必要条件。这具有一定启发性。有清一代，因事遣戍新疆者不可胜数，他们对待这段经历的态度却相反。一种人出于各种原因，对此讳而不谈。如道光年间的蒋因培，《海虞诗话》谓其曾遣戍新疆[②]，而其《乌目山房诗存》中无一首西域诗。同期的周沐润，也曾贬至新疆，他的《柯亭子诗文集》等著作按年编排，保留完整，亦无一语涉及西域者。另一种人则将遣戍生涯当作宝贵人生经历而欣然面对。王大枢属于后者。他的人生因遣戍西域而改变，但这段人生也使他文史留名。正如其同乡状元赵文楷赋诗所赞"万里生还疑梦寐，十年远戍历凄凉。身经瀚海风霜苦，赋就天山格力苍"[③]，从文学创作的层面来说，王大枢的不幸也是他的幸运。

（本文原载《西域研究》2014年第4期，第115—122页）

[①] 太湖县文史资料委员会编《太湖县文史资料》第2辑，1934年，第97页。
[②] 单学傅《海虞诗话》卷十一，载《续修四库全书》1706册，上海：上海古籍出版社，2002年，第73页。
[③] 赵文楷《赠人》，《石柏山房诗存》卷六，载《续修四库全书》1485册，第85页。

满族西域诗人觉罗舒敏与《适斋居士集》

姚晓菲

觉罗舒敏,字叔夜,号时亭,别号石舫,自称适斋居士,满洲正红旗人。生于乾隆四十二年(1777)七月初二,卒于嘉庆八年(1803)十一月十五日。乾隆六十年,因父伍拉纳制军坐事见法,年仅19岁的舒敏及诸兄弟被流放伊犁,于嘉庆元年抵戍,在伊犁三年后得以赦还。回京后四年突然病故,仅27岁。舒敏著有诗集《适斋居士集》,后由其子觉罗崇恩缮录裒集而成。道光二十二年(1842),时任江苏按察使的崇恩将亡父舒敏诗稿于吴门臬署付梓刊刻,刻本仿宋字,甚为精美,可惜流传稀少。诗集共四卷,卷首有舒其绍于道光元年、文孚于道光十七年、汤金钊于道光十九年所作的三篇序。诗集前三卷题为《秋笳吟》,诗题意显指"边地之声","盖谪伊江时所作也"[1],有107题127首诗;第四卷乃赦还返乡后所作,题为《课花轩遗草》,有48题60首诗。这些诗大多记载了舒敏流放西域期间的生活、感怀、交游等,是对清代新疆社会生活及诗人心路历程的最直观的现场记录。因而,舒敏的这些诗作不仅具有一定的文学价值,且有助于我们了解嘉庆时伊犁满族流人的思想、心态及文化活动信息,值得我们给予足够的重视。

一

觉罗舒敏系清太祖努尔哈赤三伯祖索长阿的六世孙。据其子觉罗崇恩所写"石舫府君行述"记载,伍拉纳"生六子四女",舒敏乃"弟三而行五"。作为一名八旗贵胄公子,舒敏的生平遭遇堪称不幸。乾隆末年,官吏贪腐现象严重。为了整肃吏治,乾隆"遣诸贪吏,身大辟,家籍没,僇及于子孙"[2]。舒敏的父

---

[1] 《适斋居士集》卷首舒敏旧题,清道光二十二年刻本。后引舒敏诗作,均出自此本。
[2] 《清史稿》卷三三九"总论",北京:中华书局,1976年,第11084页。

亲伍拉纳即为轰动全国的福建贪污大案的主犯。伍拉纳于乾隆五十四年任闽浙总督，"惟以贪酷用事，至倒悬县令以索贿。故贪戾充斥，盗贼纵横"①。福建巡抚浦霖亦伙同伍拉纳贪纵婪索。此外，布政使伊辙布、按察使钱受椿等人亦沆瀣一气，贪渎受贿，致使省库亏绌甚多。福州将军魁伦于乾隆六十年奏劾，引起乾隆帝的高度重视，饬将伍拉纳、浦霖押解进京，交军机处严讯。后又亲加审讯，伍、浦二人供认不讳，在京处斩。为了以示惩戒，乾隆帝下旨，"伍拉纳、浦霖如此贪污败检，而其子嗣仍令安居，何以示惩？"于是依照之前王亶望②案例加以处置，"所有伍拉纳、浦霖、伊辙布、钱受椿之子嗣，如系官职生监，概行斥革。俱着照王亶望之例。发往伊犁，充当苦差，以昭炯戒"③。因而，没有任何罪过的舒敏及其四兄弟④就在这种情况下被发配到伊犁。舒敏在《惨别离》《述哀》等诗中凄楚地记述了流放途中的遭际与感受。如《述哀》诗云：

> 月黑乌啼酸，碛冷雁声苦。慈乌反相哺，断雁呼其侣。嗟我投遐荒，心迹殊愧汝。哀哀罔极恩，抱恨已终古。六弟死道路，八弟系囹圄。缇萦一女子，犹能救其父。腼然愧须眉，生男竟何补。百身悔莫赎，擢发罪难数。一息敢偷生，小人实有母。诡辞冒险巇，恐遂饱豺虎。圣泽及草木，生还或可许。哀呼九阍高，临风泪如雨。

排行老六的舒斌在行抵兰州时突发水痘致重病而亡，老八因未至12岁，随家人囚禁。遭致流放的舒敏在碛冷月黑之夜，听到阵阵乌啼雁声，不禁满腔哀苦。他既为不能挽救父亲生命，不能孝敬慈母而愧疚，又为"六弟死道路，八弟系囹圄"而抱恨，因而一路"泪如雨"。而《惨别离》中"狱吏催行怒如虎，谁为阮籍悲途穷"两句，既展现了随行狱吏的凶悍，直书流放的悲惨境遇；又借阮籍恸哭而返的典故，展现自己内心极度的痛苦与强烈的压抑感。

舒敏的《适斋居士集》四卷基本按照时间顺序排列，由此我们可以较为清晰地把握梳理舒敏流戍伊犁的行踪、活动及心路历程。《惨别离》题注为"丙

---

① 昭梿《啸亭杂录》卷一"诛伍拉纳"条，载《清代笔记小说大观》（五），上海：上海古籍出版社，2007年，第4387页。
② 王亶望（？—1781），山西临汾人。任甘肃布政使期间，虚报数百万以上旱灾，私留捐银，虚销赈粟，于乾隆四十二年被参劾。乾隆命斩亶望，并令夺其子官职，发伊犁，幼子逮下刑部狱，年至十二，即次第遣发，逃者斩。
③《清高宗实录》卷一四八八"乾隆六十年十月甲申"条 北京：中华书局，1985年，第907页。
④ 从舒敏《适斋居士集》及舒其绍《听雨集》的记载可知，伍拉纳长子为舒坤，字梦亭；次子字仲山、厚山，别号沁香；三子即为舒敏；四子号怀堂；五子为舒斌，在遣戍途中因病而亡。舒敏兄弟五人均受到父亲牵连被流放伊犁。

辰正月廿五日出关后作";《奎素阻雪》小序云,"丙辰二月廿六日,行抵奎素";《过果子沟》题注为"丙辰四月廿九日",可见舒敏一行于嘉庆元年正月底出嘉峪关,历时一月抵达哈密巴里坤,又经过两月行程终达伊犁果子沟。这一路充满了艰辛,环境气候恶劣,不是"荒烟冷月四无人,鬼哭狐嗥动心魄"(《惨别离》),就是"雪海深不测,冰山崒然高。狂风振惊沙,掠地鸣寒涛"(《奎素阻雪》);舒敏路途曾宿于破壁古庙,甚而"无可借宿,枯坐车中",甚是凄惨。巨大的家庭变故,残酷的流放遭际,恶劣的塞外环境对于一个不满20岁的满族贵胄公子来说是难以承受的。因而舒敏路中所作之诗无不流露出浓郁的悲苦之情。在这些诗中,他将自己强烈的主观感受注入笔下的意象,大量使用"啼""苦""酸"等字眼使其感情化,因而极具悲感色彩,如"月黑乌啼酸,碛冷雁声苦"(《述哀》)、"猿啼鹤唳旅魂消"(《夜至赤金峡》)、"荒城笳断雁声酸"(《秋夜》)等。直至到达距伊犁百里的果子沟,此处峰峦秀丽、野花自开,令舒敏眼前一亮,不禁惊叹沙场雪窖之中竟有如此柳媚莺娇之境。而"马蹄趁雪千山白,花蕊经春一路红"(《过果子沟》)的胜景也使得哀慕罔极的他在抵戍之际稍显慰藉。在嘉庆元年五月,历时大半年时间,舒敏一行终于抵达戍所。而由卷三的《己未秋七月蒙恩赐还,恭纪二首兼示春林、再莘》一诗可知,舒敏兄弟于嘉庆四年秋七月终于得以赐还东归,不禁感激垂泪,恍如做梦,"感极仍垂襟上泪,欢深疑向梦中看"。

二

清代满族西域诗人按照来西域的身份可分为以下三种类型:一是将帅从征,如阿克敦、国柱等;一是宦游任职,如奎林、成瑞等;一是流放,其中舒敏则是现存有诗作的清代满族西域诗人中归属此类的一位。

从舒敏的经历看,他是受到父亲的牵连而无辜遭受流放的,《不寐》诗中的"三年迁客泪,万里故园心"一句很好地概括了其三年流放生活的状态和心境。初到伊犁,虽生活安定,时任伊犁将军的保宁亦"以旧家子善遇之"[①],但舒敏时时沉湎于浓烈的离愁和思乡情怀中难以自拔。崇恩在为父亲写的"行述"中直言:"府君虽肆意于诗歌,然于无人处辄自饮泣。或同舒丈及诸父郊游,往往临风恸哭,人目为狂,而不知府君之哀慕者深矣。"他在流放伊犁期间所作的《秋

---

① 崇恩《诰赠奉政大夫吏部考功司员外郎兼文选司行走掌稽勋司印加一级石舫府君行述》,载《适斋居士集》,清道光二十二年刻本。

笳吟》中尽情倾泻了对家乡、亲人的思念，字里行间抒发了无罪心声，正所谓"三年哀慕尽存诗"（《梦归》）。如《冬日书怀》其四云：

绝无聊赖学吟诗，个里风情只自知。触处拈毫肠欲断，原来最苦是乡思。

舒敏将肝肠寸断的相思之苦凝于笔触：登上伊犁惠远城南的"鉴远楼"凭栏远眺，看到枯叶飘落即慨叹"离人底事思归切，叶落边城又一秋"（《登鉴远楼》）。在住所宜秋馆"抚衾方欲卧"，听到秋夜的雨滴声，声声叩击心窝，便"又起故园情"（《秋夜宜秋馆听雨》）。夜里听到邻院传来琵琶弹奏的《关山曲》，便独坐无眠，"非是琵琶撩客梦，本来夜夜总无眠"（《夜听邻院琵琶四首》其三）。听到乌鸦的聒噪声，亦愧疚"底事近来归思切，输他反哺志先酬"（《闻乌有感》）。总之，在伊犁的舒敏，无论看到什么，听到什么，都会想到家乡、想到亲人。尤其是每逢佳节、阖家团圆之时，舒敏更是思乡心切、愁情满怀，可谓是"诗多感慨寄愁难"（《秋日留别塞上诸友》）。如除夕之夜，"偏觉旅怀今夕倍，不知别恨几时无。故园惟望归期早，定展团圞家庆图"（《和友人除夕元韵》）。在元宵节，"传柑令节剧堪怜，欲寄相思语万千。说到团圞痴不解，年来错信卜金钱"（《元宵闺思五首》其一）。在端午节，"偏于令节惹乡思，触忤离愁倍昔时。却怪玉门人不觉，家家系臂染新丝"（《端阳四首》其三）。他心心念念的便是归乡，如"天怜归路好，槎影泛中流"（《秋日随家兄梦亭、沁香暨舍弟怀堂邀同陈静涵与浦谦斋、扣云昆季游绿绮园》其二）。《自酌》一诗云，"何日唱刀环，伤心醉里颜"，此处"刀环"即为"还归"的隐语。《春畦》中的"移来野卉千金价，只种当归不种花"一句，同样借植物"当归"来隐喻"应当归来"之意。他甚而迁怒于晨鸡、月落、秋雨以及残破的窗纸，打破了归乡的好梦，"鸡鸣喔喔五更时，敲到残钟分外迟。月落参横归梦断，对人啼笑两情痴"（《冬日书怀》其六）。"秋雨挠归梦，西风凑晓寒。""败纸鸣窗乡思碎，昏灯衔壁曙光生"（《夜中口占》）。这些语句看似无理，却反见情痴，愈是无理之怨，其哀怨愈显沉重。

身为八旗贵胄，舒敏从小受到悉心培养，"习国书、习步骑射，并皆精通"[①]。他素怀远志，不屑于为了"持此取巍科，立致青紫纡"或者仅仅自娱而读书，他在《读书述志》一诗中云："微言固未绝，六经任菑畲。百氏辟榛莽，一心为耰锄。所志在力行，岂徒以自娱。"明确地阐明学习经史百家是为了将圣

[①] 崇恩《诰赠奉政大夫吏部考功司员外郎兼文选司行走掌稽勋司印加一级石舫府君行述》，载《适斋居士集》。

贤的言行努力地加以实践，并竭力而行。因而，舒敏在流放期间，"惟闭户读书，潜心经史之学"。到戍第一年，便作了《宋史杂咏》组诗八首，分题为《宗留守泽》《种枢密师道》《李侍郎若水》《欧阳布衣澈》《陈太学东》《梁夫人》《石工安民》《贾似道》。在这组诗中，他态度明确，褒贬分明，既热情地赞扬了以上这些具有铮铮铁骨的文臣武将、书生杂役，称颂他们心系国事，甚至为保国御敌除奸不惜以生命为代价的行为；与此同时，又对为了一己之私利，卖国求荣的奸臣贾似道予以嘲讽和批判。正是这些经史之书，使得流放之初时时处于思乡离愁哀怨中的舒敏开始鼓起精神，激发斗志，并在诗作中流露出激扬雄心。如紧接宋史组诗之后，舒敏作有七律《公将军较猎即事》：

   数行小队出城西，闪烁朱旗振鼓鼙。彩雉倒飞随箭落，苍鹰侧翅掠云齐。荒林月满雕弓劲，衰草风寒怒马嘶。猎罢征人回首处，风毛雨血万山低。

"公将军"乃伊犁将军保宁，他于乾隆六十年九月至嘉庆五年正月二任此职。舒敏此诗当作于嘉庆元年秋，虽意在歌颂保宁将军，但更展现出"较猎"，即打猎比赛、角逐的激烈场面。"彩雉倒飞""苍鹰侧翅""雕弓劲""怒马嘶"把较猎活动的紧张、激烈、勇猛写得十分传神，既展现了猎者英豪的形象，亦是诗人不甘落寞，胸中豪气的表现。同样，在《初夏遣怀》一诗中，舒敏云，"上书贾谊年原少，漉酒陶潜计未非。东去长安花正好，罗含封拜锦成围。"表明了渴望一展长才，成就事业的雄心。又如《塞上杂感》诗：

   记得儿时未解愁，常思百万拥貔貅。壮心渐逐春冰化，绮岁惊同逝水流。投笔龙沙谁买赋，荷戈雁塞未封侯。丈夫裘敝羞弹铗，失路随人唤马牛。

从诗作排序来看，此诗当作于嘉庆四年。首联点明了舒敏渴望统帅百万壮士，为国建功的理想。然而家庭的变故、流放的境遇对他产生极大的影响，他叹惋青春流逝，壮志难酬。然尽管落难失意，他依然秉持高洁志气："丈夫裘敝羞弹铗。"颈联"投笔龙沙谁买赋，荷戈雁塞未封侯"两句亦可见出舒敏对自己的文武之才非常自信。身处西域边塞这一士人幻想建功立业的用武之地，舒敏无限感怀，哀叹与自信、坚韧渗透字里行间。因而虽遭流放，他还时时关注国事，在《惠远城晚眺三首》（其二）中写道："格登山色碧连云，断戟沈戈自古闻。有客西来问消息，欃枪计日扫妖氛。"虽站在清统治者的立场，但亦表明了期望为国建功,使天下复归太平的志愿。

综览舒敏流放伊犁所作《秋笳吟》,虽"绝塞诗成半楚骚"(《秋日留别塞上诸友》),然而在充满凄哀悲凉情调的离愁思乡之作外,不乏激昂的感怀言志之作,这既得于经史之书中圣贤言行的激励,更是西域这块土地激发了他的斗志,使其心灵由脆弱而变得逐渐顽强。

三

乾嘉时期,伊犁称得上西域流人诗人最为集中的地区。"同是天涯沦落人"的经历使之感同身受,而诗歌更成为他们边地遣戍生活中沟通交流的媒介,进一步拉近了彼此间的距离。崇恩在"行述"中云:"维时伊江迁客多知名士,而府君惟与二三知己为道义交,间及文字。就中与河间舒丈尤称莫逆,相与唱和,吟咏遂富。"因而《适斋居士集》亦反映出舒敏流放期间的交游活动。诗集更多的内容即是记载舒敏与"二三知己"间的交游以及雅集、唱酬等文化活动。

崇恩所提及的"河间舒丈"是指为舒敏诗集作序的舒其绍。舒其绍(1742—1821),字衣堂,号春林,直隶任邱人(今河北仁丘)。乾隆六十年任浙江长兴知县,嘉庆二年因"秋审失出"被降职,并遣戍至伊犁。他在为《适斋居士集》所作的序中言,"余亡友舒君石舫天潢贵胄,少负俊才。……年未冠,以家难戍伊江,遇余塞上。余时已老,群少睨而避之。君质疑问难,独依依不去。居与余邻,中隔小桥,日可十数度也。"在崇恩为舒其绍《听雪集》所作的跋文中亦记载,"先君赠光禄大夫石舫公谪戍伊犁,与先生比邻而居,朝夕过从,文酒唱和,为忘年道义之交,情谊醇笃"。可见,二人虽满汉相异,年岁、辈分不相当,但相同的遭遇,共同的乡情、乡愁,使二人结为忘年之交,"挑灯话到乡园事,愁听窗前风雨声"(《夜雨与春林联床话旧》其一)。哀慕深重的舒敏更感动于舒其绍"君自有愁还慰我"(《夜雨与春林联床话旧》其二)。他倾慕对方的才德:"春林我师资,年高复德劭。力行每相勉,清吟更同调。"二人"患难交逾重"①,惺惺相惜。舒敏在《长至日柬春林》(其二)一诗中写道:

最怕逢佳节,偏能动客愁。飞灰怜榾柮,铺铁到衾裯。无那乡心切,同为绝塞游。何时归故里,倚枕话沧洲。

---

① 见舒其绍《送梦亭昆季北归四首》(其四)颔联"人当患难交逾重,秋到关山别更难",载《听雪集》,清抄本。

沧州即为舒其绍故里。在遥远的西域，寒冷的冬至日，二人相互倾诉浓烈的乡愁，相互慰藉。"联床抵掌""帐侧谈经"，甚至"日日寻君话，高谈足起余"（《长至日柬春林》其一），互相切磋经文诗艺，构成了他们的生活日常。舒敏在《舒春林大尹序》中曾感慨道："同处三年，日相唱和，获益良多。"舒其绍也说过："昔余与石舫雪夜谈话，漏三下不去，余谓他日相思即以此作诗。"①他还在舒敏诗集序中写道："既阅其《秋笳吟》，皆昔年与余唱酬于冰天雪窖中者。"显见，与舒其绍唱和之作在舒敏诗集中占了很大的比重。据笔者统计，《适斋居士集》中明确标有舒其绍名字的就有19题57首诗，诸如《秋柳四首同舒春林大尹作》《夜雨与春林联床话旧》《拟送春林大尹北旋二首》《奉酬春林赠别八首》《偶兴寂怀舒春林》等，这些诗抒写了回忆、挚情、祝福、酬谢、怀念等。此外，还有大量的同题共咏之作，如《闻莺八首同春林作》《题陈冷香画梅》《不寐》等，二人互逞才情。即使舒敏回归故里，二人依然鸿雁不断，表达情谊，交流诗文。如舒敏在《题舒春林〈消夏吟〉后二首》②小序中说："《消夏吟》春林近作也。万里迢迢邮寄相示，其无聊寡欢已可想见。昔在塞上，朝夕过从，未尝一日少离。今余归里，春林之愁苦又何待言，更无可与言者。……安得吾春林天外飞来慰我离索乎？"在此和诗中，舒敏通过大量的典故来赞誉舒其绍，如用"孙阳"比拟舒其绍乃伯乐，用"惊人佳句压钱刘"夸赞舒其绍的诗才，用"庾亮楼"指其坦率真诚，而两人间的交谊更是用"深情同管鲍"来比拟。如今二人相隔万里，无尽的怀念令舒敏辗转难眠，"拥衾数到五更头"。

除了忘年交舒其绍外，从《适斋居士集》来看，舒敏的主要交游对象还有黄再莘别驾、亓丹碧元戎、江仵湖少尹、陈静涵孝廉等。其中写给黄再莘，即黄聘三的诗作有9首。与或是将帅从征，或是宦游任职的满族西域文人不同，甚而与绝大多数西域汉族遣员诗人不同的是，舒敏流放时年仅19岁，据《永宪录·续编》"雍正六年"条下记："国制：旗员子弟年十八岁者，当差三年，量能授秩。"所以流放前，舒敏"循例来京当差"仅一年，并无一官半职。流放伊犁期间，与舒敏交往过密的多是遭流放的低级官吏或普通文人，文献少有记载，他们所作的诗文亦多失传或罕见，故《适斋居士集》的记载也为我们了解清代部分流

---

① 《石舫周年再哭以诗仍用厚山见寄原韵》（其二）"临风一恸君知否，雪夜寒炉尚宛然"句下自注，载《听雪集》。
② 《题舒春林〈消夏吟〉后二首》（其二）："孙阳省时旧骅骝，惠远城南并辔游。爱我深情同管鲍，惊人佳句压钱刘。秋风铙吹岑参曲，明月壶觞庾亮楼。梦醒半窗松竹影，拥衾数到五更头。" 载《适斋居士集》。

人生平状况提供了宝贵信息，具有一定的文献价值。如前面提到的舒其绍，其生年不得而知，而舒敏在《舒春林大尹》诗序中明确说，"大尹长余三十五年"，由此可知舒其绍生于乾隆七年。又如黄再莘，名聘三，福建闽县人，原官湖北黄州通判，嘉庆二年戍伊犁。关于黄再莘遣戍缘由，舒敏在《题再莘诗稿即以志别》诗中"麻衣翻惹雌黄口"一句的自注中明确阐明："再莘告归终养，以丧事构讼获遣。"再如陈静涵，舒敏在《陈静涵孝廉》诗序中记述"孝廉为药洲中丞公子，随侍来伊，匡得订交"。"静涵为其年检讨裔孙，曾以《迦陵填词图》相赠"，记述了陈静涵的身份及来西域的缘由：其为阳羡词宗陈维崧后裔，江西巡抚陈淮子。陈淮于嘉庆二年因罔顾大体，任由亲信倚势骄纵而被发遣伊犁，子陈静涵则"随侍来伊"。静涵"工诗词"，据舒其绍《送静涵东归四首》诗中自注载"孝廉有《半砚斋诗稿》"，惜未传世。

更值得注意的是，舒敏在《有怀蒋樾轩秀才》一诗中云："消寒创诗社，传柑预文宴。"《适斋居士集》中舒其绍的序文亦提到："方今四夷效顺，刁斗不惊。同人趋公外，分韵擘笺，联为诗社。"在他所作的《舒厚山侍卫》一诗中又有"可怜雪窖筑诗坛"，此句下明确注释"厚山兄弟在伊倡立诗坛"。以上这些可谓是西域诗坛文人创立诗社的宝贵记载，具有极高的文献价值。"厚山"即为舒敏二哥，字仲山，号沁香。舒敏兄弟虽为流人，但一来是满族贵胄，一来备受时任伊犁将军保宁的关照，故流放伊犁期间生活较为消闲。"消寒会"，乃是贵族、雅士冬日相聚，消闲取乐的一种旧俗。从《适斋居士集》的记载看，大致在嘉庆二年入冬后，在舒敏二兄厚山的倡议下，几个流放伊犁的同人好友创立了诗社，而舒敏四兄弟显然是诗社的核心骨干。舒其绍在《适斋居士集》序文中称颂舒敏及其兄"君家伯仲掉鞅骚坛，君诗能与之埒，一时有合璧连珠之目"。遗憾的是，舒敏兄弟舒梦亭、舒厚山、舒怀堂的诗作、诗集均已失传，所以该诗社名称、成员等情况不得而知。但从舒敏《适斋居士集》及舒其绍《听雪集》中的唱和及诗作内容来看，可以大致推断诗社成员除了舒敏兄弟及舒其绍外，当有以上所提黄再莘、陈静涵，另外还有王碧山、秦翙桐、蒋樾轩秀才等人。舒其绍有诗《初夏同乌惋湘元戎、黄再莘别驾、王碧山守戎、陈静涵孝廉、舒梦亭、厚山两侍卫暨其令弟石舫、怀堂游亦园看牡丹，兼呈主人协领德兴四首》，舒敏亦有诗《春暮同舒春林、王碧山及家弟怀堂游朴园五首》《初夏与乌兰亭元戎、德乐齐协领、舒春林大尹、黄再莘别驾、陈静涵孝廉、秦翙桐布衣暨家兄梦亭、沁香、舍弟怀堂再游朴园五首》。此外，舒敏在《咏菊八首》诗序中写道："秦翙桐以菊种见贻，栽植满院。花时五色具备，灿若云霞。因召集同人酌酒、簪花，笑傲一室。拟题盈百贮瓶中，任人自取。"显然，该诗社以游园赏花、寓斋称觞、"分韵擘笺，递相酬唱"等雅集活动为主，这从一个侧面展现了当时伊犁流人诗人的一种重要文化现象。舒其绍在《送梦亭昆季北归》诗句"红豆吟联棠棣影"下自注"同人咏红豆诗成帙"，又在《咏红豆五首》诗序中阐明："厚山首成二律，绝世风华。静涵继和四章，缘情旖旎。石舫索及拙句，便附两君子之后。"这里记载的显然是该诗社以"红豆"为主题同声唱和的一次诗学活动，颇有些类似于东晋兰亭雅集活动，可惜的是《红豆诗集》已失传。但在舒敏《适斋居士集》中有《红豆仲兄沁香同赋》一诗，他还在《奉酬春林赠别八首》（其四）"绝代风华红豆词"句下标注："《红豆诗》，家兄仲山首唱，同人和者成帙，而春林四律尤为擅场。"同题共咏，步韵唱和，相互切磋交流，并结集"成帙"，某种程度上无疑促进了嘉庆初期西域诗创作的繁荣，舒敏《适斋居士集》及舒其绍《听雪集》中大量的酬唱、雅集诗即是明证。在文化相对贫乏的西域，舒敏兄弟所倡立的诗社及诗学活动显然是中原文化在西域的聚合及延续，在西域诗的发展过程中具有不可忽视的文化意义。

四

舒敏工于绘画，崇恩在"行述"中记载其"课诵外惟好画画，无所师，幼即能之"。清代李放所著专录满洲八旗籍之能画者的《八旗画录》就收录有舒敏，并评价其"善画笔，意灵隽，楚楚有致"。因而舒敏在流放伊犁期间还创作了不少咏物、题画及写景诗作。

舒敏往往能以画家敏锐的眼光抓住所咏之物的特点，并借助于所咏之物表达自己独特的感情。如西域沙漠戈壁边缘多生长一种叫"芨芨草"的草本植物，直干丛生，匀圆光洁，秆茎挺拔坚韧，生命力极强。"粗可为箸，细以织帘最佳"。舒敏在《芨芨草帘四首》中既准确地把握和刻画了它"匀圆洁白影纤纤""劲节不随群草偃"的特点，又在其中寄托了自己的感慨。如其四：

湘妃泣尽竹成斑，绿遍郊原不忍删。何地无才多泯没，可怜抛掷玉门关。

芨芨草叶近似竹叶，此处将芨芨草比作湘妃竹，诗末结合自己的遭际、感受，寄意才学之士流放边关遭受弃用的感慨，展现了内心的无限苦楚之情。

咏物诗多是舒敏与诗社同人开展文化活动时的同题共赋之作，虽不乏有逞才之嫌，但舒敏并非无病呻吟。他在描摹的事物中，亦寄托了自己一定的情感，流露出自己的人生态度。如在《咏菊八首》组诗中，他既形象凸显了颜色各异的菊花风貌：红菊"光分火齐千珠缬，色借珊瑚一捻红"、白菊"白衣几度酒盈樽，素影翩跹雪满园"、紫菊"摇风一片胭脂冷，掣电千层翡翠寒"等，更赞美了菊花"漫说梅花东阁好，嗤他何逊恋朱门"，"孤高遁世谁为匹，五柳先生藻鉴详"的高洁孤傲，隐喻了自己的心境，并借助菊花自我勉励"莫谓晚香难久俟，大成多自苦中来"，体现了人文思想。这类的诗作还有诸如《咏白芍药》《雪菊》《梅花六首》《虞美人花四绝》《鹤》等，无不托物言志或寄托情感。

同样，舒敏也是借助题画诗来表达思乡情怀。如《题陈冷香画梅》："老笔纵横写一枝，曾于何处见琼姿。分明梦醒桐江驿，微雪初晴月上时。"陈冷香，据舒其绍《题陈冷香上舍画山水》诗注可知，"冷香会稽人""佐先伯雁门公幕府十载"。舒敏在此题画诗中，既形象地再现了微雪初晴，月上梅树梢头的唯美画面，更是借"分明梦醒桐江驿"流露对亲人、家乡的思念。"桐江"即钱塘江流经浙江桐庐县境内的一段。伍拉纳任闽浙总督期间，舒敏"皆随侍"，因而睹景伤情。《题陈静涵孝廉画枇杷》一诗亦是如此："枇杷风味别多年，客馆闲情写两三。今日笔头惆怅甚，金丸颗颗忆江南。"看到画中的颗颗枇杷，便忆起江南时生活情景，借以表达思人、思乡情怀。

舒敏笔下的景物亦与诗人的情思自然融合，显得深婉含蓄。如《道中晓起忆春林再莘》诗：

> 一片寒筇动，群乌彻夜啼。灯残双涧北，梦入五凉西。高碛星芒大，平滩月影低。几番回首望，岭树晓烟迷。

这首诗当是舒敏赐还东归道中所作，尤其"高碛星芒大，平滩月影低"一联，不但对仗工稳，而且形象展现出西域戈壁广袤空旷的景色特征，不到西域，断做不出此语。而通过空旷苍凉的夜色渲染，又传达出对知己的不舍与思念，几番回望，泪眼婆娑，眼前景物岭树晓烟一片朦胧。

舒敏酷爱王维诗作，曾自云："幼读王裴《辋川倡和诗》，爱其超隽。偶一吟讽，恍如置身丘壑间也。"赦还返乡后，舒敏溪山独往，与昔日西域友人离索，无与为欢，于是追和古人，仿照王维以辋川二十景为题，作了《和〈辋川集〉》二十首。在这山水诗作中，同样创造出"诗中有画"的清新明秀诗境。这些诗作亦反映出作为满族贵胄的舒敏对中国古典诗歌及汉文化的推崇、积极学习与谙熟。

作为爱新觉罗子弟的舒敏"长于绮纨之家"，却受父拖累，弱冠流离绝域。

三年的西域边地生活，对于舒敏不仅是一种挫折和考验，亦丰富了他的人生经历。所作《适斋居士集》，集中展现了诗人流放伊犁的心路历程和文化交游活动。这些诗作多为五、七言的律绝诗，积极吸纳汉族古典诗歌的优秀传统，典雅清新，自抒胸臆。舒敏兄弟同人亦多是汉族流放文人，所办诗社及诗学活动，在一定程度上促进了满汉两种民族文化的融合，并为清代西域诗歌的繁荣增添了色彩。

（本文原载《满族研究》2017年第2期，第97—103页）

罗家伦的新疆行及其《西北行吟》

潘 丽

罗家伦，一个现代史上不无传奇色彩又充满争议的国民党大人物，一生由学界而教界而政界，各有引人注目处。五四运动时以北大学生领袖身份执笔流播广远的《北京学界全体宣言》，不久作文首提"五四运动"的概念；又与傅斯年共同编辑新文化运动重要刊物《新潮》，名噪一时。1928年出任清华大学第一任校长，时年31岁。转而执掌南京中央大学近十年。此后进入政界，担任过西北考察团团长，新疆省（今新疆维吾尔自治区）监察区监察使署首任监察使，驻印度首任大使。1949年去台湾后则先后出任国民党党史史料编撰委员会主任和国史馆馆长。

罗家伦的政治生涯中，先后以两种身份与新疆有过交集，其一是西北建设考察团团长，1943年率团乘汽车由星星峡进入新疆，途经哈密、奇台、阜康等地于8月11日抵达乌鲁木齐。此后一路西行，经呼图壁、精河直到霍尔果斯边卡。9月4日，与盛世才同机飞赴重庆，参加国民党五届十一中全会。其二是国民政府监察院新疆省监察区监察使。1944年6月6日，由重庆飞赴乌鲁木齐，专司监察使一职。此后直至1945年3月下旬返回重庆，其间有过两度短暂离开外，一直在监察使署任所，亲历著名的"黄林案""盛世才离疆"和"伊宁事件"，是国民党高层中少数目睹这些重大事件和参与处置的人物之一。

罗家伦是个"爱边塞和新疆"者，任职新疆前后，始终关注新疆问题，写过近十篇有关新疆问题的报告和文章，如《泛论新疆——一个检讨》《悲情话新疆》《新疆——中华民族的屏障》等。在他即将赴印度担任首任大使前，蒋介石召见，他仍念念不忘新疆问题，向蒋建言献策。他的一些见解今天似仍不无意义。如他断言新疆问题与其说是一个复杂的"民族问题"，毋宁说是一个"民问题"①。虽然确有外部势力插手，但就内部而言"地方政治之庸黯，防范之疏忽，官常之不整，实贻误国事不浅"。致使经济动荡，边民失望，新疆局势危机四伏②。作为一个生于内地长于内地的国民党高官，罗家伦对边远新疆的这份情愫弥足珍贵。

罗家伦在新疆期间，创作了大量诗歌，新旧各体合计逾百首，其中西北考察团时期所作于1944年初编入初版的《西北行吟》，在甘肃天水石印数百册，馈赠亲朋。监察使时期（1944年6月到次年3月）所作则在后来补入增订的《西北行吟》。由于罗家伦的党派和政治色彩，大陆长期以来对罗的研究相对薄弱，直到近年才出版了一些有关罗的研究著作，但罗包括《西北行吟》在内的六七种诗集迄今并无专门研究，不能不说是一点缺憾。笔者不揣冒昧，拟结合罗的边疆意识对《西北行吟》中的新疆题材诗歌的思想与艺术做一简要述评。

关于《西北行吟》的版本。1946年1月由商务印书馆铅印的《西北行吟》增补本是通行的铅印本。由国史馆和国民党中央委员会党史委员会在台北出版的《罗家伦先生文存》收录了《西北行吟》所编诗歌，但已改为小草手写。铅印本与手写本略有差异，个别诗句经改动，注释有增加。本文为尊重历史原貌，主要依据1946年铅印本，同时参照手写本。引文涉及《西北行吟》的诗歌，无关宏旨处不再一一说明版本。

一

罗家伦一踏上新疆的土地，便被新疆广袤的戈壁，雄壮而不失绮丽的天山天池，充满异域情调的民风民俗所震撼，朝晖夕阴的万千气象，四时变化的不同景致，甚至一木一石，一个地名都会触发诗人的诗兴。驻新期间，他始终未停止这方面的创作。《西北行吟》收录的有关新疆自然风光、物候地理和民俗风情的诗歌占有三分之一强。

不可否认，罗家伦对新疆自然地理风土人情的抒写与他个人兴趣有直接关系。他在《新疆——中华民族的屏障》里说："兄弟幼年读书的时候，对边

---

① 罗家伦《泛论新疆——一个检讨》，载罗家伦先生文存编辑委员会编《罗家伦先生文存》第2册，台北：国史馆中国国民党中央委员会党史委员会，1976年，第717页。
② 罗家伦《上总裁书——再辞新疆监察使》，载罗家伦先生文存编辑委员会编《罗家伦先生文存》第7册，台北：国史馆中国国民党中央委员会党史委员会，1988年，第227页。

疆地理就发生浓厚的兴趣，尤其特别是边塞地区。以后这种兴趣也一直没有间断。"①40年代的新疆行实现了他的夙愿，持久而强烈的兴趣促使他这方面的观察视野开阔而细致。

但是，作为国民党中央大员，罗家伦对新疆自然风光和民俗的诗意书写，并非是从一个内地的猎奇者的角度来欣赏的，他有着高度的政治自觉。这从《西北行吟》的《新疆歌》可以得到印证。其第一节这样写道：

> 新新疆，
> 我们中华民国的屏障！
> 阿尔泰高天山长。
> 葱岭横西极；
> 昆仑抱南疆。
> 山头太古雪，
> 映着万里沙黄。
> 伊犁河畔青青草，
> 河边有天马低昂。
> 听那塔里木河水汤汤，
> 江南四月风光。
> 这雄丽的山河，
> 梦也不能忘。
> 巩固我广大的新疆！②

这就是他这类诗歌的思想基础和情感基础。他把这一切都看作是祖国美丽而不可分割的一部分，与国家存亡断续密切联系在一起。诗歌里热爱这片神奇的土地的情愫与他的爱国情感有机地统一起来。

在罗的笔下，我们看到了典型的新疆自然风貌与独特的民俗风情。

新疆地貌大致"三山夹两盆"。三山之中，罗家伦似乎最钟情于横亘中部的天山。他笔下的天山因常年积雪，更显雄奇壮美，拂晓时"不用炉香面面薰，妆

---

① 罗家伦《新疆——中华民族的屏障》，载罗家伦先生文存编辑委员会编《罗家伦先生文存》第6册，台北：国史馆中国国民党中央委员会党史委员会，1988年，第546页。
② 罗家伦《西北行吟》，重庆：商务印书馆，1946年，第51页。以下所引罗家伦诗作，如无特别说明，均出自此本。

台兰麝自氤氲。晓来霞泛腮边玉，羞退巫山万朵云"。（《拂晓望博格达山》）黄昏时则"雪峰如舍利，缕缕放霞光"。（《黄昏在乌苏道上》）登山途中，美景纷披而来："榆阴深处草芊芊，宛似江南四月天。望断马头残雪里，玉龙飞下白云间。"（《登博格达山道中》）夏日黄昏里"落照天山相峙时，绿荫送到晚风凉"。（《出阜康抵迪化近郊时已黄昏》）初秋黄昏时节，天山又别是一番景象，"天山闲适卧，斜吐一轮秋"。（《由博格达回迪化途中见月初时值中元》）

可能与长于江南水乡有关，罗家伦对于天池也情有独钟，将"白玉峰前翡翠池"的天池比作"天生佳丽避人知"的"瑶姬"，乃"天上人间难再得"的美景，直令"西子湖光未足奇"。（《山上天池》）离开回看，更是依依难舍："勒转马头重惜别，鬓边斜插莫相忘。"（《勒马回看天池》）

浩瀚无垠的沙漠戈壁也是新疆的重要地貌特征之一。王维"大漠孤烟直"几乎成为国人千年以来新疆想象的基本图景。罗家伦自然也感受到大自然的这种壮观："万里平沙外，雪峰云上浮，放怀到天末，鹰隼共高秋。"（《新疆杂咏之十》）"狂风挟吼沙，一望茫无际。"（《新疆杂咏之六》）"万里黄沙八月天，沙中流水似流涎。"（《由奇台至阜康道经一碗泉与三口泉两地因赋》）独立漠上，诗人看到："惊沙忽作洪涛响，海色旋吞塞外天。"（《漠上》）流沙移徙，地貌因此变动不居的景象在这位政治家的眼中别有一番意义："风卷沙成岭，寒凝云作山。徙倚无定处，边将得常看。"（《新疆杂咏之一》）从而把这种特异的地理特征与守边戍士联系起来。

他似乎对新疆雄丽秀美的自然风景达到了痴情的程度，每与自己的江南故乡作比，以为更胜一筹："伊犁河上草粘天，乌桕黄鬃柳外烟。莫把江南风景比，断无汗血并鸢肩。"（《伊犁河畔》）盛赞天池："淡抹浓妆更相宜，西子湖光未足奇。"（《山上天池》）甚至不无夸张地写道："牛羊环落照，瑞士在新疆！"（《由木垒河赴奇台途中》）

新疆游牧民族居多，在广阔的草原上，庞大的牛羊群形成一道独异的风景。这与罗家伦内地习见的牛羊群落相比，产生强烈震撼。他在诗里写道："放青翻似踏青天，紫马花羊动计千！"（《赛里木湖》）"紫衣白帽显昂藏，黑犬如熊绕马旁。马上指挥真若定，一鞭驱走五千羊。"（《游牧》）牧民的衣着也引起罗的关注，他试图解释似乎难以理解的现象："冬夏无严界，炎凉看气流。羡他哈萨克，赤膊背重裘。"（《新疆杂咏之二》）他们的居住地在罗家伦笔下也充

满诗情画意:"策马穿云去,牛羊散作屯。毡包三五个,相顾自成村。"(《越峰峦四五入庙儿沟》)

总起来说,罗家伦新疆诗歌,对自己所亲历的新疆独特的自然景象予以真实细致的描摹,展现了新疆大气磅礴的自然风光和充满异域色调的民俗风情,笔调明朗轻快,饱含对祖国边疆的由衷之情。在民国时期的新疆汉语文学史上,像罗家伦这样抒写新疆,无论就篇幅数量之多,还是题材之丰富,抑或描摹之形象生动,并不多见。

二

究其实,监察使不过一虚差。据罗回忆,蒋介石告诉他,这是中央政府权力在新疆的一个象征①。"宣示中央威德,融洽地方情感"便成为罗家伦的主要使命。罗家伦对此有自己独到的理解,在宣抚宣慰的官样文章下面,广泛结交各界人士,这些在《西北行吟》里留下一些珍贵记录。

首先,罗家伦把联络各界感情以争取民心提高到维护新疆社会稳定、巩固新疆边防的高度予以重视。诗集里一些酬酢唱和之作,难免这类诗歌的过誉之弊,但与其宣慰使命联系起来看,良苦用心,可见一斑。如赠社会名流贤达之类,赞美曾受盛世才迫害的桂芬先生:"矍铄清癯七十翁,北庭倾盖气如虹。"劝勉老人:"颐养天和存旷远,好凭风雪动清吟。"(《赠桂芬先生》)称赞曾留学美国执教复旦时任新疆建设厅长的林继庸:"亦为大匠亦文雄,谈吐能生四座风。何幸天山冰雪里,有人豪气压元龙。"(《酬林继庸先生》)元龙即三国谋士陈登,不屑"求田问舍",许汜对刘备说陈:"湖海之士,豪气不除。"酬诗以陈登喻林,生动刻画出这位曾经的复旦大学教授的人格魅力。

罗家伦在民族问题上,主张在中华民族的框架内,各民族一律平等、团结。其中他又尤其强调内地中央政府的责任。他曾感慨:"我们对于扶植边疆同胞,增进他们生活和福利的工作,真是做得太少了。"②所以,他的有关诗作总是包含着对边疆各族民众的由衷尊重、同情与友善,他盛赞少数民族歌舞:"塞上

---

① 罗家伦《新疆——中华民族的屏障》,载罗家伦先生文存编辑委员会编《罗家伦先生文存》第7册,第549页。
② 罗家伦《重视边疆上的后一代》,载罗家伦先生文存编辑委员会编《罗家伦先生文存》第5册,台北:国史馆中国国民党中央委员会党史委员会,1988年,第363页。

元音悦耳多，抑扬妙处舞婆娑。江南词客真堪笑，偏恋吴娘一曲歌。"（《观伊宁各族文化促进会歌舞表演》）1945年元旦，与各族代表欢聚，罗诗写道："云开日丽晓寒轻，众族衣冠笑满庭。乌鲁木齐河畔草，料知应比去年青。"（《三十四年元旦迪化各族文化促进会代表来贺招待尽欢口占》）鼓励各族同胞放眼未来。在维吾尔文化协会观看康白拉罕歌舞，则因演员身世而流露出真切同情："边寒未改前年貌，却着前年旧舞衣。"（《维文会观康白拉罕歌舞闻其身世有感》）

《西北行吟》的最后一首是一篇白话文的《大漠情歌》，也是罗家伦与维吾尔族朋友交谊的一段佳话。据罗讲，有位朋友邀其为维吾尔人写一个"跳舞的情歌"，由他译为维吾尔语。罗踌躇一年多后，一天夜里突来灵感，遂写成这首四节的《大漠情歌》。他立意要"用简单直接的词句，宣发朴素热烈的爱情，就当地生活写真，不加雕饰，而且务使歌意能在跳舞动作里表现出来"。第一节写道：

想起我们初次相见：
帐房外大家围坐一圈。
我弹着"吉黛"，
你跳在中间。
你紫红的裙边，
飘过我的脸；
引得我的灵魂，
飘飘的像上了天！

罗家伦为发展新疆各族民众的团结友谊，以监察使之高位，致力于这类些许小事的拳拳心意，今天读来依然令人感动。

罗家伦执笔的《西北建设考察报告·总论》里，在如何加强西北建设的问题上，强调内地人才的引进和奖励政策的落实："全国之人才，……尤须顾及西北建设之需要。凡从事建设西北之人才，当予以名誉上与经济上实在之鼓励。"[①]因此，罗对于那一时期的内地支边人士，自有一份特殊情感，更不吝奖掖。1943

[①] 罗家伦《西北建设考察团报告·国防经济建设总论》，载罗家伦先生文存编辑委员会编《罗家伦先生文存》第1册，台北：国史馆中国国民党中央委员会党史委员会，1976年，第238页。

年8月，罗率考察团到乌苏县（今乌苏市），偶遇旧生金华田。金乃上海人，中央大学毕业后赴新疆乌苏，从事教育工作。旧日师生大漠奇遇，倍感亲切，罗为赠诗："黄歇浦头女，乌孙道上人。衙前横一笑，谓沐尘边尘。"叮嘱她"殷劝敷教泽，珍重惜华年。"（《乌苏赠女生金华田并示蔡生宗贤》）

类似诗篇还有《赠张竞真女士（附小序）》。据序介绍，张女士"生于北平，学于南粤，……其只身来西域也，因忽有志边陲"，后应聘新疆省立医院护士主任。1944年8月22日，在马莲井子遇匪伏击，先中地雷，继遭机枪扫射。同车药剂师等三人当即遇难，张女士右臂中弹，卧血泊中。"匪复来巡视，呼伤者起，起则免。卫生专家刘雅如及夫人瑞贞……负创起。起即饮弹殁。竞真……佯死则脱。"救护车来时，"所救余生，惟一张女士耳"。更感人处则是救护车拒绝拉载遇难者遗体，张女士以"苟不载为公牺牲者之遗骸，彼亦拒不登车，乃得同尸以俱抵迪"。序末所说"为述所遭"，应是张女士亲口向罗所述。罗家伦感佩之余，赋诗表彰："忽动壮心事西域，不辞热血染黄沙。"末句则赞美其服务新疆人民的崇高精神堪比菩萨："好教西土呻吟者，认作慈祥一朵云。"

概而言之，《西北行吟》中这类酬酢唱和、赠玉奉答的诗篇，多与罗家伦在新疆时期广泛交往各界各族各阶层人士以"宣示中央威德，融洽地方情感"的宣慰使命有直接关系，不可一概简单视为应酬之作。

三

自1944年春开始，新疆局势剧烈动荡，进入多事之秋，先有绵延半年之久的黄林案，后有盛世才离新，继而伊宁事件爆发。《西北行吟》记述了罗家伦在这些历史事件中的近距离观察和谋划，以高层亲历者之一抒写的诗篇自有其独特视角和感受。

1944年6月，罗家伦飞赴乌鲁木齐，正式赴任监察使。不久，林黄事件达到高潮。罗密电中央："如派朱一民前来，尚有挽救可能。"[①] 蒋介石采纳罗的建议，派朱前来迪化，软硬兼施，逼盛世才离开新疆。此事，第八战区司令长官朱绍良立下汗马功劳。罗家伦对自己向蒋介石的这一人事建议不无得意，对朱在解决"黄林案"中的作用也多有溢美："免胄军前未足奇，从容谈笑决安危。他年

---

① 王建朗《试论抗战后期的新疆内向：基于〈蒋介石日记〉的再探讨》，载《晋阳学刊》2011年第1期。

重话庭州事，八面刀光一局棋。"（《新局既追怀往事奉酬朱一民兄》）以朱绍良比附唐代郭子仪卸去铠甲只身前往回纥营前的故事。另一首诗则盛赞朱为解决盛世才问题九度往返新疆重庆："御得罡风恣往还，居然杯酒定天山。"（《一民兄九度天山值中秋于迪化作诗纪之为和》）

伊宁事件爆发前后，罗家伦一直在乌鲁木齐的监察使署履职，亲历事件，以强烈的现场感抒写了自己的体验与感怀，成为以诗歌形式即时记载这一事件诸多场景的唯一一人。收录《西北行吟》的有关诗作多达十多首。

伊宁事件性质学界迄无定论，但大处着眼，若干基本事实，可以确定无疑。一是苏联的策划组织与军事援助。邓力群发表于《近代史研究》1989年第5期的《新疆和平解放前后——中苏关系之一页》有详细记述。二是伊宁事件初期具有强烈的"双泛"倾向，1944年11月伊宁成立的"东突厥共和国"的所谓"国名"即为铁证。次年的《施政纲领》则明确规定"扶助伊斯兰教"和"实行亲苏政策"。

罗家伦身在新疆，亲眼看见上述种种，似乎在印证自己先前的判断。早在他执笔的《西北建设考察团报告·国防经济建设总论》中，就明确指出："现在西北唯一可虑之邻国，无可讳言的为苏联。"[①]另一方面，他对抗战期间陆续返回国内的"双泛"运动领袖也不无戒心，认为中央对这些人的任用须慎之又慎。因此他对中央任命具有"双泛"倾向的麦斯武德任新疆省主席深感不满，以为是断送新疆之举，日记里连呼："休矣！休矣！"[②]因此，罗家伦乃至国民政府在处置伊宁事件时的立场和措施，既是对少数民族反抗残暴腐败统治的武力镇压，也包含着对苏联扩张意图的反抗，对新疆"双泛"势力的抑制，显示了维护统一和领土完整的国家意志。

罗家伦1943年8月首次踏上新疆的土地，便一路西行，直抵霍尔果斯边卡，并赋诗："虽仅五百尺，仍我宗邦土。我土不容践，我心亦良苦。"（《霍尔果斯有感》）所谓"我心亦良苦"，应指他以政府高官身份，不辞遥远，专程赴中苏边境巡视，正包含着宣示国家主权和警惕外部势力觊觎的重大意义。

伊宁事件发生初期，罗家伦就对当局迁延软弱不满："报警谍书雪片来，

[①] 罗家伦《西北建设考察团报告·国防经济建设总论》，载罗家伦先生文存编辑委员会编《罗家伦先生文存》第1册，1976年，第194页。
[②] 罗家伦《一九四七年五月二十四日日记》，载罗家伦先生文存编辑委员会编《罗家伦先生文存》第8册，台北："国史馆"中国国民党中央委员会党史委员会，1989年，第105页。

不邀清听尚追陪。"(《书事八章之二》）不久局势迅速恶化，先是城内大部失守，部分无辜汉民惨遭杀害，包括伊宁医院院长陈秀山医师偕夫人及两个孩子。罗家伦闻讯，不胜悲痛，有诗写道："为护伤残终拒避，忍看妻体竟横陈。刺刀溅起心头血，散作长空万点星。"(《书事八章之三》）

伊宁守军被围逾两月，国军出兵两路解围。预7师行至果子沟遭伊宁方面后改编为"民族军"的武装力量和苏军阻击，激战十数日，伤亡惨重。罗家伦伤痛之余，对果子沟战役的失利耿耿于怀："孤军百日堪千古，隘不留兵悔少谋。果子沟中呜咽水，至今遗恨向西流。"(《书事八章之七》）另一路45师也在行至伊宁附近遭苏军包围，大部被歼。各路援军悉数被阻被歼，罗家伦焦虑万分，诗里写道："赴援将士泪沾衣，力尽关山未解围。相即偏难相望近，雪中僵仆斗兵稀。"(《书事八章之五》）1944年12月31日，元旦前夕，朱绍良乘专机飞赴伊宁上空慰问受困国军，罗赋诗以赞："今宵堪痛饮，边帅到伊犁。"(《三十三年除夕一民兄以英勇姿态出现于伊宁上空爱慰袍泽克振士气归与痛饮》）然救援屡屡受阻，伊宁守军渐不支，饥寒交迫。罗诗生动地描绘了围困中的艰辛："将抚残兵兵抚民，死生相与更情亲。可怜稚幼啼寒饿，马革啖完教啮冰。"(《书事八章之四》）

1945年1月底，困守伊宁机场的八千官兵及眷属民众突围，至城外30公里处被包围，激战一夜，死伤众多，其余全部被俘，伊宁战事落下帷幕。十几天后即中国旧历春节，罗家伦分别探望四所医院的伤员，倍感亲切："壮志未全申，英雄泪满巾。边城无骨肉，相见似家人！"(《旧历除夕具肥羊十巡视医院四以慰荣军》）

《书事八章》题材集中，与诗集中其他少数同题材诗篇相结合，生动真切地记述了伊宁事件的诸多重要片段，贯通一气，则几乎勾勒出伊宁事件初期的全貌，几近于诗史。从20世纪新疆汉语文学创作的角度看，这些诗歌题材独特，叙事简洁，情感真挚，强烈的现场感与历史感浸润其中，具有较高的历史价值与文学价值。

四

总体而言，罗家伦的诗歌创作有自己的鲜明特征。首先，正如《西北行吟》铅印本自序所说，他的诗歌理想追求的是诗情、诗意和诗境三者兼具，缺一不可。缺诗意而空，言之无物；缺诗情而死；缺诗境而低①。纵观罗家伦的新疆旧体诗作，大抵可以认为他也是在努力践行自己的诗歌主张，其核心则是要求表现生活的真实与诗人情感的真实："生憎刻意作诗人，豪兴来时句有神。聊藉天山风雪夜，醉蘸浓墨写天真。"（《吟罢》）

《西北行吟》融合新疆的历史与现实于一体，厚重的历史纵深感与强烈的现实责任感相互纠结，力求达到历史真实与现实生活真实的结合，多姿多彩的自然样态与复杂纷繁的人文社会样态的结合，这成为罗家伦新疆诗歌的突出特征。

其次，在诗歌艺术方面，罗家伦对旧体诗有着自己的独特理解与追求。他申明自己的旧体诗并不是严格意义上的近体诗："至于韵脚，不过便歌咏耳！未可以前人之声带，缚今人之心灵也。"②这一方面因为他还保留着五四新文化健将的几分姿态，对旧体诗不愿全盘接受；另一方面，古来以新疆为题材的边塞诗歌，以歌行体最为杰出，其原因也是因为这种体裁更为自由洒脱而少拘束。唐代边塞诗人高适深得罗的推崇，诗集里两次提到高："地接昆仑斗柄低，中宵换岁一声鸡。处斋寂寞高常侍，吟到黄云白草西。"（《旧历除夕》）以笔者之见，罗家伦的中国古代诗歌修养，似并未专攻一家一体，而是广泛学习，博采众长。罗自己说过："写到性灵真挚处，也关儿女也风云。"（《自题诗稿》）所谓"儿女"和"风云"，既指题材的区别，也更指诗歌风格的区别，它们分别代表着罗诗的两路基本风格类型，一路偏于静柔与婉约，一路偏于动感与豪放。相较而言，罗似乎更喜欢也更擅长后面一路诗风："江南妙句张志和，塞北绝唱忽律金。我温游子江南梦，偏作苍凉塞北音。"（《西北行吟诗稿题后》）正是自己审美兴趣与艺术追求的写照。《西北行吟》里这路风格的诗歌也显然成就更高一些。这样罗家伦就在诗歌艺术的两个相互联系的方面做出了自己的选择，一是不拘旧诗格套，二是豪放阔大为主。正因为如此，《西北行吟》写出了一些豪放洒脱、意境阔大、音节铿锵有力的佳句，如"尘头高起处，知是牧群来。"（《沙泉子》）"娇儿问道爷何在，跃马天山第一峰。"（《登博格达山寄紫微少微二女》）"不到天山南北路，不知倾倒左宗棠。"（《伊宁归途追怀左季高先生》）"欲上高原帕米尔，袒怀酾酒问苍穹。"（《三十三年除夕感怀》）再如："牧草弥千里，炎威极大荒。"《绥来赴乌苏道中酷热望天山雪景》）"沙柱倚天壮，风声遍野哀。"（《沙泉子》）挥洒自如，豪迈之气跃然纸上，可以

---

① 罗家伦《〈西北行吟〉自序》，载《西北行吟》，1946年。
② 罗家伦《〈西北行吟〉自序》，载《西北行吟》，1946年。

代表罗家伦《西北行吟》在诗歌艺术上的成就。

　　罗家伦的《西北行吟》在抒写新疆自然风貌、记录当时政治风云等诸多方面达到相当的深度与广度,丰富了民国时期新疆汉语文学创作。作为一个来自内地的"他者",也在一定意义上影响了内地的新疆想象。他反对新疆分裂、维护国家统一的爱国情怀,今天更具有现实的意义。

　　　　　（本文原载《昌吉学院学报》2014年第4期,第16—21页）

不一样的精彩

——论双语作家阿拉提·阿斯木笔下的小说世界

刘 霞

美籍华裔作家哈金说:"文学必须能对其他文化的读者发言,否则就不是文学。也就是说文学必须能够穿越语言的障碍而显示其普世性。"①因此,在某种意义上,双语作家的文学作品似乎更能触及人心。因为双语写作的跨界行为使得他们在双重文化的观照下构建起一个极具文化包容性的世界。同时,多重文化视角下自我价值的碰撞、纠结体验的独特表达,亦能带来耳目一新的陌生化审美。正是基于这样的考量,本文试图通过这种跨界写作分析新疆当代维吾尔族双语作家阿拉提·阿斯木②笔下的小说世界。

一、多重文化滋养的跨界写作背景

关纪新先生在《少数民族作家与民族文化传统的关联》③一文中,曾将民族作家大致归为三类:"本源派生—文化自恋"型、"游离本源—文化他附"型、"借腹怀胎—认祖归宗"型,并指出在以汉文化为主要教学内容的高等学府内受到过系统知识教育的民族作家(指"游离本源—文化他附"型、"借腹怀胎—认祖归宗"型),其早期形成的社会思维和艺术思维基本以一种异质于本民族传统

---

① 江少川《写作是为了独立——哈金访谈录》,载《外国文学研究》2014年第6期。
② 阿拉提·阿斯木(1958—),维吾尔族,新疆于田人。新疆自治区文联副主席,新疆作协副主席。从小就读汉语学校,1985年毕业于伊犁财贸学校翻译专业,1987年中央民族学院毕业,2002年新疆大学汉语言文学翻译专业班毕业。1979年开始发表作品。出版有维吾尔语小说11部,汉文小说3部。作品多次获奖:小说《那醒来的和睡着的马》获1984年上海《萌芽》优秀作品奖、1995年全国少数民族文学二等奖,《生活万岁》获1987年新疆优秀作品奖,《金矿》获1998年《伊犁河》文学奖。2013年,长篇小说《时间悄悄的嘴脸》又荣获第三站"《当代》最佳"称号。
③ 关纪新《少数民族作家与民族文化传统的关联》,载《民族文学研究》1994年第1期。

的方式存在。所不同的是"游离本源—文化他附"型完全依附于他者文化,"借腹怀胎—认祖归宗"型一旦成为创作者并被冠以"少数民族作家"后,便会不约而同地对名字旁附带的那个括号陷入严肃的思索,并由此悟出一份民族性责任。于是,他们获得了多一重的文化参照系,从而在观察事物时,能够启用两套不同的视角。这样,其作品既不乏对母族深挚的热爱,又表现出一种对民族传统的辨证态度。从而隔离了对母族文化一味"自恋"的感染,显示出一种批判的力量与理性的深度。阿拉提·阿斯木的小说正是如此。

从逻辑上讲,他是"游离本源—文化他附"型:从小在汉校学习,只在大学读过两年维语,通过汉语阅读了大量的国内外文学经典,工作后不断的汉语言文学翻译的专业培训都使他游刃有余于汉语的世界,并成为其创作最初的选择,但也因为此,汉语创作之初他承受了难为人言的责难和不理解。同时,民族作家和翻译家的"两栖"身份,亦使他意识到书写与传播民族文化的重任,于是在继续汉语写作的同时,开始了艰难的母语文学创作。

新时期以来,清醒的抉择,坚守的立场、不懈的维语写作、自身位置的确立,把"对种族记忆、社会历史、时代精神和未来意识的个性化理解融入作品,同时通过自身的人生经历展现出对生命体验和信仰方式的独到把握和穿透能力,并试图通过对民族意识的追寻,来构建民族文化身份"[①]的努力,使得阿拉提·阿斯木始终走在民族作家的前列,不仅完成了向"借腹怀胎—认祖归宗"型作家的转变,奠定了自己在维吾尔文学中的地位,还收获了在维汉两界的文学成就。

二、兼容并包的"不一样精彩"

滋养于维、汉两重文化,受惠于西方现代文学,多重的文化参照系给予了阿拉提·阿斯木开阔的视野与敏锐的思想,也使得他的文学世界显示出一种"混血"的异彩纷呈,表现出"不一样的精彩"。

总体而言,这种"不一样精彩"主要表现在两个方面:兼容并包的另类语

[①] 刘霞《族别身份的坚守与文化身份的建构——白崇人文学评论活动贡献试析》,载《民族文学研究》2010年第6期。

言、表象与深层叙事结构下的多重主题。

（一）兼容并包的另类语言

1. 汪洋恣肆，诙谐幽默的诗化语言

汪洋恣肆，诙谐幽默的诗化语言是阿拉提·阿斯木小说语言的主要特色。所谓诗化是指其小说中跳跃的结构，起伏交替的节奏、多重的韵律。复旦大学郜元宝教授曾用"交响乐"来形容阿拉提小说语言的这种音乐性。阅读他的小说就像徜徉在一首首散文诗的丛林里，清风、河流、月亮、鸽子、渴望鸟在与我们畅谈。在这里我们看到"秋天的肥水，开始在野草拥戴的小渠里自信的畅流，像遥远的记忆，吞吃绚烂的盛夏。白杨树最后的心叶，和从古老的文明树最高的指尖上舞蹈飘落的爱叶，像肥亮的倩女，又像成熟懂事的女人，多彩可爱的飘落水面，开始她们没有尽头的旅行"[①]。而"时间把亘古和当下穿在一条金丝线上，给现在的他们力量和希望"[②]，"一群可爱的鸽子舞动着菊花一样美丽的翅膀，飘落在油画一样绚烂奢侈的树叶上，亲切的问候傲慢的秋风"[③]。

在这极具音乐性的诗性表达中，阿拉提·阿斯木的小说语言还散发着一种幽默风趣的味道。这种味道首先出自"绰号"的俏皮诙谐。如苏莱曼汪汪、泰来提笼子、夏吾东瞎盐、沙尼亚万年青、买买提小圣人、阿西穆东亚诗人娘娘、米吉提馍馍……在他的笔下，绰号作为个体精神的表征，不仅是一种恰如其分的个性戏谑，而且在其背后都紧随着一个生动的由来故事，所以绰号在演绎喜乐成分的同时串联着情节的推进与演变。某种程度上，这些绰号由来的叠加解读，构成了小说故事的起承转合，也使这种戏谑、揶揄的幽默味道一以贯之。从《蝴蝶时代》中各章节的标题"海沙乳房""大人物""马克利麻利""玛利亚上海""买买提皮子""克里木香烟""沙塔尔警犬""赛里木夜莺""夏酷热香港""马木提煤矿"，我们即可窥豹一斑。

其次，提到幽默味道，就无法回避小说中极具民族特色的"恰克恰克"。所谓"恰克恰克"就是即兴笑话，是具有地域特色的维吾尔民间传统，一种"找乐""寻开心"的消遣方式。阿拉提·阿斯木称之为民间"活态语言的源泉"，是"民族特色的绝响"。其精髓正如作者在《时间悄悄的嘴脸》里所指出的：先

[①] 阿拉提·阿斯木《蝴蝶时代·永远和永远》，上海：文汇出版社，2012年，第49页。
[②] 阿拉提·阿斯木《蝴蝶时代·好姑娘》，上海：文汇出版社，2012年，第139页。
[③] 阿拉提·阿斯木《蝴蝶时代·永远和永远》，第48—49页。

是作践自己,"而后具体地瞄准某一客人或是朋友,讽刺、挖苦、激怒、拔高,又一棍子打死对方,抓住他人的弱点和长处即兴编笑话,在多变的语言游戏中创造绝妙的段子,创造绝佳的欢笑气氛"。

不同于传统表达的单纯逗乐,搞笑的方式,左阿拉提·阿斯木的小说世界"恰克恰克"被提升至个体生命意识的一种传达,以戏谑与自嘲的方式沟通自我与他者,并在反讽中实现自我精神的救赎,于是成就了在幽默中见出思想力量的反讽表达,从而使他小说的幽默风趣与众不同。

2.多语的"混血并呈"

所谓"混血并呈"是指阿拉提·阿斯木小说创作语言的"杂语互渗"。维吾尔民间传统、汉民族文化、西方当代思想在其小说世界被杂糅混合,以一种新的转基因语言重组,从而带来极具冲击力的陌生化审美效果。

相对于汉民族"自者"的本位,维吾尔民族的传统表述就具有了他者的异质,这是"混血并呈"的陌生化美学效果的第一层。如《外号》中安娜混血的脸蛋被形容为"像清香的夏果",眼睛"像正午静谧的果园"。而"我"因为花心,被称为"偷吃少女天鹅肉的苹果贼"。《好姑娘》中因女儿与情郎艾孜穆江私奔上海,母亲麦尔艳的心情被表达为"从这一天起,她就尝不出盐的味道来了"。艾孜穆江背叛好姑娘,其父愤慨道:"把人家的盐巴变成毒药,你就不怕岁月惩罚你吗?"艾孜穆江的叔叔伊米提感叹:"明明是娶女人生孩子的事,怎么就会有这么多葡萄藤一样麻烦的情绪在里面的?"诸如此类,不一而足。

其次,汉民族文化被不露声色地嵌入俯拾皆是的维吾尔语系统的修饰表达中。例子不胜枚举,如《红桥》中古丽会哀叹:"凡人是命运的围棋,棋子的喜怒哀乐,在命运长短不齐的手指里,于是我们一个河东,一个河西。"《恶之花》里认为"心在脸看不见的深处承受、忍耐、等待,不在沉默中死亡,就在沉默中爆发"。《夏吾东瞎盐》中对于"自己的太阳自己看,孙猴子封了个弼马温,你苹果一样小小的心,在无边的世界游荡"的吟唱。《月亮古丽》中月亮启示伊明:"如果一个人发现了自己的光明,他就是无数个光明,这就是一生二、二生三、三生万物的道理。"这里既有汉民族的传统谚语"三十年河东,三十年河西"的化用,又看到了鲁迅精神的痕迹,《西游记》的影子,更见出传统道家思想的沿用。混血并呈的第二层审美效果由此可见。

3.挑战逻辑,充满"隐喻"和"狂欢"

挑战逻辑,充满"隐喻"和"狂欢",称得上语言"混血并呈"的第三层表现，当然更是作者对于西方现代文学思想接受的有力明证。不合汉语逻辑的信手拈来，涉笔成趣随处可见，但似乎也正是如此，非逻辑语法的理解受阻又让我们突破了汉语常规的束缚，获得了对于语言文字自身的重新认识。

"狂欢"作为阿拉提·阿斯木小说的语言或小说文本深层的特性，最直接的表现在伦理、道德、责任、灵魂沦丧后，人物赤裸欲望肆意放纵的表述上。相对于汉语的含蓄表露，阿拉提的"狂欢"是飞扬的生命气息，是在这个五色目迷的时代里丑陋而真实的一面——让欲望的翅膀在一切时间里纵它飞翔。所以，阿拉提写得很直率、赤裸，在这里弗洛伊德所谓的"利比多"得到极尽的阐释，女人像蝴蝶般飞舞在男性群落里，男人把自己作为"最后的男人"享受人生，身体与权力的媾和是为着利益的获取，"快乐原则""金钱至上"是立身行事的标准。诚如《夏吾东瞎盐》一文中借人物之口的表达："现在这年头，苍蝇和苍蝇偶然上床了，也不赊账。"《玛穆提》中写道："世界上只有两样好东西，一是乳房，二是酒，他们永远是男子汉们的好宝贝。"《时间悄悄的嘴脸》中也说："人生的底线是钱。今天的杂碎比明天的肉好。诺言永远不在锅里。今天的胜利就是今天的天国。"

"隐喻"作为挑战逻辑的方式表现在小说的语义群内，总是像池塘里"莲叶何田田"般，密集地漂浮着连绵不尽的修饰和铺排式描写。如好姑娘化为渴望鸟后，天使与她的对话便是例证："你现在已经是永生不老的神鸟了，要热爱神赐你的时间，不要以为你已经拥有了永恒的时间了，就散漫的放任你的时间，当你真正懂得了你的财富只能是时间的时候，你的歌声就属于天下的一切角落了……你要珍惜，你要感谢时间和灾难，时间在众多的时候是没有性别的，没有左右正反，没有屁眼，而有时灾难有可能是我们的老师。世界永恒折磨我们的一个麻烦是，当我们虔心歌唱的时候，我们为什么会面临雷鸣和闪电呢？当你看到玫瑰花盛开的时候，你要窥视灾难的走向，用玫瑰的芬芳阻挡恶，战胜丑陋。"[①]

再试看《时间悄悄的嘴脸》中："鸽子们的期盼，把他们带到了有很多脚们骄傲或痛苦前行的人行道上，不同尺码的鞋们，缓慢地，匆忙地，犹豫地前行。"

这些词义隐身的密集隐喻，作为一种思维方式与认知手段，映射出作者对于文字自身启迪思想的重视，明显的带有"形式主义"的烙印，也体现出作者小说

---

① 阿拉提·阿斯木《蝴蝶时代·好姑娘》，上海：文汇出版社，2012年，第176页。

语言兼容并包的"混血"气质。

（二）表象与深层叙事结构下的多重主题

1.身体与权钱媾和的"食色性"表象

新时期以来，气象万千的社会转型中，人们被裹挟着前进，在因循与试验、拒斥与接纳、肯定与否定、复苏与更新、理性与欲望、喧嚣与骚动的两极中剧烈摇摆。传统价值延续的被破坏，固有伦理观念的被颠覆、个体的"人"的被关注都极大地震荡着深处其中的"人"与"人性"。阿拉提·阿斯木正是抓住了这个社会性的症候，展现出它在行进中的一系列表征——身体与权力媾和的"食色性"表象。

他的小说无一例外的涉及都市的男男女女，写他们"在时间悄悄变化的嘴脸"中膨胀的欲望。这欲望捆绑着一条不断延伸的身体与权利媾和的"食色性"生物链——以"美色"为基础，"性"为交易，达到"食"（欲望）的满足。于是人们在相互的串联中既从链与链的对接中达成欲望，又在链与链的捆绑中锁定人性，从此丢失了他们本该生长翱翔的天空和土地。

如《永远和永远》一文中的美女大学生热娜，从企盼一份好工作的两性交易，到婚后自愿不自愿的为人情妇并以此为平台，完成了从科员到科长，再到局长不断升级的角色转换。在与海米的钱色交易中，从自身权利角色的变化与受益中，她通透这个社会的法则，并驾轻就熟，从被玩弄的受制于人，到反客为主地操纵，再到欲求达成，无情甩去棋子海米的工于心计。她在自愿捆绑人性的路途中越走越远。再如《蝴蝶时代》中的海沙乳房，以天生的丽质和后天的"胸器"行走于男性的群落，像翩翩的蝴蝶起舞在以"大人物"为中心的各色交易中。最终以色谋财，成就了其从旅游公司的小职员到百万富翁，再到新疆女首富有名有财的发迹过程。

此外，《好姑娘》中始乱终弃的艾孜穆工，《玛穆提》中的好色处长玛穆提，《阿瓦古丽》中纵情纵欲的阿瓦古丽，《恶之花》中的"我"与阿娜尔，《最后的男人》中的阿西木和田及情妇其曼等，都属于串联在这条欲望之链上的个体。

由此可见，阿拉提·阿斯木总是以这样一种看似赤裸的、直白的权色交易表象，叙写出新时期激荡变化的时代光影下的人性裂变、异化及社会价值体系崩塌下伴生而行的实用主义、拜金主义、权力至上的滋生与蔓延。

2.人心向善的劝喻主题与精神救赎的宗教哲学

尽管阿拉提·阿斯木的小说详尽地描绘了社会转型期的种种"食色性"的丑恶。但其本义不在于揭示人性沦丧的表象，而是通过表象来揭示深层的内在，进行一系列精神的拷问。如《最后的男人》中，作者借阿西木和田自身"多行不义"的人生报应，道出"人是什么？"的精神拷问。《恶之花》中对于妻子的背叛而生的"我是谁？""我怎么会落到这步田地？"的深刻反思。《时间悄悄的嘴脸》里通过艾沙的换脸避罪，提出了"人可以匿名地活着吗？不被识别认可的人能存在吗？"一类有关自我的哲学思考。所以，在他的作品中我们总是可以看见双向并行的主题：表象下人性的沦丧与深层精神拷问下的道德忏悔、精神救赎与人心向善的劝喻。

通过破解时间的故事套故事的诗性叙写达成主题是作者惯常的手法。时间、金钱、权利、美色是阿拉提·阿斯木小说的四大要素。在这些要素的串联互通中萌生出一个个时间里的寓言故事。阿拉提·阿斯木的小说题材很有意思：有《最后的男人》，就有永远的《好姑娘》，有好色的男性《玛穆提》，就有纵欲的女性《阿瓦古丽》；有《时间悄悄的嘴脸》下的男人长篇，必有翩然起舞的女性《蝴蝶时代》。对偶性题材启示着我们，这由阴阳共构的世界需要平衡，打破平衡的纵欲与拜金必将被时间审判。

也因为此，《恶之花》《最后的男人》《玛穆提》的男主人公都有报应的惩罚。短篇小说《恶之花》中的"我"贼心贼胆，骗妻子到外县给公司要账，却与情人阿娜尔乘车上山度假。意想不到的是，在山上，阿娜尔却无意撞见"我"的妻子与其情夫。中篇小说《最后的男人》中的阿西木和田通过寻获装满黄金的槽子车大发不义之财后便秘置别墅，金屋藏娇，继而抛弃发妻，试图带着情人出国定居。未曾始料，情人亦有情人，在席卷他的钱财后与情郎跑路，阿西木气急败坏以致双目失明。最后又老又瞎的他，在每周日由发妻搀扶着出来吃烤肉，而发妻也只是为了洗清自己年轻时的背叛，能够在精神上净心净身地去见真主。《玛穆提》中玛穆提处长赴约于老婆的美女朋友，幻想能与之风流一晚。却原来玛依拉受老婆之托传话于他，告知已知他的秘密，并要求其结束与情妇的十年关系，否则离婚。随后为支付情妇巴努姆提出的十万身心损失费，他四处奔波，感受了人情冷淡，最后在居心叵测的马克利总统的帮助下如愿以偿。结局里深爱他的巴努姆没有要钱，却告知他又一个晴天霹雳的消息：妻子亦有情人。

这里阿拉提·阿斯木写出了人性的罪与罚，但是最后"他还是希望人们能看到人性高贵的那一面,像天际的星光,为每一个人的自我救赎指引方向"[1]。因此,我们又可以看到在《时间悄悄的嘴脸》里,玉王艾沙麻利从最初信奉"金钱就是祖师爷"的不择手段;从得知哈里未死,并害死了弟弟,霸占祖宅后的蓄意复仇之恶,能够最终在母亲的规劝、指引下得以平静了结,并在自我的重生中得到启示:人不能为了钱而不要"脸",一旦人没了"脸",也就是不存在人了。所以,《蝴蝶时代》中海沙乳房在最后的时光纵观人生时,看不见自己的灵魂,但却能得到初恋情人库特鲁克的接纳,而阿瓦古丽从自己的纵情纵欲中感受到了罪孽,开始用她花不完的钱去帮助穷人和弱者,去资助孤儿院。她还请教了一大圈的老人、智者,从那里获得活下去的精神支柱。

综上所述可见,在对名利追逐过程中人性善的潜隐,恶的激发,真情的被遮蔽以及人性由善—恶—善的循环回归,凸显出阿拉提·阿斯木小说批判意识的同时,显示出其人性向善的劝世与罪恶救赎的主题思想,也彰显出小说人物与情节设置的惯性,即人物在享尽人间繁华过程中的罪与罚,最终会在悔过自新,改邪归正的人性净化中得到救赎洗礼,从而让人性的光辉回照自身。

三、结论

总括而言,阿拉提·阿斯木的小说世界以其双重文化滋养下丰富而扩张的汉语表达,诗性的维吾尔寓言与民间幽默,杂语并呈的哲理劝诫,"情理之中,意料之外"的文本结局,叙事手段与方法的"现代"意味,人性忏悔与精神救赎的宗教精神,像艾提莱斯丝绸上的五彩般绚丽夺目,显示出"不一样的精彩"。

(本文原载《小说评论》2016年第二期,第161—165页;有增补)

---

[1] 何英《使汉语扩张而丰富》,载《文学报》2013年9月26日。

西域诗学论略

王佑夫

西域[①]诗歌创作历史悠久，成就辉煌，对之整理者、研究者不乏其人，且成果丰硕；但对其理论批评即诗学[②]则缺乏重视，特别是综合审视，就笔者检索结果，迄今尚未见到。西域诗学虽然远不及西域诗歌创作繁荣发达，但也留下独具特色的珍贵遗产，值得研讨。同西域诗歌存在形态一样，西域诗学传播方式有书面与口头之分，语言载体有汉语与非汉语之别，是一个多样集合体[③]。本文仅以常见汉文及汉译文献为限，拟就其主要内容及基本特征略做综合论述，以观其要。

一

汉语书面西域诗学由两部分构成：一是进入中原的西域族群后裔汉语诗学，一是旅居西域的汉文诗家的著述。它们多是一些散篇短制，如序、跋之类；其专著，前者有元代辛文房的《唐才子传》，后者有清代袁洁的《出戍诗话》。

随着中华民族大融合历史的推进，西域诸族陆续进入中原，接受汉文化的洗礼。时至元代，"西北子弟尽为横经，涵养既深，异才并出"[④]，诗坛"彬彬极盛"，前所未有。西域贯云石、马祖常、迺贤、余阙、辛文房等位列其中。他们在诗作与诗学两个方面留下声名，对一些散篇短制的诗学文字，常有深刻见解。如在旧题范德机撰《木天禁语》所存录马祖常（1279—1338）的一段议论："东

[①] 本文所称西域指丝绸之路中段、历朝历代中国政府所管辖的包括属国在内的区域。
[②] 诗学有广义与狭义之分，广义指文学理论，狭义指诗歌理论批评，本文取其狭义。
[③] 王佑夫《对西域各民族诗歌的理论观照——〈西域诗歌民族精神研究〉评介》，载《中国出版》2012年第11期。
[④] （清）顾嗣立编《元诗选·初集》上，北京：中华书局，1987年，第1185页。

夷、西戎、南蛮、北狄，四方偏气之语，不相通晓。惟中原汉音，四方可以通行，四方之人皆喜于习说。盖中原大地之中，得气之正，声音散布，各能相入，是以诗中宜用中原之韵，则便官样不凡。"马祖常认为，少数族群生活在中华大地的东、西、南、北四周，戈壁沙漠，高山崇林，气象万变，环境恶劣，在封闭的地域中，他们操着各自不同的使用范围狭小的语言，造成与外界思想文化交流的困难，自然影响作为语言艺术的文学的发展。而中原则不一样，它处在中华大地的中心，"得气之正"，气候温暖适宜，物产丰富，人杰地灵；历史悠久，文化先进，气运昌盛。在这种地理、文化环境中产生的语言，气韵纯正，"声音散布，各能相入""四方可以通行"。故而，它的语言和以这种语言写作的诗歌，"四方之人皆喜于习说"，为周边少数族群所接收，乐于学习，乐于使用。由此可见，中原汉语义不容辞地成为中国各民族的共通语言；少数族群理所当然地成为汉语诗歌创作队伍的成员。马祖常从民、汉比较的角度，阐明了进入中原的少数族群及其后裔用汉文写作的缘由及其接受过程，字里行间充满对中华民族由衷的认同感。

　　生活在与马祖常同时的西域人辛文房[①]，也同马祖常一样对汉文化高度认同。在儒家诗学影响下，他"游目简编，宅心史集"，"用成一家之言"，于元成宗大德八年（1304）写就《唐才子传》。这是一部评传体诗话之作，也可视为一部阐释型断代诗歌史，不仅记载了一些不见于正史的唐代诗人的事迹，而且勾勒出唐诗风格流变的轮廓，表达了自己精湛的诗学见解。顾易生等在《宋金元文学批评史》中称《唐才子传》体现了北方、南方诸种文学思潮交流融会的成果。[②]作为西域人，尽管辛文房受汉文化濡染已深，但其潜存的"异方之士"的族群意识似隐约地存在于他著作之中。该著为278位诗人立传，其中约20位今考为匈奴、鲜卑等族群后裔。对这些诗人，作者或赞扬其人格，或称羡其诗作，字里行间流露出对他们的热爱推崇之情，说"鲜卑人之后"窦叔向"有卓绝之行"[③]。"乌丸"王涯"善为诗，风韵道然，殊超意表"[④]。"出匈奴之族"的刘方平"工诗，多悠远之思，陶写性灵，默会风雅，故能脱落事故，超然物外，

---

① 辛文房（生卒年不详），字史良，元代西域人，大致生活于1265—1325年之间，他对"中原汉音"由"喜于习说"而顶礼膜拜。他的诗集复用李咸用的《披沙集》为名，他的名是刘长卿的字（文房），他的字用的是于良史的名，这些人都是唐代汉族诗人。
② 顾易生、蒋凡、刘明今《宋金元文学批评史》下，上海 上海古籍出版社，1996年，第1049页。
③ 傅璇琮主编《唐才子传校笺》第二册，北京：中华书局 1989年，第83页。
④ 《唐才子传校笺》第二册，第433页。

区区斗筲，何足以系刘先生哉"①。"朔方人"长孙佐辅"然风流蕴藉，一代名儒，诗格词情，繁缛不杂，卓然有英迈之气"②，等等。《唐才子传》在一定程度上揭示了唐诗是汉族与少数族群共同书写的中国古代诗歌高峰的历史。对此，罕有研究者提及。

自周穆王与西王母唱和开西域汉诗先河，历经汉、魏、唐、宋、元、明、清蔚为大观。行走在西域这片土地上的汉语诗人吟咏之间，亦尝谈诗论文。扈从成吉思汗西征的契丹人耶律楚材（1190—1244）诗多唱和之作，在《约善长和诗战书》中借论唱和诗。唱和诗是汉语传统诗歌类型范式之一种，有自己的美学要求。这篇书信以战事作譬，从一个侧面写出了唱和诗"创作过程的思维活动和心理特征"③。祁韵士（1751—1815）《西陲竹枝词》的"序"与"小引"，指出西域诗纪实性特点，所谓"与夫境俗之优薄，产载之区品，川塞之基源，节气之通隔，莫不婉转附物，怊怅切情"④，"每有所触，情至而景即在"⑤，如此"诗可以观矣"⑥。纪实性使西域诗具有了重要的认识价值。这些诗人的诗学思想较多体现在诗作中，施补华（1835—1890）诗中有句："阿浑伯克，陋习不除。柔以礼仪，活以诗书。"⑦直接强调诗歌的教化功能。凡此，爬罗抉择，定会见出西域土地上汉语诗学的丰富内容。

在西域写成的唯一汉语诗学专著是袁洁的《出戍诗话》。袁洁，号蠡庄，又号玉堂居士，湖南桃源人。道光二年（1822）夏谪戍乌鲁木齐，于道光六年初回归。道光八年《出戍诗话》刊本问世。其《自序》云，自"整装之日始，记事、记人、记地，偶有吟哦及友朋投赠佳句，随时登入，仍以诗话名之"。清代浓郁的朴学风气影响到诗话创作，北宋欧阳修《六一诗话》开创的"论诗及事"之体诗话在清代占有相当比重。《出戍诗话》便属此类，在记事记人中评诗论辞，其主要价值体现在文献方面。试读一例观之："余行踪迟缓，每遇风雅之人，往往流连诗酒，经旬累月而后行，是以自秋徂冬，尚未入关。在古城友人处见残诗

---

① 《唐才子传校笺》第一册，第591页。
② 《唐才子传校笺》第二册，第594页。
③ 参见王一丁、王佑夫、过伟主编《少数民族古代文论选释》，乌鲁木齐：新疆人民出版社，1993年，第329—300页。
④ （清）程振甲《西域竹枝词序》，汪廷楷、祁韵士撰《西陲总统事略·附》，北京：中国书店，2010年，第231页。
⑤ 修仲一、周轩编注《祁韵士新疆诗文·小引》，乌鲁木齐：新疆大学出版社，2006年，第173页。
⑥ （清）程振甲《西域竹枝词序》，汪廷楷、祁韵士撰《西陲总统事略·附》，第232页。
⑦ 施补华《重定新疆纪功诗》，钱仲联主编《清诗纪事》（同治朝卷），南京：江苏古籍出版社，1989年，第12043页。

一册，中有句云：'闲中一刻千金值，盼到归时又懒归。'可谓先得我心矣！询之，对为巴里坤满营纳尔胡善之诗，为诗格调齐整，根底深厚，洵边塞中作手也。录得其家信云：'夜阑山雨打窗櫺，旧事新闻话百条。想得家中询旅况，也应絮絮似今朝。'自跋诗后云：'白草黄云阻笑歌，光阴六月任蹉跎。闲情幸把羊毛笔，诗债还清一半多。'闻其近已双瞽重听，不可复访。惜哉！"（卷三）满人纳尔胡善生活在"白草黄云"的巴里坤草原，戍边已久，"双瞽重听"，依然恋恋不舍这片热土，"盼到归时又懒归"。他是边塞的一位写诗能手，从所存残诗一册可见，其诗"格调齐整，根底深厚"。这段文字包含了对诗人的写真、诗稿访寻、诗作评价、边塞生活写意、戍客心灵展示等，留下了一则西域汉诗写作生活背景及作品思想的史料。文中所录纳尔胡善作品透露的诙谐清新的诗味气息，暗含《出戍诗话》的艺术主张。卷四云："凉州于芝房光九，闻辑诗话，以试帖一帙见质。余曰：'诗话所采，大约皆诙谐清新之作，试帖则不录也。'光九乃诵《书院即景》之作。""诙谐清新"便是袁洁采诗标准、创作倡导与追求。至于"诗话所已录者。……无不意执情真"，其思想主旨，则明确在"舆衰岂必定中华，中外原来是一家"。①袁洁充分肯定，"中华一家"是西域诗歌与诗学的价值取向。

二

优素甫·哈斯·哈吉甫（1069—1070）创作了《福乐智慧》，这是一部诗体文学作品，它的一些章节和人物语录涉及诗的本质、诗的功能、诗的语言以及诗与生活、诗人修养等方面的内容。作者把诗歌视作有如曹丕所言"经国之大业，不朽之盛事"②，以自己的作品称诗歌"安邦治国""为读者引路，导向幸福""做今生来世的手臂"③，从而赋予诗人崇高地位，"他们若赞美你，你会名传四方，他们若责骂你，你会恶名远扬"。因而"要善待诗人"。《福乐智慧》是维吾尔古代诗歌与诗学发展的基石，受它直接影响写成的《真理的入门》，在全面张扬《福乐智慧》诗学观点的时候，突出地阐述了智慧与知识的重

---

① 以上引文及诗句均见（清）袁洁撰《出戍诗话》，道光八年刻本。
② 曹丕《典论·论文》，见霍松林主编《古代文论名篇详注》，上海：上海古籍出版社，1986年，第89页。
③ 本文所引《福乐智慧》诗句，均见郝关中、张宏超、刘宾译《福乐智慧》，北京：民族出版社，1986年。

要性，提出"人类的美在于智慧"的著名论断，从而揭示出维吾尔美学与诗学的核心①。

随着察合台语的形成，维吾尔文学史上掀起了第二次创作高潮。被誉为"旗手"的察合台文学奠基人阿里希尔·纳瓦依（1441—1501），写下《群英盛会》等多部诗学专著。文学语言问题始终是古代维吾尔作家与诗人关心和探讨的重要问题，纳瓦依对此做出了不可磨灭的贡献。他既写出了分析阐述诗韵规律的《韵谱》，更写出了影响深远的著作《两种语言的仲裁》，提出自己独到的见解："词者——珠也，其源在海。心亦海也，犹明镜也，总摄万千之词。自有下海人，始有珠出世。珠之美在璀璨，词之贵见诸谈吐，因学人之巧思而藻丽，因言者之机锋而完美。……美言之出，朽腐可以重生，恶言之来，生体须臾死灰。"作为思想外表的语言具有无比的丰富性。在纳瓦依看来，突厥语言比其他语言毫不逊色，它的词汇精美如珍珠，美的感染力极大，而且犹如大海孕育珍珠，它还在不断生长，储量无尽；其"美言"可以化腐朽为神奇，其"恶言"则能使"生体"变"死灰"，功能巨大。这是就突厥语言本身而言。就语言运用的主体来说，语言如海，"心亦海也"，因而面对任何一种语言，人完全可以掌握；珍珠般的语言正是人从大海中捞取出来的，"自有下海人，始有珠出世"。纳瓦依诗学著作及他创作的大量诗歌作品中所表达的丰富而深刻的诗学见解，大大推进了维吾尔诗学的发展，使其进入一个自觉发展阶段，诗歌理论批评不再仅仅作为诗歌作品或语言著作中的一个组成部分，而是由此开始获得了自己的独立地位。综观维吾尔诗学著作，有的单一论诗，有的诗乐兼论；有的专论诗歌的语言，有的对诗人诗作进行评品。还有一种特殊存在，如穆罕默德·喀里在其《喀里诗集》中，用"穆罕麦斯"的形式跟历代著名诗人如纳瓦依、翟黎里、麦斯莱甫等所写的"格则勒"唱和，针对他们所阐发的思想，提出自己的看法。这些诗篇既属于诗歌创作，又兼有诗评性质，若将它们独立排列一组，实际上构成了一部诗评专著②。

西域非汉语书面诗学余绪，当推阿拜（1845—1904），这位哈萨克族书面文学奠基人写下10首内容精深的论诗诗。他以诗歌是"语言的皇帝"为纲领，论述诗歌的作用：让"心灵的伤疤化作炽热的火焰，让升腾的烈火直冲霄汉，让垂危的生命伴着枯竭的泪水，化作珍奇的诗章留在人间"！诗歌与人的个体生命须臾

---

① 王佑夫《它并非一片荒原——维吾尔诗学简论》，载《民族文学研究》1996年第2期。
② 王佑夫《维吾尔古代诗学之星》，载《民族文学研究》2003年第4期。

不可分离："也许尘世的一切都会使你厌倦，诗歌却是你终身的伙伴。"诗人的使命："用诗的泉水浇灌人们的心田。"诗人应有深邃的思想和独创精神："如果不仔细探究生活的规律，必然对怪诞的世界感到迷茫；如果不掌握锐利的思想武器，很难认识生活的谬误与荒唐。""勒紧腰芎，注视着周围的一切；一个晶莹的世界，撩起他新的思索。""不断地思考和探索，不停地开拓和寻觅。"万万不能"自己没有主张，甘愿尾随别人"，丧失精神的自主性和思想的创造力。同样，诗歌的接受者亦应有良好的妾受态度与修养："只有心窗敞开的人才能理解诗的内涵。""请向你思想的深层继续开掘，我的人生之谜等着被你发现。""谁的心头还燃烧着智慧的火花，必然理解诗人的苦心和衷肠。"只有"知道语言威力的人，能领略深沉的诗章"，"游手好闲的思想懒汉，哪能听得懂诗的语言！还是让勤于思考的人们，来领略这诗歌的内涵"！阿拜论诗诗所独具的特点之一是大胆的批判精神："诗是文章的精华，语言的皇帝。……试问有几位阿肯吟唱的诗，有黄金的意蕴与白银的光泽？我观察过旧时的部落酋长，他们喜欢用俚谚拼凑诗行；豢养的阿肯无知而愚笨，只会在垃圾堆里翻捡诗行。弹着阔布孜、东布拉信口开河，逢人便唱诣媚和奉承的歌；叫花子般到处哼哼着讨饭，语言的精髓早已被他们阉割。……自命不凡的骗子比比皆是，恕我对这种人严厉地斥责！"阿拜的指斥意在表明：一个族群及其文学只有在清醒的自我认识、自我检讨、自我批判的基础之上才能不断进步和发展。阿拜论诗诗还承继口头诗学而加以拓展和提升。"哈萨克人伴随歌声来到人世，哈萨克人伴随歌声离开人世"，这句表达了诗歌和哈萨克人关系的熟语，到了阿拜论诗诗里就被赋予了更具理论价值的书面诗学："诗歌为婴儿打开人生的大门，也陪伴死者踏上天国的途径；没有诗歌生活将失去欢乐，要郑重地评价诗歌的作用。"[1]诗歌具有生命哲学的意义，它是人类生活的构成部分，是个体生命摆脱痛苦获得欢乐的"泉水"。

三

西域口头文学发达，"主要包括神话、传说、故事、英雄史诗、民间叙事诗、民间歌谣、谚语、谜语等"[2]。口头诗学就是各种体式的口头文学中有关诗

---

[1] 本文所引诗句均见哈拜译《阿拜诗文全集》，北京：民族出版社，1993年。
[2] 雷茂奎、李竟成《丝绸之路民族民间文学研究》，乌鲁木齐：新疆人民出版社，1994年，第5页。

歌的观念、见解与议论，它主要存在于口头文学发达的少数民族族群中。作为西域诗学重要组成部分的口头诗学难以穷尽，且不说《江格尔》《玛纳斯》等诗作，就连文学作品中的人物阿凡提也讲过有关诗歌功能的笑话，众多史诗中所包含的口头诗歌创作与传播理念及有关乐器传说所孕育的诗歌起源观念等别具特色。一则哈萨克民间故事结尾说："歌声像火山爆发，像战鼓轰鸣，像无情的暴风雨，它震撼了可汗的宫殿，唤醒了整个草原，形成一股席卷一切的歌声的洪流。可汗顿时失去了往日的威严，他被愤怒的歌声吓得瘫痪了。他从高高的王位上摔下来，摔进那鼎沸的铅锅里。这就是东（冬）布拉的第一支歌。这支歌以后，草原上便流行开了哈萨克人心灵的伙伴——东布拉。"①冬不拉在与黑暗势力的斗争中诞生，鲜明地体现了诗歌巨大的精神威力，成为哈萨克族生命的一部分。由此可见，诗歌的地位是何等重要！一位哈萨克佚名阿肯唱道："吟诗编歌同样是一种本领，越到难处好歌手越有激情。哈萨克的诗歌里饱含哲理，深邃思想使诗人赢得尊敬。牧人扬鞭用诗歌呼唤牛羊，幼童扯嗓用诗歌哭喊爹娘。伴着歌声进摇篮，随歌长大，最后又在歌声里躺进坟堂。马和诗是哈萨克一对翅膀，目不识丁对吟诗又有何妨！行吟诗人比尔江迟暮之年，临终用诗述遗嘱留下华章。哈萨克呀哈萨克诗的海洋，代代靠诗来延续源远流长。民间歌手曾到过皇帝金殿，参加盛宴座上宾佳话传扬。江布尔到九十岁还谱新篇，他用诗歌令世界瞩目惊叹。'没有一个哈萨克不是歌手。'这可是实在话绝非虚言。"这首民歌唱出了哈萨克人及其歌手的自豪感，唱出了诗的社会功能，唱出了好歌的标准②，是一首理论色彩浓厚的口头论诗的诗歌。又如乌孜别克谚语："学习语言是通向心灵的捷径"；"唱歌唱给知音的人，说话说给会听的人。"③回回花儿唱道："花儿（么）本是心上的话，不唱是由不得个家。刀子（哈）拿来头割下，不死就是这个唱法。"④塔吉克《花衣裳》唱道："姑娘的花衣裳虽然美，再美也没有你漂亮；如果姑娘不会放羊不会唱，穿上花衣也是个丑模样。"⑤塔塔尔《故乡的歌》唱道："故乡的歌儿牢记心窝，我听到歌声多快活。故乡我是多么爱

---

① 焦沙耶、张运隆等翻译整理《哈萨克族民间故事》，乌鲁木齐：新疆人民出版社，1982年，第171页。
② 新疆维吾尔族自治区编辑组《巴里坤哈萨克族风俗习惯》，乌鲁木齐：新疆人民出版社，1986年，第98—99页。
③ 郝关中、张世荣翻译整理《乌孜别克族谚语选》，乌鲁木齐：新疆人民出版社，1980年，第29、67页。
④ 叶舟《花儿：青铜下的歌谣》，乌鲁木齐：新疆美术摄影出版社，2006年，第48页。
⑤ 马学良等主编《中国少数民族文学作品选》第二册，上海：上海文艺出版社，1981年，第397页。

你,我为你跳舞和唱歌。母亲为我唱过民歌,奶奶讲过古老的传说。"①西域口头文学中有着储量丰富的口头诗学,涉及诸多诗歌理论的基本问题,它所蕴含的文化内容与文学思想对西域口头文学研究、多民族诗学建设具有重要参考价值与启迪,我们应该放开眼界,从多角度、多方面、多语种去发掘与研究。

四

纵观西域诗学,其基本特征,约而言之:一是多元性。丝绸之路上的西域是多元文化的聚集地。语言文字多样,意识形态多样,美学、宗教多样,诗歌品种多样,自然形成西域诗学多元性。从思想史层面看,占据主要地位的是汉语儒家诗学及民语伊斯兰诗学。前者主要遵循兴观群怨、经世载道等诗学思想指导,后者则把诗歌创作动因和目的归之于真主,阅读诗篇也是要"对真主知恩感戴",诗学思想离不开伊斯兰宗教哲学与美学意识的支配。

二是交融性。"花门将军善胡歌,叶河蕃王能汉语"②"去年中国养子孙,今著毡裘学胡语"③。民、汉语言上的彼此学习,促进了文化、文学、诗学的彼此认同,彼此包容,相互吸收,相互交融。在一个"座参殊俗语,乐杂异方音"④的和谐诗乐的广阔天地中竞相发展。《福乐智慧》序言中就明确表示:"此书极为尊贵,它以秦地哲士的箴言和马秦学者的诗篇装饰而成。"⑤主动接纳中原文化与文学,书中儒家意识显而易见。

三是纪事性。西域诗学大多以人存诗,以诗存人,以诗纪事,说诗评人。《唐才子传》为278位诗人立传,附带提及120人,共398人,所叙诗人与两唐书互见者仅100人,余下皆著者博采群书汇集而得。《出戍诗话》全书略以行程分卷:卷一记行前,卷二记途中,卷三、卷四记酬别与返程。书中记录沿途旧朋新友酬赠之作及西域人情风土甚详,可称一部以诗会友的西域游记。纳瓦依的《群英盛会》以8部的篇幅,记述同代作家、诗人约355人的生平与写作活动,对于许

---

① 新疆维吾尔自治区文化厅、中国音乐家协会新疆分会编,卡玛尔演唱,木合买提记录,常世杰译配《新疆民间歌曲选5》(锡伯族、塔塔尔族专辑),乌鲁木齐:新疆人民出版社,1983年,第39页。
② 岑参《与独孤渐道别长句兼呈严八侍御》,张辉选注《岑参边塞诗选》,北京:人民文学出版社,1981年,第89页。
③ 张籍《陇头》,《张籍诗集》,北京:中华书局,1959年,第85页。
④ 岑参《奉陪封大夫宴》,张辉选注《岑参边塞诗选》,第68页。
⑤ 优素甫·哈斯·哈吉甫著,郝关中、张宏超、刘宾译《福乐智慧》,第2页。

多作家、诗人的成长及一些著名作品的流传起了重要作用。毛拉艾斯木吐拉·穆吉孜著《乐师史》介绍了木卡姆发展历程中的乐师兼诗人的经历与逸事。口头诗学中亦不乏说唱艺人及其今昔的记载。

四是断层性。丝绸之路的西域诗歌,无论汉语还是民语所属,都可以勾勒出它的历史发展过程,而其诗学则很难梳理出它的承继脉络,具有显明的断层现象。汉语诗学在元蒙时期有马祖常、辛文房等人的"同韵诗学",到了清代晚期才出现一部《出戍诗话》,还看不出它们之间的接续关系。在文学史上维吾尔族也并非每个时代出现过诗学家和诗学著述,《福乐智慧》中"以智慧为美"的核心诗学观念,也未贯穿维吾尔诗学始终。哈萨克诗学中的阿拜似处于"前不见古人,后不见来者"的地位。

丝绸之路上的西域诗学始终处在流动过程中,创作主体流动,诗学思想流动,乃至东渐至朝鲜与日本,尤其在朝鲜半岛汉语诗学中充满了西域元素,半岛汉语开端之诗人、诗作、诗话等,无不在西域诗学影响下出现[①]。而作为历史文化概念的西域诗学,它的思想与精神在有形与无形中至今影响新疆多民族文学创作与理论批评的发展。由此观之,西域诗学的研究具有很广阔的学术空间。

(本文原载《西域研究》2014年第3期,第117—124页)

---

① 笔者另有专文《朝鲜半岛诗学中的西域元素》详细论述。

简析少数民族文论中有关文学功能的论点

宝音达

中国少数民族文艺理论是中国文论不可缺少的组成部分,是中华诸民族文学与文艺思想相互交融的结晶。少数民族文论涉及面广,体大思精,规模宏大,而且有各自的体系和传统,因此具有广阔的研究领域。中华民族是多民族的统一体,中华民族文化具有多元整一性,中华民族的文艺理论也具有多元整一性,这是中华各民族在长期的文化交融过程中形成的不同于西方传统的文艺理论特色。从另一方面说,任何民族的理论思维走向和理论思想体系的形成,都根源于该民族的文化生态环境,文艺理论和美学思想亦然。由于我国各个少数民族的社会历史发展状况、经济生活、自然地理环境、民族文化、民族心理等有所差距,各自具有鲜明的民族特色,这些特征又表现在文艺理论和审美意识上,所以就形成了各少数民族文论的独特风格。这并不是各民族文化的隔阂现象,而恰好表现出中华民族文化统一中的多样性。从话语表达体系来看,少数民族文论大体上可分为运用本民族语言文字的和运用其他民族语言文字的两种,运用其他民族语言的现象中使用汉文的占多数。语言文字的使用不仅仅是文艺理论的表达方式,而是同该民族整体文化的发展水平有着密切关系,因此本文将研究视野集中在从古到今主要使用本民族语言文字进行文学创作和理论研究的蒙古、藏、维吾尔、哈萨克等民族的文艺理论著作上。

当然,用民族语言文字写成的文论的内容也很丰富,一篇论文不能概览所有的问题,所以本文拟探讨少数民族文论中比较重视的一个话题——关于文学的功能问题。

在少数民族文论中有关文学的功能的论点较多,虽然没有专门谈论文学功能的论著,但我们从零散的资料中也可以总结出一些有价值的论点。对于现代人来说,文学只是一种消遣的方式,它的主要作用是给人们带来一些精神上的愉悦。

但是，在古时候情况就不同了，那时没有更多的娱乐消遣方式，更没有现在的电影、电视、互联网等大众娱乐形式，人们的文化生活比较单调，因此文学自然就成了最重要的娱乐形式（在少数民族聚居的边远地区这种情况一直延续到20世纪80年代）。不仅如此，长期以来文学还发挥着更广泛的作用，那就是认识世界、传递知识、教育民众、交流感情等融认识、教育、审美、娱乐为一体的综合功能。下面我们从文学的社会作用的三个突出点，即文学的认识功能、教育功能、审美功能出发，对少数民族文论中有关文学功能的论点进行简要论述。

一、关于文学的教育功能

古今中外的文论似乎特别重视文学的教育功用，少数民族文论也不例外。许多少数民族文论中将文学视为治理国家、教育人民、传承民族文化、宣扬道德思想的重要的社会活动。例如，维吾尔族文学名著《福乐智慧》以兴邦治国之道为主题阐明了文学对社会所起的巨大作用。作者在序言里写道："此书对于人们大有用处，特别是对安邦治国的君主。"[1]这是对文学作用的最高评价。本书不少段落中诗人对伦理道德的教育及其社会功用也极为关注，因此有学者评价此书说："它剖析了人类生活的内容与意义，阐明了人类在社会中的地位、任务的道德观念。不仅如此，还论述了各种象征性人物的特征、任务、世界观、生活规范和建议。"是一部"揭示道德、教育和精神美德的道路、方法和措施的具有百科全书性质的著作"[2]。

蒙古族著名作家、思想家尹湛纳希的《〈青史演义〉缘起要目》是经典的文论名著，要目涉及的内容很广，包括天文地理、人文社会、哲学历史、文学艺术、民族风情无所不容，是这位思想家的世界观、历史观、价值观、审美观的集大成，作为文学家他当然谈论文学及文学的社会功能。他在谈论撰写《青史演义》的目的时这样写道："把它留给我们蒙古人的子孙后代，永世长存，让所有的蒙古人都知道本民族的历史和宗姓。"[3]很明显，尹湛纳希把这部历史小说看成是传承民族历史文化，振奋民族精神的最好手段。当然，这些著作并不是讲大

---

[1] 优素甫·哈斯·哈吉甫《福乐智慧》，北京：民族出版社，1986年，第8页。
[2] [苏]凯里莫夫《〈福乐智慧〉乌兹别克文译本前言》，新疆社会科学院民族文学研究所编《〈福乐智慧〉研究译文选》，乌鲁木齐：新疆人民出版社，1991年，第152页。
[3] 尹湛纳希《青史演义》，呼和浩特：内蒙古人民出版社，1985年，第6页。

道理，渲染空洞的理想，而是从作为社会成员的个体——人的道德修养出发，以一种理想的形式整顿互相有紧密联系的个人、集体、社会与国家的关系，从而达到作者所向往的生存状态。因此，通过详细观察我们可以了解少数民族文论的关注点是人的教育，而实现这个目的的最佳途径就是利用好文学的教育作用。尹湛纳希指出："写诗虽然是微不足道的事，但应该能够用一字半句给人们指明做人的道理。"①《福乐智慧》里也说："你应当如何处世和做人，我略有所述，愿你打下根基。"②这些论述简明扼要地阐明了文学对培养健全的人格结构所起的教化作用。

藏族的文艺理论与其他用本民族语言进行创作的少数民族文论相比较，更加发达，更加体系化，这是因为受古印度文艺理论影响的缘故。藏族的文论中深入细致地研究了修辞学、诗学、文体学方面的理论问题，这些问题与我们谈论的话题没有直接关系，所以这里就不讨论。但藏文文论里文学对佛教思想的传播所起的作用特别关注，实际上这也是对文学社会功用的一种肯定。

二、关于文学的审美、娱乐功能

文艺是真、善、美的综合统一体，它的功能是多方面的，从文艺学的普遍规律来看，文学对人类社会所产生的影响基本上是相同的。但是不同民族，在不同文化生态环境中生成的理论思想，对文艺的真、善、美的功能效应，有着不同的强调、侧重和理解。儒家文艺观更强调文艺的扬善惩恶的功能和教化功能，形成了中国儒家传统的文艺社会功利观。少数民族文艺理论关于文艺的功能问题，虽然也强调真善美的综合功能效应，但更注重强调文艺的审美和娱乐效应。文艺理论认为，文学的一切功能实际上都是通过文学的审美功能来实现的。文学把握世界的方式就是一种审美的评价。这种审美评价往往为读者在艺术享受中不知不觉地所接受，从而影响到他们的思想和精神面貌，陶冶着他们的心灵，这就是所谓的"寓教于乐"。在少数民族文论中不但承认文学的审美娱乐功能，还做出了特别具体、细致的阐述。蒙古族文学评论家哈斯宝说："墨砚摆在桌上，笔纸堆在两边，高兴时顺手作诗，寂寞时阅读书籍，嘴里念着，心里愉悦，也是一种

---

① 买买提·祖农、王弋丁《中国历代少数民族文论选》，乌鲁木齐：新疆人民出版社，1987年，第19页。
② 优素甫·哈斯·哈吉甫《福乐智慧》，第844页。

养神之道。"①尹湛纳希结合自己的创作经验详细论述过文学的悦心悦意、修身养性的功能。哈斯宝和尹湛纳希是生活在内蒙古东部地区的文人（有的学者认为他们俩是同一个人，但目前为止还没有令人信服的论证），离汉族地区较近，所以不难看出他们的文学观深受中原文明的影响。其实这是中华各民族文化相互影响、相互交融的例证。尹湛纳希在谈论历史题材的文学作品时特别强调其社会功用性，但谈到虚构性的文学作品时更强调其审美娱乐作用，从这里可以看出，他对不同题材文学的性质和功能做了深入的研究。他毫无掩饰地说，自己写的艳情小说《泣红亭》里讲的故事并不是现实中存在的事实，而是"茫茫三年事，午梦荒唐语，若考其中实，兔生犄角龟生羽"②。虽然是虚构的故事，但尹湛纳希特别重视文学的审美感染力，因此写下如此生动感人的佳句："传神好文章，有如风云涌，不能动人心，巧笔有何用。"③

藏族宗教名人五世达赖阿旺·罗桑嘉措在把文学创作视为一种自娱自乐的高级享受的同时，高度评价了文学对人们的精神所起的启发作用，他说："从那洁白无垢的心意城，取来论著书卷，犹如太白金星，源源流出嘉言莹洁水，用以涤除众生的烦恼根。"④这个论点同亚里士多德的"净化"说很相似。

哈萨克族著名诗人阿拜·库南巴依用精彩的诗文论述了文艺的审美价值，他说："也许尘世的一切都会使你厌倦，诗歌却是你终身的伙伴，只要放声高唱一首新歌，内心的苦闷将随着歌声消散。"⑤

藏族的文论中谈论严肃的佛教思想的同时也指出了文艺的娱乐功能。如，多卡夏仲·策仁旺杰的《施努达美传》结尾诗里写道："思想反映在字里行间，影子出现在明镜之中，这些诗词散文和杂体，可以供读者消遣玩赏。"⑥柯尔克孜族著名史诗《玛纳斯》序诗里这样唱道："这里许多是假的，许多是真的，我都未曾亲眼看见过，为了大家的心情愉快，一半是假的，一半是真的，我没有站在眼前/只是为了朋友的欢心。"⑦这里用简单朴素的话语道明艺术真实的特点的同

---

① 哈斯宝《新译红楼梦序》，巴·格日勒图《蒙古族文论选》（蒙文版），呼和浩特：内蒙古教育出版社，1981年，第37页。
② 尹湛纳希《泣红亭》，呼和浩特：内蒙古人民出版社，1981年，第219页。
③ 尹湛纳希《泣红亭》，第12页。
④ 五世达赖阿旺·罗桑嘉措《西藏王臣记》，买买提·祖农、王弋丁《中国历代少数民族文论选》，第89页。
⑤ 王弋丁等《少数民族古代文论选释》，乌鲁木齐：新疆人民出版社，1993年，第15—16页。
⑥ 王弋丁等《少数民族古代文论选释》，第74页。
⑦ 买买提·祖农、王弋丁《中国历代少数民族文论选》，第229页。

时还阐明了文学的令人"心情愉快""欢心"的审美娱乐功能。少数民族文论虽然用简略的话语陈述了文学的审美娱乐功能，但它包含了一个民族的审美心理、逻辑思维方式、哲学思想以及文艺思想等丰富的内容，因此有着深厚的文化底蕴和广泛的研究价值。

三、关于文学的认识作用

少数民族文论中对文学的认识功能也特别重视，视文学为传播知识，丰富人的智慧，提高人们认识能力的重要手段。从文艺学的普遍原理来看，文学作为对现实生活的审美的反映，是以真实性为基础的。这决定着它的认识作用。这种认识作用不仅可以帮助读者了解过去社会的风尚人情，而且往往可以帮助读者深入认识事物的内在本质。更重要的是这种认识活动是在读者的自愿心态下完成的。

少数民族文论家们清楚地认识到了文学的这一功能。在《福乐智慧》里诗人把知识作为认识的主要手段，认为有了知识和智慧，就奠定了做人的基础，而掌握知识和真理的目的，就是为了创建幸福的人生。维吾尔族另一位古代诗人阿合买提·玉格乃克在他的《真理的入门》中突出宣扬了知识的重要性，认为智者向往知识，而知识使人得到智慧，并用很多优美的词语赞颂了智者。那么用什么方法来传播知识呢？文学便是传播知识的最好手段。他说："我用劝谕的格言写成此诗篇，愿你读它时如尝蜂蜜般的甘甜，谁若将其中的话语仔细衡量，对比中就能将真伪善恶分辨。"①"真伪善恶的分辨"能力就是人的判断力，它的基础是人的知识经验的积累。作者认为诗能够提高人的认识能力，使人变得明智，能够辨别人世间的一切。本文里作者把文学的认识作用陈述得特别生动、明朗。如前面所举例的那样，尹湛纳希在《青史演义》要目中说的"让所有的蒙古人都知道本民族的历史和宗姓"的论述，既是对文学的社会教育功能的肯定，同时也是对文学的认识功能的认可。

藏族五世达赖阿旺·罗桑嘉措在《〈诗镜〉释难》中写道："看吧！从前著名的国王我乳王等英勇果敢者的形象，得以反映在用语言制成的故事明镜之中，时至今日依然呈现在人们眼前，尽管这些国王已不在人世，但好像仍然活着一样，其英名永世不衰。"②这里一方面论述了文学形象的永存魅力，另一方面也

---

① 王弋丁等《少数民族古代文论选释》，第5页。
② 买买提·祖农、王弋丁《中国历代少数民族文论选》，第96页。

阐明了文学认识历史的特殊功能。这样的例子在少数民族文论中很多。

　　总之，文学的功能是多方面的，在少数民族文论中从不同角度谈到了文学的作用。在这里我们主要是在本民族语言文字写成并译成汉文出版的文献资料的基础上，探讨了有关文学功用比较突出的几个问题。这只是对该领域研究的一次初步尝试。我想，少数民族文论中的好多优秀作品还没有被译成汉文，所以我们还没有全面了解它。另外，各民族当中以口传形式流传下来的文论遗产也很丰富，这些内容也有待从各个角度进行进一步的深入发掘、研究。

　　　　　（本文原载《内蒙古民族大学学报》2013年第6期，第39—41页）

生态批评话语与新疆生态文学

刘长星

一

重建文艺学的学科体系、学术体系与话语体系，是个大工程，任重道远。首先我们要搞清楚的是，当前中国文艺学研究自身到底出了什么问题，找出问题，才能对症下药。

已经有很多学者指出了问题所在。比如，段吉方认为，中国当代文学经验中"文学性"已呈现娱乐化、消费化趋势，必须进行文学理论价值的重建[①]；刘毓庆主张，西方概念对中国学术和文学研究的规范已是不自觉的行为，无形中约束我们的文学研究[②]；郭红英看到，文化研究的盛行导致文学研究边缘化成为文论研究的困境之源[③]。王洪岳强调，打着审美主义和本体研究旗号的研究做派是罪魁祸首，抵制了文学研究的多元方式，民粹主义的话语使文艺学价值观狭隘化[④]。诸多的探讨都从不同角度看到了问题，并提出了具体的解决思路和方法。看来重建是必要的。

那么，文艺学重建的资源和基础在哪里？不外乎本土与西方，本土资源是我们的古代批评理论与文化资源，西方的是更多的现代术语、概念、范式、思潮与理论。对西方的学习与借鉴已经问题多多，很难想象，抛却西方话语，我们的文艺学是否能进行顺畅的言说与自我表达。如何处理西方理论对我们的影响，在此不做更多讨论。我们的文学研究，还是要站在我们自己的文学实践之上。高建平

---

① 段吉方《"文学性"与中国当代文学理论的价值重建》，载《江西社会科学》2010年第9期。
② 刘毓庆《百年文学研究中的西方规范及其弊端》，载《山西大学学报》2017年7月。
③ 郭红英《困境与选择——对新世纪以来文学研究的检视》，载《河北师范大学学报》2010年7月。
④ 王洪岳《反思文艺学研究中的两种不良倾向》，载《首都师范大学学报》2017年第2期。

指出，建构中国文论体系，只有回到"当代的中国"这个"体"，才能真正从当代文学实践的有效性基础上建立文学研究的中国话语①。周宪认为，"立足于本土"是解决当代中国文论原创焦虑并创造中国理论的主要方向②。姚文放提出，中国文论话语构建在操作层面必须"切近中国文学的创作实际和作品现象"③。很多时候，文论话语是和共时的文学现实血脉相连的。看看西方当代活跃的现代文论、后现代理论，与之相对应的是同时活跃繁荣的西方当代文艺创作。为此，文艺学话语的新变，其研究眼光还是要看当下中国文学的自身发展。宏观思辨是文艺学研究的必要工作，具体的文学创作实践应该是批评话语与文论的首要基础。

从主流中国文学史的书写、文艺学话语体系来看，对边疆文学、少数民族文学与文论的涉及还并不充分，在不刻意强调文学的地域性、民族性的同时，在坚持文学与文论的经典性的同时，对边疆文学、少数民族文学与文论的研究也许会对中国文艺学的重建有些许帮助和启发。为此，笔者尝试从新疆当代生态文学的发展状况，来谈谈文论话语的新变可能。

二

20世纪六七十年代，生态文学在欧美开始兴起，到90年代，生态文学的创作与研究逐渐成为热点。中国生态文学创作从20世纪80年代开始受到关注，如今也成为当下文学研究热点之一。聚焦中国生态文学自身的创作与发展，可以有的放矢形成我们自己的生态批评话语。

以新疆生态文学创作为例。新疆当代作家显现出独具个性的思考与表达。从创作内容、风格、手法技巧、文学形象、文学世界的构筑、精神价值观念等诸多方面来看，很多新疆知名作家并没有受到国外文学与理论的支配，以西方文学为创作资源与效仿对象。他们关注的是本土的体验与感受，新疆的书写与创造，新疆故事的叙述与想象。可贵的是，不少作品流露出一种中国本土的生态哲学与审美意识。

---

① 高建平《从当下实践出发建立文学研究的中国话语》，载《中国社会科学》2015年第4期。
② 周宪《文学理论的创新问题》，载《中国社会科学》2015年第4期。
③ 姚文放《大众文化批判的"症候解读"对当代中国文论重建的启示》，载《中国社会科学》2015年第4期。

中华人民共和国成立之后，新疆作家的有些作品中已流露出鲜明的生态意识与生态审美趣味。苏里坦·米吉提（哈萨克族）的诗歌《草原之夜》中写道："草原上撒满银色的月光/它盖着棉被睡得那样香甜/星星在窃窃私语/像是在赞叹它美丽的容颜/清亮的伊犁河水不停地流/微微的波浪在震动着我的琴弦/岸上的白杨树枝迎风摇曳/闪亮的树叶就像无数枚银元/河边升起了一堆堆篝火/像草原上开满红色的牡丹。"①郝斯力汗·霍孜拜耶夫（哈萨克族）的小说《山谷巨变》中也有大量对自然世界的细腻描述："太阳从云缝中露出半个脸，仿佛从毡房的缝隙间窥视着未婚妻的年轻小伙子一样。""头顶覆盖着白色云彩的贾帕拜山峰，像帽子上缀着羽毛的姑娘，眺望着远来的客人。"昆盖·木哈江（哈萨克族）的小说《玛康的礼物》中的生态书写充满了诗意："这儿四周都是山。一座座小山包环抱着的河谷腹地上，星星点点地分布着牧村。那条清亮的夜莫斯河像根白缎带似的，把草场分成了两半。河岸两旁，长满了柔嫩的牧草。远处山脚下是狐茅丛生的戈壁滩，偶尔一簇簇淡绿色的绣线菊像巧妇编织的一道道花边。"②这些作品中，自然生态已经不再是背景式的存在，而是作品中重要的表现内容，人们与生态环境的自然融合、一体状况成为创作者基本的审美对象，艺术世界中人的存在与自然本身不可分割。

80年代后，新疆的生态文学创作进入到了一个非常活跃的时期，更多作品有了较为丰厚的生态主题表现。朱玛拜·比拉勒（哈萨克族）从80年代中期开始写出了一批具有草原文化韵味的精短小说，从自然生态、生命体验的视角拓展了哈萨克草原小说创作。《再见吧，你这个倒霉的祖传业》中，老牧人达纳别克充满着焦虑与困惑："人变坏了，环境也跟着变坏了，空气和水都成了坏脾气。""他越来越无法适应这个变幻莫测的现实和这个丧失了青山绿水的日子。"作者借老人之口提出了草原生态惨遭破坏和传统畜牧业的现代出路问题。艾赫坦木·乌麦尔（维吾尔族）的小说《大地，看看你的人们吧》《生蛆的涝坝》《沙漠在发抖》《啊，无情的河》等揭示了塔克拉玛干无情的现实：河流日渐干枯，绿洲萎缩加剧，自然胡杨林砍伐殆尽，塔克拉玛干的自然躯体遭到毁坏。他以一个文学工作者特有的责任感提出了人们必须引起注意的塔克拉玛干悲剧，说明了对塔克拉玛干与人的关系重新审视的必要性。穆合麦提拜·巴依吉格提（哈萨克族）的作品集中思考了人与自然和谐相处这一重大主题，发出了保护

---

① 吴孝成、赵嘉麒《20世纪哈萨克文学概观》，乌鲁木齐：新疆人民出版社，2006年，第81页。
② 张孝华、萧嗣文《走动的石人》，乌鲁木齐：新疆人民出版社，1992年，第282—283页。

草原生态环境的庄严呼唤。在小说《喂，神枪手》中，作家借主人公之口发出呐喊与质疑："别让他们开枪，别骚扰这些可怜的生灵！""不能光图自己的享乐就破坏别人的安宁。这湖里的生灵，它们有什么罪过该要流血，该让你们去惩治它们呢？它们也是一条条生命啊。""那一对美丽的天鹅被迫分离，那凄惨的哭声，鸟兽也是有感情的，何况人呢！是什么造成了它们的痛苦，不正是那些失去了人性的武力吗？"①

朱玛拜·比拉勒的《生存》《朦胧的山影》《天之骄子》等小说从人与动物的关系着眼，对生态危机的根源进行了揭示，他的作品有浓厚的寓言性质与讽刺性。当残暴的猎人死后，一只隼发出了声音："老头，你不是说大自然的一切都是为了养活人类而存在的吗？现在你怎么到换了位置，为了养活小昆虫而存在了呢？"生态危机的背后是人的精神、思想出了问题，朱玛拜·比拉勒敏锐地把朴素的生态意识提升为现代生态观念，让我们看到了生态环境的破坏和这个物欲膨胀的消费时代人的精神蜕变的关系。在生态世界遭到破坏而令人心痛的同时，新疆作家们也在发掘人性美、人情美，寻找自然和人心灵的契合。艾赫坦木·乌麦尔所呼唤的"塔克拉玛干精神"正是一种人与人、人与自然和谐相处相互敬重的既古老又现代的文化精神。就像《生蛆的涝坝》中所写，环境恶化、自然生态被破坏，人们的精神世界也在干涸腐变，就像缺乏活水注入、生蛆的涝坝一样。艾斯别克·阿比罕（柯尔克孜族）80年代创作的中篇《大象的眼泪》尤为深刻地揭示了人性的贪婪和弱点，当人与大象的和谐关系遭到破坏后，人们给自己带来了毁灭性的灾难。透过小说，我们看到，"大象的眼泪"不仅仅是大象的，而是整个人类、整个自然的眼泪，生态危机是人类给自己种下的苦果。而穆罕默德·巴拉格西（维吾尔族）则主张我们要复归自然，人类的根就在自然之中。在小说《瘸腿的鹿》中，主人公伊希克亚尔热爱大自然、崇尚大自然，在他身上作者赋予了寻根、归根的思想，表达了区分美丑的标准就是热爱和尊崇大自然。

作家施祥生1997年的小说《野麻滩》对人与自然的关系有了新的思考。主人公童昭星提出了"调养土地"的观点，认为"开荒不是对自然的征服"，"一味地想征服自然是做不到的"，"那种所谓征服，一个很大方面是对自然的大肆掠夺，其最后吃亏的是人类自己。"《野麻滩》把屯垦小说关于人与自然关系的认识与思考提到了一个新的高度。擅长报告文学创作的作家矫健对环境问题尤为关

---

① 张孝华、萧嗣文《走动的石人》，乌鲁木齐：新疆人民出版社，1992年，第227—228页。

注,从80年代开始,他进行了大量的实地调查,写出了《痛苦的河》《绿魂》等影响很大的报告文学作品。他的疾呼与呐喊让人警醒:"毫无疑问,人们期待着更多的有关塔里木河的好消息。忍耐有限度的塔里木河不会无限期等下去的。绿色走廊一旦完全毁灭,我们曾经生活在这块土地上的人们就是千古罪人!塔里木河在呼救!绿色走廊在呼救!面对决策者,面对芸芸众生。"对新疆环境与生态问题的深切忧虑成为八九十年代很多作品的共同主题,现代生态思想的提出与自觉的生态审美追求意味着新疆生态文学正逐渐走向成熟。

90年代后,新疆生态文学的创作更加多元、更具个性化,出现了一批在全国都有知名度的作家。以散文创作为例,叶尔克西、刘亮程、李娟、王族、傅查新昌等不同民族作家的创作都颇富个人气质与色彩。2003年,叶尔克西出版了散文集《永生羊》,体现出一种独特的观察和理解自然的方式:人只有在与自然万物的融合之中,才能把握牧场生活和自然界最真实也最具稳定性的精神内核。刘亮程被誉为一位乡村哲学家,在"一个人的村庄"中,他诗意地建构了一个生态哲学世界。这个村庄,是人与狗、牛、马、驴、小鸟、小虫子、草、花、树、风、沙等共同存在、相互守护的村庄,是人与生态世界圆融一体的理想之境,让人在"弥漫尘土和麦香的空气中闭上眼,忘掉呼吸"。在他看来,中国散文是汉语原创最强的文本,写作是找到一种和世界对话的方式,作家有一颗与万物说话的心灵,与自然事物的气息连通了也就有找到了他的语言。他的语言是和前人的呼吸连接在一起的,是在传承一颗古老心灵的温度。从《九篇雪》到《阿勒泰的角落》《我的阿勒泰》《冬牧场》《羊道·春牧场》……李娟不断在书写一个诗意的阿勒泰世界,阿勒泰的哈萨克牧民、草原、山水、树林、荒野,安静而单纯的美好,是新疆北部最自然的生态。李娟的生态写作是平常生活中自然流出的,清新质朴,没有丝毫雕琢之气。王族在《动物精神》《兽部落》《狼界》等多部作品中展示了他与动物的精神对话,在对新疆多种动物的敏锐观察与中,作者显示出一种生态伦理意识与立场,即每种生物都有其独特的内在价值,它们的存在有自己的规律、意义和轨迹,只不过很多时候人们没有发现,人们并不理解而已。王族把这些动物给予他的影响称作"奖赏":"如这三次奖赏,才是这块土地对人的深情,让你获得了一种崭新的开始。我懂得了如何去善待。"傅查新昌(锡伯族)的散文以玉米系列尤为出名,这些作品中的"玉米"形象实际上是一种人与自然的结合体,是生态审美的理想化产物:"玉米的心胸宽阔如无垠草原,洒满灿烂的阳光。玉米养育着你和你的城市,使你的城像树一样茁壮成长。"

同样，在小说、诗歌领域，不少新疆作家作品都对生态、自然、人与环境的关系进行了个性化的思索与表达。沈苇的《新疆诗章》《植物传奇》《我的尘土 我的坦途》等作品既是对生态世界遭破坏的"厌倦之歌"，又是亲近生态自然的"植物颂"。他在很多作品中不断强调"共同体"思想尤为重要："人与自然是一个共同体，如果把树看作是我们的亲人，那么一棵树的死亡也是我们身上的某一部分在死去。"他引用约翰·邓恩的著名诗句来警醒大家："谁都不是一座岛屿，自成一体；每个人都是广袤大陆的一部分。如果海浪冲刷掉一块土地，欧洲少了一点；如果你的朋友或你自己的庄园被冲掉，也是如此。任何人的死亡使我受到损失，因为我包孕在人类之中。所以别去打听丧钟为谁而鸣，它为你敲响。"作为新疆"兵团小说"的代表作家，董立勃在他的之多小说中都把"下野地"这一曾经的荒原作为故事的发生地。新疆很多地方经历了当年兵团大规模开发建设才有了现在的美好样貌，在荒原——良田的转变过程中，人与自然的关系也在发生着深刻的变化。小说《烧荒》是董立勃生态意识颇为浓厚的作品，除了烧荒开良田时人们战胜自然的豪壮与激情外，作品又在很多地方流露出荒野自然被改造后的落寞与无奈："烧荒过后，这里不再有青草如浪，更不会有风吹草低见野狼。""尽管是这样，要想让下野地古尔图的狼，重新集合成群，游荡在那已经并不荒凉的荒原上，怕只能是个梦想了。"改造的另一面也是毁坏。荒原的消失是兵团开发新疆的胜利成果。但我们还是会在很多时刻低头沉思：改造自然，我们真的胜利了吗？董立勃笔下的"下野地"荒原成为人与自然曾经共荣共生的乌托邦想象。

三

综上来看，新疆生态文学把边疆地域自然地理的变化多样与文学世界的想象创造多方融合交织，"新疆"所代表的生态、历史、文化与精神成为新疆生态文学的独特性所在。刘亮程的"一个人的村庄"，叶尔克西的"北塔山牧场"，李娟的"阿勒泰的世界"，董立勃的"下野地"等都独具特色各成一体。新疆作家们匠心独运组织多种生态审美意象，傅查新昌的"玉米"，王族的"新疆动物"（鹰、狼、骆驼、马），沈苇的"植物传奇"，无不充满了生态审美智慧。从创作语言来看，作家们也没有刻意雕琢，不同文体的表达多自然质朴，厚重而富诗意。在思考人与自然、环境、整个生态世界的过程中，不同民族作家追求生态审美形象的呈现与现代生态意识的渗透，并不受艺术形式的局限，诗、小说、散文时有混融，"在新疆"的体验和感受是他们创作的重点，表达形态并不成为写作的束缚。在这些富于生态意蕴的作品中，生态文化的整体表现既有传统的一面，又显示了与现代社会的同步性，既让我们看到不同民族传统文化中都有一定的生态伦理观念，又处处彰显出，在一个现代的新疆社会，大家不分民族共同肩负着保护我们自己生态家园的责任。

从新疆生态文学的具体创作引发我们对中国生态批评的思考，面对本土生态文学创作实践，中国生态批评如何进行，中国生态批评话语体系该如何丰富完善呢？我们的主张是，回到我们自己的文学实践、文学现实中去，思考我们的问题，展开我们的探索。新疆生态文学的创作是鲜活的，多样的，丰盈的，对其更多的理性审视会展开中国生态文学研究更大的空间。如果书写中国生态文学史，新疆生态文学也应有其一定的位置，中国生态文学的研究不应忽视新疆生态文学的发展。立足于更大空间的文学实践与生态文学的更多可能性，我们构建生态批评话语也就多了底气和力量。

当然，在这一过程中，西方的批评思想与话语并不应该被排斥。王一川曾对"中国话语"概念进行过反思："'中国话语'一词就是指中国本土文论话语吗？'话语'如果按照福柯以来的通行见解，指的是不同言说或理论之间在特定权力关系领域中展开的对话。如此，它就不再仅仅是指中国本土文论，而是更宽广和深厚地指与中国本土文论对话的西方文论及其背后更深广的文化冲突，以及中国本土文论自己所携带的文化，总起来说，它应当指的是中外理论的话语竞技场。"[①]没有单纯的话语实践，当我们谈话语的时候，我们就已经进入了多个文化系统。话语竞技的结果是坚持"文学理论——文学批评——文学经验"的逻辑关联，解决我们的文学问题与现实焦虑。如果说，新疆生态文学研究可以为中国生态批评话语的丰富提供尝试的可能性，那么，我们应该看到，新时代中国文学批评话语的新变可以从边疆文学或文论实践中得到更多启示与资源。

（本文第二节曾发表于《名作欣赏》2015年第12期，第47—49页；有删减）

---

① 王一川《公共桌子边的文论对话》，载《文艺理论研究》2015年第3期。

语体视域下的《大唐西域记》心理形容词考察

宋晓蓉　黄晓东　辛丽芳

一、《大唐西域记》的语体分类

《大唐西域记》[①]成书于唐贞观二十年（646），全书12卷，共433个独立语篇，运用总分结合的结构方式：总述（包括印度综述）是对西域各国地理、气候、物产、宗教、风俗和语言等情况的总体描写；分述于具体国家下，介绍佛教遗迹和相关故事传说。"总述和分述相间分布、穿插排列，形成了两种相对独立而又有机融合的结构方式。两种结构方式呈现出说明语体和叙事语体交叉融合的两种语体，表现出两种不同的语体特点。"[②]

《大唐西域记》全部语篇由于交际对象、目的和内容的不同，可区分为两种语体：一是为了向唐太宗汇报西域各国各方面真实情况，要求客观、静态地描述，属说明语体，共272个语篇（共30910字），包括总述全部的138个语篇（共15603字）和分述部分的134个语篇（共15307字）；二是为了弘扬佛法，涉及故事传说，具有时间连续性，关注动作的主体，是典型的叙事语体[③]，共161个语篇

[①] 董志翘译注《大唐西域记》，北京：中华书局，2012年。
[②] 宋晓蓉《语篇结构视域下的〈大唐西域记〉说明语体特点分析》，载《喀什师范学院学报》2014年第5期。
[③] 方梅《语体动因对句法的塑造》，载《修辞学习》2007年第6期。

（共66053字）[1]，全部属于分述部分。

二、《大唐西域记》心理形容词使用情况

（一）《大唐西域记》心理形容词统计及意义分类

据统计，《大唐西域记》中共有心理形容词102个，共338例，分类如下：

1. 表愉快、喜悦：安$_7$[2]安乐$_9$安隐$_1$欢$_4$欢乐$_1$欢然$_1$欢喜$_4$欢娱$_1$豁如$_1$乐$_{13}$宁$_3$平$_1$庆$_2$庆悦$_1$喜$_3$喜庆$_1$喜慰$_1$喜悦$_1$欣庆$_1$欣然$_2$豫$_1$悦$_9$悦豫$_1$恍然$_1$

2. 表忧伤、痛苦：哀$_1$哀感$_3$悲$_{26}$悲哀$_1$悲怆$_1$悲悼$_2$悲感$_9$悲耿$_1$悲慨$_1$悲恸$_4$惨凄$_1$怅$_1$愁$_1$忉怛$_1$感伤$_3$苦$_{22}$苦逼$_1$伤$_1$恸$_2$痛$_3$怃然$_1$怏怏$_2$忧$_1$忧怖$_1$忧耻$_1$忧愁$_2$忧惶$_2$忧惧$_2$忧恼$_1$忧戚$_1$怨悲$_1$怨伤$_2$

3. 表害怕、惊讶：怖$_1$怖骇$_2$怪$_1$怪异$_2$骇$_6$骇异$_1$惶怖$_1$惶惧$_4$惶遽$_3$惊$_{11}$惊骇$_7$惊惧$_5$惊慑$_1$惊异$_1$惧$_3$惧然$_1$奇$_1$震惧$_1$震恐$_5$

4. 表憎怒、怨恨：瞋怒$_1$奋怒$_1$忿$_2$忿毒$_1$忿恚$_1$忿怒$_1$愤恚$_5$愤怒$_1$恚恨$_2$怒$_8$

5. 表着急、窘迫：窘迫$_2$遽$_3$穷窘$_1$窘急$_1$

6. 表诚恳：诚$_6$至诚$_{20}$

7. 表同情：愍然$_1$恳恻$_1$惜$_3$

8. 表羞愧：惭$_2$惭惧$_1$耻$_8$愧$_4$愧耻$_2$

9. 表疑惑：惑$_1$

10. 表傲慢：憍慢$_2$

11. 表疲乏：疲$_1$

（二）《大唐西域记》心理形容词分布情况

1.《大唐西域记》中心理形容词共338例，说明语篇中只见9例，每1000字约出现0.3次（总述说明语篇3例，每1000字约出现0.2次；分述说明语篇6例，每1000字约出现0.4次），约占用例总数的2.7%；

2.分述叙事语篇中心理形容词共100个，共329例，每1000字约出现5.0次，约占全书心理形容词用例总数的97.3%。

---

[1] 这里统计的说明语篇和叙事语篇中的字数，是指正文字数，不包括序、标题、随文注释和标点符号等。

[2] 词下标数字表示该心理形容词在《大唐西域记》中出现的频次。

两种语篇分布差异情况，统计列表1如下：

表1　说明语篇和叙事语篇中心理形容词分布差异

语篇类型	数量	频次	比例（%）[1]
总述说明语篇	3	3	0.9
分述说明语篇	6	6	1.8
分述叙事语篇	100	329	97.3
总计	109	338	100

数据显示：心理形容词在数量和使用频次上对叙事语体具有高度倾向性。

（三）《大唐西域记》里心理形容词语法功能分析

1.说明语篇心理形容词语法功能分析

说明语篇中心理形容词共9例，语法功能单一，只用作谓语和状语：

（1）做谓语：3例，约占说明语篇中心理形容词用例总数的33.3%。如：

①居人丰乐，邑里相邻。（卷第七·战主国）

②其徒苦行，昼夜精勤，不遑宁息。（卷第三·僧诃补罗国·城附近寺塔及白衣外道说法处）

例①②心理形容词"乐""宁"分别与形容词"丰"、动词"息"并列做谓语，表示"居人"生活和"其徒"修行的心理状态。

（2）做状语：6例，约占说明语篇中心理形容词用例总数的66.7%。如：

③（千泉）中有群鹿，多饰铃镮，驯狎于人，不甚惊走。（卷第一·窣利地区总述·千泉）

④（往来者）时闻歌啸，或闻号哭，视听之间，恍然不知所至，由此屡有丧亡，盖鬼魅之所致也。（卷第十二·大流沙以东行程）

例③④中，心理形容词"惊""恍然"均做状语，分别修饰谓语动词"走""知"，表示动作行为主体"群鹿""往来者"实施该动作行为时伴随着"惊慌""恍惚"的心理或情绪情感状态。

2.叙事语篇心理形容词语法功能分析

《大唐西域记》分述叙事语篇中心理形容词共100个，共329例。

（1）叙事语篇中心理形容词充当谓语共178例，约占叙事语篇中心理形容词用例总数的54.1%。根据其是否带宾语及其所带宾语类型分为以下几类：

第一，心理形容词充当谓语，其后以不带宾语为常，共134例，占叙事语篇中心理形容词谓语总数的75.3%。如：

1）心理形容词前有程度、时间、范围或否定副词修饰，表示心理或情绪情感状态的程度、发生的时间及行为主体的范围，或表示禁止某种心理或情绪情感状态，如：

①王深惊异，情爱弥隆，出入后庭，无所禁碍。（卷第一·屈支国·阿奢理贰伽蓝及其传说）

②王时窘迫，却行进级，俯执此人，以付群官。（卷第五·羯若鞠阇国·曲女城法会）

③众咸惊骇，异其所命。（卷第八·摩揭陀国上·德慧伽蓝及遗事）

④呜呼，大族，幸勿耻也！（卷第四·磔迦国·奢羯罗故城及大族王兴灭故事）

例①程度副词"深"做状语修饰谓语心理形容词"惊异"，表示国王惊讶怪异的程度深；例②时间副词"时"做状语修饰谓语心理形容词"窘迫"，表示时间；例③范围副词"咸"做状语，表示"惊骇"的主体范围；例④否定副词"勿"做状语修饰心理形容词"耻"，表示禁止。

2）心理形容词用于疑问句中，可受疑问代词修饰，询问产生这种状态的原因，如：

⑤父王千子具足，万国慕化，何故忧愁，如有所惧？（卷第五·羯若鞠阇国·国号由来）

⑥诸学徒相从游观，有一书生徘徊怅望，同侪谓曰："夫何忧乎？"（卷第八·摩揭陀国上·波吒厘子城及传说）

例⑤⑥"何故""何"均做状语，修饰谓语心理形容词"忧愁""忧"，询问原因。

3）心理形容词用于连谓句中，既可用作前一个谓语从而引出行为主体的下一个动作；也可以用作后一个谓语，表示该心理或情绪情感状态是由前一个动作引发产生的，如：

⑦王怪而问之，乃陈其始末。（卷第一·屈支国·阿奢理贰伽蓝及其传

说）

⑧门者上白，具陈始末，王闻哀感，果亦命终。（卷第十·憍萨罗国·龙猛自刻故事）

例⑦心理形容词"怪"用作前一个谓语，引起王"问之"这一行为，"王"因为"感到奇怪"，所以"问他"；例⑧心理形容词"哀感"用作后一个谓语，是王"闻"之后产生的结果，"王"之所以"伤感"是因为"听到看门人的上奏"。

4）心理形容词用于并列短语构成的谓语中，请看例句：

⑨诸苾刍等歔欷悲恸。（卷第六·拘尸那揭罗国·释迦寂灭诸神异传说）

⑩王惧仙威，忧愁毁悴。（卷第五·羯若鞠阇国·国号由来）

例⑨⑩中心理形容词"悲恸""忧愁"分别和动词"歔欷"、形容词"毁悴"并列做谓语，描写"诸苾刍"和"王"所处的悲伤和忧愁的心理状态。

5）心理形容词后接补语，补充说明心理或情绪的程度、对象或情态，如：

⑪我时问言："何悦豫之甚也？"（卷第六·劫比罗伐窣堵国·释迦为太子时传说）

⑫夫（太子）处乎深宫，安乎尊胜，不能静志，……（卷第七·婆罗疕斯国·憍陈如等五人迎佛窣堵波）

例⑪程度副词"甚"作补语，补充说明"悦豫"程度深；例⑫谓语心理形容词"安"后由介词"乎"引进"安"的对象"尊胜"，作补语。

6）心理形容词用于因果复句中，用于表原因的分句或表结果的分句，如：

⑬王子恭承母命，来至伽蓝，门者惊惧，故得入焉。（卷第十·憍萨罗国·龙猛自刻故事）

⑭如来寂灭，人天悲感。（卷第六·拘尸那揭罗国·释迦寂灭诸神异传说）

例⑬"惊惧"用于表原因的分句，因为"看门的人很惊怕，所以（王子）得以进入"；例⑭"悲感"用于表结果的分句，因为"如来涅槃了，（所以）凡人和天神很悲痛"。

另有5例，为心理形容词与名词性成分构成主谓短语，充当整个句子的宾语，因其同样体现了心理形容词的谓语性，故归于此类。如：

⑮沙弥发是愿时，龙王已觉头痛矣。（卷第一·迦毕试国·大雪山龙池及其传说）

⑯我曹有福，过此大山，宜于中止，得自安乐。（卷第八·摩揭陀国上·如来成道及诸奉佛遗迹）

主谓短语"头痛""自安乐"分别作动词谓语"觉""得"的宾语。

第二，叙事语篇中心理形容词谓语可带宾语，但都不是受事宾语而是使事宾语、对事宾语、因事宾语①，共38例，占叙事语体心理形容词谓语总数的21.3%。

1）心理形容词带使事宾语

叙事语篇中心理形容词带使事宾语，即"使动用法"，可译作"使（或"让"等）[宾语]（感到）[心理形容词]"，共7例，如：

⑰时阿罗汉谓梵志曰："何苦此儿？"（卷第二·健驮逻国·娑罗睹逻邑及波你尼仙）

⑱尊者染衣守戒，为含识归依，修慧习定，作生灵善导。而今居此，惊惧我曹，如来之教，岂若是耶？（卷第九·摩揭陀国下·卑钵罗石室及比丘习定故事）

"此儿"和"我曹"均为动作行为的致使对象，同时也是心理形容词"苦"和"惊惧"意念上的主语。

2）心理形容词带对事宾语

叙事语篇中心理形容词带对事宾语，可译作"对[宾语]（感到）[心理形容词]"，共22例，如：

⑲沙弥如常为师涤器，器有余粒，骇其香味，即起恶愿，恨师忿龙。（卷第一·迦毕试国·大雪山龙池及其传说）

⑳我是睹货逻国雪山下王也。怒此贱种，公行虐政，故于今者诛其有

---

① 张虹倩、刘斐《现代汉语心理形容词带宾语结构研究》，载《大连大学学报》2011年第5期。

罪。（卷第三·迦湿弥罗国·雪山下王讨罪故事）

例⑲中沙弥对"其香味"感到"惊骇"，"其香味"是沙弥"惊骇"的对象；例⑳中雪山下王对"此贱种"感到"愤怒"，"此贱种"是雪山下王"愤怒"的对象。

3）心理形容词带因事宾语

心理形容词带因事宾语，表示行为主体产生某种心理或情绪情感状态的原因，可译为"因为[宾语]（感到）[心理形容词]"，共9例，如：

㉑如意虽欲释难，无听览者，耻见众辱，齰断其舌。（卷第二·健驮逻国·迦腻色迦王伽蓝与胁尊者、世亲、如意遗迹）

㉒龙女惊寐曰："斯非后嗣之利，非徒我命有少损伤，而汝子孙当苦头痛。"（卷第三·乌仗那国·蓝勃庐山龙池及乌仗那国王统传说）

例㉑"被众人羞辱"是如意感到"羞耻"的原因；㉒"头痛"是"你的子孙"感到"痛苦"的原因。

综上，《大唐西域记》叙事语篇中心理形容词充当谓语时可带使事宾语、对事宾语、因事宾语，未见带受事宾语的用例，这一点可作为辨别心理形容词和心理动词的一条依据。

第三，叙事语篇中心理形容词可与"所"连用构成"所字结构"，共6例，约占叙事语篇中心理形容词谓语总数的3.4%，如：

㉓夫龙者畜也，卑下恶类，然有大威，不可力竞。乘云驭风，蹈虚履水，非人力所制，岂王心所怒哉？（卷第一·迦毕试国·大雪山龙池及其传说）

㉔太子问曰："何所悲乎？"（卷第三·呾叉始罗国·南山窣堵波及拘浪拏太子故事）

心理形容词"怒""悲"与"所"连用构成"所怒""所悲"，前者指代"怒"的对象，后者指代"悲"的原因。

（2）叙事语篇中心理形容词做状语，表示行为主体做出某行为动作时伴随的心理或情绪情感，共63例，占叙事语篇中心理形容词用例总数的19.1%。如：

①释种惊寤，因即谢曰："羁旅赢人，何见亲拊？"（卷第三·乌仗那国·蓝勃庐山龙池及乌仗那国王统传说）

②无忧王见已，惧然谓曰："凡诸供养之具，非人间所有也。"（卷第六·蓝摩国·佛舍利窣堵波）

心理形容词"惊""惧然"做状语，分别修饰谓语动词"寤""谓"，表示主体实行"醒来""说"等行为动作时，伴随着"惊讶""害怕"等心理或情绪。

（3）叙事语篇中心理形容词出现在主宾位置上，并不指称具有这种心理或情绪情感状态的人物，而是指该心理或情绪情感本身，将其作为对象加以陈述，所以仍属于形容词。充当主语的心理形容词共18例，占叙事语篇中心理形容词用例总数的5.5%。如：

①至诚感灵，天帝傅药，德动明圣，寻即复苏。（卷第二·健驮逻国·布色羯逻伐底城及诸遗迹）

②呋舍厘三闻阿难来，悲喜盈心，亦治军旅，奔驰迎候，数百千众，屯集北岸。（卷第七·呋舍厘国·阿难分身寂灭传说）

（4）叙事语篇中做宾语的心理形容词共48例，约占叙事语篇中心理形容词用例总数的14.6%，都用作动词宾语，未见有介词宾语的用例。而谓语动词以"增""含"等表示存现的动词为主，例如：

③继母见违，弥增忿怒。（卷第三·呾叉始罗国·南山窣堵波及拘浪拏太子故事）

④昔如来之在世也，有病苾刍含苦独处。（卷第六·室罗伐悉底国·如来洗病比丘处）

心理形容词表示的心理或情绪，是人或人格化了的物受到外界刺激时产生的一种心理状态，可与"增""含"等存现动词组合，充当动词宾语。

（5）叙事语篇中心理形容词做定语共17例，约占叙事语篇中心理形容词用例总数的5.2%，且绝大部分为单音节心理形容词，其修饰的中心语亦多为单音节名词，如：

①菩萨感其诚心，现形问曰："尔何所求，若此勤恳？"（卷第五·羯若鞠阇国·戒日王世系及即位治绩）

②戒日王殊无忿色，止令不杀。（卷第五·羯若鞠阇国·曲女城法会）

双音节心理形容词做定语的只有3例：

③有人至诚愿见者，菩萨从其像中出妙色身，安慰行者。（卷第一·迦毕试国·质子伽蓝）

④其妻之来也，面有死丧之色，言含哀怨之声，以故知之。（卷第八·摩揭陀国上·德慧伽蓝及遗事）

⑤时众瞻仰，憍慢心除，因而感悟，皆证圣果。（卷第九·摩揭陀国下·鸡足山及大迦叶故事）

心理形容词做定语，不是对主体分类性的限定，而是描写性的修饰，动态性强，恒常性弱。其所修饰的主体或为该心理状态或情绪情感的体验者，如例③"愿见者"；或为心理形容词语义上直接指向的该心理状态或情绪情感的属性域，即人的心情或情绪，如例①的"心"；或为该心理状态或情绪情感的呈现体，如例②的"色"、例④的"声"，行为主体正是通过"脸色"和"声音"透露出自身的心理或情绪情感状态[①]。

（6）叙事语篇中有5例心理形容词用于非主谓句中，约占叙事语篇心理形容词用例总数的1.5%，如：

①乐哉！凡吾所有，已入金刚坚固藏矣。（卷第五·钵逻耶伽国·大施场及修苦行者）

②惜哉，时无人矣！令彼愚夫，敢行凶德。（卷第十一·摩腊婆国·贤爱破邪论故事）

综上，《大唐西域记》叙事语篇中心理形容词语法功能可充当谓语、状语、主语、宾语、定语等各种句法成分，但未见有充当补语的用例；同时，心理形容词也可用于非主谓句中。

[①] 赵春利《情感形容词与名词同现的原则》，载《中国语文》2007年第2期。

3.说明语篇和叙事语篇心理形容词语法功能分布情况

（1）《大唐西域记》说明语篇中心理形容词仅9例，在句中充当谓语和状语，状语6例，约占1.8%；谓语3例，约占0.9%。状语用例为谓语用例的2倍。

（2）叙事语篇中心理形容词共329例，除补语外，可充当各种句法成分。

第一，叙事语篇中心理形容词谓语178例，约占全书心理形容词用例总数的52.7%；状语63例，约占18.6%；谓语用例约是状语用例的2.8倍。

第二，叙事语篇中心理形容词可作主语和宾语，指称该心理或情绪情感状态本身，用例分别为13例和48例，约占5.3%和14.2%。

第三，叙事语篇中心理形容词做定语用例较少，共17例，只占5.0%。

第四，叙事语篇中心理形容词充当谓语时可带使事宾语、对事宾语、因事宾语，而说明语篇中充当谓语的心理形容词均不带宾语。

说明语篇和叙事语篇心理形容词语法功能分布情况，列表2如下：

表2 说明语篇和叙事语篇心理形容词语法功能分布情况

句法成分频次		说明语篇		叙事语篇		总计	
		频次	比例	频次	比例	频次	比例
谓语	不带宾语	3	0.9	134	39.6	137	40.5
	使事宾语			7	2.1	7	2.1
	对事宾语			22	6.5	22	6.5
	因事宾语			9	2.7	9	2.7
	所字结构			6	1.8	6	1.8
状语		6	1.8	63	18.6	69	20.4
主语				18	5.3	18	5.3
宾语				48	14.2	48	14.2
定语				17	5.0	17	5.0
非主谓句				5	1.5	5	1.5
总计		9	2.7	329	97.3	338	100

表2数据显示：心理形容词在说明语篇中只用作谓语和状语，以状语为主；在叙事语篇中除补语外，可充当谓语、状语、主语、宾语、定语等各句法成分，以充当谓语为主，还可用于非主谓句中，语法功能较为齐全。心理形容词不同语法功能对叙事语体同样具有高度倾向性。

三、《大唐西域记》说明语篇和叙事语篇心理形容词分布差异及成因

(一)《大唐西域记》说明语篇和叙事语篇心理形容词使用频次差异及成因

《大唐西域记》心理形容词在说明语篇和叙事语篇中的使用频次差异悬殊,说明语篇中每1000字约出现0.3次,叙事语篇中每1000字约出现5.0次,叙事语篇中心理形容词每1000字出现次数约是说明语篇的16.7倍。

"语体是适应不同交际领域、目的、内容的需要在运用全民语言的言语行为中形成的语言特点体系(综合);它是在语言运用过程中由受不同交际功能性因素制约对词语、句式、语音手段、辞格等语言材料、表达手段经长期选择运用形成功能分化而历史地形成的结果"[①]。

1.说明语体的静态性和叙事语体的动态性使其对心理形容词的选择不同

动态和静态是体貌的基本分类:不涉及在时间维度上的变化情况,称为静态;而表示过程、活动或行为的情况,称为动态[②]。据此,《大唐西域记》说明语篇对说明对象的陈述是静态的,而叙事语篇对事件的叙述具有时间连续性,是动态的。

心理形容词是用来描述人的心理活动和情绪情感状态的,这种状态是暂时的,具有某种动态含义,因而具有"变动性"的语义特征[③]。故具有"变动性"语义特征的心理形容词与静态的说明语体相互排斥,而适应于动态的叙事语体。心理形容词在两种语篇中的分布差异,正是"叙事语体动态过程性和说明语体静态说明性的对立在语法方面的典型表现"[④]。

2.说明语体的客观理智性和叙事语体的主观情感性使其对心理形容词的选择不同

说明语篇如实反映西域各地区各方面情况,少有作者主观情感的介入,具有客观理智性;叙事语篇涉及大量故事传说,相关行为主体在事件过程中的感受

---

① 李熙宗《关于语体的定义问题》,载《复旦学报》(社会科学版)2005年第3期。
② 刘长庆《汉语动态形容词的界说及其基本特征》,载《武汉理工大学学报》(社会科学版)2006年第5期。
③ 赵春利《情感形容词与名词同现的原则》,载《中国语文》2007年第2期。
④ 宋晓蓉《〈大唐西域记〉动相补语"已"的分布特点及语体的相关性考察》,载《新疆大学学报》(哲学·人文社会科学版)2014年第2期。

是主观的，加之故事传说本身的神话传奇色彩，使叙事语篇具有的主观情感性特征，可以引起受众情感共鸣而达到弘扬佛法的目的。

心理形容词所表现的心理或情绪情感状态，是主体通过自身内在感官感受和体验到的，主体的这种内在体验具有不可共享、不可复制的特征，心理形容词也就相应地具有"亲验性"的语义特征，有浓厚的主观情感色彩。故具有"亲验性"语义特征的心理形容词与追求客观理智介绍说明对象的说明语体相互排斥，而适应于具有主观情感性特征的叙事语体。

3.说明语体并列说明事物和叙事语体关注事件因果关联的特点使其对心理形容词的选择不同

说明语篇对各种事物特点的介绍说明采用并列的结构方式，事物之间很少存在因果关系；叙事语篇所叙事件则总是处于因果链中，即某事件的发生往往有其原因，或导致某种结果。

情感体验是一种心理事件，主体总是由于某种人、事、物方面的原因而引发某种心理活动或情绪情感，又往往因此引发下一个事件。也就是说心理活动或情绪情感总是处于一定的因果关系中，因而心理形容词也就相应地具有"有因性"的语义特征[1]。故具有"有因性"语义特征的心理形容词与采用并列结构方式的说明语体相互排斥，而适应于关注事件因果关联的叙事语体。

(二)《大唐西域记》说明语篇和叙事语篇心理形容词语法功能分布差异及成因

第一，心理形容词在叙事语篇中表现出很强的谓语性特征。赵家新认为心理形容词是性质形容词的一个下位意类，但同时指出："虽然是性质形容词的一个小类，心理形容词更多的是描写一种心理状态，而不是属性。"[2]从心理形容词主要充当谓语可以看出，其语法功能更接近状态形容词，即有很强的充当谓语的能力。

第二，心理形容词有很强的描写性，在叙事语篇中作修饰成分，充当状语和定语。李挺认为"描写着眼于事物具有什么样的性质，处在怎样的状态中"，"句子的表示经验义修饰成分的丰富程度与其说明性成反比关系：句中此类修饰成分越丰富，其描写或叙述性越强；反之，句中此类修饰成分越匮乏，其说明性

---

[1] 赵春利《情感形容词与名词同现的原则》，载《中国语文》，第125—132页。
[2] 赵家新《现代汉语心理形容词语义网络研究》，南京师范大学文学院博士论文，2006年，第17页。

越强"①。因此，说明语体的客观说明性排斥具有很强修饰作用的心理形容词。

《大唐西域记》说明语篇和叙事语篇中心理形容词使用频次和语法功能存在很大差异，这种差异成因在于，心理形容词语义特征对说明语体和叙事语体的语体特征，有不同程度的适应性和选择性。

（本文原载《新疆大学学报》2015年第3期，第151—156页）

---

① 李挺《存现句表述功能解析及认知语义动因》，载《中国青年政治学院学报》2010年第3期。

由语言风格手段的表现看唐代边塞诗的语言风格

黄晓东

边塞诗是唐代诗歌的重要组成部分,也是唐诗当中思想性最深刻,想象力最丰富,艺术性最强的一部分,它属于优秀文化遗产的范围,在诗歌史上占有十分重要的地位。从其产生伊始就有品评出现,从古至今绵延不绝,其中不乏关于风格的论述。如杜甫评论说:"高岑殊缓步,沈鲍得同行。意惬关飞动,篇中接浑茫。"[①]宋代严羽称:"高岑之诗悲壮,读之使人感慨。"[②]明代胡应麟认为"高适、岑参、王昌龄、李颀、孟云卿,本子昂之古雅,而加以气骨者也。"[③]刘大杰认为岑高诗派"作风奔放雄伟,以气象见长,绝无恬静淡远之趣"[④]。游国恩亦云"以高适、岑参为主,并有王昌龄、李颀等人共同形成了边塞诗派,这是浪漫主义中一个重要流派。他们的诗表达了将士们从军报国的英雄气概,不畏边塞艰苦的乐观精神,描绘了雄奇壮丽的边塞风光,也反映了战士们怀土思家的情绪,揭露了将士之间苦乐悬殊的不合理现象,使唐诗增加了无限新鲜壮丽的光彩"[⑤]。由评论可见,一般认为以高、岑为代表的唐代边塞诗的主要风格特点是:雄浑豪放、慷慨悲凉、雄奇壮美。然而这些结论的得出,主要依靠的是评论者的感悟体验,带有较强的主观色彩,是否正确,需要由诗歌本身来验证。"文学的复杂性决定了研究文学需要语言学的配合。"[⑥]诗歌是语言的艺术,我们可

---

① 杜甫《寄彭州高三十五使君适虢州岑二十七长史参三十韵》,载《全唐诗》卷二二五,北京:中华书局,1999年,第2429页。
② (宋)严羽著,郭绍虞校注《沧浪诗话校注》,北京:人民文学出版社,2006年,第181页。
③ 胡应麟《诗薮·内编》卷二,上海:上海古籍出版社,1979年,第35页。
④ 刘大杰《中国文学发展史》,天津:百花文艺出版社,2007年,第239页。
⑤ 游国恩《中国文学史》,兰州:甘肃教育出版社,1988年,第12页。
⑥ 邱兆祥等《社会科学新学科辞典》,北京:北京工业大学出版社,1991年,第213页。

以从诗歌语言入手,去证明诗歌风格的存在,使风格成为看得见、摸得着的东西。

一、语言风格、语言风格手段及研究对象的说明

语言风格"是语言表达上特有的格调和气氛"①。它由语言风格手段构成。语言风格手段是指"语言结构内语音、语汇、语法和修辞中一切具有风格功能的语言要素。它们是形成语言风格的物质基础"②。借助语言风格学的研究方法,我们可以找出风格所赖以存在的、有形可见的语言材料,便可将感诸心、诉诸神的精神产品表之于文。正如程祥徽所言:"从构成言语作品的风格要素和风格手段上捕捉言语作品的风格,就不会感到飘忽不定或捉摸不到了。"③

如将高适的《塞上听吹笛》与李益的名作《听晓角》对读,我们可以看见由于使用了不同的语言手段而导致的风格上的差异。

> 雪净胡天牧马还,月明羌笛戍楼间。借问梅花何处落?风吹一夜满关山。(高适诗)
>
> 边霜昨夜堕关榆,吹角当城汉月孤。无限塞鸿飞不度,秋风卷入《小单于》。(李益诗)

二诗同写在边塞城楼听乐曲而产生的思乡情绪,时间、景物亦相似,但表达的情绪、风格明显不同。从语音手段看:高诗所用的韵脚为"还、间、山",属平水韵中元音开口度大的"删部",属于洪亮级的韵脚,常用于表现强壮、雄健的情感;李诗所用的韵脚为"榆、孤、于",属元音开口度小的"虞部",属于细微级的韵脚,常用于暗示忧伤、深沉和肃穆的情感。从词语手段上看,李诗以"霜堕"写出凄冷,高诗以"雪净"写出明朗;李诗以"秋风"渲染肃杀,高诗以"风吹"显出雄阔;李诗以"月孤"衬托寂寞,高诗以"月明"呈现高爽。语言手段选用的不同,表现出李诗情绪低沉暗淡,格调哀怨伤感,以悲凉为主;高诗情绪高昂激扬,格调明快豪健,以雄迈为主。

汉语的风格研究,自魏晋陆机、曹丕、钟嵘、刘勰等建体立品后至今,所提

---

① 邢福义《现代汉语》,北京:高等教育出版社,1998年,第547页。
② 邢福义《现代汉语》,第547页。
③ 程祥徽《语言风格初探》,香港:三联书店,1985年,第29页。

出的风格范畴，已有百余。丁金国在《语体风格分析纲要》中，依据先贤所论，将语言风格合并后分为阳刚、阴柔、飘逸三类。阳刚类的下位以雄浑、豪放、壮丽、悲慨为代表；阴柔类的下位以柔婉、绮丽、繁缛、纤秾、隽秀为代表；而飘逸类则以典雅、旷达、清新、平实、简约为代表。每类风格的形成各有其独特的语言风格手段。我们将其作为分析唐代边塞诗风格的理论依据。

任何优秀的文学作品，都是精辟的思想内容和完美的语言形式相统一的结果。没有思想内容，就不能生成语言风格。正如秦牧所说："写各种各样的事物，应该有各种各样的笔墨，写'三万里河东入海，五千仞岳上摩天'一类的事物，和写'小荷才露尖尖角，早有蜻蜓立上头'一类的事物，文字风格怎能一个样呢？我们的笔墨，有时应该像怒潮奔马那样的豪放，有时又要像吹箫踏月那样的幽清，有时应该像冬冬（咚咚）雷鸣的战鼓，有时又应该像寒光闪闪的解剖刀。"[①]对语言手段进行分析前，我们首先需要根据表达内容对诗歌进行分类。

我们选取了颇具权威性、有着广泛影响力的四部教材、著作——刘大杰《中国文学发展史》、游国恩《中国文学史》、袁行霈《中国文学史》、胡大浚《唐代边塞诗选注》，通过反复比对，但凡其中至少两部都选介的唐代边塞诗，都穷尽式地提取出来，作为我们的研究对象，从而得到杨炯、王翰、岑参、高适、王昌龄、崔颢、李益等24位诗人的61首边塞诗。这61首诗歌可以说是唐代边塞诗在各个时期的代表作。

我们根据表达内容将所选诗歌分为三类，见表1。

表1 唐代边塞诗主题分类[②]

主题分类	从军报国的壮志豪情	战争带来的忧愤思怨	绝异中原的边塞风情	合计
数量	28	29	4	61

表一显示，唐代边塞诗表达的主题以"从军报国的壮志豪情"（以下简称"豪情"）、"战争带来的忧愤思怨"（以下简称"思怨"）这两类为主，表达"绝异中原的边塞风情"（以下简称"风情"）主题的边塞诗数目较少。不同主

---

① 秦牧《散文创作谈》，载《长街灯语》，天津：百花文艺出版社，1979年，第240页。
② 归类说明：并非所有的边塞诗表达的内容都是单一的，我们归类时依据的是其重点表达的内容。如岑参《走马川行奉送出师西征》，既描写了"雪夜风吼""飞沙走石"这些边疆大漠中令人望而生畏的恶劣气候环境，又描写了战士们勇敢无畏的英雄气概。由于边塞环境的描写主要起衬托作用，故我们将此诗归入后一主题。

题的表达，在语言风格手段的选用上往往有所差异。

二、唐代边塞诗语言风格手段分析

（一）语音风格手段分析

语音风格手段就是有助于生成某些语言风格的语音手段。汉语的语音风格手段主要有同韵呼应、平仄调配、音节配合、叠音自然等。由于唐代边塞诗多为格律诗，在平仄安排、音节配合上都有严格的规定，与同时代其他题材的格律诗没有显著的区别，而叠音在唐代边塞诗中的数量也极其有限，因此最能体现唐代边塞诗风格特征的语音手段当属同韵呼应。

同韵呼应又叫押韵，就是韵文中上下语句或隔句的末尾用同韵的字，这些韵字就是韵脚。"语音中的风格要素是多方面的。拿诗歌的用韵来说，在诗歌中选用不同的韵就可以表现出不同的思想感情，而使作品具有不同的气氛和格调。"[①] "元音开口度大小能表达雄壮、激越或沉郁凄婉的不同格调。"[②] 依据韵母元音开口度的大小，语言学家把十三辙作三级划分：江阳、言前、中东、人辰、发花诸韵响度相对高，属洪亮级；一七、灰堆、姑苏、乜斜响度低弱，属细微级；遥条、油求、怀来、坡梭，响度较前者低，较后者高，居二者之间，属柔和级。不同的韵有不同的风格色彩，是生成不同表现风格的手段。一般说来，洪亮级的韵，通常用于表达豪放、赞美、兴奋、慷慨激昂的感情，有助于构成阳刚类的风格；细微级的韵通常用来表现缠绵、忧郁、哀悼、悲愤的感情，有助于构成阴柔类的风格；柔和级的韵通常用来表达柔美、细腻、平和的感情，有助于构成飘逸类的风格。所选61首诗，韵脚总数共计549个，我们对其进行归类。由于十三辙是明清以后广泛运用的理论，不能完全解释唐代边塞诗所有的用韵情况，因此我们的研究是在找出十三辙与平水韵之间对应关系的基础上进行的。

[①] 胡裕树《现代汉语》，上海：上海教育出版社，2013年，第505页。
[②] 邢福义《现代汉语》，第547页。

表2 61首唐代边塞诗用韵情况统计（韵脚总数：549个）

韵母响度级别	洪亮级					细微级			柔和级			
十三辙	江阳	言前	中东	人辰	发花	一七	灰堆	乜斜	遥条	油求	怀来	坡梭
平水韵（韵部后数字单位为"个"，为出现在诗中的次数。）	阳部41，漾部4，养部2	覃部2，先部38，元部7，寒部13，霰部3，删部12，愿部2	庚部32，冬部3，东部34，董部2，蒸部5	真部14，吻部2，文部11，元部6，愿部2，侵部3	點部2，麻部6	支部25，耳部12，霁部10，遇部10，纸部26，质部2，缉部2，辑部2，雨部16，霁部2，鱼部2，语部6，锡部2，齐部5，御部3，虞部11	微部13，灰部6，贿部2，队部2	月部10，屑部8，叶部5	药部13，豪部6，萧部9，皓部5，小部3	尤部30，有部16	太部2，灰部9	曷部5，陌部6，歌部9，沃部4
数量	47	77	76	38	8	136	27	23	36	46	11	24
数量	246					186			117			
所占比例	44.8%					33.9%			21.3%			

表2显示：洪亮级韵脚246个，所占比例为44.8%；细微级韵脚186个，所占比例为33.9%；柔和级韵脚117个，所占比例为21.3%。这些数据说明，唐代边塞诗中表现阳刚类风格的语音手段略占优势，表现阴柔类风格的语音手段次之，表现飘逸类风格的语音手段第三。下面我们进一步考察语音手段在不同主题边塞诗中的分布情况。

表3 549个韵脚在唐代三类边塞诗中的分布情况

主题分类	各类韵脚总数	洪亮级（阳刚类）		细微级（阴柔类）		柔和级（飘逸类）	
		数量	比例	数量	比例	数量	比例
豪情	206	115	55.8%	55	26.7%	36	17.5%
思怨	314	126	40.1%	118	37.6%	70	22.3%
风情	29	5	17.2%	13	44.8%	11	37.9%

表3显示，唐代豪情类边塞诗，韵脚总数为206个，其洪亮级韵脚为115个，所占比例为55.8%；细微级韵脚与柔和级分别为55个、36个，所占比例为26.7%、17.5%，语音手段的选用表明此类诗歌阳刚类风格特点占绝对优势，阴柔类与飘逸类各占的比例较小。思怨类边塞诗，韵脚总数为314个，其洪亮级韵脚为126个，所占比例为40.1%；细微级韵脚与柔和级韵脚分别为118个、70个，所占比例为37.6%、22.3%，语音手段的选用表明此类诗歌阳刚类风格特点与阴柔类风格

特点均占有较大的比例，而飘逸类所占比例较小。风情类边塞诗，韵脚总数为29个，其洪亮级韵脚仅为5个，所占比例为17.2%；细微级与柔和级韵脚分别为13个、11个，所占比例为44.8%、37.9%，语音手段的选用表明此类诗歌阴柔类和飘逸类的风格特点占绝对优势。

（二）词语风格手段分析

词语风格手段就是有助于生成某些语言风格的词汇及短语手段。一般人们在进行语言本体研究时，总是把词语的固有意义和语法意义分为两部分，前者归入语汇学范畴，后者归入语法学范畴。然而，当词语出现在作品中时，两部分意义实际上是有机的统一体，整体在发挥作用，不宜分割开来。因此我们在分析唐代边塞诗的词语手段时，其意义既包含有词语意义，也包含有语法意义。

黎运汉认为："豪放的作品常常选用那些雄伟壮丽的名词、遒劲有力的动词以及富有铺张扬厉意味的形容词、范围阔大的数量词组合成句，构成一种宽广浩大的场面，表现某种豪放雄健的瑰丽图景。"①这里黎先生已将词的固有意义和语法意义统一起来研究风格了。然而具体到唐边塞诗中，我们却不能单纯地以词为单位研究风格。有些词本身可以作为表现某种风格的手段，如"沙漠、戈壁、鹰、兵"，或雄伟壮阔，或富有力量，适宜表现阳刚类的风格。而有些词，如"风"，本身难以作为构成某一风格的手段，但当它与修饰语、陈述语结合在一起时，表达风格的能力立现，如"狂风""惠风""清风"分别表现了阳刚类、阴柔类、飘逸类三种不同的风格。当岑参笔下"如刀的风、折百草的风、夜吼的风、吹石乱走的风"出现在读者眼前时，阳刚豪迈之气扑面而来。因此，我们在探讨风格时，不能将名词、动词、形容词等分开研究，应将它们组合成短语后整体表现出的意象纳入我们的研究中。

丁金国对历代先贤的风格论进行研究时发现，从唐代司空图的《诗品》，到清代顾翰的《补诗品》等著作，历时千年，各类风格摹状所用的意象竟惊人一致。在此基础上，丁先生对表达各类风格的具有代表性的意象进行了提取，认为"阳刚系的典型意象是：狂风、激浪、高山、大河、奔马、大漠、鹰战、癫狂，等"②。其语义特征为：表达的时空范围大、动作性强，常用红、黄、橙等暖色系色彩词。"阴柔系的典型意象是：朱楼、绣幕、缓漪、柳荫、孤云、细雨、惠

---

① 黎运汉《汉语风格学》，广州：广东教育出版社，2000年，第224页。
② 丁金国《语体风格分析纲要》，广州：暨南大学出版社，2009年，第234页。

风、丽日、碧山、秀水、桃花、美人、粉蝶、飞燕、黄鹂、流莺，等"[①]。其语义特征为：表达的时空范围小、动作性弱或无动作性，常用紫、黑等色彩词。"飘逸系的典型意象是：清风、朗月、碧水、蓝天、舒云、烟岚、海波、清流、白雪、梅鹿、丹鹤、峰峦、古刹、松涛、鸣涧、游侠、逸仙，等"[②]。其语义特征为：表达的时空范围可大可小，但动作性弱等，常用白、绿、蓝、青等色彩词。我们尝试考察表达上述典型意象的词语在唐代边塞诗中的分布情况。由于同一意象出现在不同作家笔下，甚至是同一作家笔下时，表达意象的中心名词虽是固定不变的，然而附加在其之上的修饰语、陈述语却不可能完全相同，如上例中阳刚类的典型意象"狂风"仅在岑参一人笔下，就呈现出多种姿态。因此，我们的研究分三步走：①提取上述意象中的中心名词；②在所选诗中进行检索，看出现了哪些中心名词；③结合诗中这些中心名词的修饰语、陈述语对其进行风格手段归类。如可将岑参笔下"如刀的风、折百草的风、夜吼的风、吹石乱走的风"均归入"狂风类"，属阳刚类词语风格手段。

从上述典型意象中，我们提取出39个中心名词，检索后发现其中"风、浪、山、河、马、漠、战、楼、幕、柳、云、雨、日、水、花、人、燕、月、天、烟、海、波、流、雪、峰、侠"等26个词都在边塞诗中出现，出现次数有多有少。其出现形态及分布如下表：

表4 词语风格手段在唐代边塞诗中的分布情况

主题分类	阳刚类词语风格手段		阴柔类词语风格手段		飘逸类词语风格手段		总数
	典型意象所用词数（数字后单位为"个"）	共计（个）	典型意象所用词语数（数字后单位为"个"）	共计（个）	典型意象所用词语数（数字后单位为"个"）	共计（个）	
豪情	狂风11，高山16，大河5，奔马13，大漠4，鏖战12，高楼1，浓云4，大水2，花海1，征人3，高天2，浓烟2，大海4，大雪8，怒侠1	89	惠风3，罗幕3，杨柳2，孤云1，丽日6，秀水1，鲜花2，人5，暗月1，孤烟1	25	舒云3，朗月4，蓝天7，烟岚1，海波1，白雪4	20	134
思怨	狂风6，高山13，大河10，奔马9，大漠3，鏖战9，高楼1，浓云6，大水5，征人8，大海1，大雪1	72	惠风1，无战1，杨柳1，细雨7，秀水3，鲜花9，人31，海燕1，暗月2，阴天2，	58	清风6，波浪1，舒云5，碧水2，朗月8，蓝天7，烟岚1，海波1，清流2，白雪4	38	168

[①] 丁金国《语体风格分析纲要》，第234页。
[②] 丁金国《语体风格分析纲要》，第234页。

（续表）

风情	狂风2，激浪1，高山9，大河1，奔马3，浓云2，大水1，征人1，大海4，炎波1	25	山头1，无战1，孤云1，细雨2，丽日1，人1，孤峰1	8	朗月2，烟岚1，白雪1	4	37
合计	186		91		62		339

表4显示：①典型意象所用词语总数为339个，阳刚类意象词语186个，所占比例为54.9%；阴柔类意象词语91个，所占比例为26.8%；阴柔类意象词语62个，所占比例为18.3%。这些数据说明，唐代边塞诗中表现阳刚类风格的词语手段占绝对优势，表现阴柔类风格的词语手段次之，表现飘逸类风格的词语手段第三。词语手段的分布情况与语音手段分布情况基本一致。②豪情类边塞诗，典型意象所用词语总数为134个，阳刚类意象词语为89个，所占比例为66.4%；阴柔类和飘逸类意象词语分别为25个和20个，所占比例为18.7%和14.9%，词语手段的选用表明此类诗歌阳刚类风格特点占绝对优势，阴柔类与飘逸类各占的比例较小。思怨类边塞诗，典型意象所用词语总数为168个，阳刚类、阴柔类和飘逸类意象词语数依次为72个、58个和38个，所占比例分别为42.9%、34.5%和22.6%，词语手段的选用表明此类诗歌阳刚类风格特点与阴柔类风格特点均占有较大的比例，而飘逸类所占比例较小。风情类边塞诗，典型意象所用词语总数为37个，阳刚类、阴柔类和飘逸类意象词语数依次为25个、8个和4个，所占比例分别为67.6%、21.6%和10.8%，词语手段的选用表明此类诗歌阳刚类风格特点占绝对优势。

（三）修辞格风格手段分析

修辞格风格手段就是有助于生成某些语言风格的修辞格手段。修辞格在语言风格的构成中具有十分重要的作用。每一种修辞格都有美学功能，都可作风格表达手段，有些修辞格有多种风格功能。张寿康认为："成系统的排用修辞形式是构成政论语体的语言风格的一种因素。"[①]张德明说："我们所讲的常用修辞格的修辞效果都有一种主要的风格色彩或语体特征。如：运用比兴、双关、反语、婉曲、象征等能明显地形成委婉含蓄的风格，运用借代、夸张、仿拟、谐音、降

[①] 张寿康《政论语体的排用修辞系统》，载《汉语学习论丛》，济南：山东教育出版社，1983年，第290页。

用（大词小用）等能明显地形成幽默讽刺的风格等。"①郑颐寿认为："比喻、比拟、借代、摹状、移就，易成藻丽；夸张、排比、反复、层递，有助于劲健。柔婉者好用婉曲、讳饰、折绕、析字、比拟；诙谐者多见双关、仿拟、歇后、比喻。"②黎运汉指出："豪放是气势浩瀚，夸张、排比、反复、反诘和连珠等都有这种风格功用。"③同时指出柔婉、含蓄、明快、朴实、藻丽、简约、繁丰等风格常用的修辞格。按照丁金国的理论，劲健、豪放可归入阳刚类风格；柔婉、含蓄、藻丽、繁丰可归入阴柔类风格；平实、简约、明快可归入飘逸类风格。通过对上述理论的比较、分析和提取，结合各类辞格在唐边塞诗中的表现，我们认为，唐代边塞诗中，阳刚类风格常用的修辞格手段为：夸张、反复、顶真、反问；阴柔类风格常用的修辞格手段为：借代、借喻、暗喻、摹拟、用典、映衬、双关；飘逸类风格常用的修辞格手段为明喻、比拟、对比、对偶。其分布情况如表5。

表5 唐代各类边塞诗主要辞格分布情况

主题分类	阳刚类				阴柔类						飘逸类				总数（个）
	夸张	反问	反复	顶真	借代	借喻暗喻	摹拟	用典	映衬	双关	对偶	明喻	比拟	对比	
豪情	22	2			39	11	7	21	6		47	10	6		171
思怨	14	3	9	8	36	9	16	9	5	2	31	8	6	17	173
风情	10				1		2	0	2		7	2	2		26
合计	68				166						136				370

表5显示：①所选边塞诗所用主要辞格总数为370个，阳刚类修辞格68个，所占比例为18.4%；阴柔类修辞格166个，所占比例为44.9%；飘逸类修辞格136个，所占比例为36.7%。这些数据说明，唐边塞诗很少使用阳刚类修辞格手段，较多地使用阴柔类和飘逸类修辞格手段。②豪情类边塞诗，修辞格总数为171个，阳刚类辞格为24个，所占比例仅为14%；阴柔类和飘逸类修辞格分别为84个和63个，所占比例为49%和37%。修辞格手段的选用表明此类诗歌阴柔类风格特点与飘逸类风格特点均占有较大的比例，而阳刚类所占比例很小。思怨类边塞诗，修辞格总数为173个，阳刚类、阴柔类和飘逸类意象词语数依次为34个、77个和62个，所占比例分别为19.7%、44.5%和35.8%。修辞格手段的选用表明此类诗歌阴

---

① 张德明《语言风格学》，长春：东北师范大学出版社，1990年，第105页。
② 郑颐寿《辞章体裁风格学》，广州：暨南大学出版社，2008年，第305页。
③ 《汉语风格学》，第177页。

柔类风格特点与飘逸类风格特点均占有较大的比例,而阳刚类所占比例很小。风情类边塞诗,修辞格总数为26个,阳刚类、阴柔类和飘逸类意象词语数依次为10个、5个和11个,所占比例分别为38.5%、19.2%和42.3%,修辞格的选用表明此类诗歌阳刚类风格特点和飘逸类风格特点占优势,阴柔类风格特点所占比例很小。

三、唐代边塞诗的语言风格

语言风格虽然由语言风格手段来表现,但个别的、零散的、单一的语言手段不能构成语言风格。一系列语言风格手段相融合后,综合呈现出的整体气氛格调才是语言风格。我们将语音手段、词语手段、修辞格手段综合起来进行考察,发现唐代边塞诗风格并非单一地表现为雄健豪放的阳刚类,而是呈现出复杂多样性。

以"从军报国的壮志豪情"为主题的边塞诗,阳刚类、阴柔类、飘逸类语言手段综合平均后,所占的比例分别为:45.4%、31.5%和23.1%。表明此类诗歌表现出的飘逸类风格较少,阳刚类的风格占优势,阴柔类风格次之,整体体现出"刚中带柔"的特点。

以"战争带来的忧愤思怨"为主题的边塞诗,阳刚类、阴柔类、飘逸类语言手段综合平均后,所占的比例分别为:34.2%、38.9%和26.9%。表明此类诗歌表现出的飘逸类风格较少,阳刚类风格与阴柔类风格相差不多,整体体现出"刚柔相济"的特点。

以"绝异中原的边塞风情"为主题的边塞诗,阳刚类、阴柔类、飘逸类语言手段综合平均后,所占的比例分别为:41.1%、28.5%、30.4%。表明此类诗歌阳刚类风格占优势,飘逸类风格次之,阴柔类风格第三。整体也体现出"刚中带柔"的特点。

用此方法还可以分析出唐代不同时期边塞诗风格上的差异。虽然不是所有的语言现象都可以用语言风格的理论去解释,也不是所有语言手段的风格归类标准都明确单一。但我们可以在探讨过程中具体感知唐代边塞诗的"语言风格"究竟是一种怎样的形态。此研究既可为语言风格理论提供例证,对文学研究亦有借鉴价值。

(本文原载《湖北社会科学》2015年第1期,第121—126页;有增补)

河西民间宗教宝卷方俗语词的文化蕴藉

程 瑶

中国宝卷是在宗教和民间信仰活动中演唱的一种说唱形式,演唱宝卷也称"宣卷"。宝卷大致产生于宋元时期,明清时期发展到顶峰。早期的宝卷内容以讲述通俗经文和佛教故事为主,可以说是佛教世俗化的结果。明代中叶以后至清康熙年间,民间流行宝卷的内容多与民间宗教有关。"明正德初年,罗教(无为教)始祖罗清(1442—1527)所编'五部六册'的出版,标志着中国宝卷进入民间宗教宝卷发展时期。"[1]

河西宝卷是一种流传在甘肃河西地区的民间说唱文学。河西民间宗教宝卷是河西宝卷中产生时间较早的一类,明清之际的民间宗教组织曾借宝卷来宣传教义,以宣卷组织布道活动。

河西民间宗教宝卷即为宣卷的卷本,现存河西民间宗教宝卷多为手抄本且版本系统复杂,这类宝卷传承了教派宝卷的内容与形式,韵散结合,韵文是经忏式的韵读,同时汲取河西地区文化滋养,使得其语言具有独特性。河西民间宗教宝卷不仅使用了文言词语和宗教用语,极具特色的是使用了当地当时的方俗语词,使得其文体具有韵散兼行、文白相间的特点,既高雅又通俗,独具魅力。

对河西民间宗教宝卷的研究是从宝卷的文献整理开始的,虽然宝卷数量众多,但多为手抄本且散落在民间,河西民间宗教宝卷作为河西宝卷的一类,正在逐步被收集和整理,笔者现今所见到的河西宝卷集主要有《河西宝卷选》《河西宝卷真本校注研究》《凉州宝卷》《凉州宝卷·民歌》《永昌宝卷》《民乐宝卷》《山丹宝卷》《金张掖民间宝卷》《甘州宝卷》《临泽宝卷》《敦煌·民歌宝卷·曲子戏》《河西宝卷集粹》《酒泉宝卷》等。上述宝卷存在文字简略、故

---

[1] 转引自车锡伦《中国宝卷研究的世纪回顾》,载《东南大学学报》2001年第3期。

事情节被删改等方面的情况；存在同一宝卷出现不同版本、同一版本出现不同改编本以及同一版本在演唱和传抄过程中出现变异本等情况。

近年来，一些学者已经注意到了河西宝卷的语言学价值，张爱民从音素、变音、有音无字三个方面简要介绍了河西宝卷所反映的张掖方言的语音问题①。马月亮以方步和《河西宝卷真本校注研究》为研究材料，通过对河西宝卷的用韵及异文别字的考察论证了明清西北方音的新特点②。

河西民间宗教宝卷《敕封平天仙姑宝卷》《新镌韩祖成仙宝卷》《新刻岳山宝卷》《护国佑民伏魔宝卷》《湘子宝卷》《还乡宝卷》《无生老母临凡普度众生宝卷》《达摩宝卷》《无生老母救世血书宝卷》《观音济度本愿真经》《黄氏女宝卷》《何仙姑宝卷》《目连救母出幽冥宝卷》《贫和尚出家宝卷》等的内容均反映了明清时期各民间教派的信仰，这类宝卷利用佛道故事来宣传教义，同时包含着"先天道""无生老母"等民间宗教的终极信仰。民间宗教宝卷到万历、崇祯年间达到鼎盛。康熙、雍正年间，清政府为了维护自己的统治，加大了镇压、取缔民间秘密宗教组织的力度③，所以在当时的甘肃河西地区，这些卷本是不能公开流传的，因而也很难走进文人的视野，但作为民间宗教组织传道、宣卷的卷本，其中包含着许多口语词和方言词。

河西民间宗教宝卷的方俗语词包含了大量的文化信息，通过对方俗语词的考释以及对造词理据的分析，能够深入探讨方俗语词与文化的关系。所谓俗语词，一般是指魏晋六朝以后出现于载籍中的一些古代口头语，这些词往往具有某种特殊的义训。④张能甫指出："这种口头语既包括当时的方言土语，也包括一个时代的流行用语。俗语词本质上就是近代汉语词汇中的方言、口语成分。"⑤徐时仪论及俗语词时指出："以现代语言学的通常看法而论，俗语词就是古白话系统中的白话词，也就是口语词，大致和20世纪以前人们所用的'俗语''俚语'等术语所包含的一部分词语相当，但不包括一些谚语之类的句子。"⑥

方俗语词所承载的文化信息使我们得以窥见当时的时代背景。词汇史则清晰地记录了历史、民俗等社会文化的演变过程。语言本身就与各种社会现象有着固

---

① 张爱民《河西宝卷——我国民间曲艺艺术瑰宝》，载《甘肃社会科学》2008年第2期。
② 马月亮《河西宝卷的音韵研究》，南京：南京师范大学，2011年，第2页。
③ 马西沙、韩秉方《中国民间宗教史》，上海：上海人民出版社，1994年，第135页。
④ 郭在贻《训诂学》，北京：中华书局，2005年，第186页。
⑤ 张能甫《〈旧唐书〉词汇研究》，成都：巴蜀书社，2002年，第356页。
⑥ 徐时仪《古白话词汇研究论稿》，上海：上海教育出版社，2000年，第26页。

有的联系，而词汇这种承载语意的最基本单位，作为社会文化的结晶直接体现着历史与文化的沉淀。举例如下：

1.水烟①，指用水烟袋装烟丝吸用的烟。例如：

（1）休学无知俗字辈，背个虚名削了发。酒肉终朝不离肚，水汉洋烟口内呷。（《临泽宝卷·还乡宝卷》）

（2）千般苦楚难枚举，切记不可入套圈。水汉蓝烟休沾染，流入肺腑是祸怨。（《临泽宝卷·还乡宝卷》）

按：水烟，由"水汉洋烟"和"水汉蓝烟"缩略而来。《汉语大词典》收"水烟"条，释义为用水烟袋装烟丝，通过注有水的铜管吸食的烟草。兰州盛产水烟，早有文献记载。清黄钧宰《金壶七墨·烟草》："兰州别产烟种，范铜为管，贮水而吸之，谓之水烟。"清方浚师《蕉轩随笔》卷六："乾隆以前，尚系用木管竹管，镶以铜烟锅吸之，名曰旱烟。后则甘肃兰州产水烟，以铜管注水其中，隔水呼吸。"清代以前文献不见该词，该词在清代俗文学作品中使用较多。《二十年目睹之怪现象》："德泉道：'其实就是那么一个人，到妓馆里偷了一支银水烟袋，妓馆报了巡捕房，被包探查着了，捉了去。'"《海上花列传》第四十五回："管家端上茶碗，并将各种水烟、旱烟、锡加烟装好奉上。"《儿女英雄传》："'不吃潮烟，我就不会吃烟，我也没叫你装烟，想是你听错了。'那卖水烟的一听这话，就知道这位爷是个怯公子哥儿，便低了头出去了。"《孽海花》："静悄悄的觉得没趣，心想怎么这时候阿福还不来呢？手里拿着根金水烟袋，只管一筒一筒的抽，樱桃口里喷出很浓郁的青烟。"

甘肃水烟久负盛名，以水烟为代表的烟俗文化几乎随处可见。水烟的种植与制作从原料到烟丝再到吸食的烟壶，工艺精良，历史悠久。甘肃的老字商号都将水烟奉为"芸香事业"，宋沈括《梦溪笔谈·辨证一》："古人藏书辟蠹用芸。芸，香草也，今人谓之七里香者是也。叶类豌豆，作小丛生，其叶极芬香，秋间叶间微白如粉污。辟蠹殊验，南人采置席下，能去蚤虱。""芸香草"即"水烟"的烟叶，又称"韭叶芸香草""七里香"或"诸葛草"，旧时甘肃烟坊也多供奉武侯诸葛，

---

① "水烟""边墙""通笼""歇房""宰僧"条列句均引自魏延全编《临泽宝卷》，政协临泽县委员会，1996年，第1—76页。"倒灶""先天"'斋醮'条例句引自酒泉市肃州区文化馆编《酒泉宝卷》（第二、三辑），兰州：甘肃文化出版社，2011年，第209—326、295—326页。另外，本文所引其他河西民间宗教宝卷语料也出自以上两部宝卷集。

相传"芸香草"为诸葛亮觅得。《三国演义》第八十九回:"此去正西数里,有一山谷,入内行二十里,有一草庵,庵前有一草,名曰'韭叶芸香草',人若口含一叶,则瘴气不染,丞相可速往求之。"1949年以前,甘肃全境有大面积的水烟种植,几乎遍布全省,现在以兰州和临洮为主要种植地。昔日的丝绸之路重镇榆中县青城镇承载了水烟的种植加工和销售,在青城镇罗家大院民俗馆内,陈列着水烟的制作工具和各色水烟壶,这里曾是古代西北的商贸集散地。不只是青城,在兰州的大街小巷,古玩店铺到处可见水烟壶的踪迹,材质多为铜质,也有银金铸造的,烟管细长呈弯月形,并列一根粗铜管内燃烟丝,下接小水箱,烟丝燃烧雾气通过水箱吸入口中发出咕噜噜的声响,其状舒心,其情惬意。

2.边墙,指长城。例如:

(3)话说仙姑娘娘功行圆满,平步登仙,不知不觉将凡胎肉身遗弃于板桥堡以西十里,边墙外沙漠之上。(《临泽宝卷·敕封平天仙姑宝卷》)

(4)话说丹进台吉将他老娘火化埋了,赶了二十五匹好马,二十六头毛牛,八个骆驼,四十只滩羊,一共合九九之数,连宰僧等数十人,来到边墙之下。(《临泽宝卷·敕封平天仙姑宝卷》)

(5)这还是,娘娘的,神灵保佑;不觉得,三月零,大功成就;到如今,边墙外,那座后殿;那就是,当年的,古迹原址。(《临泽宝卷·敕封平天仙姑宝卷》)

按:由句义可知该词为名词,《汉语大词典》收"边墙"条,释义为长城。《临泽宝卷》注"边墙即长城"[①]。方步和注:"高台县的边墙,有的人说其为汉长城遗址;《高台县志》:'边墙与长城别。后人臆说,每指边墙为长城。'"[②]

该词在明清时期出现用例较多。明徐渭《边词》之五:"真凭一堵边墙土,画断乾坤作两家。"又见《练兵实纪·戚继光》:"寻常巡行境内,每到一城,先将城池形势边墙看过。详问四方险易,建置始末,保障缘由。"明谢肇淛《五杂俎·地部二》:"近时戚将军筑蓟镇边墙,不僇一人,期月而功成。"又见文献用例《万历野获编》:"十里守之。事下兵科,隆禧复奏谓:'谓河套本中国

---

① 魏延全《临泽宝卷》,政协临泽县委员会,1996年,第37页。
② 方步和《河西宝卷真本校注研究》,兰州:敦煌文艺出版社,1997年,第51页。

地,自余子俊筑边墙,不以黄河为界,而河套为虏据,宁夏与山后虏为邻,贺兰山其界也。'"《三宝太监西洋记》:"万岁爷也略略笑了一笑,说道:'朕在北平镇守之时,到边墙外去砍鞑子,砍得他尸积如山,血流成沟,朕只当扫了几只雏鸡儿。'"清赵翼《檐曝杂记》:"一年,余子俊以延庆地平易,寇屡人套,我反居外,寇反居内,故筑边墙千七百里,以限内外。弘治元年,小王子渐人套中,出没为寇。"

明代早期一直受到"北元"的侵扰与威胁,"北元"覆灭后,其旧部势力依然强大并长期活跃在蒙古高原,瓦刺、鞑靼等部时常南下骚扰明代边境。"鞑靼,即蒙古,故元后也。太祖洪武元年,大将军徐达率师取元,元主自北平遁出塞,居开平,数遣其将也速等扰北边"①。这一时期鞑靼对明代边境的侵扰也被民间宗教家写进了宝卷。如《敕封平天仙姑宝卷》中提道:"正在两难之中,忽然探马报说:'浑邪王领了无数的鞑子,杀将前来,离营盘只不过三十里之地了。……浑邪王,领鞑子,前来追赶,死大半,人和马,还未过河。'"

"元人北归屡谋兴复,永乐迁都北平三面近塞,正统以后敌患日多,故终明之世边防甚重,东起鸭绿西抵嘉峪绵亘万里,分地守御。"②明朝永乐年间迁都北平,且北边边防威胁始终未彻底解除,又加之景泰年间土木堡之变,明代军事战略逐渐退于守势。明代九边则是在这种局势下,明朝政府在北部边界自东向西设立的九个军事重镇,在此之前,明代大兴土木在北边修建长城壕垣,即称为"边墙"。与边界事务相关的词汇还有"边务""边臣""边政"等。成化后更是以边墙连缀起九边的城堡、墩台、隘口③,这些城堡、墩台、营堡、敌台,隘口都是"边墙"的组成部分,后人亦称之为"长城"。

3.倒灶,指时运不济、倒霉。例如:

(6) 只望你能成个栋梁材料,又谁知竟成了朽木蓬蒿。这也是我韩门背时倒灶,气无后人枉负我位显言高。(《酒泉宝卷·新镌韩祖成仙宝卷》)

(7) 不该打我儿,今日悔不了。何方云修行?哪里参玄妙?也是我韩门,背时又倒灶。送子读诗书,无故修啥道。(《酒泉宝卷·新镌韩祖成仙

---

① (清)张廷玉等《明史》卷三二七《鞑靼列传》,北京:中华书局,1974年,第8463页。
② (清)张廷玉等《明史》卷九一《兵志三·边防》,第2235页。
③ 马顺平《"界在羌番、回虏之间"——明代甘肃镇边墙修建考》,载《社会科学辑刊》2011年第4期。

宝卷》)

按：倒灶，原意指损坏炉灶，现指倒霉到极点。《汉语大词典》"倒灶"条，释义为时运不济，倒霉。蔡正学认为"倒灶"义近"灶倒"，指停火、无饮食[1]。李贵生从民间祭灶神的习俗指出兆民对灶神的虔诚供奉与信仰。论述指出，"倒灶"的"倒"指倒塌毁坏。"锅""灶"连用，"倒灶"即毁坏锅灶。"灶"即砖石或其他材料制成的一种设备，即锅灶[2]。扬雄《太玄经·灶》："灶灭其火，惟家之祸广'灶灭'在两千多年前就寓意家有灾祸。"我们已知"倒"通"捣"，《西厢记》："睡不着如翻掌，少可有一万声长吁短叹，五千遍倒枕槌床。""倒"一本可作"捣"，又如《紫钗记·剑合钗圆》："都是太尉倒鬼。"亦是此意。

可见"倒灶"究其本意可从"捣灶"说起，"捣灶"就是毁坏炉灶。如《西游记》："'你这猢狲！怎么弄手段捣了我的灶？'行者笑道：'你遇着我就该倒灶，干我甚事？我才自也要领你些油汤油水之爱，但只是大小便急了。'"在这里前句用"捣"，后句用"倒"，实则义同。

时至今日，"倒灶"在甘肃多地方言中仍在使用。"损坏炉灶"早已和时运不济、倒霉至极等联系在一起。从现有可以查阅的文献来看，"倒灶"中间还可以加入其他成分，词义不变。王晔《桃花女》："敢是这老头儿没时运，倒了灶了。"上例"倒灶"中间加入了助词"了"，意思也是时运不济、倒霉。也可以说"倒灶了""背时倒灶"，《二刻拍案惊奇》："程朋见了道：'我说你福薄，前日不意中得了些非分之财，今日就倒灶了。这些彩缎，全靠颜色，颜色好时，头二两一匹还有便宜。'""倒灶"与"背时"连用，也是倒霉至极的意思。《跻春台·吃得亏》："尊一声背时鬼听我禀告，在我家久居住很把驾劳。弄得我这几年背时倒灶，凡百事不顺遂好似水消。开个条去想方就把箍爆，是强盗进门去就犯蹊跷。"据邓英树、张一舟介绍，现今四川方言中"背时""倒灶"通常也是放在一起使用[3]。

4.先天，指民间宗教"先天道"的简称。例如：

（8）二卿下凡走一转，去渡韩愈悟先天。他本卷帘仙根面，偷饮御酒

---

[1] 蔡正学、石金兰《"倒灶""倒霉"的文化考释》，载《辞书研究》2005年第2期。
[2] 李贵生《语义与民俗：方言词"倒灶"考释》，载《甘肃广播电视大学学报》2009年第2期。
[3] 邓英树、张一舟《四川方言词汇研究》，北京：中国社会科学出版社，2010年，第209页。

贬下天。(《酒泉宝卷·新镌韩祖成仙宝卷》)

(9)三更里谢师恩慈悲接应,传与我先天道炼就法身。四更里谢妻恩不生仇恨,红罗帐守孤单耽误青春。(《酒泉宝卷·新镌韩祖成仙宝卷》)

按《汉语大词典》未收录该义项。《酒泉宝卷》注"先天"即为"八卦"①。笔者认为"先天"即民间宗教"先天道""先天大道"的简称。

"先天道"是康雍年间崛起的民间宗教教门,由黄德辉(1624—1690)创立,以无生老母为最高神祇,以重返先天、归家认母为最高宗教理想。河西民间宗教宝卷即是早期民间宗教组织在河西地区传道的布道书。从现有刊布的河西宝卷来看,明代中叶以后至清康熙年间,宝卷的内容很多与民间宗教有关。随着宝卷的流行,一些民间宗教组织开始借用宝卷来宣传自己的教义,以扩大自己的影响力。明代著名的无为教、白莲教、弘阳教、黄天道等民间宗教组织都是用宝卷来宣传自己的教义的。民间宗教宝卷到万历、崇祯年间达到鼎盛。在甘肃东部地区,自清初直到现代都有民间宗教的活动,它们都以宣卷组织布道活动。同时,甘肃、青海等地的河西、河湟和洮岷地区也都发掘出了民间宗教宝卷的卷本。

5.通笼,形容物体上下部的大小形状没有显著的差别。例如:

(10)有宰僧,合头目,不论男女,没头脸,没腰腿,肿得通笼。(《临泽宝卷·救封平天仙姑宝卷》)

按《汉语大词典》未收录该义项。方步和注:"通笼"即"肿得像圆形的灯笼"。②由原文"不论男女,没头脸,没腰腿,肿得通笼"可知,该词为形容词词性,所注贴切,且"灯笼"义无从考证。"通笼"最早见于六朝文献《全梁文》:"映青葱而结网,昏青苔于丹渚,暧朱卓于石路,霞晃朗而下飞,日通笼而上度,俯形命之窘局,哀时俗之不固,定赤舄之易遗,乃鼎湖之可广。"在这里"通笼"指日光由暗而渐明。《紫钗记·晓窗圆梦》:"正好梦来时,户通笼一觉回。"该义也与文意不符。

笔者认为"通笼"也作"统笼""广笼统"与"统笼"为同素异序词,形容物体上下部的大小形状没有显著的差别。可见其他文献用例,元韦居安《梅磵诗话》卷中引宋郑清之《冬瓜》诗:"翦翦黄花秋后春,霜皮露叶护长生。生来笼

---

① 酒泉市肃州区文化馆《酒泉宝卷》,兰州:甘肃文化出版社,2011年,第303页。
② 方步和《河西宝卷真本校注研究》,兰州:敦煌文艺出版社,1997年,第67页。

统君休笑，腹内能容数百人。"梁辰鱼、汤显祖《浣纱记》："【绕池游】[旦上]偶然心上，做尽风流样，懒妆成又偎人半晌。[老贴笑上]莹勾了腰肢，通笼绣帐，听得来愁人夜长。"该词义的演变也存在于现代汉语中，如："奴是土里人，腹老是通笼，头上三个角，伺候若坏人。""通笼"即"空的"。①

6.斋醮，指民间宗教的祭祀礼。例如：

（11）斋醮数日多热闹，吕氏安葬在荒郊。无意之言且不表，再把湘子说根苗。（《酒泉宝卷·新镌韩祖成仙宝卷》）

（12）如是傅象夫妇见父亲嘱咐已毕，无病而终，夫妇二人哭啼悲哀，死而复生，遂命人备办棺木入殓，斋醮超荐，送老归山不提。（《酒泉宝卷·目莲救母幽冥宝卷》）

按《汉语大词典》收"斋醮"条，义为请僧道设斋坛，祈祷神佛。《酒泉宝卷》注"祭祀所用的斋礼"②。"斋"即斋戒，道教定期举行斋戒祭祀活动要选择适合的日期、场所建斋。《太平经》卷四十二说："人道之人，'当养置茅室中，使其斋戒'。"③"醮"与祭祀、礼仪亦有着密不可分的关系，《文选·宋玉〈高唐赋〉》："醮诸神，礼太一。"李善注："醮，祭也。""古谓醮者，祭之别名也。降天地，致万神，莫大于醮。"④隋唐以后，"斋醮"并称，沿袭至今，成为道教科仪的传统名词。俗称"道场"或"法事"。

早期文献用例可见唐王建《同于汝锡游降圣观》："闻说开元斋醮日，晓移行漏帝亲过。"《资治通鉴·后梁均王贞明六年》："镕晚年好事佛及求仙，专讲佛经，受符箓，广斋醮。"

民间宗教家在传教布道的过程中往往以僧人和道长的形象出现，以佛法或道法护身来宣传教义，民间宗教则传袭了佛、道、儒等多样的宗教仪式，其中一部分则源于道教的斋醮科仪。这些仪式与民众的生死、婚嫁、节日等习俗密切相关。随着这些宗教在民间广纳信众，"斋醮"从最初的祭祀礼仪逐渐走下神坛与民间习俗融为一体。《红楼梦》第二十九回广原来冯紫英家听见贾府在庙里打醮，连忙预备猪羊香烛茶食之类的东西送礼。《初刻拍案惊奇》卷十七："因

---

① 王仿主编《中国民间文学作品选编》，上海：上海文艺出版社，1983年，第382页。
② 酒泉市肃州区文化馆编《酒泉宝卷》，兰州：甘肃文化出版社，2011年，第3页。
③ 参看《道藏》（第24册），上海：上海书店，1988年，第401页。
④ 该问题可参见中国道教协会、苏州道教协会编《道教大辞典》，北京：华夏出版社，1994年，第1004页。

念亡夫恩义，思量做些斋醮功果超度他。"《二刻拍案惊奇》卖掉房子，搬到别处，鬼也随着不舍。"只得日日超度，时时斋醮。"

7.歇房，指投宿的地方。例如：

（13）路不行，不到店，须要赶上；但怕你，黑来了，难找歇房。（《临泽宝卷·还乡宝卷》）

按《汉语大词典》未收录该词。《临泽宝卷》注"投宿的地方"①。原注所解极是。由原文可知，"歇"即"宿""睡"。例如《水浒传》第四十七回："戴宗收了甲马，两个缓缓而行，到晚就投村店歇了。"《说岳全传》第十九回："昨日一则天晚，不能议事，故尔在北营歇了。"《红楼梦》第八回："待贾母歇了中觉，还要回去看戏。"

"歇房"最早见于清代，其义多为旅店、客栈。文献中所见用例不多，如《封神演义》："祇暮，见一客舍。文王投店歇宿。次日起程，囊乏无资。店小儿曰：'歇房与酒饭钱，为何一文不与！'"《留东外史续集》："松子道：'我就去向房主说一声，等歇房主若来问你，你就说是我的丈夫，才从中国来的。'"

该词一直沿用至今，在多地方言中仍在使用，只是词义发生了演变。"歇房"或"歇房屋"又说"房圈""房圈屋"。如"妈，你那小箱箱的钥匙是不是在你歇房里的枕头底下，我给你拿啊？"②"生了以后，将婴儿送至歇房、三天不准睡，仍然坐在草堆上，旁边点盏灯，三天三夜不能熄，由老人婆经管"③。以上词汇的例句出自四川和西藏嘉绒地区，由例句可知，词义已经发生了演变，"歇房"已变为"自家"的房间，通常指卧室，而不是近代汉语中的带有营利性质的旅店或客栈。

8.宰僧。指明代北方少数民族。例如：

（14）隔了两日，老鞑婆、小鞑婆、宰僧头目浑身无故肿将起来，动弹不得。（《临泽宝卷·敕封平天仙姑宝卷》）

（15）话说丹进台吉将他老娘火化埋了，赶了二十五匹好马，二十六头

---

① 魏延全《临泽宝卷》，政协临泽县委员会，1996年，第76页。
② 邓英树、张一舟《四川方言词汇研究》，北京：中国社会科学出版社，2010年，第395页。
③ 李茂、李忠俊《嘉绒藏族民俗志》，北京：中央民族大学出版社，2011年，第320页。

毛牛，八个骆驼，四十只滩羊，一共合九九之数，连宰僧等数十人，来到边墙之下。（《临泽宝卷·敕封平天仙姑宝卷》）

按《汉语大词典》未收录该词。"宰僧"，音译词，据史料记载"宰僧"为明代套寇头目。在《敕封平天仙姑宝卷》中"宰僧"词义演变为北方少数民族的名称，词义扩大。

清胡林翼《胡林翼集》："宰僧当作宰桑。"①该词首次出现在明代文献中，在后世文献中鲜见。明瞿九思《万历武功录·东三边西三边》："我师生获卜酉爱女。斩首八十余级。夺锱重亡算。卜酉乃捧头鼠窜。不顾雪山之险。同宰僧，匿西海。"

明万历二十年（1592）宁夏哱拜叛乱。《明史》可见相关记载："会拜反，著力兔、宰僧遂声言与拜为一家，而卜失兔、庄秃赖亦引兵助之。及拜诛，切尽台吉之比吉率著力兔、宰僧、庄秃赖等顿首花马池塞下，悔罪求款。"②"万历二十六年（1598）三月，松酋阿赤兔等纠合套虏宰僧著力兔、海虏永邵卜等人犯，欲行闯边过海。"③嘉靖后期，驻牧于河套地区的河套部酋著力兔等为扩张势力，逐渐南下，占据大、小松山，使之成为连接河套、青海之间的通道，这些蒙古族部落的统治者不时对明朝边防进行侵扰活动。由此可见，在明代，著力兔、宰僧均为北方少数民族头目。又见宝卷语料"隔了两日，老鞑婆、小鞑婆、宰僧头目浑身无故肿将起来，动弹不得"，"八个骆驼，四十只滩羊，一共合九九之数，连宰僧等数十人，来到边墙之下"。由句义可知，"宰僧"的词义已由北方少数民族头目演变为北方少数民族的名称。

河西民间宗教宝卷的方俗语词为词汇史研究的推进提供了新的材料和佐证。英国语言学家帕默尔说过："语言忠实地反映了一个民族的全部历史、文化，忠实地反映了它的各种游戏和娱乐、各种信仰和偏见。"④河西民间宗教宝卷的方俗词汇蕴藉丰富，每个词语又都包含着历史、民俗、地缘等多重信息，因此，只有依靠大量和具体的感性材料才能更好地对这些词语进行诠释。

（本文原载《汉语学报》2015年第2期，第82—88页）

---

① （清）胡林翼《胡林翼集》，长沙：岳麓书社，2008年，第824页。
② （清）张廷玉等《明史》卷二二八《魏学曾李化龙传》，第5981页。
③ 该问题可参见景泰县志编纂委员会编《景泰县志》，兰州：兰州大学出版社，1996年，第573页。
④ [英]帕默尔著，李荣等译《语言学概论》，北京：商务印书馆，1983年，第76页。

论托忒蒙古文的文化价值

布力格

文字是人类社会进入文明时期的一大标志，它不单是文化的载体，更是文化的凝聚体，是一个民族传统文化的组成部分。因为它比较完整系统地为后人保存了一个民族的文化成果，所以，有无传统文字对一个民族的文化积累而言，其意义不言而喻。

在蒙古族的文字史上，曾经在不同范围内使用过数种文字，西蒙古即卫拉特蒙古的托忒文就是蒙古族文字史上的一次革新。众所周知，1648年，卫拉特蒙古和硕特部高僧、著名学者咱雅班第达·纳木喀扎木措参照喀尔喀方言，根据卫拉特方言特点，对回鹘式蒙古文进行改良，进而创制了托忒蒙古文。历史上托忒文在从青藏高原到伏尔加河流域的广大地区流传，同时还波及喀尔喀和布里亚特蒙古，是蒙古族文字史上地位仅次于回鹘式蒙古文的、使用范围较广、使用时间较长的文字。回鹘式蒙古文抑或传统蒙古文（即新疆蒙古族俗称的胡都木蒙古文）的使用已有千余年的历史，它在人们的心目中仍占主导地位，是蒙古族政治、经济、文化生活中不可缺少的重要工具，但是与口语严重脱节是其致命的缺点。多少年来，蒙古语言学家们为使文字和口语相适应，不断地改良和改革传统蒙古文或者创制新文字，试图替换原有的文字系统，但大都或以失败告终，或使用年限不长。而唯独托忒蒙古文成为成功的范例使用了近370年。托忒文最初是针对整个蒙古族创制的。但是，由于历史上种种因素的干扰，它未能通用于全体民族，而历史地成为地域性或方言文字使用至今。新疆是托忒文的诞生地，也是目前国际上唯一在使用该文字的地区。近370年来，作为卫拉特文化的典型标志，托忒文为卫拉特蒙古，尤其是新疆蒙古族的历史、文化、教育的传承和发展发挥了不可替代的作用。

托忒蒙古文是卫拉特人独创并使用至今的具有地域特征的宝贵文化遗产。

不仅卫拉特蒙古研究在很大程度上依赖于托忒文及其文献,而且它对蒙古历史文化、新疆地方史以及中国边疆问题、民族问题、跨国民族研究、档案古籍整理和利用等方面也有重要的学术价值,特别是对探讨新时期少数民族语言文字使用特点、变化及对策,促进文化的多样性与和谐发展,有积极的借鉴作用。出于统一全国蒙古族的文字、共同繁荣发展民族文化、提高民族整体素质的目的,20世纪80年代初,始在新疆蒙古族中推广传统蒙古文,历经30多年,成效显著。但是由于种种原因,形成了目前胡都木、托忒两种文字并用的局面,并且这种局面还将继续维持。因为在新疆地区,从托忒蒙文向使用胡都木蒙文转变,需要一定的适应和过渡期,还需解决一些涉及方言及正字法等学术层面的问题,在某些领域,托忒文还有继续使用的必要。相对而言,托忒文的使用功能逐渐减退,使用范围日趋缩小,对此人们的认识也存在分歧,学界不时亦有争鸣。从当前现状及今后的发展趋势来看,托忒文的载体作用,尤其是文献传承作用不会削弱,学术价值更不会削弱。因此我们应当尊重历史事实和文字发展的客观规律,冷静、理智地思考和妥善解决存在的问题。在托忒文的发展进入一个新的历史阶段之机,回顾并总结其使用历程,从抢救和保护、发掘和利用少数民族语言文化资源的高度,客观评价和再认识托忒文对卫拉特历史文化,乃至整个蒙古族历史文化发展的传承和载体作用,深入探讨其文化价值,很有必要,且意义重大。笔者认为这与胡都木蒙古文在新疆的继续使用并不矛盾。

一、托忒蒙古文的文化价值

从文化意义而言,语言文字无优劣之分。任何一种语言文字都是该民族历史的积淀和智慧的结晶。"文字总是与文化整体的其他部分相依存,我们研究文字不能只把它看作是一种普通的工具,局限于分析它的形、音、义,而要看到它凝聚民族文化的高一层次的功能,以深化我们对文字性质的认识。"①托忒文的文化价值体现在它的使用历程和它的记载所涉及的广泛领域。笔者认为应当从以下几个方面来进一步认识托忒文的文化价值。

(一)文字最基本的功能是语言的辅助性交际工具

作为方言文字的托忒文,在客观存在方言差异的卫拉特蒙古地区创制使用过

---

① 张公瑾《文字的文化属性》,载《民族语文》1991年第1期。

程中，对促进当地社会历史、文化教育的发展，人民人文素质的提高起到了非常重要的作用。卫拉特方言是蒙古语的跨境方言，托忒文自然也就是跨境使用的文字。但因各个国家的社会状况不同，托忒文在各个国家的使用和发展状况也有所不同。俄罗斯的卡尔梅克地区使用到1924年，蒙古国的科布多、乌布苏等西部省份的卫拉特人使用到了20世纪四五十年代。而中国新疆的蒙古族一直在使用托忒文，尤其是中华人民共和国成立后，在党的民族政策的指引下，托忒文的使用和发展与新疆蒙古族社会文化生活的发展息息相关，充分满足了社会方方面面的需求，托忒文的文化价值和教育功能得到了最大限度的发挥。具体地说，蒙古文版的《新疆日报》自1950年创办以来一直都是使用托忒文，目前的部分版面仍然在使用。新疆人民广播电台的蒙古语广播开播40余年来，一直使用托忒文稿件并用卫拉特方言播音。据不完全统计，新疆人民出版社自1952年以来用托忒文出版的各类书籍达1800余种，新疆教育出版社、卫生出版社、科技出版社等也用托忒文出版了大量的图书。此外，新疆还有10余种专业刊物或地方报纸直至近几年大都仍是使用托忒文发行。托忒文一直以来成为新疆蒙古族行使政治权利、接受文化教育的重要工具之一，对他们智力的开发利用、各级各类人才的培养教育、政治觉悟和文化素质的提高、精神文化和物质文化的传承和发展，以及与各民族并肩发展和进步等方面所发挥的重大作用不容忽视。

（二）文字与文献相互依存，互不分离

作为在蒙古学里独树一帜的卫拉特文化的载体，托忒文自创制至今有丰富的文献典籍流传于世。其中不乏《江格尔》《格萨尔汗传》《喀尔喀——卫拉特法典》《四卫拉特史》等具有国际意义的文化遗产。由托忒文记录下来的珍贵文献及大量的文学作品为蒙古学、文献学、文字学、方言学、古代文学等研究提供了有价值的材料，从而凸现出了它的多元文化价值。对卫拉特研究而言，更是不可多得的第一手资料。《喀尔喀——卫拉特法典》最早用传统蒙古文写就，但原件和副本均已遗失，现仅存的是托忒文抄本。著名史诗《江格尔》和《格萨尔汗传》都有托忒文版本。托忒文的古文献从内容上来分，历史文献有《四卫拉特史》《蒙古溯源史》《蒙古布里亚特史》《土尔扈特史》《和鄂尔勒克史》《新旧土尔扈特汗诺颜世谱》《卫拉特纪事》等；英雄史诗和文学古籍有10章本和13章本《江格尔》、7回本《格萨尔》《汗哈冉贵传》《乌巴什洪台吉的故事》《四卫拉特之失和》《斯德尔扎布的故事》等；语言文献有木刻版《蒙古托忒

汇集》《字母汇编》《明灯辞书》《多种文字基本字符的区分》《托忒蒙古文字母》《托忒蒙古文字母如此》等；碑文和官方文书有《平定准噶尔勒铭伊犁碑》《平定准噶尔后勒铭伊犁之碑》《清雍正致土尔扈特车凌敦德格的信》《清乾隆时土尔扈特乌巴什汗的指令》等；翻译文献有《西域同文志》《居希》（《四部医典》）、《罗摩衍那》《萨迦格言》《魔尸的故事》《百喻经》《长寿经》《金光明经》《金刚经》等；宗教文献有《白渡母经》《金刚经功德》《目犍连报母恩记》、木刻版佛经《弥勒佛赞》《渡母佛赞》《智慧的彼岸千百颂》等；民俗文献有《祭文》等。遗憾的是，这些只是托忒文文献的一小部分，大部分的文献在战乱迁徙中遗失。目前国内还有相当一部分的托忒文档案资料还未得到开发和利用，其学术研究前景相当广阔，社会文化价值亦很重要。国外托忒文文献资料主要是在蒙古国、俄罗斯、德国、法国等国，其中蒙古国收藏数目最多。据蒙古国著名学者哈·罗布桑巴拉丹著《托忒文及其文献》一书记载，仅蒙古国家图书馆和蒙古科学院托忒文文库收藏的托忒文文献就有2000余种[①]。经历几百年的发展演变，特别是在新疆现当代卫拉特蒙古历史文化的发展和繁荣，推动托忒文的使用达到了巅峰时期。"文字是民族文化传承、发展、传播的重要载体。文字与民族的传统文化相互依存，它与民族的历史文献同在，文字中凝聚着民族的经验和智慧。"[②]如果没有文字，容量巨大，思维精密的文化成果，单靠口头语言是难以完整、系统地保存和发展至今的。蒙古族的《江格尔》之所以能与世界著名史诗齐名天下，托忒文的传承作用功不可没。托忒文及其文献早已成为国际性的研究课题，并有丰硕的成果问世[③]。

（三）从文字学角度看，托忒文是一种具有独立而完整体系的文字系统

它的创制者咱雅班第达·纳木喀扎木措是17世纪蒙古族历史文化名人。他学识广博，精通藏文和梵文，对蒙古文字传统、蒙古语及其方言有精深的研究。尤其是对传统蒙古文严重脱离口语的诸多缺陷有清醒的认识，并进而对它进行改革，在广泛借鉴其他文字创制改革经验的基础上，创制了更接近口语的托忒（意为清晰的）蒙古文。与传统蒙古文相比，托忒文具有一符一音、有标记长元音的专门符号、字母变体少等优点，因而更具科学性。由此可见，托忒文的创制者有

---

① 哈·罗布桑巴拉丹《托忒文及其文献》（斯拉夫蒙文），乌兰巴托：蒙古国科学院出版社，1975年，第40—43页。
② 张公瑾、丁石庆《文化语言学教程》，北京：教育科学出版社，2004年，第81—82页。
③ 额尔德尼巴雅尔《托忒文研究资料索引》，载《卫拉特研究》1992年第1期。

很高的语言学造诣,这在当时实属不易。托忒文的创制是蒙古文字史上的一次成功改革,它给我们提供了文字改革改进的宝贵经验,也反映了人类文字发展的一般规律,应在蒙古文字史上占有重要一席。依笔者拙见,将来若有对胡都木蒙文进行改良之需,首先应考虑吸收托忒文标记长元音的专门符号。"文字作为民族文化的重要载体,它的传播与民族文化交流密不可分。""民族文字的发展史,就是民族文化的交流史。"①蒙古文字史上几种重要的书写符号本身就是蒙古族文化与其他民族文化交流的产物,托忒文也不列外。传统蒙古文脱胎于回鹘文,八思巴文源于藏文,而从托忒文的创制上不难看出,它在沿用传统蒙古文基本符号的同时,在一些符号的处理上,显然也是受了圈点满文的启发。尤其是托忒文标记长元音的专门符号更是借鉴了藏传梵文符号,而成为其创制者咱雅班第达的一大创举。蒙古文字史上晚期的瓦根达拉文的刱制和近代传统蒙古文的改良也不同程度地受到了托忒文的影响。此外,在西域也有哈萨克族曾使用过托忒蒙古文的历史记载。总之,托忒文不仅是卫拉特文化的载体,也是各民族文化交流的重要载体。由此体现了托忒文丰富的文化内涵。

(四)托忒文与卫拉特方言相辅相成,关系极为密切

托忒文产生于近代蒙古书面语发展繁荣的鼎盛时期。它早期虽然曾与佛教的传播有关,但在客观上,托忒文真实地记录了16—17世纪蒙古语口语的状况,不仅如此,还将卫拉特方言的特点完整地保留和传承至今。因此,托忒文的使用在一定程度上抑制了卫拉特方言的进一步分化,并促使其更加规范化地发展。从蒙古语历史发展的角度而言,托忒文是研究蒙古语发展演变的历史,特别是研究语音史的重要凭借。比如蒙古语言学界在研究划分蒙古语口语长元音形成的历史时段时,常以托忒文作为重要的参照系。

托忒文的创制使用促成了卫拉特蒙古文学语言的形成和发展。作为方言文字,托忒文能够比较准确地记录卫拉特方言,用托忒文记录或写就的文学艺术作品能充分反映浓郁的卫拉特方言口语特点,是凸现卫拉特文学艺术地域特点或个性色彩,形成卫拉特文学艺术独特风格不可或缺的重要因素。通过托忒文的记载和使用,使卫拉特蒙古文学语言得到了不断地丰富、提炼和升华。托忒文不仅传承了以史诗《江格尔》为代表的卫拉特蒙古古典文学艺术,同样对卫拉特蒙古现当代文学艺术的发展和繁荣也起到了关键性的作用。

---

① 张公瑾、丁石庆《文化语言学教程》,第82—84页。

"各民族文字的创制通常与宗教有着不解之缘。在宗教的传播和发展过程中文字也起着极其重要的作用。"①创制托忒文的原因，除了当时为统一蒙古各部的政治因素之外，传播宗教之需也是重要的原因。咱雅班第达·纳木喀扎木措作为高僧，奉达赖喇嘛、班禅之命弘扬佛法、翻译佛经是其要务。但当时的回鹘式蒙古文与口语有了较大的差距，尚无专门记录外来词的符号。因此，才创制了托忒文，并从藏语、梵语翻译了大量的佛经，在促进宗教传播的同时伴随着佛教典籍的翻译，形成了托忒文的宗教文献。总之，托忒文在促进佛教在卫拉特蒙古地区的传播中，起到了推动作用。

二、结语

以托忒文和卫拉特方言为载体的卫拉特文化，是构建蒙古族整体文化形象不可缺少的重要内容，它以鲜明的地域特色与蒙古文化的共性之间构成互补性的关系，是蒙古族的亚文化形态。而托忒文以大量的文献记载和丰富的文化内涵为这一亚文化形态画上了浓墨重彩的一笔，从而提升了其本土文化价值，更加丰富了蒙古文化，为中华民族多元一体文化建设添砖加瓦，做出了应有的贡献。

总而言之，托忒文创制近370年来，不仅对卫拉特蒙古历史文化的发展发挥了其社会文化功能和教育功能，而且以大量的文献记载和丰富的文化内涵以及重要的学术价值成为蒙古文化不可缺少的组成部分。在当前形势下，我们应该从抢救和保护、发掘和利用少数民族语言文化资源的高度，深刻认识并继续发挥托忒文的研究价值，尤其应加强开发、利用和建设托忒文文献资料建设的工作。

（本文系首次发表）

---

① 《文化语言学教程》，第82—84页。

清末民国时期新疆普及国家通用语言文字策略探析

赵新华

新疆是一个多民族聚居地区，历史上流行过至少30种语言和文字，而汉语言文字是汉代以来唯一贯穿新疆历史的语言文字①。几千年以来新疆和中原地区文化交流频繁，"自禹平水土，声教所及，西被流沙。其时西域之国昆仑析支渠搜皆在西戎之列，闻声服教，广被久矣。汉于西域，两道复通。东汉匈奴遣子入学。北朝时，高昌有毛诗论语孝经，置学官，子弟以相教授。唐太宗贞观间，高昌吐蕃诸国酋长遣子弟请入国学"②。在交流中，内地汉民族吸收了许多新疆各民族的文化，新疆少数民族也积极学习和借鉴汉族文化，他们相互影响，彼此接近，成为不可分离的整体。

近代以来，列强对中国边疆加紧了侵略，伴随着西力东渐的不断深入，社会各界逐渐认识到要通过教育，帮助青少年学生牢固树立国家意识和中华民族意识。"蒙古、新疆、西藏，为俄英勾引煽动，必须借教育与宣传之力以通其情意培其同心。"③著名教育家余家菊撰文指出："要靠历史地理的知识以沟通国民情感而实现精神上的统一，以共挡此日和来日的国家大难。"④但因语言不通阻碍着各民族间的交流与理解，于是国语国文教学在个人生活、民族与国家命运等方面的特定价值得到当时社会的广泛认可，如王森然指出："许多民族合为一个国家，这国型成立之原因，即基于文化之调和，而语文实文化中最大最要之一端，国与民之连锁，即全赖乎此。"⑤曹树勋也指出："语文为表达意思、沟

---

① 苗普生、田卫疆《新疆史纲》，乌鲁木齐：新疆人民出版社，2004年，第11页。
② 袁大化、王树枏《新疆图志》（影印），台北：文海出版社，1965年，第1382页。
③ 舒新城《近代中国教育思想史》，福州：福建教育出版社，2007年，第242页。
④ 余家菊、李璜《国家主义的教育》，上海：中华书局，1923年，第77页。
⑤ 王森然《中学国文教学概要》，上海：商务印书馆，1929年，第5页。

通情愫之工具，人与人所以能发生亲切之感，其条件甚多，而以语文为首要。吾国本土，方言亦至复杂，唯文字则自来即已统一，故幅员虽广，终不致恒久分裂。"①

在清末民国时期，面对内忧外患，中央及新疆地方政府采取了一系列措施推广普及国家通用语言文字，以增进各民族间的互相理解，减少了因语言不通产生的隔阂，从而提升了中华民族的凝聚力。

一、建立汉语学校，提高少数民族汉语水平

（一）清末时期创建多种汉语学习机构

光绪初年，左宗棠平定新疆叛乱后，鉴于"新疆勘定已久，而汉、回彼此扞格不入，官民隔阂，政令难施。一切条教，均藉回目宣传，壅蔽特甚。将欲化彼殊俗，同我华风，非分建义塾，令回童读书识字，通晓语言不可"，他提出"设义塾训缠童"，即免费招收少数民族子弟入学并教以汉语。至光绪六年（1880），新疆各地试办的义塾已经达到了37所，而且效果也不错，"入学回童聪颖者多，甫一年而所颁诸本已读毕矣。其父兄竞以子弟读书为荣"②。光绪十年，清政府颁发上谕，任命刘锦棠为新疆巡抚，魏光焘为新疆布政使，标志着新疆省的正式建立。刘锦棠意识到"缠回语言文字本与满汉不同，遇有讼狱征收各事件，官民隔阂不通"，所以要让各族人民"通华语为先务"，他鼓励少数民族学习汉语，"为奖励计，会请准能读毕一经者赏以顶戴"③。光绪三十二年，新疆设立提学使，专门负责全疆的教育事业，并将各地兴办教育的成绩列为各级地方官员的考核内容，其重要内容之一即是培养少数民族双语人才④。提学使在少数民族聚居之各县地方建立汉语学校，先通语言，期以两年毕业，再升入初级小学读书，如此办法，少数民族子弟入学读书，可得解除教学双方之困难，发生兴趣，学事渐有起色⑤。笔者据成书于宣统三年（1911）冬的《新疆图志》中的记载，统计当时各地设立的汉语学习机构（参见表1）。

---

① 曹树勋《边疆教育新论》，贵阳：正中书局，1945年，第96页。
② 左宗棠《左宗棠全集》，上海：上海书店，1986年，第8806页。
③ 曾问吾《新疆教育概况》，载《边事研究》1936年第4期。
④ 周泓《民国时期新疆民族宗教教育与国民教育的并行》，载《西北民族研究》2001年第2期。
⑤ 中国第二历史档案馆《中华民国史档案资料汇编》（第五辑第一编教育），南京：江苏古籍出版社，1994年，第861页。

表1 清末新疆各地设立的汉语学习机构概览①

地区	汉语学堂	简易识字学塾	官话讲习所	备注
迪化县	1	16	1	
昌吉县		2		
呼图壁县		2		
绥来县		11		民立9所，官立2所
阜康县		3		
孚远县		2		
奇台县		3		
镇西直隶厅		4		
哈密厅		2		
乌苏厅		2		
吐鲁番厅	5			
鄯善县	4			
绥定县	2	5		
宁远县	4			
精河直隶厅		2		
塔城直隶厅	1	1		
温宿府	8	1	8	
温宿县	11	1	2	
柯坪县	2			
拜城县	5	2	1	
乌什直隶厅	8		1	
焉耆府	5		1	
轮台县	5			
新平县	4			
婼羌县	2			
库车直隶州	9	2		
沙雅县	6		1	
疏勒府	7		1	
疏勒县	16		1	
伽师县	8			
英吉沙直隶厅	8			
莎车府	22	1	1	
巴楚州	7	1		
叶城县	15			
皮山县	6	2		
蒲犁厅	1			
和田直隶州	13	2	2	
于阗县	8		1	
洛浦县	8	1	3	
哈密回部	1			私立
吐鲁番回部	1			私立
库车回部	3			私立
合计	206	68	24	

① 附设在汉语学堂的简易识字学塾没有统计在内。

从表1中可以看出，清末时期新疆的汉语学习机构，既有面向儿童的汉语学堂，也有面向社会人员的简易识字学塾、官话讲习所；有府学，也有县学；有官立，也有私立。这充分表明普及国家通用语言文字、提高少数民族的汉语水平，得到了新疆官方、民间的一致认可。经过政府及社会各界的不懈努力，汉语（官话）在新疆得到了较好的普及，众多少数民族学生能够阅读汉文书籍，出现了"巴郎汉语音琅琅，中庸论语吟篇章"的景象。

（二）民国时期循序渐进发展汉语学校

1912年后，新疆为解决少数民族不能通晓汉语的问题，特设有汉语学校，为少数民族学生入国民学校之预备，并由省订定简章通行各县遵办。1913年的《教育杂志》"记事"专栏刊登了如下一则消息：

> 日前教育局令知疏勒县知事迅速筹办汉语学校一节，兹录该局令文如下：汉语学校为缠民教育基础，实将来普及教育之阶梯，关系极为重要。查该县此项学校，上年曾据该知事呈明，俟缠民农忙毕时，再为开办，业经批示在案，现已将近一年并未据报成立，以该县户口之繁、物力之厚，在缠疆实可首屈一指，持与新平相较，所去何止什百，然新平尚能成立汉语学校四处，学生百余名，具见为政在人，民国成立将近两年，当此完全建设之时，已非军务倥偬之候，知事负教养之责，于教育一端实应完全负其责任，若竟因循坐误，何以对此人民，令到之日，仰该知事迅速遵章筹办，一俟成立后，专文呈覆核夺云云。①

从上述消息中可以看出，汉语学校的筹建工作在当时实行的是地方行政"一把手"直接负责制。《教育杂志》作为当时全国公开发行的最具影响力的权威教育刊物，报道此事肯定会引起各方的关注。至1916年4月，新疆全省已建有汉语学校33所，经费1.1万余元，其设立地点皆在天山南路及吐鲁番鄯善等处。②据1917年的《环球》杂志记载，新疆汉语学校的师资、经费都得到了很好的保障（参见表2）：

---

① 《新疆教育局饬办汉语学校》，载《教育杂志》1913年第6号。
② 中国第二历史档案馆《中华民国史档案资料汇编》（第三辑教育），南京：江苏古籍出版社，1991年，第521页。

表2 1916年新疆省汉语学校概览

县名	学校数	学生数	教职员数	岁支数（元）	备注
吐鲁番	1	12	2	334	
鄯善	1	13	3	267	
阿克苏	1	15	2	327	
温宿	1	13	1	173	
拜城	1	30	2	285	
乌什	1	18	2	340	
库车	3	64	3	812	
沙雅	2	46	2	540	
焉耆	1	31	2	354	
尉犁县	1	30	2		与该县初等小学1所（20名学生，2位教师），岁支合计1364元
婼羌县	2	35	4	495	
轮台	1	20	1	210	
疏勒	1	30	2	280	
巴楚	1	24	2	334	
疏附	2	60	2	——	岁支空缺
伽师	1	30	1	263	民国四年（1915）十月新设汉语学校1所
莎车	1	37	2	263	
叶城	1	27	2		与该县初等小学1所（60名学生，2位教师），岁支合计1522元
英吉沙	1	30	1	212	
和阗	2	60	4	703	
于阗	1	30	2		与该县初等小学1所（30名学生，1位教师），岁支合计1126元
洛浦	1	30	2	283	
且末	1	15	2	212	
皮山	1	24	1	349	

鉴于新疆当时还存在寺塾宗教教育，"缠回儿童满四周岁即入寺塾从师诵习回经，谓之罕格罕格"，不宜强迫少数民族儿童，以免"因误会而起争执"，所以汉语学校的建设采取了循序渐进的办学方针，"拟就现在状况，逐年扩充十分之二三，数年可增至一倍，以后循此扩充，由城镇以至乡村，由缠回以至蒙哈，则普及之计，基于此矣"①。

1929年，新疆省政府采纳麦盖提县县长刘景文建议，将"汉语学校"名称改为"国语学校"，以避种族隔阂之嫌；统一使用《国语》教科书，以提高教学质量；并将原汉语学校教师工资由10两提至20两，以稳定教师队伍②。这些措施为

---

① 《新疆全省教育进行计划书乙普通教育》，载《环球》1917年第2卷。
② 马文华《民国时期新疆省政府教育政策述略》，载《新疆大学学报（哲社版）》1993年第4期。

汉语学校的持续发展提供了保障，有力地促进了新疆的汉语普及工作。

二、发展师范学校，培养合格师资

（一）清末时期培养双语师资，提高师范生待遇

清末，新疆学校缺乏合格教师，"所遣教习大都内地游学，随营书识，授以千字文百家姓，以次授以对字，作八比。缠民茫然不知所谓，愈益厌苦之。师或防其逃逸，闭置室内加以桎梏，故缠民闻入学则曰'凡差皆易，惟此差最难'，其入学数年者所学亦无用"[①]。杜彤任新疆提学使后，新疆教育宗旨有三："曰求普不求高；曰学务用人，厚薪不兼差；曰以次渐进，不惑种人难于见功之说。"新疆地方政府着手解决新疆教师短缺问题，先是"调理化算学教习四人于京师，学科始备"；继而创建新疆本地的师范学校，"地方官吏纷纷请派教习，乃分中学班为简易师范班，一年毕业，厚其薪月三十金，派往四道充教习"[②]。为了培养合格教师，提高教学效率，进一步采取了切合新疆实际的措施。

1.注重培养师范学堂学生的双语教学能力

新疆初议设立师范时，学务人员存在着"以汉教缠""以缠教缠"的争论，最终"乃决议调缠生昔日曾入义塾者"[③]，即选送南疆各地曾在义塾学习，具有一定汉语基础的少数民族学生进入师范学习，以充未来的小学教员。同时，鉴于南疆"往返五六千里，半年乃达"，又要求民族地区的汉族师范学员"注重缠语一门，令师范中学班皆习之"，以解决"言语不通瞠然相对，难察人情之好恶"的现实问题[④]。

2.提高少数民族师范学生待遇

在新疆兴办新式学堂之初，部分少数民族民众"以拜孔子为大耻，虽以官力强迫之，终不能怡然。且一入学众人即谓之背教，无不异视之"[⑤]。自杜彤任提学使后，要求尊重少数民族师范学生，提高他们的待遇，"通饬官吏教习，不得贱视缠生，且免徭役，以示区别"；树立模范、鼓励先进，"选送缠生颇有能文者，沙雅县缠生某，相貌谈吐文字彬彬，有士风。又为谋升阶，以风示乡里。期

[①]《新疆图志》（影印），第1385页。
[②]《新疆图志》（影印），第1388页。
[③]《新疆图志》（影印），第1389页。
[④]《新疆图志》（影印），第1390页。
[⑤]《新疆图志》（影印），第1386页。

年毕业,授以衣顶,派学董者、派乡官者,盛服过市,种人荣之"①。

(二)民国时期完善政策条例,规范发展师范教育

1912年后,新疆省政府继续加强师范教育发展。杨增新主政新疆时,于1916年在迪化开设了师范讲习班,培养高初两等小学师资,学生有汉族、维吾尔族和哈萨克族,学期2年,均为公费,每人每月还有津贴银2两。至1924年,讲习班共举办4期,毕业学生200人左右,大部分到各县担任小学校长和教员。盛世才主政新疆时,从1935年开始在省立师范开设维吾尔、哈萨克、蒙古等民族班②。随后,新疆省政府陆续制定了相关文件条例,为师范教育的发展提供政策保障和实施依据,如《优待师范生办法》(1936)、《师范教育计划》(1942)、《新疆省第二次师范教育推进方案》(1943)。其中1943年的方案将新疆全省划为10个师范学校区,即迪化、伊犁、喀什3个师范区,哈密、塔城、焉耆、阿克苏、阿山、莎车、和阗7个简易师范学校区,因地制宜地发展师范教育。1943年,新疆教育厅还制定了《奖励师范学校师生各项办法》,规定"师范学校教师工资须高于中等学校教师;恢复师范生的优厚待遇,即发伙食费、服装费、津贴等"。1944年,教育厅还在伊犁、焉耆、阿克苏、喀什、和田等地举办了短期教员训练班,培训教师600余人③。

三、群策群力,探讨交流国语教育

新疆民族成分复杂,语言不通带来诸多不便,许多有识之士认为,在此普及国家通用语言文字最为重要,就此纷纷提出各种策略并在报刊上公开发表,进行交流探讨,同时供政府参考。这些文章大多将新疆的汉语教育放在现代民族国家构建的语境中,置于尊重多元文化、促进民族融合的基础之上进行探讨分析,在今天依然有着重要的现实意义。如杨达真担心"汉族回族因语言不通,彼此都有极厚的隔膜",主张"师资之选择,须具下列条件:甲、谙回族语言及风俗者;乙、能耐劳苦者。因为要介绍汉语,就不得不选能谙回族语言及风俗者为基础;新疆生活较苦,寒则太寒,热则太热,非耐劳苦者,不能得到好的成绩"④。

宫碧澄更加深刻地指出,普及汉语对于增强边疆少数民族的国家认同意识

---

① 《新疆图志》(影印),第1390页。
② 祁美琴《民国时期的新疆学校教育概述》,载《民族教育研究》2002年第3期。
③ 马文华《民国时期新疆省政府教育政策述略》,载《新疆大学学报》(哲社版)1993年第4期。
④ 杨达真《新疆开发与新疆教育》,载《湖南教育》1930年第18期。

具有重要意义。"新疆因为地方辽阔,种族复杂,并且介乎英俄两大国之间,又与英属印度毗连,与用回文回语的阿富汗相接近,除了依照中央所规定的教育宗旨以外,地方当局无论如何要定出一个实施的方针来,不然一个人民他不知道中国,不知道他是中国人,恐怕世界上的事再没有比这个更危险的吧?""新疆教育的最大困难,在如何打开语言与文字的隔阂",所以要特别重视两类人才的培养与使用——"当地某族人通晓汉语汉文受过中等以上教育者"和"受过中等教育以上之汉人通晓某族语言文字者"①。

曾问吾则批评了清末以来新疆汉语教育一些不切合实际的做法:"旧式学堂学生须向孔夫子叩头,此为回教人民最反对之事。课本之不善,前清时所用课本为《千字文》《百家姓》《三字经》《四书》等,艰涩难读,枯燥无味,汉人子弟尚难领会,况语文不同之回人?"继而提出相关对策:"①教员人选务须慎重,最好用通汉文之回民任之,高其待遇,优其薪俸;②课本需特别编订,放平民千字课体裁,采取本省民情风俗、关于国家世界大势及五族平等诸教材以为课本,由中央编印发用;③学生在学时免其徭役,酌以津贴。毕业后资送内地留学,或委以乡约之职,如有政绩,可升为县长,以资激励;④利用回教礼拜寺为学校,联络阿浑为董事,反复说明,兴办汉学,于宗教无妨害,消除畏读汉书,仇视学校之心理,踊跃来学,于是可期。"②

程东白同样意识到"本省宗族复杂,语言各异,推行国语实为当务之急",并提出了循序渐进、对不同学段学生采取不同要求的策略,"过去各宗族学校,除汉族者外,均以国语为主要课程,使各宗族青年学生切实学习国语。其标准为高级小学学业后,达到能说能读能写之程度;初中二年修业期满后,达到直接听讲程度,自三年一期起,所有功课均用国语教授,各宗族青年均须直接听讲"。同时,还要加强非在校社会人员的国语普及工作,"为使一般民众学习国语计,会于三十二年秋季开始,设立国语夜校,现已成立十二校,并拟于本年内再行增添,以增加各宗族人士学习国语之便利"③。

四、结语

清末民国时期,从中央到地方,各级政府都普遍认识到在新疆推广普及国家通用语言文字的重要性,并采取了建立汉语学校、培养双语师资等措施;社会

---

① 宫碧澄《新疆过去教育情况与改造计划》,载《边事研究》1936年第3期。
② 曾问吾《新疆教育概况》,载《边事研究》,第50页。
③ 程东白《新疆省社会教育实施概况》,载《社会教育季刊》1943年第4期。

各界人士也纷纷在报刊撰文探讨新疆汉语教育问题。这给今天的新疆乃至全国边疆少数民族地区的教育事业带来诸多有益的启示：要充分认识和高度重视汉语教育的重要性，"使回民识汉字，再施以训练，不然将由隔阂怀疑而成为分裂的导火线，便不容易收拾了"；要注重少数民族学生汉语教材的适切性，清末初办学堂时，所遣教习大都来自内地，授课内容则是《千字文》《百家姓》等，少数民族学生茫然不知所谓，愈益厌苦之，后来推广简易识字学塾等，"乃购绘图字方数千部散之，儿童读之有喜色"[①]；同时，除了在校学生外，还要加强普通民众的汉语普及工作，"为了加强其国家民族观念，除遍设各级学校外，又经常努力展开识字运动"，如设立的简易识字私塾、官话讲习所等社会教育机构，这些做法，对于今天的新疆双语教育工作，也具有一定的借鉴意义。

（本文原载《民族教育研究》2015年第2期，第75—80页）

---

① 《新疆图志》（影印），第1391页。

20世纪以来《弥勒会见记》研究综述

李 梅

20世纪初德国考察队从新疆盗掘并带走《弥勒会见记》残卷，1959年回鹘文《弥勒会见记》和1975年吐火罗文A（焉耆文）《弥勒会见记剧本》在哈密和焉耆的发现，引起了国外学界的广泛关注，"对于我国民族史、戏剧史、宗教史等的研究来说，也是弥足珍贵的"[1]。《弥勒会见记》的研究经历了一个多世纪，黎蔷[2]、杨富学[3]等学者曾做过一些梳理，随着近年来有关研究成果的不断涌现，勾勒《弥勒会见记》的研究轨迹显得很有必要。

一、关于《弥勒会见记》的文本和版本

《弥勒会见记》描绘了未来佛弥勒的生平事迹，主要叙述了弥勒离开师傅、离开家乡、赴正觉山会见佛祖释迦牟尼并拜其为师，获得佛果成道，成为未来佛的故事。根据书写文字的不同，《弥勒会见记》有吐火罗文和回鹘文两种写本。研究者根据回鹘文本的第三章结束语的一段原文判断，它首先是由梵语译成吐火罗语（此处指古焉耆语），而后又从吐火罗语译成突厥（即回鹘）语[4]。梵文本

---

[1] 季羡林《吐火罗文〈弥勒会见记〉译释》，载《季羡林文集》第11卷，南昌：江西教育出版社，1998年，第15页。
[2] 黎蔷《中国最早佛教戏曲〈弥勒会见记〉考论》，载《中华戏曲》1999年第2期；《20世纪西域古典戏剧文本的发掘与研究》，载《文学遗产》2003年第4期。
[3] 杨富学《百年来回鹘文文学研究回顾》，载《西域研究》2000年第4期；《西域敦煌回鹘佛教文献研究百年回顾》，载《敦煌研究》2001年第3期。
[4] 伊斯拉菲尔等《回鹘文〈弥勒会见记〉第二幕研究》，载《新疆社会科学》1982年第4期。

至今未见,就现存两种写本又可根据收藏地的不同,分成不同的版本。

(一)吐火罗文A(焉耆文)《弥勒会见记剧本》

根据收藏地点的不同分为两个版本:"德国本"和"新博本"。学界通常认为吐火罗文有两种方言,"A方言主要在焉耆地区流行","B方言流行地区主要在库车(龟兹)"①。德国探险家1906年5月在新疆焉耆的舒木楚克遗址所发现吐火罗文A本《弥勒会见记》。德国学者泽格(E. Sieg)和泽格陵(W. Siegling)将这些残卷以拉丁字母转写,他们的研究《吐火罗文残卷》(*Tocharische Sprachreste*)1921年在德国出版,被季羡林名之为"德国本"②。

1975年3月,新疆考古工作者在焉耆城七个星千佛洞北大寺发现了吐火罗文A(焉耆文)《弥勒会见记》,季羡林先生对其进行了鉴定和研究③,此即现藏新疆维吾尔自治区博物馆的"新博本"。季羡林于1998年在柏林和纽约出版了"新博本"《弥勒会见记剧本》的英文译释专著④。他认为:"德国本数量并不少,只是很分散,连续在一起的比较少。……以幕数而论,德国本要比新博本多,但不像新博本这样集中,新博本的绝大部分都集中在第一、二、三、五四幕,而德国本则范围要大,详细的幕数目前尚无法确定。"⑤

(二)回鹘文《弥勒会见记》

根据收藏地点的不同,亦可分为"德国本"和"新博本",但我们习惯将后者称为"哈密本"。

20世纪初,德国考察队在勒柯克吐鲁番木头沟和胜金口等处发现的回鹘文《弥勒会见记》残叶,德国学者葛玛丽(V. Gabain)于1957年⑥和1961年⑦影印

---

① 季羡林《弥勒信仰在新疆的传布》,载《文史哲》2001年第1期。
② 季羡林《吐火罗文〈弥勒会见记〉译释》,载《季羡林文集》第11卷,第15页。
③ 季羡林《吐火罗文A(焉耆文),〈弥勒会见记剧本〉与中国戏剧发展之关系》,载《社会科学战线》1990年第1期。
④ Ji Xianlin, Werner Winter, Georges-Jean Pinault, *Fragments of the Tocharian A Maitreyasamiti-Nataka of the Xinjiang Museum, China,* Mouton de Gruyter, Berlin. New York, 1998.
⑤ 季羡林《吐火罗文〈弥勒会见记〉译释》,载《季羡林文集》第11卷,第15页。
⑥ Annemarie von Gabain, *Maitrisimit. Faksimile der alttürkischen Version eines Werkes derbuddhistischen Vaibhasika-Schule.* facsimile hrsg.v.Annemarie v.Gabain. Mit einer Einleitung von Helmuth scheel. Wiesbaden, 1957.
⑦ Annemane von Gabain, *Maitrisimit. Fakslmile der alttürkischen Version einesWerkes derbuddhistischen Vaibhasika-Schule.* facsimile hrsg.v.Annernarie v.Gabain. Mit einern Geleitort von Richard Hartmann. Berlin, 1961.

刊布了保存在德国梅因茨和柏林两处的回鹘文《弥勒会见记》残卷，她认为残卷共有六种写本，两种为"胜金口本"，两种为"木头沟本"，其余两种的出土地点尚未查明①，以上诸种皆归为"德国本"。

1959年4月，在哈密县（今哈密市）天山公社脱木耳提出土了回鹘文《弥勒会见记》，吴震报道了被发现过程和写本形制②。我们习惯称之为"哈密本"。这个本子"最后两章已缺，现存一个序文和正文二十五幕。这是《会见记》篇幅最多、内容最为完整的一次发现"③。1988年，耿世民与德国学者克林凯特（Klimkeit）共同协作出版了"哈密本"的德文译释本④。"我国哈密本《会见记》写本虽然在数量上远远超过德国考古队以前在吐鲁番地区所得的本子，但仍不是完本。"⑤

（三）其他版本情况

泽格和泽格陵及葛玛丽在其著作中都不约而同地提到了新疆有关弥勒的其他诸多文本的文献，致使很多学者以为《弥勒会见记》还有几种完全不同的梵文本、巴利文本、于阗文本、藏文本、汉文本、粟特文本⑥。季羡林先生明确指出：以上种种皆为《弥勒授记经》的范畴。他认为新疆发现的诸种语言的弥勒文献，主要包括了《弥勒会见记》和《弥勒授记经》两个系统，两组佛典内容情节基本相似，但《弥勒会见记》内容要丰富得多。《弥勒授记经》短而《弥勒会见记》长，后者把前者包括在里面了。西方一些专门探究这个问题的学者并没把这个问题搞清楚⑦。通过季氏的详细阐述，我们了解到《弥勒会见记》的异本，除了吐火罗文本、回鹘文本，及所从来的"印度文"本和葛玛丽所提及的粟特文

---

① 斯拉菲尔·玉素甫、多鲁坤·阚白尔、克尤木·霍加《回鹘文弥勒会见记》第1卷，乌鲁木齐：新疆人民出版社，1987年，第3页。
② 吴震《哈密发现大批回鹘文写经》，载《文物》1960年第5期。
③ 《中国戏曲志·新疆卷》，中国ISBN中心出版，1995年，第535页。
④ Geng Shimin und Hans-Jaochin Klimkeit, *Das Zusammentreffen mit Maitreya. Die erster fünf Kapitel der Hamiversion der Maitrisimit*. Otto Harrassowitz, Wiesbaden, 1988.
⑤ 耿世民《回鹘文佛教原始剧本〈弥勒会见记〉第二幕研究》，载《西北民族研究》，1986年（试刊）。
⑥ 参见斯拉菲尔·玉素甫、多鲁坤·阚白尔、克尤木·霍加《回鹘文〈弥勒会见记〉第二章简介》，载《新疆社会科学》1982年第4期；黎蔷《印度梵剧与中国戏曲关系之研究》，载《戏剧艺术》1986年第3期；耿世民《古代维吾尔语说唱文学〈弥勒会见记〉》，载《中央民族大学学报》2004年第1期。
⑦ 参见季羡林《吐火罗文〈弥勒会见记〉译释》，载《季羡林全集》（第11卷），北京：外语教学与研究出版社，2009年，第22—123页。

本,再无其他,但可惜两者均是至今未见,前者不知是梵文抑或其他文字,后者"至今还笼罩在一团迷雾中"①。

吐火罗文本和回鹘文本的关系,季羡林先生认为:"这两个本子,虽然在不少地方有一定的距离,但是在另外一些地方则几乎是字与字句与句都能对得上的,称之为翻译完全符合实际情况。"②耿世民进一步认为,文献中称说吐火罗本是从梵语制成的,回鹘文本是从吐火罗语译成突厥语,而所谓制成可能是根据梵语本编成,而不是译本,可能只是假托之辞,实则为当地产物,很可能是受到伊斯兰民族文化的影响所致③。郎樱从语言、叙事方式等方面分析译本亦认为:"哈密回鹘本《弥勒会见记》所具有的突厥文化、回鹘文化的特点是鲜明的。"④

二、《弥勒会见记》的释读

经过学者们近一个世纪的努力,吐火罗文和回鹘文《弥勒会见记》终于有了完整和系统的译释本。

(一)吐火罗文A《弥勒会见记剧本》的刊布及译释

1921年,泽格和泽格陵《吐火罗文残卷》中刊布了包括拉丁字母转写的"德国本"⑤,同新博本只有两面相同。"新博本"的刊布和译介则由国内唯一精通吐火罗语的专家季羡林承担,他以"德国本"和回鹘文"哈密本"为参考,对"新博本"进行了系统的转写和译释,不仅发表了多篇汉文译释的论文⑥,还与

---

① 季羡林《吐火罗文〈弥勒会见记〉译释》,载《季羡林全集》(第11卷),第121页。"von Gabain 先说,粟特文本没有发现。以后又说,Olaf Hansen 在 Jahrbuch der Preussischen Akademie der Wissenschaften, 1939, s.68 极简短地讲到一个粟特文的关于弥勒的书。此书至今未见"。
② 季羡林《吐火罗文和回鹘文本〈弥勒会见记〉性质浅议》,载《北京大学学报》1991年第2期。
③ Geng Shimin, Hans-Joachim Klimkeit, *Das Zusammentreffen Mit Maitreya.Die ersten fuenf Kapitel der Hami-Version der Maitrisimit*. Otto Harrassowitz. Wiesbaden, 1988.
④ 郎樱《西域佛教戏剧对中国古代戏剧发展的贡献》,载《民族文学研究》2002年第2期。
⑤ E.Sieg.W.Siegling, *Tocharische Sprachreste Leipzig*, Berlin,1921.
⑥ 季羡林《吐火罗文中的三十二相》,载《民族语文》1982年第4期;《新博本吐火罗语A(焉耆语)〈弥勒会见记剧本〉第十五和十六张译释》,载《中国文化》1989年第1期;《新博本吐火罗语A(焉耆语)〈弥勒会见记剧本〉第41、20、18张六页译释》,载《西北民族研究》1989年第2期。《吐火罗文〈弥勒会见记剧本〉译文——对新疆博物馆本(编号76YQ1.16和1.15)两叶的转写、翻译和注释》,载《语言与翻译》1992年第3期等。

德国温特（W. Winter）和法国皮诺（G. Pinault）合作，刊布了英文译释本，①并出版中英文合体的专著的《吐火罗文〈弥勒会见记〉译释》②，"是当今世界对《弥勒会见记》研究的最新成果，代表这一领域研究的最高水平"③。

（二）回鹘文《弥勒会见记》的译介

最早对"德国本"进行介绍的是德国的缪勒（F. W. K. Müller），1907年，他在《对确定中亚的一种不知名语言的贡献》④中刊布了此书的一段跋文，1916年，他与泽格合作发表的《〈弥勒会见记〉与"吐火罗语"》⑤中又将回鹘文本和吐火罗文本中的若干段落分别译为德文，加以对照，认为前者确系译自后者。1957年和1961年，葛玛丽将这些残卷刊布。1980年，土耳其学者色那西·特肯（Sinasi Tekin）在其书《〈弥勒会见记〉回鹘文译本研究》⑥中完成了对所有"回鹘本"残卷的转写及德文译释。1997年，劳特（J. P. Laut）又对其进行了新的研究⑦。

最早对"哈密本"进行介绍的是冯家昇，20世纪60年代初他就发表了一些汉

---

① Ji Xianlin, Werner Winter, Georges-Jean Pinault, *Fragments of the Tocharian A Maitreyasamiti-Nataka of the Xinjiang Museum, China*, Mouton de Gruyter, Berlin. New York, 1998.
② 季羡林《吐火罗文〈弥勒会见记〉译释》，载《季羡林文集》第11卷。
③ 郁龙余《中国翻译史上的破天荒之作——读季羡林〈吐火罗文《弥勒会见记》译释〉》，载《学术研究》2001年第2期。
④ F. W. K. Mueller, *Beitrag zur genaueren Bestimmung der unbekanten Sprachen Mittelasien*, SPAW, 1907.
⑤ F. W. K. Mueller und E. Sieg: *Maitrisimit und "Tocharisch"*, SBAW, 1916.
⑥ S.Tekin, *Maitrisimit nom bitig. Die uigurische Uebersetzung eines Werkes der buddhistischen Vaibhasika-Schule*, Berlin, 1980.
⑦ J. P. Laut, *Altturkische Handschriften Maitrisimit*, Stuttgart, 1997.

译文和评介①。80年代以后,以耿世民②、李经纬③、斯拉菲尔·玉素甫等④为代表的学者们发表了译介及研究论文。斯拉菲尔等1987年合作出版了《回鹘文弥勒会见记》第1卷⑤,整理刊布了序言部分与前四章,包括原写本图本、转写、现代维吾尔语与汉文的译文、内容考释等。1988年,耿世民与德国学者克林凯特共同协作出版了"哈密本"的德文译释本⑥。这两部专著共同代表了20世纪哈密本《弥勒会见记》译介及研究的新水平。2003年,耿世民将发表于国外的德文译释论文收入《维吾尔古代文献研究》⑦中,2008年,他又在以往研究的基础上,出版了目前所见最完整的汉文译释本《回鹘文哈密本〈弥勒会见记〉研究》⑧,通过与德国本的比对,补全了共计二十七章的内容,包括拉丁字母的转写、翻译和注释,导论部分对文本的创作、抄录、发现、收藏和版本等情况也做了说明,并就《弥勒会见记》的主要内容、文体及弥勒佛做了介绍,"该书可以称得上是代表我国乃至世界维吾尔古代文献研究的集大成之作"⑨。

总之,目前所见最系统的《弥勒会见记》全译本,一是季羡林的《吐火罗文〈弥勒会见记〉译释》,二是耿世民的《回鹘文哈密本〈弥勒会见记〉研究》。中外学者经过长期的努力,从零散的刊布、转译、注释论文到专著的结集出版,

---

① 冯家昇《1959年哈密新发现的回鹘文佛经》,载《文物》1962年7、8合期。
② 耿世民《回鹘文佛教原始剧本〈弥勒会见记〉第二幕研究》,载《西北民族研究》,1986年(试刊)。《新发现的回鹘文哈密本〈弥勒会见记〉第二品第十四叶研究》,载《新疆大学学报》2006年第6期。注:其译释论文主要以德文发表在外文期刊上,后又将其收入《维吾尔古代文献研究》和《回鹘文哈密本〈弥勒会见记〉研究》中,具体内容请参见以上二书。
③ 李经纬《哈密本回鹘文〈弥勒三弥底经〉初探》,载《喀什师范学院学报》1982年第1期。《哈密本回鹘文〈弥勒三弥底经〉第二卷研究》,载《民族语文研究论文集》,西宁:青海民族出版社,1982年。《哈密本回鹘文〈弥勒三弥底经〉第三卷研究》,载《中亚学刊》第1辑,北京:中华书局,1983年。《哈密本回鹘文〈弥勒三弥底经〉第二卷研究续》,载《喀什师范学院学报》1985年第1、2期合刊。《哈密本回鹘文〈弥勒三弥底经〉首品残卷研究》,载《民族语文》1985年第4期。
④ 斯拉菲尔·玉素甫、多鲁坤·阚白尔、克尤木·霍加《回鹘文〈弥勒会见记〉第二幕研究》,载《新疆社会科学》(维文版及汉文版)1982年第4期;《回鹘文〈弥勒会见记〉第三幕1—5叶研究》,载《新疆大学学报》(维文版)1982年第1期;《回鹘文〈弥勒会见记〉第三章简介》,载《新疆社会科学》1982年第4期;《哈密本回鹘文〈弥勒会见记〉第三品(1—5叶)研究》,载《民族语文》1983年第1期;《回鹘文〈弥勒会见记〉序章研究》,载《新疆文物》(维文版及汉文版)1985年第1期。
⑤ 斯拉菲尔·玉素甫、多鲁坤·阚白尔、克尤木·霍加《回鹘文〈弥勒会见记〉》第1卷。
⑥ Geng Shimin und Hans-Jaochin Klimkeit, *Das Zusammentreffen mit Maitreya.Die erster fünf Kapitel der Hamiversion der Maitrisimit*. Otto Harrassowitz, Wiesbaden, 1983.
⑦ 耿世民《维吾尔古代文献研究》,北京:中央民族大学出版社,2003年。
⑧ 耿世民《回鹘文哈密本〈弥勒会见记〉研究》,北京:中央民族大学出版社,2008年。
⑨ 张建国《一部维吾尔古代文献研究的巅峰之作——评耿世民著〈回鹘文哈密本弥勒会见记研究〉》,载《伊犁师范学院学报》2010年第1期。

不仅使《弥勒会见记》的译介趋向系统化,更为研究的深入提供了基础和可能。

三、《弥勒会见记》的成书年代

关于《弥勒会见记》的成书年代,德国学者托马斯(W. Thomas)认为吐火罗文残卷写成于6至8世纪之间,比回鹘文残卷早三四百年。[①]季羡林基本同意上述观点,认为"时间估计为唐代"[②]。

对回鹘文《弥勒会见记》的成书年代,国内外学者分歧则较大。有三种说法:(1)8—9世纪形成说。此观点以葛玛丽、色那西·特肯、耿世民、斯拉菲尔·玉素甫、多鲁坤·阚白尔为代表。葛玛丽在1957年发表的研究文章中,认为该本抄于9世纪,译书年代则更早一些[③]。1970年,土耳其学者色那西·特肯[④]则根据葛玛丽所刊的一件文献中的施主名为Klanpatri(来自梵文Kalyanabhadra,意为"普贤"),与高昌出土的767年回鹘文庙文中的施主为同一人,他结合该写本的字体特点,认为回鹘文《弥勒会见记》成书于8世纪。德国学者勒柯克依据吐鲁番出土的"胜金口本"《弥勒会见记》所具有的语言与文学特征,认为约形成于8—9世纪。耿世民认为:"根据此书现存的几个写本文字都属于一种古老的所谓写经体,再考虑到当时高昌地区民族融合的情况(当地操古代焉耆语的居民在8—9世纪时应已为操突厥语的回鹘人所同化吸收),我认为《弥勒会见记》至迟应成书于8—9世纪之间。"[⑤]斯拉菲尔·玉素甫等之前主张"哈密文本是在高昌回鹘汗国初期(850—1250)抄成的"[⑥],后来又"认为成书于8—9世纪之间的观点比较正确"[⑦]。张龙群通过对《序章》的研究,认为"此抄本的成书年代当

[①] 季羡林《谈新疆博物馆藏吐火罗文A〈弥勒会见记剧本〉》,载《文物》1983年第1期。

[②] 季羡林《吐火罗文A(焉耆文)〈弥勒会见记剧本〉与中国戏剧发展之关系》,载《社会科学战线》1990年第1期。

[③] Annemarie von Gabain, Maitrisimit. Faksimile der altlurkischen Version einesWerkes derbuddhistischen Vaibhasika-Schule.facsimile hrsg.v.Annemarie v.Gabain. Mit einer Einleitung von Helmuth scheel. Wiesbadan, 1957.

[④] S. Tekin, *Zur Frage der Datierung Uigurischen Maitrisimit*, MlO, 16, 1970.

[⑤] 耿世民《古代维吾尔语佛教原始剧本〈弥勒会见记〉(哈密写本)研究》,载《文史》1981年第12辑。

[⑥] 斯拉菲尔·玉素甫、多鲁坤·阚白尔、克尤木·霍加《回鹘文〈弥勒会见记〉第二幕研究》,载《新疆社会科学》1982年第4期,《回鹘文〈弥勒会见记〉第三品1—5叶研究》,载《民族语文》1982年第1期。

[⑦] 斯拉菲尔·玉素甫、多鲁坤·阚白尔《回鹘文大型佛教剧本〈弥勒会见记〉》,载《新疆艺术》1985年第1期。

在高昌回鹘汗国建立王朝二三十年以后,也就是9世纪下叶"①。

(2) 10—11世纪形成说。持10世纪形成说的主要是法国学者哈密顿(J. Hamilton)与我国学者冯家昇。1958年,哈密顿根据葛玛丽发表的影印本发表书评,就该本字体与敦煌出土的属于10世纪之大部分回鹘文写本字体相同为据,认为应属10世纪。②冯家昇则认为译经的年代不应早于840年回鹘人西迁之前,也不能晚到11世纪以后。"至于11世纪以后则又太晚,可能那时候当地人经二三百年之久已被回鹘人融合而不通吐火罗语(按指古代焉耆语)了"③,故主张此经翻译于10—11世纪之间;耿世民在1980年发表的《唆里迷考》一文中认为,哈密本《弥勒会见记》成书于10世纪左右④。1981年他又提出新的看法(见前文),在1988年与克林凯特合著的德文《弥勒会见记(前五品)》中耿世民又认为藏于德国的回鹘文《弥勒会见记》诸本可能译成于9—10世纪,而哈密本则抄成于1067年⑤。

(3)"羊年"说。以多鲁坤·阚白尔和耿世民为代表,同样是"羊年",前者持767年说,后者则认为是公元1067年。多鲁坤·阚白尔认为《弥勒会见记》形成于767年⑥,其依据是《弥勒会见记》的序言中"把此功德首先施向我们的登里牟羽颉毗伽狮子登里回鹘皇帝陛下"。767年是羊年,是牟羽可汗当政时期,也是回鹘汗国的昌盛时期;他还以色那西·特肯的意见(即施主名为Klaŋpatr与高昌出土的767年回鹘文庙文中的施主为同一人)作为助证,证明《弥勒会见记》抄写于767年。耿世民则推算"羊年闰三月"则是在1067年⑦。曲六乙则结合彼时印度与西域的文化交流,佛教、译经及佛教诗人、剧作家马鸣在西域的深广影响等,认为回鹘文本《弥勒会见记》出现早于767年⑧。

四、《弥勒会见记》是戏剧吗

《弥勒会见记》的文体一直是学界讨论的热点,争论的焦点主要集中在它是

---

① 张龙群《哈密本回鹘文〈弥勒会见记〉序章简论》,载《新疆艺术》1992年第5期。
② J.Hamilton, "Review of A.Von Gabain, Maitrisimit", T'oung Pao 46,1958.
③ 冯家昇《1959年哈密新发现的回鹘文佛经》,载《文物》1962年第7、8期合刊。
④ 耿世民《唆里迷考》,载《历史研究》1980年第2期。
⑤ Geng Shimin, Hans.Joachim Klimkeit,*Das Zusammentreffen Mit Maitreya.Die ersten fuenf Kapitel der Hami-Version der Maitrisimit*.Otto Harrassowitz.Wiesbaden, 1988.
⑥ 多鲁坤·阚白尔《〈弥勒会见记〉成书年代新考及剧本形式新探》,载《戏剧》1989年第1期。
⑦ 耿世民《回鹘文哈密本〈弥勒会见记〉研究·导论》,第4页。
⑧ 曲六乙《〈弥勒会见记〉的发现与研究——中国历史上最早的一个戏剧文本》,载《剧本》2010年第8期。

否是戏剧。

（一）吐火罗文A《弥勒会见记剧本》的文体之辨

吐火罗文本出现了剧本（nātaka）这个名称，1921年，泽格和泽格陵认为其戏剧的性质模糊而淡薄，因此否认它是一个剧本，尽管他们看到了标明其戏剧特征的名称及"幕间插曲终""全体下"等舞台术语，但仍说："我们的本子是用散文夹杂着韵文写成的，完全是叙事的，一点也不让人想到是戏剧，nātaka这个名称标明它应该是戏剧。""可是从内容上来看，这部作品一点也不给人戏剧的印象。它同其他散文夹诗的叙事文章一点也没区别。"31年后，他们承认了《弥勒会见记》的剧本性质。不仅认为舞台术语是戏剧的标志，而且认为"丑角"的出现证明其必定是戏剧无疑①。其实在泽格和泽格陵以前，法国学者列维（S. Lévi）早已认为这是一部戏剧：既然有nātaka这个词儿，又有一些舞台术语，这当然就是戏剧无疑了②。之后，温特又根据动词时态的变换只限于戏剧，进一步肯定了它的戏剧性③。吐火罗文"德国本"是剧本的标志有四：（1）文本名称有nātaka（剧本）这个词；（2）有"幕间插曲终""全体下"等舞台术语；（3）有丑角；（4）有动词时态变换。

季羡林在《吐火罗文A中的三十二相》一文中就"新博本"的文体进行了研究，他说："这一部书不是经，而自称是剧"是"一部叙述弥勒会见释迦牟尼如来佛的剧本"。④又在《谈新疆博物馆藏吐火罗文A〈弥勒会见记剧本〉》中进一步指出：文本名称"Maitreyasamiti‐Nātaka"中的"Nātaka"来自梵文，释义"剧本"，"既然自称剧本，又用幕这个字，那么它不是剧本又是什么呢？"⑤后来季氏又将吐火罗文本和回鹘文本联系起来考察，明确指出，吐火罗文《弥勒会见记》是一个剧本。"无论在形式方面还是在技巧方面，都与欧洲的剧本不同。带着欧洲的眼光来看吐火罗剧必然格格不入"⑥。当然，这个吐火罗文剧本

---

① Werner Winter, *Some Aspects of "Tocharian" Drama:Form and Techniques,Studia Tocharica*, Poznan 1984, p.48.
② S. Lévi, *La Sūtra du Sage et du Fou dans la Littérature de L'Asie Centrale*, JA207, 2 (October-December 1925), pp.304-332.
③ Werner Winter, *Some Aspects of "Tocharian" Drama:Form and Techniques,Studia Tocharica*, Poznan 1984, pp.48、60-63.
④ 季羡林《吐火罗文A中的三十二相》，载《民族语文》1982年第4期。
⑤ 季羡林《谈新疆博物馆藏吐火罗文A〈弥勒会见记剧本〉》，载《文物》1983年第1期。
⑥ 季羡林《吐火罗文和回鹘文本〈弥勒会见记〉性质浅议》，载《北京大学学报》1991年第2期。

严格说起来,"它只是一个羽毛还没完全丰满、不太成熟的剧本"①。他进一步指出:"《弥勒会见记剧本》产生时代至晚是在唐代。这样一来,中国戏剧史一下子就拉长了六七百年。真正的戏剧史也应该重写了。"②

(二)回鹘文本《弥勒会见记》的体裁之争

回鹘文《弥勒会见记》的体裁归属问题,引起了国内外学者的争议和考辨,随着研究的日益深入,学者们的认识越来越明晰:戏剧的雏形—戏剧文学—说唱文学—指图讲故事。

国外最早关注回鹘文《弥勒会见记》体裁的是德国学者葛玛丽,她认为《弥勒会见记》是在回鹘人所谓的新日(yangrkttn)时向佛教信徒们演唱的剧本:"《弥勒会见经》可以说是(回鹘)戏剧艺术的雏形。在民间节日,如正月十五日,(回鹘)善男信女云集寺院,他们进行忏悔、布施,为死去的亲人进行超度,晚上听劝谕性故事,或者欣赏演唱,挂有连环画的有声有色的故事。讲唱人(可能由不同的人扮演不同的角色)向人们演唱诸如《弥勒会见经》之类的原始剧本,或者讲说某法师同其学生关于教义的对话。从而达到向群众宣传教理的目的。"③

国内最早对回鹘文本进行研究的著名历史学家冯家昇认为:"它大概是由《贤愚经》卷十二《波婆离品》演绎而成的一种变文。"④李经纬继承了这种观点,认为:"这里的《弥勒会见记》《弥勒会见经》和《弥勒三弥底经》等名称,实际上都是同一种回鹘文佛经的不同译名。"⑤斯拉菲尔·玉素甫等认为《弥勒会见记》"是属于佛教小乘派的舞台作品"⑥,它"充满了浓厚的剧本色彩,具备剧本的特征"⑦。耿世民认为:"《弥勒会见记》是公元八至九世纪用古维吾尔语写成的一部长达二十七幕的原始剧本,它不仅是我国维吾尔族的第一

---

① 季羡林《吐火罗文〈弥勒会见记〉译释》,载《季羡林文集》第11卷,第8页。
② 季羡林《新博本吐火罗语A(焉耆语)〈弥勒会见记剧本〉第十五和一六张译释》,载《中国文化》1989年第1期。
③ [德]葛玛丽《高昌回鹘汗国(公元850—1250)》,载《新疆大学学报》1980年第2期。
④ 冯家昇《1959年哈密新发现的回鹘文佛经》,载《文物》1962年第7、8合期。
⑤ 李经纬《哈密本回鹘文〈弥勒三弥底经〉首品残卷研究》,载《民族文学》1985年第4期。
⑥ 斯拉菲尔·玉素甫、多鲁坤·阚白尔、克尤木·霍加《回鹘文〈弥勒会见记〉第二章简介》,载《新疆社会科学》1982年第4期。
⑦ 斯拉菲尔·玉素甫、多鲁坤·阚白尔《回鹘文大型佛教剧本〈弥勒会见记〉》,载《新疆艺术》1985年第1期。

部文学作品,同时也是我国各民族(包括汉族)现存最早的剧本。"①1986年,黎蔷从佛教、梵剧东传与回鹘剧的关系入手,详细分析了《弥勒会见记》的形式、内容,认为"它无疑是我国古代人民所喜闻乐见的戏剧表演艺术作品"②。1999年,他又在《中国最早佛教戏曲〈弥勒会见记〉考论》中重申了此观点③。

  有学者对《弥勒会见记》的剧本体裁提出了质疑。姚宝瑄对比了不同文本的《弥勒会见记》,发现从吐火罗文译为回鹘文时,它的戏剧特征明显减弱,已经变得类似讲唱了④。沈尧指出:"以无限制的全知视角连贯叙述一个以情节为结构中心的故事——这种叙事模式充分显示出,《弥勒会见记》已不具备戏剧的品格,而具备了叙事的讲唱文学的品格。"⑤对此说法,曲六乙"还有保留",他认为"中国戏曲剧本文学与传统说唱文学有着密切血缘联系,许多剧种的剧本文学脱胎于说唱文学"⑥,通过对少数民族戏剧和傩戏的田野考察和对比,认为《弥勒会见记》具有戏剧和对话体叙事说唱文学的双重属性⑦。孙崇涛也认为,"它若是以佛教题材的剧本焉耆语本《弥勒会见记剧本》为蓝本改制,就不排除它仍是戏剧剧本的可能"⑧。

  《弥勒会见记》不同文本之转型引发了学者们的思考。廖奔将这种转型的情况进行了阐述,认为回鹘文本戏剧因素不断减少的原因,乃是梵剧东渐、文化转型期的阶段性呈现物⑨。至于为什么会转型,孙玫则认为:"智护法师翻译《弥勒会见记》的动机,是弘扬佛法而非传播戏剧。由于回鹘文化里没有戏剧这种形式,他自然不会去硬性推广这种大家都还不熟悉的新形式,而改用回鹘民众所喜闻乐见的讲唱形式来传播《弥勒会见记》的内容。"⑩学者们都看到了回鹘文本《弥勒会见记》独特的一面,借助传播学、宗教学等内容对文本进行综合考察,拓宽了研究视野。

---

 ① 耿世民《古代维吾尔佛教原始剧本〈弥勒会见记〉研究》,载《文史》1981年第12辑。
 ② 黎蔷《印度梵剧与中国戏曲关系之研究》,载《戏剧艺术》1986年第3期。
 ③ 黎蔷《中国最早佛教戏曲〈弥勒会见记〉考论》,载《中华戏曲》1999年第2期。
 ④ 姚宝瑄《试析古代西域的五种戏剧——兼论古代戏剧与中国戏曲的关系》,载《文学遗产》1986年第5期。
 ⑤ 沈尧《〈弥勒会见记〉形态辨析》,载《戏剧艺术》1990年第2期。
 ⑥ 曲六乙《宗教祭祀仪式:戏剧发生学的意义》,载《西域戏剧与戏剧的发生·代序》,乌鲁木齐:新疆人民出版社,1992年,第2页。
 ⑦ 曲六乙《中国戏曲史里一种怪现象——说唱文学输入戏曲的独特形态》,载《中国戏剧》1995年第11期。
 ⑧ 孙崇涛《西域戏剧文献的发现及研究》,载《民族艺术》1997年第2期。
 ⑨ 廖奔《从梵剧到俗讲——对一种文化转型现象的剖析》,载《文学遗产》1995年第1期。
 ⑩ 孙玫《"中国戏曲源于印度梵剧说"再探讨》,载《文学遗产》2006年第2期。

研究者在回鹘文《弥勒会见记》体裁问题上，前后认识亦有不同。季羡林先生将吐火罗文本和回鹘文本加以对照后认为："我始终强调的是吐火罗文和回鹘文《弥勒会见记》的戏剧性质，而这种戏剧又与我们通常所认为的戏剧不同，是看图讲故事的戏剧。"①后来他指出，回鹘文本与吐火罗文本相比，"看上去一点剧本的痕迹都不存在了，但是内容却基本未变，它完全变成了一篇叙事文学作品"，之所以如此，他认为是因为宣扬弥勒信仰的对象变了，民族和传统庆典习惯变了，因此，回鹘文本《弥勒会见记》"才由剧本转变为内容几乎完全相同的非剧本的叙事文学"②。耿世民先生曾确切地说过回鹘文《弥勒会见记》是戏剧，但"现在比较倾向于说它是戏剧的雏形，或相当于敦煌发现的汉文变相、变文文体，或是'指图讲故事'"③。美国学者梅维恒（V Mair）在《绘画和表演》（Painting and Performance）一书中讨论了《弥勒会见记》的文体，也认为是指图讲故事④。季、耿两位研究《弥勒会见记》的专家，对回鹘文本的体裁认识，都从戏剧转向了叙事文学，从一个侧面证明了《弥勒会见记》文体本身的复杂性。

《弥勒会见记》两种文字的写本虽然内容相仿，但风格两样，两者的剧本性质都不明显，尤其是在戏剧特征上后者更少。学者们经过半个多世纪的讨论，不断加深着对文本的认识，在争论和考辨中发现，单一的判定并不符合这一文本作为宗教剧的特殊性，结合多学科对文本进行综合研究，才能更科学地揭示它的真面目。文体之争其实都是看到了文本戏剧性的某一侧面，因为无论指图讲故事抑或讲唱文学，都与戏剧有着千丝万缕的关系，尤其是原始戏剧阶段，首先我们不能用欧洲或者现代的戏剧概念或理论加以判定。其次，如果再结合当地民族习惯和宣传佛教的特点，那么这种带有浓厚的"突厥文化、回鹘文化"⑤特色的宗教原始戏剧无论如何都可以视作是中外戏剧和宗教文化交流的特定产物了。

五、有关《弥勒会见记》的其他研究

除了诸上研究内容，学者们还从宗教文化、语言学等方面对《弥勒会见记》

---

① 季羡林《吐火罗文和回鹘文本〈弥勒会见记〉性质浅议》，载《北京大学学报》1991年第2期。
② 季羡林《弥勒信仰在新疆的传布》，载《文史哲》2001年第1期。
③ 耿世民《古代维吾尔语说唱文学〈弥勒会见记〉》，载《中央民族大学学报》2004年第1期。
④ [美]梅维恒著，王邦维、荣新江和钱文忠译《绘画和表演》，北京：北京燕山出版社，2000年。
⑤ 郎樱《西域佛教戏剧对中国古代戏剧发展的贡献》，载《民族文学研究》2002年第4期。

展开探讨。

季羡林先生认为吐火罗文本"是一个佛典，内容基本上是小乘的，但是已经有了大乘佛教的滥觞"①，维吾尔族学者亦认为回鹘文哈密本《弥勒会见记》"是属于佛教小乘派的舞台作品"②，学界对弥勒信仰的研究，基本上以汉译佛经为主，《弥勒会见记》和新疆其他有关弥勒的佛教文献的出土，提供了印度佛教东传新疆的资料，弥补了弥勒信仰流播史研究资料的空白。季羡林先生通过对弥勒信仰在梵文、巴利文、于阗文、粟特文、回鹘文、吐火罗文（包括《弥勒会见记》）佛教典籍中的情况进行的详细分析，将弥勒信仰经印度到新疆再到中原的传播路径及流布情况梳理出来，强调了弥勒佛在佛教由印度传入中国的过程中所起的重要作用。他说："印度佛教东传，新疆首当其冲。因此，弥勒在佛教东传过程中所起的特殊作用，古代新疆各族（当时称成城郭）人民，必先有所了解和觉察。这就是弥勒信仰在新疆许多地方都流行的根本原因。""弥勒信仰在新疆以及后来在中国内地之所以能广泛流布，历久不衰，是与救世主思想分不开的。"而这种救世主思想又是受到了波斯的影响，"这与佛教小乘自力解脱的思想大相径庭，是佛教史上的一大转变，一大进步"③。季先生的研究凸显了新疆在弥勒信仰传播中的地位，也看到了佛教东传时由小乘向大乘的滥觞轨迹。

耿世民对回鹘文哈密本《弥勒会见记》具体的佛教内容中地域和天界部分的20—27诸章进行了译释及研究，"介绍了中亚突厥人关于末日论的范例"，他联系另一回鹘文佛教文献《十叶道譬喻鬘》及印度撰述《大事》中的地狱描写，又结合印度佛教的《十诵律比丘戒》的僧人忏悔和西域俗人忏悔的特点（汉传佛教、摩尼教、景教、祆教的影响），认为《弥勒会见记》在地狱和天界思想"这方面虽溯源于印度，但它又是中亚各种宗教文化的综合产物"④。除此之外，耿世民还就"德国本"第十品、第十一品、第十三到十六品的具体内容做了详细的文本译释和研究，其中不乏有关佛教内容的阐释⑤。

学者们从印度戏剧和中国戏剧的关系对《弥勒会见记》进行了研究。很多学者都从《弥勒会见记》中看到了印度戏剧对西域戏剧、中原戏剧的影响。季羡林研究了《弥勒会见记》从印度经丝绸之路传入新疆再入中国内地的传播线索，揭

---

① 季羡林《吐火罗文和回鹘文本〈弥勒会见记〉性质浅议》，载《北京大学学报》1991年第2期。
② 斯拉菲尔等《回鹘文〈弥勒会见记〉第二章简介》，载《新疆社会科学》1982年第4期。
③ 季羡林《弥勒信仰在新疆的传布》，载《文史哲》2001年第1期。
④ 耿世民《回鹘文〈佛教启示录〉德文本序言》，载《维吾尔古代文献研究》，第299页。
⑤ 耿世民《维吾尔古代文献研究》，第92—288页。

示出中印戏剧方面的相互交流和影响①。黎蔷认为"沿着佛教的足迹,印度梵剧事实上已东传我国,并影响和促进了中国戏曲艺术的成熟和发展"。他指出,中国中原地区广为上演的"目连戏"源自于西域佛教戏剧,"目连救母"戏剧情节最早就是出自《弥勒会见记》②。廖奔从历史文化的角度分析了梵剧东来之势的形成和东渐轨迹及原因,还具体阐述了《舍利弗传》和《弥勒会见记》在转型阶段的情形,论述了梵剧进而影响中国戏曲的叙事文体和音乐结构的情况③。曲六乙认为:"《弥勒会见记》是一部非常有价值的历史珍品,是研究我国多民族戏剧发展史的瑰宝,也是中外宗教戏剧交流的结晶。""总之,从《舍利佛传》到《弥勒会见记》译本的发现,至少说明:一、作为各种文化的交汇点,新疆地区在吸收并传播外来戏剧文化方面,做出了突出的贡献。它进行的最早,吸收的最丰富,也显示了巨大的魄力。二、不论《弥勒会见记》等译本在新疆地区是否用回鹘语演出过(目前尚无确凿证明资料),作为一定程度上维吾尔族化的文学剧本,产生的年代远超过南宋的戏文剧本,这必将改变人们对我国戏剧发展史上的某些似乎已成定论的传统见解。"④郎樱⑤、高人雄⑥及龙志强⑦等学者亦有相似的认识。

学者们对《弥勒会见记》还进行了语言学方面的研究。劳特(J. P. Laut)于1986年在《早期突厥及其佛教文献》中,对回鹘文"德国本"和"哈密本"的语言进行了比较研究。张铁山逐字逐行地进行了不同文本间的语言比对⑧。艾力·阿布拉研究了回鹘本《弥勒会见记》中的对偶词⑨。热孜亚·努日对《弥勒会见记》的名词⑩和方言归属⑪进行了研究。迖拉娜·伊斯拉非尔对《弥勒会

---

① 季羡林《吐火罗文A(焉耆文)〈弥勒会见记剧本〉与中国戏剧发展之关系》,载《社会科学战线》1990年第1期;《弥勒信仰在新疆的传布》,载《文史哲》2001年第1期。
② 黎蔷《印度梵剧与中国戏曲关系之研究》,载《戏剧艺术》1986年第3期;《敦煌学中目连与目连戏》,载《戏曲研究》1990年第38辑;《中国最早佛教戏曲〈弥勒会见记〉考论》,载《中华戏曲》1999年第23辑;《20世纪西域古典戏剧文本的发掘与研究》,载《文学遗产》2003年第4期。
③ 廖奔《从梵剧到俗讲——对一种文化转型现象的剖析》,载《文学遗产》1995年第1期。
④ 曲六乙《中国少数民族戏剧丛书·代序》,北京:中国戏剧出版社,1987年。
⑤ 郎樱《西域佛教戏剧对中国古代戏剧发展的贡献》,载《民族文学研究》,2002年4月。
⑥ 高人雄《〈弥勒会见记〉与中国戏曲——古代维吾尔族戏剧与中国戏剧之刍议》,载《新疆大学学报》2005年第5期。
⑦ 龙志强《印度梵剧影响中国戏曲研究述评》,载《艺术百家》2007年第1期。
⑧ 郑玲、雷宁《〈弥勒会见记〉述评》,载《文艺评论》2013年第2期。
⑨ 艾力·阿布拉《〈弥勒会见记〉之中的对偶词研究》,新疆师范大学硕士论文,2011年。
⑩ 热孜亚·努日《回鹘文哈密本〈弥勒会见记〉名词研究》,中央民族大学硕士论文,2006年。
⑪ 热孜亚·努日《〈弥勒会见记〉属于n-方言吗?》,载《呼伦贝尔学院学报》2006年第2期。

记》的动词词法结构进行了统计和归纳①。柳元丰从语音方面对《弥勒会见记》进行了语言学描述②。

综上所述，学者们多角度的探讨，使得《弥勒会见记》的研究更加深入、细致、具体，《弥勒会见记》的研究也越加丰富。

（本文原载《西域研究》2014年第2期，第127—137页）

---

① 迪拉娜·伊斯拉非尔《回鹘文哈密本〈弥勒会见记〉动词词法分析》，中央民族大学硕士论文，2005年。
② 柳元丰《回鹘文〈弥勒会见记〉的语音研究》，载《喀什师范学院学报》2008年第1期。

卫拉特档案公布的进展及其学术意义

巴·巴图巴雅尔

卫拉特学,国外又称"卡尔梅克学"或"准噶尔学",形成于18世纪,与卫拉特蒙古的历史有密切联系,是蒙古学中的一门重要的综合性学科。

卫拉特档案的整理公布对卫拉特学的深入、发展和拓展提供了客观的条件。针对这个问题,作者回顾我国学者对卫拉特学的提倡和传世史料的整理出版工作。同时在介绍国内外卫拉特档案史料搜集整理出版情况的基础上,指出了利用档案史料研究卫拉特历史文化的学术意义。

卫拉特学的概念、范围、性质、构建、形成与发展等方面,学者们发表过不少颇具学术价值的论文[1]。他们在文章中介绍卫拉特研究的实况、历程与进展的同时,对卫拉特学的时代特征,卫拉特学今后的发展,构建卫拉特学的必要性和可行性,卫拉特学涵盖面问题提出了自己的构想和期盼。这些有价值的见解、学术意见和指导思想,对今后的我国卫拉特学的发展目标和建设指定了方向。浩·巴岱、马大正、郝苏民(豪斯蒙哥)、丹碧、乔旦德尔等学者们是我国卫拉

---

[1] 浩·巴岱《新疆的卫拉特学研究概况》,载《内蒙古师范大学学报》1990年第3期;郝苏民《西蒙古的民间文艺学:构建与开拓》,载《西北民族研究》1990年第1期;额尔德尼巴雅尔《卫拉特学的形成与发展》,载《西北民族研究》1991年第2期;额尔德尼巴雅尔《蒙古人民共和国的卫拉特学研究》,载《蒙古学资料与情报》1991年第3期;郝苏民《中国江格尔学的建立:认识与实践》,载《西域研究》1992年第3期;郝苏民《中国卫拉特蒙古部落分布的沿革及其研究的新进展》,载《西北民族大学学报》1993年第4期;[蒙古]楚伦·达赖《蒙古国的卫拉特研究》,载《西北民族研究》1995年第1期;丹碧《卫拉特学学科建设断想》,载《新疆师范大学学报》2005年第1期;郝苏民《试谈蒙古学中"卫拉特研究"的几个认识问题——从文化的宏观视野和人类学的视角》,载《西部蒙古论坛》2008年第1期;乔旦德尔《当代蒙古文学研究生学位论文与20世纪卫拉特蒙古文小说研究》,载《西部蒙古论坛》2008年第1期;马大正《我们正在谱写卫拉特研究的历史——第一至第六届卫拉特蒙古历史文化学术研讨会评述》,载《西部蒙古论坛》2012年第3期。

特学的引领者和建设者。他们在卫拉特学的发展,卫拉特学研究实力的培养,卫拉特学学术平台的建设,卫拉特学的构建与开拓,卫拉特研究的学术交流等方面有卓越的贡献。

卫拉特历史和文献研究,始终是卫拉特研究重要课题。本文回顾迄今为止卫拉特档案与传世史料整理公布的进展,并探讨其对卫拉特学的学术意义。

一、传世史料的整理出版

卫拉特历史研究是卫拉特学中一直领先的老课题。而这个课题与托忒文字和历史文献有密切关系。有关卫拉特蒙古各种文字的历史文献十分丰富,整理出版的成果也多。有《托忒文及其文献》[1]《〈明实录〉瓦剌资料摘编》[2]《〈清实录〉准噶尔史料摘编》[3]《卫拉特历史文献》[4]《咱雅班第达传》[5]《新旧土尔扈特诸汗世系表》[6]《卫拉特史迹》[7]《青海蒙古文献集》[8]《青海蒙古族史料集》[9]《青海卫拉特联盟法典》[10]《蒙汉对照托忒文字卫拉特蒙古历史文献译编》[11]《扎哈沁部——金念珠》[12]《呼伦贝尔三部落源流》[13]《卫拉特蒙古托忒文字历史文献译编》[14]《蒙古溯源史》[15]《德都蒙古史料汇编》[16]《青海西藏游记》[17]《〈清实

---

[1] X.鲁布桑巴拉丹《托忒文及其文献》,乌兰巴托:1975年。
[2] 中国社会科学院民族研究所、新疆维吾尔自治区民族研究所《〈明实录〉瓦剌资料摘编》,油印本,内部资料,1978年,第8页。
[3] 新疆社会科学院民族研究所《准噶尔史略》编写组《清实录准噶尔史料摘编》,乌鲁木齐:新疆人民出版社,1986年。
[4] 巴岱、金峰、额尔德尼《卫拉特历史文献》,海拉尔:内蒙古文化出版社,1985年,胡都木文;乌鲁木齐:新疆人民出版社,1985年,托忒文。
[5] 西·诺尔布《咱雅班第达传》,呼和浩特:内蒙古人民出版社,1990年。
[6] 乔旦德尔《新旧土尔扈特诸汗世系表》,北京:民族出版社,1991年。
[7] 巴岱、金峰、额尔德尼《卫拉特史迹》,乌鲁木齐:新疆人民出版社,1992年。
[8] 白斯嘎拉《青海蒙古文献集》,沈阳:辽宁民族出版社,1997年。
[9] 何玲、张照云《青海蒙古族史料集》,西宁:青海人民出版社,2005年。
[10] 才仁巴力,青格力《青海卫拉特联盟法典》,北京:民族出版社,2009年。
[11] 丹碧、格·李杰《蒙汉对照托忒文字卫拉特蒙古历史文献译编》,乌鲁木齐:新疆人民出版社,2009年。
[12] 达日玛巴德拉《扎哈沁部——金念珠》,布达佩斯:1997年,乌兰巴托:2008年,莫斯科:2012年。
[13] 巴达玛旺钦《呼伦贝尔三部落源流》,呼伦贝尔:内蒙古文化出版社,2013年。
[14] 丹碧、格·李杰《卫拉特蒙古托忒文字历史文献译编》,乌鲁木齐:新疆人民出版社,2014年。
[15] 那·苏赫巴图尔,M.乌兰《蒙古溯源史》,乌兰巴托:2014年。
[16] 青格力《德都蒙古史料汇编》,北京:民族出版社,2014年。
[17] 青格力《青海西藏游记》,呼和浩特:内蒙古人民出版社,2016年。

录〉青海蒙古史料辑录》①等。

此外，卫拉特方言、卫拉特佛教文献、卫拉特民俗、卫拉特民间文学、法学、民族学等方面资料的搜集整理出版的成果也多。其中卫拉特民间文学的搜集整理出版工作开始的时间早，涵盖面广，内容丰富。以上资料的搜集整理出版，为卫拉特学的发展打下了坚实的基础。

二、档案的整理出版

档案是历史的原始记录和直接凭证。卫拉特档案是我国档案宝库中一个重要组成部分。卫拉特档案可以表述为，卫拉特人社会历史发展过程中直接形成的，具有保存价值的各种文字的文书、手绘游牧图、世系表（家谱）、印章、碑、钱币、清代官员画像、老照片等不同形式的历史记录。

中国档案浩如烟海。有关卫拉特的档案也数量可观、内容丰富、分布广泛、文种较多。现今中国第一历史档案馆所藏清代档案中，土尔扈特部档案约有3800余件，还有与准噶尔部有关的《准噶尔档》《西路档》《土尔扈特档》等专档。新疆档案馆所藏民国时期档案中，卫拉特档案上千余件，俄罗斯卡尔梅克共和国国家档案馆收藏土尔扈特部档案423册。此外，卫拉特档案主要收藏于中国第二历史档案馆、内蒙古阿拉善盟左旗档案馆、阿拉善盟额济纳旗档案史志局、西藏档案馆、新疆塔城地区档案局、新疆巴音郭楞蒙古自治州和静县档案局、巴音郭楞蒙古自治州和硕县档案局、甘肃省拉卜楞寺和中国台北"故宫博物院"。蒙古国卫拉特档案，主要收藏于该国国立民族中央档案馆和国立图书馆。俄罗斯卫拉特档案主要收藏于俄罗斯古代文书档案馆、帝俄外交档案馆、科学院档案馆、俄罗斯历史档案馆、圣彼得堡大学图书馆卡尔梅克文献库以及各州档案馆。

以上档案馆收藏的有关卫拉特档案中蕴藏着更多尚不为今人所知的史实和历史细节。近年档案界、学术界对它们的重视程度大为提高，相信整理、翻译和利用都会有发展，它们的史料价值将日趋明显。

随着卫拉特历史研究的深入和客观需求的增加，各国各民族学者之间的学术交流和合作，信息的发展，各国档案馆所收藏的以各种文字写成的有关卫拉特蒙

---

① 青格力《〈清实录〉青海蒙古史料辑录》，北京：民族出版社，2018年。

古历史的档案陆续整理出版。下面分类、全面地评述其情况,供研究者参考。

(一)原文影印本

1.《艾兹克·雅克布·施密特1800—1810年间的卡尔梅克古文献》

Edited by John R.Krueger and Robert G·Service: *Kalmyk Old-Script Documents of Isaac Jacob Schmidt* 1800-1810 *Todo Biciq Texts,Transcription,Translation from the Moravian Archives at Herrnhut*, Harrassowitz Verlag,Wiesbade, 2002.

2.《西蒙古汗、有爵位者、札萨克、台吉、大臣、喇嘛居住地调查册》

БАРУУН МоНГОЛЫН ХАН, ХЭРГЭМТЭН, ЗАСАГ, ТАЙЖ, ТҮШМЭД, ЯМБА ОЛСОН ЛАМ, СУУСАН ГАЗАР ОРНЫГ БАЙЦААСАН ЦЭС ОРШИВ. Улаанбаатар . 2003 он.

3.《卡尔梅克汗国汗鄂尔齐渥巴锡信函——18世纪》

ПИСЪМА НАМЕСТНИКА КАЛМЫЦКОГО ХАНСТВА УБАШИ (XVIII в.). Составителъ: Гедеева Даръя Бадмаевна. Элиста, 2004.

4.《18世纪卡尔梅克诸汗及同时代人书信集(1713—1771)选编》

ПИСЪМА КАЛМЫЦКИХ ХАНОВ XVIII ВЕКА И СОВРЕМЕННИКОВ (1713-1771гг.). ИЗЪРАННОЕ.Сусеева. Д.А.ЭЛИСТА, 2009.

5.《军机处满文准噶尔使者档译编》

赵令志、郭美兰《军机处满文准噶尔使者档译编》(上中下),北京:中央民族大学出版社,2009年。

6.《清代军机处满文熬茶档》

中国第一历史档案馆《清代军机处满文熬茶档》(上下),上海:上海古籍出版社,2010年。

7.《卡尔梅克历代汗王及其同时代人往来公函的18世纪译文:文本及其研究》

Русские переводыXVIII века деловых писем калмыцких ханов и их современников: тексты и исспедования. элиста.2013.

Д.А.苏谢耶娃、E.C.科佳耶娃、Л.Б.奥利亚蒂科娃、Г.M.雅尔玛尔吉娜编《卡尔梅克历代汗王及其同时代人往来公函的18世纪译文:文本及其研究》,埃利斯塔,2013年。

8.《额济纳旗历史档案资料》

额济纳旗档案史志局编辑,李靖主编《额济纳旗历史档案资料》(汉文部分，全二册），海拉尔：内蒙古文化出版社，2014年。

9.《清代阿拉善和硕特旗蒙古文档案选编》

内蒙古自治区阿拉善左旗档案史志局《清代阿拉善和硕特旗蒙古文档案选编》（全五册），北京：国家图书馆出版社，2015年。

10.《图瓦历史有关的档案汇编》

ТУВАГИЙН ТҮҮХЭНД ХОЛБОГДОХ АРХИВЫН БАРИМТЫН ЭМХЭТГЭЛ. УЛААНБААТАР-КЫЗЫЛ, 2011-2014。

蒙古国社会科学院历史研究所、俄罗斯图瓦共和国人文社会科学研究院《图瓦历史有关的档案汇编》（1—4卷），乌兰巴托—克孜勒，2011—2014年。此书收录了1738—1991年间的档案。

11.《阿勒泰图瓦历史档案汇编》

АЛТАЙН ТУВАЧУУДЫН ЦАДИГ ОРШИВ. УЛААНБААТАР.2015.

蒙古国文化艺术大学文化艺术研究院、蒙古国社会科学院巴彦乌力盖省社会经济研究中心《阿勒泰图瓦历史档案汇编》，乌兰巴托，2015年。

12.《清代阿拉善和硕特旗满文档案选编》

内蒙古自治区阿拉善左旗档案史志局编《清代阿拉善和硕特旗满文档案选编》（全十册）北京:国家图书馆出版社，2016年。

13.《额济纳旗馆藏历史档案汇编》

李靖主编《额济纳旗馆藏历史档案汇编》（全2册、蒙文），呼伦贝尔：内蒙古文化出版社，2017年。

（二）排印本

14.《清代青海蒙古族档案史料辑编》

哲仓·才让《清代青海蒙古族档案史料辑编》，西宁：青海人民出版社，1994年。

15.《额济纳旧土尔扈特旗扎萨克郡王塔旺嘉布文电集》

牧仁《额济纳旧土尔扈特旗扎萨克郡王塔旺嘉布文电集》，赤峰：内蒙古科学技术出版社，1995年。

16.《近代新疆蒙古历史档案》

《新疆通史》编撰委员会、中国社会科学院中国边疆史地研究中心、新疆维吾尔自治区档案局编《近代新疆蒙古历史档案》，乌鲁木齐：新疆人民出版社，

2007年。

17.《民国新疆焉耆地区蒙古族档案选编》

吐娜《民国新疆焉耆地区蒙古族档案选编》，乌鲁木齐：新疆人民出版社，2013年。

18.《民国〈政府公报〉卫拉特史料辑编（1912—1928）》

《卫拉特蒙古通史》编纂委员会、新疆师范大学丝绸之路文献研究中心、新疆维吾尔自治区卫拉特蒙古研究学会 合编，巴·巴图巴雅尔、乌力吉陶格套主编《民国〈政府公报〉卫拉特史料辑编（1912—1928）》，乌鲁木齐：新疆人民出版社，2017年。

（三）转写本

19.《噶尔丹博硕克图汗与康熙皇帝来往信件》

Зүүнгр улсын хаан галдан бошогт, манж чин гүрний хаан энх-амгалан нарын харилцсан түүхэн баримтууд. өөлд судлалын нийгэмлэг. Улаанбаатар хот. 2011 он.

《噶尔丹博硕克图汗与康熙皇帝来往信件》，乌兰巴托，2011年。

20.《丹碧坚赞档案汇编》

ДАМБИЙЖАНЦАН- БАРИМТ БИЧИГИЙН ЭМХТГЭЛ. Улаанбаатар, 2012.

《丹碧坚赞档案汇编》（两册），乌兰巴托，2012年。

21.《乌布苏省历史：档案汇编》

УВС АЙМГИЙН ТҮҮХ: БАРИМТЫН ТОВЧООН. II, III Улаанбаатар, 2015.

《乌布苏省史略·档案汇编》，第二卷、第三卷，乌兰巴托，2015年。

（四）翻译本

22.《清代准噶尔史料初编》

庄吉发译注《清代准噶尔史料初编》，台北：文史哲出版社，1977年。

23.《满文土尔扈特档案译编》

中国社会科学院民族研究所民族史研究室、中国第一历史档案馆满文部《满文土尔扈特档案译编》，北京：民族出版社，1988年。

24.《清代西迁新疆察哈尔蒙古满文档案译编》

中国第一历史档案馆、中国社会科学院中国边疆史地研究中心、新疆博尔塔拉蒙古自治州地方志编纂委员会《清代西迁新疆察哈尔蒙古满文档案译编》，北京：全国图书馆文献缩微复制中心，1994年。

25.《清代西迁新疆察哈尔蒙古满文档案全译》

吴元丰、胡兆斌、阿拉腾奥其尔、刘怀龙《清代西迁新疆察哈尔蒙古满文档案全译》，乌鲁木齐：新疆人民出版社，2004年。

26.《东归和布克赛尔土尔扈特满文档案全译》

吴元丰、乌·叶尔达、巴·巴图巴雅尔《东归和布克赛尔土尔扈特满文档案全译》，乌鲁木齐：新疆人民出版社，2013年。

综上所述，卫拉特历史档案很多，藏于世界各处，中国最多。收集、整理、影印或排印乃至翻译出版，开始于20世纪70年代末。其中1977年至2000年之间出版5部，2001年至2010年之间出版8部（12册），2011年到至今出版13部（33册），共计26部书、50册书。中国出版16部，国外出版10部，辑录档案起止时间为1694年至1991年，共出版了1.3多件档案。这些档案书，以影印、罗马字拼写、抄录、基里尔文转写、排印和以汉文、俄文、英文翻译等方式出版。以上档案书里辑录的档案是中国第一历史档案馆、德国海恩胡特摩拉威安档案馆、蒙古国国立民族中央档案馆、俄罗斯卡尔梅克共和国国立民族档案、俄罗斯图瓦共和国国立民族档案、中国新疆维吾尔自治区档案馆、中国台北"故宫博物院"、中国新疆巴音郭楞蒙古自治州档案馆、和静县档案馆、焉耆县档案馆、和硕县档案馆、额济纳旗档案史志局、阿拉善盟左旗档案馆收藏的托忒文、满文、汉文、俄文、胡都木蒙文、阿拉伯文档案。

从以上档案著作的名称，可以略知它们所反映的历史问题和史料价值。这些档案的整理出版，对研究卫拉特历史、俄蒙关系史、蒙藏关系史和新疆历史具有极为重要的学术价值。尤其是满文原始档案翻译出版，有助于推进清代卫拉特及西北边疆、新疆政治、经济、文化等方面的地理—历史研究。

三、卫拉特学的新领域

新档案的发现和公布，总是带来一些新问题，新问题的解决和研究，促进卫拉特研究的深入和拓展，并获得一些学术新进展。新档案的公布对卫拉特历史文化研究提供可信的第一手资料。

卫拉特档案的整理公布对卫拉特学的学术意义：

（一）利用档案纠正史学研究中的某些错误观点，深化和拓展卫拉特历史研究

运用史料分析法，在现有研究成果的基础上，用历史的和批判的方法对过去官修的和私修的史书、传世文献与档案的价值和它们的关系进行系统的研究，充分评估其价值，并尽可能地恢复历史真实面貌。传世文献反映历史的整体性，档案的特点是孤立的，它反映具体事情，跟世传文献相比更确切，反映细节的问题。档案和传世文献有互相补充的关系。

史料是史学家和史实之间的唯一桥梁。无论官修的还是私修的史书都深含作者的目的、立场、愿望和感情，也受自身水平的影响。档案则不同，相对而言它多是客观的第一手史料，是有关当时历史事件无意中留下来的东西，它本身就是某一历史事件的一部分。因此，档案属于"遗留性史料"的一部分，即所谓的"文字遗留"。

利用档案，不但有利于纠正以往研究中的缺陷与不足，而且有利于尽可能地恢复历史真实面貌。比如，《清实录》对准噶尔部首领噶尔丹之死，作了"仰药自尽"的错误记载，发现这个错误的庄吉发从康熙三十六年四月初九日抚远大将军费扬古的满文奏折中获知噶尔丹是"晨得病，至晚即死，不知何病"。

（二）卫拉特档案的整理公布能充分体现卫拉特人的历史影响

卫拉特人在蒙古族历史发展和中国西北地区的开发史上，甚至中亚及欧亚大陆史上产生过重大影响。卫拉特档案的形成与卫拉特的社会历史背景有密切关系。而卫拉特历史档案研究，对这段历史提供客观的依据。

1368年，元朝倾亡退回蒙古高原以后，卫拉特蒙古开始崛起。在北元朝与明朝长期对峙的同时，东西蒙古诸部也互争霸权、内讧不已。卫拉特利用自身的有利条件与东蒙古分庭抗礼，并作为卫拉特各部联盟形式的政治集团登上了历史舞台。在托欢和也先父子时期，卫拉特的势力空前强盛。

也先死后第二年，即1455年，故脱脱不花妻萨睦尔太后率兵攻伐卫拉特，1480年满都海彻辰夫人带兵往征卫拉特，大战于塔斯博尔图。一直到1577年为止东蒙古经过几次战争，夺去了卫拉特东部的大片牧地。这些地区包括：杭爱山以南、坤奎、札布罕河流域以及其东南的哈喇和林。卫拉特被迫迁居额尔齐斯河和额毕河中上游以及叶尼塞河上游地区游牧。

也先时期，卫拉特同别失八里和撒马儿罕发生了关系。别失八里即一般所称的蒙兀尔斯坦，它的范围几乎包括整个南疆，以及从额尔齐斯河和额敏河到天山，从巴里坤到费尔干纳和巴尔喀什湖的地区。15世纪初，卫拉特与蒙兀尔斯坦既有和平交往，又有战争冲突。1452—1454年间，卫拉特的乌斯帖木儿曾经统军西入七河流域，在锡尔河岸打败了原术赤领地白帐的统治者阿布勒海尔汗，兵锋远抵玛维兰纳赫尔边境，并攻打了塔什干及其他绿洲。这些说明，当时卫拉特势力逐渐向西扩展。

这个时期前后，蒙古四大汗国产生了重大变化。蒙古四大汗国的形成与解体，开创了民族融合的历史条件。卫拉特势力逐渐向西扩展，实际上延续了蒙元帝国在中亚的统治。16世纪末17世纪初，卫拉特蒙古再度兴盛，先后建立准噶尔、土尔扈特、和硕特汗庭，他们的游牧地区南至青藏高原、北至西伯利亚、西至顿河、东至喀尔喀。

卫拉特蒙古各部早期致俄国沙皇的信件是用当时的中亚地区流行的察哈台文书写的。此外，还曾用过阿拉伯文、帕尔西文（即波斯文）和胡都木蒙文。清朝初期，卫拉特蒙古各部致清朝的信件主要是胡都木蒙文。1648年，托忒文产生后，卫拉特蒙古各部致清朝和沙皇俄国的信件主要是托忒文。由于准噶尔部在中亚的经济、文化等方面的重要地位，当时的浩罕、哈萨克、哈卡斯等民族或地区也使用过托忒文。比如，1701年俄罗斯贸易使团致清朝大臣的信函是用拉丁文、托忒文、俄文三种文字写成的。哈萨克阿布赉汗等致清朝的信函是用托忒文写的。乾隆五十三年（1788）清政府下达浩罕额尔德尼伯克的谕旨是以满文、托忒文和察哈台文写的。以上档案文书证明当时托忒文不仅是卫拉特诸部使用的文字，而且是这些地区通用的文字之一。卫拉特人里最早跟清朝交往的人之一是和硕特部顾实汗，清政府封他为"遵行文义敏慧顾实汗"。当时托忒文对清朝与卫拉特各部的来往中起到了重要作用。为此乾隆四十七年（1782），清朝设置学堂"托忒学"教授托忒文。《钦定皇舆西域图志》里介绍托忒文。《西域同文志》是一部满文、汉文、蒙古文、藏文、察合台文、托忒文等6种文字的辞书。乾隆年间的"下马碑"有6种文字，托忒文是其一。嘉庆二年（1797）编纂《蒙古托忒汇集》。这些都是在清朝国家政治上托忒文与其他五种文字居同等地位的具体表现。

（三）卫拉特档案的整理公布对卫拉特文化研究提供丰富的资料

卫拉特档案的整理公布对卫拉特蒙古政治、军事、经济、文化、民俗、教育、社会制度、人口、民族关系等方面的研究提供了客观而可信的条件和基础。

促进卫拉特蒙古文书制度研究。卫拉特蒙古公文从性质特点、语言文字、文书制度、用印制度、内容、行文笔迹、书写格式、公文用语、文末落款、签署日期以及封印签章等诸多方面形成了自己的文书体系，同时也接受了汉满藏和俄罗斯等民族的档案文书制度的影响。可对卫拉特蒙古档案的性质、特点、种类和载体、文书制度、用印制度等问题进行研究。可对与卫拉特蒙古人交叉居住地区或邻近地区的各民族的文书制度对卫拉特蒙古档案文书制度的影响进行比较研究。比如，从托忒文档案看阿玉奇汗长子沙克多尔札布从1714年到1722年逝世为止用着方形，刻有汉文篆字"精进修行"的印。他的儿子敦多克达什汗和孙子渥巴锡也一直用此印章。这颗印章充分证明土尔扈特部与历代中央政府有着密切的联系。

卫拉特档案的整理公布对卫拉特方言和托忒文研究提供了丰富的资料。利用托忒文档案，以词源学、语言学方法，对卫拉特蒙古档案的语言文字、历史名词、外来词进一步地研究，搞清它们的渊源，可以深化卫拉特方言、托忒文和托忒文字的演变研究。比如，鄂尔齐（oroči），该词在渥巴锡于1771年呈清朝的信件中有出现。土尔扈特部一般将应继承汗位的人先确定为鄂尔齐。oroči（鄂尔齐），词根为oron，意为"位置""席位""候补""预备"等含义，–či为名词附加成分。鄂尔齐（oroči）是"汗储""太子""储君"的意思。该词在俄语中译作наместник（代理人），汉译时却译为"总督""督办""副汗""部长"等。而后，根据汉译又蒙译成"总指挥""全权大臣"。这些译名与原意相差甚远了。

（四）卫拉特档案的整理公布推动了卫拉特学的热潮

进入21世纪后，国内外出版卫拉特蒙古档案书21部、45册。随着卫拉特档案的公布，卫拉特学的学术活动也很平凡。近年来，卫拉特学的各种学术会议多次进行。如，"全国卫拉特蒙古历史文化学术研讨会"召开了十次。卫拉特历史档案的公布拓展了这些会议的内容、增添了新的研究问题。值得一提的是2013年4月13日至14日，新疆师范大学主办，新疆卫拉特蒙古研究学会承办的"档案资料与卫拉特蒙古史研究全国学术研讨会"。2015年7月24日至25日，新疆卫拉特蒙古研究学会主办，博乐市文化体育广播影视局承办的"第一届卫拉特蒙古青年学者暑期研修班"在新疆博乐市举办。2016年7月16日至21日，由新疆卫拉特蒙古研究学会主办，青海民族大学蒙语系承办的"第二届卫拉特蒙古青年学者暑期研修班"在青海省西宁市举办；2017年8月22日至24日，新疆卫拉特蒙古研究学会主办，内蒙古自治区阿拉善盟图书馆承办的"第三届卫拉特蒙古青年学者暑期研修班"在内蒙古阿拉善盟巴彦浩特镇举办；2018年8月12日至13日，内蒙古大学蒙古学学院与内蒙古大学《江格尔》研究中心联合主办的"内蒙古大学第一届国际《江格尔》学青年学者暑期研修班"在内蒙古自治区呼和浩特市举办。另外，近几年在我国还创建了与卫拉特学有关的学术团体。如，2010年至2015年之间，新疆卫拉特蒙古研究学会下前后成立了14个分支机构。2006年9月15日，在新疆和布克赛尔蒙古自治县建立了"中国社会科学院民族文学研究所《江格尔》口头研究田野基地"。2013年8月22日，在新疆乌苏市建立了"内蒙古大学乌苏市《江格尔》历史文化研究基地"。2014年12月14日，在中国人民大学国学院成立了"卫拉特学·托忒学研究中心"。2015年8月2日，在河北民族师范学院建立了"达什达瓦部研究室"。2016年1月2日，在西北民族大学建立了"卫拉特学研究中心"和"中国蒙古学学会卫拉特学专业委员会"。2016年5月21日，在新疆大学建立了《江格尔》研究室。2016年7月7日，在新疆昭苏县建立了"中国人民大学国学院卫拉特学·托忒学研究中心托忒文文献研究基地"。2016年9月28日，在新疆尼勒克县建立了"全国《格斯尔》文化保护与研究尼勒克基地"。2016年10月29日，在内蒙古大学建立了《江格尔》研究中心。2017年8月5日，在新疆特克斯县建立了"中国人民大学国学院卫拉特学·托忒学研究中心咱雅班第达与托忒文研究基地"。此外，我国有些高校和科研单位已经有了卫拉特学各个领域的学科带头人、博士研究生和硕士研究生的导师，导师的研究生利用卫拉特档案完成了自己的学位论文。

2006年3月，蒙古乌兰巴托市成立了"托忒学研究学会"，该学会成立后出版了"托忒文文库丛书"65部。

四、结语

卫拉特档案的整理公布，促进了卫拉特学的发展。与卫拉特学有关的各种学术会议，陆续成立的与卫拉特学有关的科研机构和学术团体，为卫拉特学学者们创造了良好的学术平台。与卫拉特研究有关的各种学术活动不仅对卫拉特学的发展，也对我国边疆历史文化研究学界乃至国际卫拉特蒙古学研究领域的相互交流和合作都将产生积极的作用。因为，进入21世纪后卫拉特学已步入一个新时期。新史料被不断发现、被不断整理和公布，新学问也随之兴起。如果20世纪卫拉特历史研究主要利用"传世史料"，那么21世纪的卫拉特蒙古史研究主要利用"档案史料"。这正是因为大量的托忒文、汉文、满文、胡都木蒙文、藏文、俄文等档案文书的发掘与公布。这批沉睡了几百年的弥足珍贵的"档案史料"重见天日，为我们时代的卫拉特蒙古史研究带来了革命性的变化。为了顺应这个史学新潮流，我们应该利用档案研究卫拉特历史文化，继续挖掘和搜集卫拉特档案，加强这方面的工作力度。目前，中国第一历史档案馆、新疆维吾尔自治区档案馆、西藏自治区档案馆和俄罗斯各档案馆收藏的卫拉特蒙古托忒文字档案还没有公布。

卫拉特档案的整理公布，并不是深化和拓展卫拉特学的唯一的因素。但是，进入21世纪后，卫拉特档案的陆续公布，吸引了国内外众学者的研究视线，甚至改变了有些学者的研究方向，这促进了卫拉特学的兴起和发展。卫拉特学自然成为了当今国际蒙古学中的一个热门课题。可以说卫拉特学是21世纪国际蒙古学的一个亮点。

（本文原载《西北民族研究》2017年第4期，第157—163页；有增补）

《西域考古录》的史料来源与运用

司艳华

清代学者俞浩所作《西域考古录》是一部研究自汉代至清道光朝西北史地的专著，全书共分18卷，涵盖了甘肃、新疆、青海、西藏诸地的地理沿革、山川形胜、物产民俗等内容。史料丰富、来源广泛是此书一大特点。然而对其成书，各家褒贬不一。清代史学家李慈铭认为"该书颇能参证古今，多所驳正"，"为考边防者不可少之书"[①]。而王树枏则认为此书"改古说以就己，最为驳杂"[②]。而后世对该书引用时也多持不同观点。因此，厘清该书史料来源及其运用情况，对明确此书价值，不致以偏概全，从而对文本做出正确评价，至关重要。

一、《西域考古录》的史料来源

《西域考古录》全书18卷，20余万言，其中所涉及的史料，在序言中提及的有25种。但据笔者粗略统计，出现在全书中的典籍共有130余种。俞浩征引文献以广、博为特点，正如其在自序中所说："私家著述、下里叟闻，当亦君子之所取，而不遗其勤。"然而，俞浩虽注重广泛撷取文献，但却并不滥取，他所征引文献或为历代史家所重的传统史料，或为在当时广为流传的时人著述。这些史料按经史子集四部来分，大致可分为17类。使用方式分三种：承袭，指未注明出处，直接征引其内容；引用，包括引述其内容及引用原文，皆注明其来源；考辨，指仅提其观点。具体参见表1：

---

① （清）李慈铭撰，由云龙辑《越缦堂读书记》，北京：中华书局，1963年，第475页。
② （清）袁大化、王树枏等撰《新疆图志》卷九〇"艺文志"，台北：文海出版社，1965年，第3315页。

表1 《西域考古录》征引书目表

序号	部类		书名	作者	卷数分布（卷）	使用方式	使用次数	存佚情况	备注
1	经部		尚书	（战国）佚名	2-6、16	引用、考辨	11	存	《尚书全解》
2			家礼	（南宋）朱熹	17	引用	3	存	《西域考古录》作《家理》
3	史部	正史类	史记	（西汉）司马迁	5、8、14	引用、考辨	3	存	《史记正义》
4			汉书	（东汉）班固	1、2、4、5、7-9、11、13-15	引用、考辨	45	存	此类尚有：臣瓒《汉书注》、章怀太子贤《后汉书注》、颜师古《汉书注》《汉书西域传补注》
5			后汉书	（南朝宋）范晔	1、2、4、9、11、14-16	引用、考辨	16	存	
6			三国志	（西晋）陈寿	2-4	引用、考辨	4	存	
7			晋书	（唐）房玄龄等	2、5、11	引用、考辨	8	存	
8			魏书	（北齐）魏收	1-3、7、9、11、15、17	引用、考辨	22	存	
9			梁书	（唐）姚思廉	12、17	引用、考辨	3	存	
10			南史	（唐）李延寿	7	引用、考辨	1	存	
11			北史	（唐）李延寿	2-4、6、9-12、16	引用、考辨	19	存	
12			隋书	（唐）魏征等	2、4、7、11、14-17	引用、考辨	17	存	
13			旧唐书	（五代）刘昫	1-4、9-16	引用、考辨	59	存	
14			新唐书	（北宋）宋祁、欧阳修等	1-3、7、8、15、16	引用、考辨	18	存	
15			旧五代史	（北宋）官修	3	引用、考辨	1	存	
16			新五代史	（北宋）欧阳修	4、7	引用、考辨	2	存	
17			宋史	（元）脱脱	1、2、17	引用、考辨	7	存	
18			辽史	（元）脱脱	7	引用、考辨	1	存	亦参考《辽史国语解》
19			元史	（明）宋濂、王濂	2、4、5、7、12、14-16、18	引用、考辨	14	存	
20			明史	（清）张廷玉	7、8、12、14、16-18	考辨	21	存	
21		编年类	竹书纪年	（战国）佚名	17	考辨	1	存	
22			汉纪	（东汉）荀悦	8、11、13、15	引用、考辨	4	存	
23			资治通鉴	（北宋）司马光	1-4、6、7、9、15-17	承袭、引用、考辨	37	存	此类包括《资治通鉴考异》《续资治通鉴长编》《资治通鉴前编》《通鉴注》《胡注拾遗》等书
24			大事记	（南宋）吕祖谦	11	引用	1	存	
25		纪事本末类	西陲纪略	（清）梁份	2、3、7-10	引用、考辨	21	存	《秦边纪略》《西陲今略》异名，见吴丰培《〈西陲今略〉考》
26			西陲要略	（清）祁韵士	7、10、13、15	引用、考辨	6	存	
27			西域释地	（清）祁韵士	6、9、10、12-15	引用、考辨	8	存	
28			西域闻见录	（清）七十一	6-8、10、12-15、18	引用、考辨	17	存	书中又名《回疆风土记》《新疆琐谈》
29			行国风土记	（清）纳兰常安	10	引用	1	存	
30			荡平准部记	（清）魏源	14	引用、考辨	1	存	
31			征蒙记	（南宋）李谅	17	引用、考辨	1	存	
32			西招记事	（清）和宁	17	考辨	1	未知	
33			平罗刹方略	（清）佚名	18	引用	1	存	

(续表)

序号	部类	书名	作者	卷数分布（卷）	使用方式	使用次数	存佚情况	备注
34		圣武记	（清）魏源	10	引用	1	存	
35		蒙鞑备录	（南宋）赵珙	17	引用	1	存	
36	别史类	契丹国志	（南宋）佚名	17	引用	1	存	
37		通志	（南宋）郑樵	3、13、16	考辨	3	存	
38		魏略	（魏）鱼豢	14、15	引用、考辨	3	存	
39	杂史类	松漠纪闻	（北宋）洪皓	17	引用、考辨	2	存	
40		钦定蒙古源流	（清）萨囊彻辰	17	引用、考辨	3	存	
41	诏令奏议类	历代名臣奏疏	（明）王锡爵	9	引用	1	存	
42		留守城官军防疏	杨一清	5	考辨	1	存	
43	传记类	钦定外藩蒙古回部王公表传	（清）祁韵士	7	考辨	1	存	
44		高昌偰氏家传	（元）欧阳玄	7	引用	1	存	见《圭斋文集》卷十一
45	史钞类	两汉博闻	（北宋）杨侃	6	考辨	1	存	
46	载记类	华阳国志	（东晋）常璩	16	引用	3	存	
47		十六国春秋	（北魏）崔鸿	1—6	引用、考辨	23	存	别本《十六国春秋》
48	地理类	元和郡县图志	（唐）李吉甫	1—10、16	承袭、引用、考辨	58	存	
49		太平寰宇记	（北宋）乐史	1—10、13	承袭、引用、考辨	42	存	
50		元丰九域志	（北宋）王存	2	引用、考辨	1	存	
51		明一统志	（明）官修	1—10、14—16	承袭、引用、考辨	39	存	
52		大清一统志	（清）官修	3、4、6	承袭、引用、考辨	6	存	
53		天下郡国利病书	（明末）顾炎武	10	考辨	1	存	
54		读史方舆纪要	（清）顾祖禹	1—9、16	承袭、引用、考辨	34	存	
55		乾隆府厅州县图志	（清）洪亮吉	10、15	考辨	2	存	
56		舆地广记	（北宋）欧阳忞	2、13	引用、考辨	3	存	
57		鄯城县志	未明	2	考辨	1	未知	
58		西宁卫志	（明）刘敏宽、龙膺	2	引用、考辨	2	已佚	有王继光教授辑佚本
59		满洲源流考	（清）官修	17	考辨	1	存	
60		钦定皇舆西域图志	（清）官修	6—8、10、11、14	承袭、引用、考辨	7	存	
61		回疆通志	（清）和宁	11	引用	1	存	
62		三州辑略	（清）和宁	1、7、8、10	承袭	8	存	俞氏自序中有松氏《三州辑览》不知是否为俞氏之误。
63		陕西通志	（清）刘於义、沈青崖	1	承袭	1	存	
64		甘肃通志	（清）许容	1—6	承袭	8	存	
65		四川通志	（清）常明修、杨芳灿纂	16	引用	1	存	
66		重修肃州新志	（清）黄文炜	6	承袭、引用		存	

(续表)

序号	部类	书名	作者	卷数分布(卷)	使用方式	使用次数	存佚情况	备注
67		西域番国志	(明)陈诚	7	引用、考辨	2	存	俞浩书中作《番域录》下提陈氏,当为《西域番国志》而非《薄海番域录》
68		五印度志	未明	16	引用	4	未知	所在语句言"英吉黎五印度志",或为英吉利著作。
69		滇志	(明)刘文征	16	引用	1	存	
70		滇系	(清)师范	16	引用	2	存	
71		凉州府志	未明	2	考辨	2	未知	不知是否为清张树《凉州府志备考》
72		西宁图说	未明	9	引用	1	未知	
73		皇朝外藩图跋	(清)董祐诚	7	引用、考辨	1	未知	《西域考古录》中作董氏《外藩图说》
74		西招图志	(清)松筠	14	考辨	2	存	松筠有《西藏图说》,一名《随缘载笔》,又名《西招五种》。另有《西招图略》,松筠纂,或为此书。
75		西戎地形图训	(清)彭文襄	10	考辨	1	未知	
76		水经注	(北魏)郦道元	1—9、11—16	承袭、引用、考辨	131	存	《水经注笺刊误》《水经注图说》
77		西域水道记	(清)徐松	6、7、9—13	引用、考辨	19	存	
78		河源录	未明	18	考辨	1	未知	不知是否为序言中万氏之《河源汇考》
79		水地记	(清)戴震	16	引用、考辨	2	存	
80		洛阳伽蓝记	(北魏)杨炫之	2、7、13—15	引用、考辨	12	存	
81		长春真人西游记	(元)李志常	7、9、10、17	引用、考辨	8	存	
82		沙州记	(南宋)段国	2	考辨	3	存	
83		岭北纪行	(金)张德辉	7	考辨	1	存	
84		使元行记	(金)乌古孙	8、10	考辨、引用	4	存	《西域考古录》中亦《使蒙古记》之称,不知是否都为《北使记》不规范称法。
85		西使记	(元)刘郁	7、8、10	引用	3	存	
86		经行记	(唐)杜环	9	引用、考辨	1	已佚	原书作"杜环行程记"
87		西游录	(元)耶律楚材	10、11、15	引用、考辨	15	存	
88		张匡邺行记	(后晋)张匡邺	14	考辨	1	存	
89		藏行纪程	(清)杜昌丁	16	引用	1	存	序言中作《藏行日记》
90		使吐蕃记	(唐)刘元鼎	1	引用	1	未知	
91		喀尔喀使记	未明	自序	承袭	1	未知	序言中提为札氏之《喀尔喀使记》
92		奉使俄罗斯记	(清)张鹏翮	18	引用	1	未知	序言中作图氏之《使俄罗斯记》,正文中作"伍弥泰《使俄罗斯记》"
93		西域闻见录	(清)七十一	6—8、10、12—15、18	引用、考辨	15	存	
94		西北域记	(清)谢济世	2、9、10、15、16	引用	6	存	
95		五边纪略	未明	7	考辨	1	未知	
96		五边图说	未明	5	引用	1	未知	
97		佛国记	(东晋)法显	7、11、14、15	引用、考辨	5	存	
98		大唐西域记	(唐)玄奘 辩机	5、6、7、9—12、14—17	引用、考辨	40	存	
99		坤舆图说	(清)南怀仁,比利时人	18	考辨	1	存	
100		异域录	(清)图理琛	18	考辨	1	存	

（续表）

序号	部类	书名	作者	卷数分布（卷）	使用方式	使用次数	存佚情况	备注
101		海录	（清）谢清高	10	考辨	1	今佚	
102		海国图志	（清）魏源	10	考辨	1	存	
103	职官类	唐六典	（唐）李林甫	11	考辨	1	存	
104	政书类	通典	（唐）杜佑	1—17	引用、考辨	65	存	
105		唐会要	（北宋）王溥	9、11	引用、考辨	5	存	
106		明会典	（明）官修	7、18	考辨	4	存	
107		文献通考	（南宋）马端临	14	考辨	1	存	
108		皇清通考	未明	18	考辨	1	存	
109		钦定续通典	（清）嵇璜、刘墉	2	引用	2	存	
110		元朝典故编年考	（清）孙承泽	7	引用	1	存	
111	子部	杂家类	池北偶谈	（清）王士禛	7	引用	1	存	
112		仁恕堂笔记	（清）黎士弘	4	引用	1	存	
113		特健药斋随笔	（清）俞方谷	6	引用	1	未知	
114		春明偶录	阙疑	16	考辨	1		
115		阅微草堂笔记	（清）纪昀	7、8、10、13	引用	11	存	
116		外译存考	（清）叶圭绶	2、9、10、15、16	引用、考辨	6	未知	
117		读史八纮存考	（清）叶圭绶	16	引用、考辨	1	未知	
118		戎幕随笔	（清）谢济世	9、11、12	引用	4	佚	
119		元明事类纪要	未明	9	引用	1	未知	清姚之姻有《元明事类钞》，但检索《元明事类纪要》中关键词，《元明事类钞》中皆无，不知是否为一书
120		颜氏家训	（北齐）颜之推	17	引用、考辨	1	存	
121		淮南子	（西汉）刘安	4	考辨	1	存	
122	类书类	太平御览	（北宋）李昉等	14	承袭	1	存	
123		册府元龟	（北宋）王钦若、杨亿等	11	考辨	1	存	
124		古今图书集成	（清）陈梦雷、蒋廷锡	11	考辨	1	存	
125		唐国史补	（唐）李肇	8	考辨	1	存	
126		山海经	（先秦）佚名	16	引用、考辨	2	存	
127		神异经	（西汉）东方朔	18	引用	1	存	
128		穆天子传	（晋）郭璞	16	引用、考辨	2	存	
129		续齐谐记	（南朝梁）吴均	18	考辨	1	存	
130		述异记	（南朝齐）祖冲之	17	考辨	1	存	
131	释家类	法苑珠林	（唐）道世	17	考辨	1	存	
132		弘明集	（南朝梁）僧佑	17	考辨	1	存	
133		法正宗记	（北宋）契嵩	17	引用	1	存	
134		感通记	（唐）道宣	17	引用	1	存	
135		一切经音义	（唐）慧琳	14	引用、考辨	1	存	
136		翻译名义集	（南宋）法云编	14	引用	1	存	
137	集部类	苏天爵文集	（元）苏天爵	5、18	考辨	2	存	
138		查恂叔集	（清）查礼	16	引用	1	存	

从表1内容来看,《西域考古录》的史料来源广博,经、史、子、集无所不包。同时,还呈现诸多特征:

首先,史料来源选取有所倚重,主要来源除正史类文献外,尚有编年类文献中的《资治通鉴》《通鉴注》,载记类中的《十六国春秋》,政书类中的《通典》,地理类中的《元和郡县志》《太平寰宇记》《读史方舆纪要》《一统志》《西域图志》《水经注》《西域水道记》《长春真人西游记》《西游录》《西域释地》《西域闻见录》《大唐西域记》《洛阳伽蓝记》等,这些文献在《西域考古录》中出现频率相对较高,并呈现出一定的特点,如:正史类文献以及《水经注》《通典》等文献在《西域考古录》十八卷中的应用几乎贯穿始终。而《元和郡县志》《太平寰宇记》《资治通鉴》以及《一统志》《读史方舆纪要》《十六国春秋》则仅在卷十之前出现频率较高,卷十一至卷十八几乎不再出现。而《洛阳伽蓝记》《大唐西域记》《西域水道记》《西域释地》《西域闻见录》《西游录》《长春真人西游记》等文献则或于卷六、卷七,或于卷十之后方始出现。并且这一类文献只是相对出现频率较高,他们同其他众多时人著述共同构成了《西域考古录》后半部分的来源,主次并不是特别明显。

这些主要来源之所以呈现出上述分布特点,主要与《西域考古录》内容分布相关,该书前五卷兰、西、凉、甘、肃五州,历代文献清楚、材料翔实,故俞浩主要采用其中文献作为主要来源。而第六卷之后内容则涉及新疆、西藏、蒙古三地,这三地历史上与中原关系时断时续,而资料亦相对较少,且缺乏延续性,因此俞浩更多参诸时人著述,并且不以一家为准,而是博采众家之作,相互印证。在这"众家"中,有作者亲历西域并经过实地考察之作,如傅恒等纂《钦定西域图志》,徐氏之《西域水道记》《西域传补注》,祁氏之《西域释地》《西陲要略》,图氏之《使俄罗斯记》,杜氏之《藏行日记》等;此外还有作者并未亲历西域,但同样产生了很大影响的作品,如:魏源《海国图志》《圣武记》等;由此可见,俞浩在作《西域考古录》时虽力求史料的广、博,但在文献的选取上亦有求良、求精、求实的原则。

其次,除主要来源外,《西域考古录》中还有一类为来自其兄弟、友人之作,如《外译存考》《读史八纮存考》,来源于其友人叶圭绶。《特健药斋随笔》则来自其弟俞方谷。至于《大积石山考》《楼兰故城考》等,据文意,当为作者自己所撰。据此可见,身为一介秀才的俞浩,之所以能够博览群书,并非仅靠一己之力,这与他同友人之间相互交往、交流是密不可分的。正如叶圭绶在《西域考古录》书前序中所言:"互观未见之书,共证异同之见。"也正是这种书籍与思想的交流,才使得俞浩能够充分利用当时各方资源,尽最大可能地搜集资料,最终完成这部以众多典籍为基础的西域史地研究之作。

再次，除上述作者直接提到或注明出处的史料来源之外，尚有一种文献，它们被作者参考、征引，但却始终未提及其出处。如《甘肃通志》《尚书古文疏证》《水经注集释订讹》《玉海》《陕西通志》等书，试举一例，见表2：

表2 《西域考古录》史源对比表

《西域考古录》卷四	《玉海》卷一百七十七
陈子昂言凉州岁食六万斛，甘州所积四十万斛，观其山川，诚河西咽喉。地广粟多，户止三千，胜兵者少，屯田广野，仓庾丰衍，瓜、肃以西，皆仰其餫，一旬不往，士已枵饥，是河西之命，系于甘州矣。且其四十余屯，按《六典》：甘州十九屯。水泉良沃，不待天时，岁取二十万斛，但人力寡乏，未尽垦发。今甘州积粟万计，兵少不足以制贼，若吐蕃大入，则河西何以守？宜益屯兵，外得以防盗，内得以营农。其后吐蕃世为边患，如所料云。	《陈子昂传》：武后时，子昂上言：凉州岁食六万斛，甘州所积四十万斛，观其山川，诚河西咽喉。地广粟多，户止三千，胜兵者少，屯田广夷，仓庾丰衍，瓜、肃以西，皆仰其餫，一旬不往，士已枵饥，是河西之命，系于甘州矣。且其四十余屯，水泉良沃，不待天时，岁取二十万斛，但人力寡乏，未尽垦发。今甘州积粟万计，兵少不足以制贼，若吐蕃大入，则河西何以守？宜益屯兵，外得以防盗，内得以营农。其后吐蕃果入寇，终后世为边患。《六典》：甘州一十九屯。

此部分史实在《新唐书》卷一〇七出现，作者似经过核实后，直接承袭自《玉海》，俞浩这种应用方式多处均有见及。除了上述者书外，尚有序言中出现，而在正文中并未提及的文献，如《乌鲁木齐赋》《喀尔喀使己》等，这些应皆为作者所参考，但并未直接引用之书。从此类文献特点可见，俞浩所参考典籍，实际远远超过书中所见诸书，其中未提及的文献应当还有很多，其中应包括诸多佛典、图说、史书、方志、别集等。

最后，俞浩在史料的选取上，经部、集部参考较少，且所选取文献亦与史地相关。如《尚书·禹贡》，是我国古代文献中较古老的具有地理观念的著作，共列九州，其中"雍州之域"即较多涉及青海、甘肃境内山脉、河流情况。而集部类文集的作者苏天爵、查礼亦为名家，苏天爵被誉为"一代文献之寄"，曾三度供职史馆，参与纂修《武宗实录》《文宗实录》及《经世大典》等典籍。

综上可见，《西域考古录》来源虽然多样，但却并不杂乱。通过对这些史料来源的分析，不仅可发现古人广阅群书、扎实基础、厚积薄发的治学态度，亦可通过对其史料来源的主次详略剖析，一见当时学者治学门径。

二、史料的运用

俞浩《西域考古录》来源众多，方式多样，既有直接从他书中采摘而来的书，又有经过作者翻检考证的资料，有注明书名出处的文献，亦有仅引述其内容而不提书名的文献。因此，厘清该书如何应用众多来源，对合理利用该书很重要。该书在应用众多史料过程中主要有两种方式：

（一）直接承袭

即承袭其内容、体例，并进行多书综合，文字略作改动。

这种方式在前六卷中应用较多，主要应用于沿革、山川、河流及城池的介绍中。其中关于沿革部分的介绍，主要承袭自《元和郡县志》《太平寰宇记》《资治通鉴》等书。如：卷一，开头沿革部分五十余字皆来自《元和郡县志》卷三九；卷二，沿革部分开头三百余字亦几乎皆来自《元和郡县志》卷三九；卷四，开头四十余字皆来自《太平寰宇记》卷一五二；卷五，开头二百余字皆来自《元和郡县志》卷四〇，文字几无变动。而其余关于沿革部分的内容，主要综合自《资治通鉴》《读史方舆纪要》《明一统志》《大清一统志》《玉海》等书，其中亦有作者叙述语言；关于山川、河流城池部分的介绍，主要承袭自《读史方舆纪要》，间有综合《元和郡县图志》《太平寰宇记》《甘肃通志》等书。在此六卷中，大部分山川、河流、城池的介绍，内容及顺序皆相似于《读史方舆纪要》，不同处有些亦可从《元和郡县志》《甘肃通志》《太平寰宇记》中找到相同内容，而有些则应采自其他史料。试举典型事例一处，见表3：

表3 《西域考古录》史源运用对比表

书名	《西域考古录》	《读史方舆纪要》
山川	**康狼山**，亦名可狼山，羌名热薄汉山，县南百四十里。晋义熙中，西秦乞伏乾归太子炽磐招结诸部二万七千，筑城于康狼山以据之，即此山也。 **琵琶山**，县南百三十里。险峻曲折如琵琶首，因名。《通典》：广武县有琵琶山。是也。北凉沮渠蒙逊恃其强。阴谋图周，周拥众保琵琶山，即此。 **石门山**，县西南。《水经注》："滴水东北经石门，山口高峻险绝，对岸如门。"《元和郡县图志》：在凤林县东北二十八里，即皋兰山之门业。元和中，沙陀朱邪执宜自甘州谋归唐，循乌德健山而东，吐蕃追之，沙陀自洮水转战至石门。宋绍圣二年，置平夏城于此，后又筑石门堡，元末张良臣重修筑之。至成化中，土达满四劫平凉卫，指挥满璃判，入石城。城在四山中，东西皆石壁，立数万仞，无迳可入，非绳梯不登，西山稍平，可屯千人，前有小山，高亦数仞，山隙皆墙，墙高二三丈，各留小门，仅容单骑。城中无水，有数石池，由栈道引入，以资汲焉，城外乱山巉岩，人迹稀至。至满四，以射猎熟知其险，及作乱，遂据之。 **沃干岭**，在县南。晋建兴末，刘曜等逼长安，凉州张谌遣贾骞等逾岭入援。即此岭也。又，咸和二年，曜遣子允屯狄道，骏将韩璞赴救，度沃干岭而军，既而，璞遣将辛岩督军于金城，刘允袭败之于沃干岭。《旧志》云："自凉州济河，必度沃干岭乃至狄道。"是也。	**琵琶山**，州西百三十里。险峻曲折，如琵琶首，因名。杜佑云：广武县有琵琶山。是也。 **石门山**，在州西南。《水经注》：滴水东北经石门口，山高峻险绝，对岸如门。 **青岩山**，在州西北。《隋志》允吾县有青岩山。《五代志》亦云青岩山在允吾县。山盖近河滨。苻秦将梁熙等伐凉，自青石津攻河会城。胡氏曰：津当在青岩山下。 **康良山**，州南百七十里。晋义熙四年，西秦太子乞伏炽磐畏姚秦之逼，筑城于康良山而据之。七年，乾归置武康郡，镇康良城，以其子木奕干为武威太守，镇之。八年，乞伏公府弑乾归，奔康良南山，炽磐讨杀之。宋元嘉三年，夏主赫连昌遣其将呼卢古败西秦将昙达于康良山，进攻罕，是也。一名可狼山，俗呼为热薄汗山。 **沃干岭**，在州西南。晋建兴末，刘曜等逼长安，凉州张寔遣贾骞等逾岭入援。即此岭也。咸和二年，前凉张骏遣兵攻刘曜秦州诸郡。曜遣其子胤屯狄道。骏将韩璞赴救，度沃干岭而军。既而璞遣将辛岩督运于金城。刘胤袭败之于沃干岭，进至璞营，璞众大溃，胤乘胜追奔，济河至令居。旧《志》云：岭在晋兴郡大夏县东南，洮水西北。自凉州济河，必度沃干岭，乃至狄道。令居，见西宁镇。大夏，见河州。

在此表中，明显可看出俞浩对顾祖禹《读史方舆纪要》内容上的承袭。而表中《西域考古录》书中的非斜体字部分主要是康狼山条内容及石门山中标明的引用《元和郡县志》中的内容。而对康狼山条，据笔者比勘，此条中，除"晋义熙中"四字外，其余五十五字皆来源于《元和郡县志》卷三十九。由此可见，表中《西域考古录》此部分内容为俞浩综合自《读史方舆纪要》及《元和郡县志》两书，而《读史方舆纪要》则是俞浩主要参考资料，无论是在内容上，还是在叙述体例、方式上，甚至所叙述的各山也集中在一处，只是顺序略有变动。

进入卷七之后，内容开始涉及新疆、西藏、蒙古三地。传统史料已难以企及，取而代之的是各家时人著述，虽大多为到过西域的实地考察之作。但此地历时两千年，与中原关系时断时续，有些史实众说纷纭。因而，在这几卷的应用中，直接承袭的方式几乎很少出现，取而代之的是参考诸家典籍，综合其说，考辨其史。

（二）考辨史实

即参考诸家典籍、图说，进行史实考证，纠正谬误。

这种方式是《西域考古录》史料应用的主要方式，每卷都有应用，卷七之后比重尤其大，主要应用于该书考辨部分。在考辨过程中，前六卷俞浩主要参考各正史类文献，以及《水经注》《水经注集释》《通鉴注》《通典》《十六国春秋》《纪略》等传统史料，同时兼及各府州县志、方志舆图。而卷七之后，则博采众家典籍，传统史料与时人著述兼用，尽其所能，务求完备。在应用过程中，俞浩对各家典籍或直列书名，点明其观点，或宣言考证某书、某图，或谈及姓氏，提其说法，纠其谬误，细心考证，务必求实。正如其同乡朱锦琮为其序中所言："虽《水经注》《一统志》《元史》，亦刊其谬，道里无差；虽说部如《西游记》，亦取其长，遍该细素，实事求是。"

俞浩这种尽其所能、务求其实的态度，在《西域考古录》十八卷中随处皆有体现。如对某一史实的考证，不仅以众多书籍进行互证，即便是同一书，也尽量寻求多种版本，多种相关书籍进行考证。如《水经注》一书，既参考了宋版《水经注》，又参考赵一清《水经注笺刊误》、董祐诚《水经图说》及《水经注集释》等书，而《资治通鉴》不仅用及《通鉴注》还兼参考《通鉴考异》。《元和郡县志》亦提及今本《元和记》，《地形志》提及今本《地形志》。同时，俞浩在考证中注重图文并用，在对某一史实进行考证时，不仅证之以书，同时要考之于图，如"考之方志舆图"，"与今日大河经流图志考之"，"今以图志校之"，"诸图志皆不知有……"等文字于考证中多处见及，更兼其采及《西域图经》《西域图志》《西招图记》等书，使其考证有理有据，并可见及古人做学问踏实之处。

《西域考古录》在对史料应用上的这两种方式，以及其对待史料文献的态度，充分显示了俞浩作此书过程中并不是简单意义上的抄撮他书，而是取舍有致，重点突出，详加考证，尽其所能为后人留下准确翔实的资料。在选取史料时，不仅注重史料来源的可靠性，更是广泛采取当时经过实地考察的时人著述。而在对众多文献的考辨过程中，也确实体现了其纠谬误的"初志"。不仅析疑的精神使后人在对相关文献的阅读中有所疑有所信，其考辨的结果亦使后人获益匪浅。当然，该书确实存在有引述不严谨之处。如《西域考古录》卷五中记载："白亭海，在州东北四十里，一名会水，以众水所会，故曰会水。以北有白亭，故曰白亭海，方俗之闲，河北得水，便名为河，塞外有水，便名为海。"据笔者比勘，这些文字应完全承袭自《元和郡县志》卷四十，但在承袭过程中，俞浩却将《元和郡县志》原文中的"百四十里"误作了"四十里"，这实在是一个很大的失误。但若因此而否定全书，未免有失公允，正如沈云龙先生在《耘农七十文存》中所说："谓'是书改古说以就己，最为驳杂'，并误俞氏为海宁人，是否如所论评，则尚有待留心西域考古者进一步之研究，似未便以此即可抹杀其全书之价值也。"①

事实上，俞浩对文献的这种承袭方式，古人多有用及，笔者在比勘过程中即发现俞浩所采文献之间亦有承袭关系，如《明一统志》对《元和郡县志》《太平寰宇记》有所承袭，《读史方舆纪要》对上述三书皆有承袭，而《甘肃通志》则大部分承袭自《读史方舆纪要》，俞浩则兼及上述诸书。可见，搬旧砖、和新泥、盖新房，亦是古人做学问的一种方式，何况俞浩在"校订诸籍，总撮前闻，鳃思其迹，堂辖其文"的过程中皓首穷经，翻阅诸多典籍，以私人之力对众多典籍进行核对、考证，纠谬，并时时不忘论及此域边防之重，其功力亦可见及。若因其瑕疵而无视此书价值，不仅有负古人心血，亦是对历史所遗留财富的一种浪费。因此，应对该书文本做出正确评价，发现其价值，去粗存精，合理利用该书，亦对后人有良多助益。

（本文原载《吐鲁番学研究》2016年第2期，第56—69页）

---

① 沈云龙《耘农七十文存》，台北：文海出版社，1981年，第719—720页。

新疆历史文化的基础及其地位

刘学堂

新疆古称西域，文化地理上处于欧亚文明中心的边缘区域。长期以来，以丝绸之路为核心的西域历史研究，多把这里当成了欧亚文化的走廊和通道，相关论述车载斗量。这里说的丝绸之路，一般指的是对张骞凿空西域，继而开辟的东西方世界物质文化和精神文化交流的途径、内容、过程、方式，以及相互影响的总概括。但是，汉代开始的丝绸之路，并非空穴来风，汉代以前，从遥远的数万年前的石器时代开始，就揭开了古代东西方世界交往的序幕，这一时期我们称为新疆的远古时代。远古时代开始，东来西往的人群在新疆大地生息繁衍，为新疆历史文化的展开奠定了基础。

新疆远古文化在整个东亚历史发展过程中占据有特殊的地位，很早就引起学术界的重视。数万数千年的历史长河中，西域的居民与西来东往，尤其是中原内地的迁入西域的古老族群不断联姻、重组，血脉相通；文化上的相互交流与融合日益密切。考古发现与研究表明，东西向的文化交流发展趋势，更多地表现为中原文化对西域史前文化的深度整合，西东向的文化传播，虽然对西域文化的交替与重构过程中起到明显作用，另一方面它还表现出强烈的面向中原内地的文化向心倾向，西域文化的这种向心倾向一直延续到历史时期。有史以来西域古代居民在与东西方世界保持时密时疏的内在联系中，形成了自己的独特的兼收并蓄、选择适应和包融开放文化内涵和特质，进而呈现出举世无双的斑斓异彩来。

一、历史上新疆各族同根共生

新疆地区什么时候开始有了人类居住，是学术界长期探索的问题。20世纪末和21世纪初，考古学家找到解决这一问题的重要线索。探索的过程中，人们逐渐认识到，新疆地区自从有人类居住开始，不同人群就开始交往与接触，种群间的基因交流不断扩展，不同族群交错杂居，同根共生。

（一）历史的起笔之处

地球上现代人的直系祖先是晚期智人，晚期智人的起源，众说不一。20世纪末，美国加州大学伯克利分校的威尔逊根据遗传人类学研究成果，提出"晚期智人起源于东非一小群高度进化的智人"的观点，在这一基础上形成了著名的"夏娃理论"[1]。按照"夏娃理论"，10万年前或更早，人类共同的老祖母带着她的直系后裔，走出非洲草原森林来到欧亚大陆，很快遍布到世界各地。

走出非洲分布到欧亚大陆各地的"夏娃"的后代们，并非相互隔绝，互不来往。10万年以前，其中的一支跋山涉水自西向东而来，他先头的一支穿阿尔泰山山间谷地、逆额尔齐斯河进入当时还漫无人迹的新疆。1994年，考古学家在新疆交河故城沟西台地进行调查时，发现了500多件旧石器时代晚期的石器标本，年代推断在距今4万年前后[2]。2004年，由多国学者组成的考察队，在和什托罗盖镇通往和布克赛尔县公路旁的边沿有了更重要的发现，这是一处罕见的旧石器时代晚期的石器制造场地，地表密布石器标本，时代最早可追溯至10万年前后[3]。这些石器很可能就是西东向迁徙的原始人群留下的足迹。和布克赛尔的骆驼石旧石器遗址，是目前所知新疆历史的起笔之处。

（二）基因交流圈的扩大

交河故城和骆驼石采集的旧石器标本中，既发现有属于中国北方的旧石器传统，又见欧洲的传统石器技术，这引起了学界的高度关注。其中源于欧洲的旧石器技术，学术界称其为"勒瓦娄哇"石核[4]，"勒瓦娄哇"是译自法语的一个考古学上专有名词，指的是一门先进的预制石核技术。人类学家认为，"勒瓦娄哇"技术的出现标志着人类智力发展上升到了一个质变阶段，它在人类文化发展史上具有里程碑意义[5]。"勒瓦娄哇"石器技术在包括新疆在内的中国西北地区

---

[1] 龚缨晏《现代人类起源的"夏娃"理论》，载《生物学通报》1994年第5期。
[2] 张川《1990—1995年新疆境内的旧石器调查工作与收获》，载《新疆文物》1996年第4期。
[3] 高星、裴树文《新疆旧石器地点》，《中国考古学年鉴·2005年》，北京：文物出版社，2006年，第376—377页。
[4] 邱中朗《勒瓦娄哇文化》，《中国大百科全书·考古学卷》，北京：中国大百科全书出版社，1986年，第268页。
[5] 邓聪《追寻东方的勒瓦娄哇技术——宁夏水洞沟遗址的世界性意义》，载《中国文物报》2012年1月6日第7版。

的发现,说明数万年以前旧石器时代,中国西北部远古部落居民已不是单一的人种成分,东西方不同种群自那个时候就开始了基因融合的过程。欧亚早期人类基因交流圈从欧亚东西方文化中心区,扩展到中亚草原。

(三)中亚人种类型的形成

距今5000年以前或更早开始,欧亚的西部率先进入了青铜时代。青铜时代的欧亚北方森林草原,包括新疆北部的阿尔泰区域,成为东西方文化与人种交汇的通衢大道。考古发现这样的现象,这一时期在中亚北部草原东西数千公里的范围内,人们习惯使用一种平底或圜底的缸形陶器作为生活用具,这说明东西森林草原地带的文化具有相对统一特征。文化相同性的背后,反映的是东西方人群的频繁交汇。在这一过程中,新的人种逐渐形成,即界于欧亚东部人种和欧亚西部人种集团之间的过渡类型——中亚人种。新疆是中亚人种群体形成的重要区域,也是这里古代人种构成的主体因素。中亚人种集团出现后,不断由阿尔泰草原南下,奠定了新疆早期人种集团的基础。南下的人群集团的血液成分里,既有西方欧洲人种遗传基因,又有东方蒙古人种的遗传基因,原本就是一种混血类型。

中亚地区人种的交汇并没有因中亚类型的形成而终结,人种的变异和其他事物一样,都是历史的动态过程。距今7000年前后,欧亚东部人种集团中的黄河流域人群就开始向西迁徙,寻找新的生存空间,他们是现代蒙古人种的直系祖先。距今5千纪末,从居住黄河上游甘青地区一带蒙古人种古西北类型中分离出来的一支,占据了河西走廊。约在公元前2千纪前后,其先头部分穿越河西走廊抵达东天山一带,进入哈密盆地,并沿着天山山脉继续西进。几乎同时或略晚,原居住在欧亚草原西部的西方人种集团的一支,主流也是从阿尔泰山方向南下,在天山盆地南麓地带与欧亚东部人群相遇,并与此前来到这里的中亚类型的其他分支,开始了更为频繁的基因交流,加快了新疆地区人种集团向多样化发展的进程。

(四)杂居共生局面

距今3000年前后,中亚进入了游牧时代。骑马民族活动半径空前扩张,原来人迹罕至的山涧河沟、海拔较的高山腰台地,以及草原高山沙漠戈壁边缘区域,都有了人类活动的足迹。东西方不同人种群集团出入中亚更为便捷、自由。来自东方的蒙古利亚种群集团,既可以由北方草原大通道,也可以沿天山南北的绿洲盆地向新疆汇流；西方人种集团，向新疆流布的渠道更多。多年来，体质人类学研究成果看，有一支被称为中亚两河类型的人群，主要沿着伊犁河等准噶尔盆地的西部边缘向新疆迁徙；另一支则被称为地中海东支的人群，则可能翻越帕米尔高原、塔里木盆地东部边缘，进入到环塔里木盆地各处①。这些新的人种群体入居新疆，很快与当地已经混血的原居民杂居、交合，进一步加剧了新疆地区多族群杂居共存、多种文化丛生历史进程。新疆史前文化过程与周边区域关系变得越来越紧密，历史的场面更为宏大壮观、波澜起伏。多族群杂居共生、文化互融的局面形成于史前，经过历史时期，一直延续到现在。

二、中原文化的西向拓展

研究中原文化的西向拓展过程，是正确认识新疆历史的基本途径之一。中原文化西向拓展始自史前时期，贯穿于整个历史时期，从未中断。汉代及以后，随着丝绸之路的开通和中央政府经营西域，更是开启了新疆各民族共同开发新疆、建设新疆的新篇章。历史时期新疆与中原关系的研究，是新疆历史研究的主线，已经取得了丰硕的研究成果。远古史前时期新疆与中原内地的关系，拉开了历史时期新疆与内地关系的序幕。长期以来，因材料的局限等原因，史前新疆与内地关系的研究裹足不前，这里说的史前中原文化的西向拓展，只是到了20世纪末、21世纪初，才被学术界有所认识。

早期中原文化的西向拓展与史前彩陶之路的兴衰密切相关。彩陶的出现是人类史前文化发展史上的一大里程碑，20世纪初以来，国际学术界普遍认为近东西亚的所谓"新月沃地"是世界彩陶的最早发源地②，新中国成立以后的考古发现表明，黄河流域也是世界彩陶文化的故乡③，彩陶是黄河流域史前文化的基本特质之一。

（一）彩陶初传西北

中原地区最早的陶器出现在距今约1.1万年到距今9000年间。陕西关中地区距今7300年前的一些遗址中发现有简单的彩陶，预示着欧亚东部彩陶时代的到

---

① 韩康信《丝绸之路古代居民种族人类学研究》，乌鲁木齐：新疆人民出版社，1995年。
② 参见中国对外翻译出版公司、联合国教科文组织《中亚文明史》第一卷《文明的曙光：远古时代至公元前700年》，2002年。
③ 吴耀利《我国最早的彩陶在世界早期彩陶中的位置》，载《史前研究》集刊，1988年。

来①。彩陶出现后,便开始了向周边区域传播的过程。考古发现显示,距今7000年以降,彩陶文化进入到六盘山东西两侧;距今5500—5000年,扩展到青海东部;距今5000年以降,西进至酒泉境内的祁连山北麓;公元前3500年前后,彩陶西进步伐加快;公元前3000年前,彩陶文化从甘肃中部向青海东北部和河西走廊长距扩展;公元前2200年前后,河西的西部地区已遍布彩陶文化遗址,其先头人群,很快越过河西西部到哈密盆地戈壁沙漠,出现在新疆东天山的哈密绿洲。

(二)彩陶进入新疆第一站

新疆东部哈密绿洲盆地,是黄河流域彩陶西进的第一站。公元前3千纪末到2千纪上半叶,河西走廊蒙古人种支系古西北类型的一支,来到哈密盆地定居下来②。东来的人群种植黍类等农作物,他们厌喜超的彩陶艺术,在陶器表面的方寸间描述自己的情感世界,希冀与神灵沟通,并创造了一种新的文化。

20世纪末,通过哈密火车站南天山北路墓地的发掘,揭开了这一文化的神秘面纱。以天山北路墓地为代表的文化称为林雅文化,它的绝对年代上限在公元前3千纪末,主体年代在公元前2千纪的前半,个别墓葬的年代可能会更晚一些。墓地出土的陶器器类丰富,主要有双耳罐、单耳罐、桶形罐、腹耳壶、单耳杯、盆等。其中双耳罐是最常见的典型器物,也是由河西地区传入的器类。陶器绝大多数施彩,多红衣黑彩,以几何纹样为母体构图。

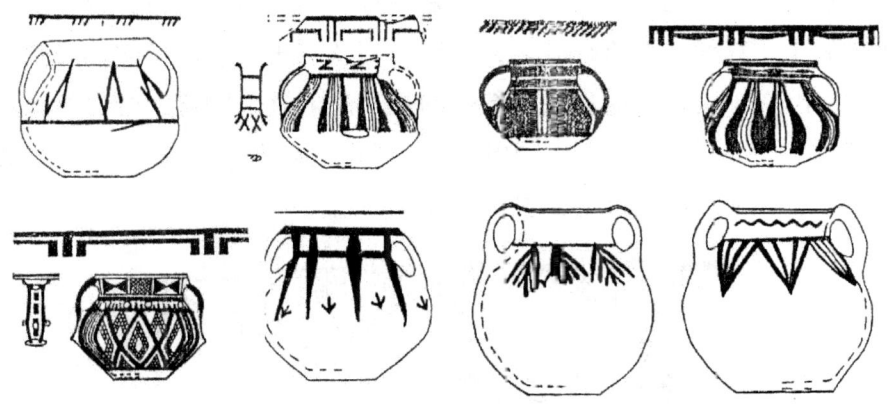

图1 哈密林雅文化中由河西传入的器型

---

① 严文明《甘肃彩陶的源流》,载《文物》1978年第10期。
② 李水城《文化的馈赠与文明的成长》,载《庆祝张忠培先生七十岁论文集》,北京:科学出版社,2004年,第19页。

双耳罐的图案一般绘在口沿下、颈部或腹部三个区间。绘于口沿下或颈部的是由几何纹样组成的带状彩，多采用一种或两种几何纹样以二方连续的形式构图；绘于腹部的基本是块面状彩，多用相同或不同的几何纹样四方连续构图，常见的有三角纹、网纹、菱格纹、平行线纹等，另外还有短线和十字纹、掌纹、草叶纹等，通常以器耳为界前后纹样基本对称。这些彩陶也明显表现出与河西走廊彩陶文化间的关系。

（三）新疆地方彩陶特征的形成

现身于哈密盆地的彩陶文化并未在此地长久驻足，至少在公元前2千纪中叶以前到公元前1千纪前后，它继续向西，进入了吐鲁番盆地，在这里演变成洋海文化，也标志着新疆地方彩陶文化的兴起。公元前1千纪前后，洋海文化在新疆中部天山盆地和山谷地区又演变为苏贝希文化。苏贝希文化的势力沿天山间的山谷和山间通道，向西进入乌鲁木齐周围，以略为变化的形态出现在阿拉沟一线。

洋海文化是新近从吐鲁番盆地的史前遗存中辨析出的新的考古文化[①]。其年代的上限在公元前2千纪后半，下限在公元前1千纪前半叶的上段。洋海文化与哈密林雅文化的陶器的主要区别是，后者以双耳器为主，前者以单耳器为主。洋海文化的器型多为平底单耳罐，其次有杯、豆形罐等。洋海彩陶发现数百件，大多为红衣黑彩，图案以几何纹为主，特别是各种三角纹最为流行，仅以线条勾勒的三角就有单线、双线、多重线条之分，还有网状三角、平涂的实体三角，通体的条带纹、锯齿形纹也很普遍。最为精美的是"品形耳"陶罐上的通体火焰纹，给人一种烈焰缭绕的动感，这种特殊造型的器物，以及器表纹样可能有的特殊寓意，或许与当时流行的宗教巫术观念有关。

① 刘学堂《新疆早期青铜文化及相关问题初探》，载《吐鲁番学研究》2005年第2期。

新疆历史文化的基础及其地位

图2 吐鲁番盆地洋海文化彩陶

（四）新疆彩陶文化步入辉煌

吐鲁番盆地的洋海文化彩陶通过新疆中部天山的阿拉沟等通道，在公元前2千纪末到1千纪初进入了天山南麓，在天山南麓一线形成了察吾呼文化[①]。察吾呼沟人把新疆彩陶文化推向了鼎盛。

察吾呼文化的彩陶最早发现于和静县境内的察吾呼沟墓群。这里的陶器最突出的特点是许多的器物在其口沿的一侧修出一流嘴，为其他文化所罕见。察吾呼文化彩陶因器物不同，有固定的装饰部位，大体可以分通体图案和局部图案两类。通体图案是在器物通体大部分空间绘彩，局部图案是在器表的局部施彩，又分颈部周彩、口沿下块状彩、腹部斜带彩等。局部施彩的绘法奇特，它是先将器腹部勾勒图案的地方平涂成红色，而将要绘纹样地因所要绘的图案设计留出空地，然后再在空地里填绘不同的纹样，这种方法被称为"开光法"。察吾呼沟彩陶图案以几何纹为主，构成图案的主要母体纹样复杂多变，不拘一格，没有发现完全相同的两种彩陶，彩陶图案可谓斑斓多姿。

察吾呼文化的通体彩，母体基本上以棋盘格纹、三角纹、折线纹、网纹，以二方连续或四方连续的绘法构图。许多通体彩的图案构思奇妙独特、布局严谨、画面考究，方尺之间用简略朴实的几何纹样，构出匠心独具的意境，堪称精美的史前艺术品。察吾呼文化的局部彩独具特色、引人注目。局部彩又分为口沿下周带彩、口沿下块状彩、颈带彩、腹斜带彩、上腹彩、单侧口颈彩等多种图案布局

[①] 关于这一文化的命名，不同的学者曾使用过"察吾呼沟文化""察吾呼沟口文化""察吾呼文化"等，1999年出版的《新疆察吾呼》报告将其定名为"察吾呼文化"，这一报告是目前最全面、最完整，并对资料进行系统整理的关于这一文化的考古报告，所以这里我们依《新疆察吾呼》将其称为察吾呼文化。

方式。口沿下周带彩，是在器物口沿下绘一周倒三角纹。口沿下块状彩，是在口沿下较为随意地选一个小的空间，空间形状比较随意，没有固定的位置和模式，空间里填绘的图案赋予变化，构思奇异，值得品味。颈带彩是在器物颈部，绕颈绘一周彩带，多见于带流罐、带流杯器身。彩带宽窄不一，彩带中填绘不同的母体纹样，常见的棋盘格纹、三角纹、折线纹、平行线纹、回形纹、菱形纹、网纹等。腹斜带彩在整个史前彩陶世界都可以说是匠心独具的艺术创造，察吾呼文化最常见的带流器，因为多出了一个流嘴，整体造型并不对称，察吾呼沟人独创的腹部斜带彩，从器物口沿一侧，依陶器器腹不对称空间，斜向器底的带彩，与器体做了完美的结合。察吾呼人利用不对称的条件，别出新意，达到了意想不到的纹样和器型互补、和谐匀称的艺术效果。

图3 天山南麓察吾呼文化彩陶

（五）彩陶之路的衰微

分布在吐鲁番盆地及周边山谷盆地的苏贝希文化，向西沿天山北坡的绿色通道，公元前1千纪后，进入到伊犁河谷区。伊犁河谷区彩陶主要发现于21世纪初以后，从初步观察看，东来的彩陶文化在这里融汇了一些草原文化的因素，演变成穷科克上层文化。穷科克上层文化在伊犁河流域持续存在了1千纪左右，在它自身的发展过程中前后文化面貌也有明显的变化。这一时期新疆彩陶文化开始衰微。

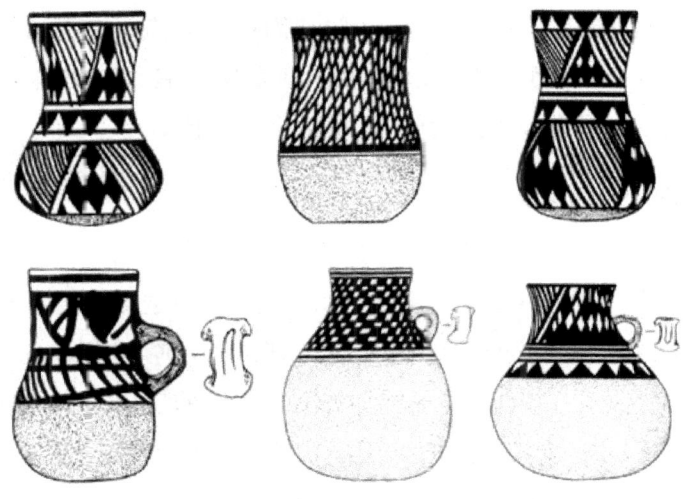

图4 尼勒克穷科克一号墓地彩陶

穷科克上层文化早期阶段的陶器，基本上为无耳和单耳的罐、钵、杯[①]。这里的彩陶没有前述的哈密、吐鲁番、天山南麓一线的彩陶发达，纹样单一，彩陶图案结构变化不大，均以直线几何构图。有局部彩，也有通体彩。局部彩主要绘于钵类器物或单耳杯类器物的口沿下，以连续的叶脉纹为主，其次为连续的折线三角、交错的平行线三角纹等。通体彩主要绘于陶罐器身，一般分器物颈部和腹部两区构图，两区图案的结构基本一样，左右对称，大多为交错排列的三角纹样，三角有棋盘格三角、平行线三角和折线三角等，其次绘于单耳杯器身，一般为通体网纹。伊犁河流域彩陶早晚变化不太明显，早期多通体彩，晚期多局部

---

① 新疆文物考古研究所《尼勒克县穷科克一号墓地考古发掘报告》，载《新疆文物》2002年第3—4期。

彩。早期多用数种几何纹样构图，晚期则使用单一几何纹样构图。

（六）彩陶之路的终结

约在公元前1千纪前半叶，伊犁河流域彩陶文化向西进入了巴尔喀什湖以东的西天山和谢米列契地区，成为这里所谓塞克—乌孙文化的主要构成因素，但传播至此，彩陶文化已是强弩之末。这里属于伊犁河的下游区域，1949年前后，苏联的考古工作者在这里发现了史前时期的墓葬，出土的陶器中一部分是夹砂红陶，手制，陶质粗糙，器类简单，有无耳壶和罐、单耳杯等。仅在个别器物上发现绘的极为草率的竖条带纹等。从七河流域及周边区域的考古发现与研究看，被认为属于塞克—乌孙文化因素的这些陶器和简单的彩陶，其源在伊犁河上游，是由新疆伊犁河流域顺河而下传入巴尔喀什湖东岸，其结束的年代晚至汉代。此后，源于东方的古老彩陶文化终于被其他文化所取代。

（七）中原文化西向拓展

黄河流域彩陶文化西进，是时下方兴未艾的早期东西文化交流研究中的一条重要线索。中国彩陶文化由黄河上游起点，通过河西走廊，在新疆地区沿着天山山脉这座沟通东西文化的大陆桥西进，终点到达巴尔喀什湖东岸一线，成为这里所谓的塞克—乌孙文化的组成部分。陶文化的西传前后历时5000年，沿途不同的考古文化是黄河文明一波又一波向外不断扩张的历史缩影，是中原早期文化的西向拓展足迹的历史见证。由于新疆彩陶主要是由东方传入的，所以它没有初级形式，一开始就显示出了复杂、成熟、规范化特点，并且在由东向西传播过程中，不同地区彩陶的发展、流行时期也不一致，大概到了战国前后，整个新疆彩陶开始走向衰落，纹样日渐草率。西汉以后彩陶在新疆基本绝迹。

三、西域文化发展的向心倾向

很早在中亚西部和西亚起源发展起来的青铜技术、麦类等农作物种植技术、黄牛和绵羊驯养技术等文化要素，对人类文明的起源与发展起到过非常重要作用。这些文明因素自其起源之初就向周边地区传播。我们目前尚无法确定这些文化要素传播到新疆的具体时间路径，但至少在公元前3千纪内，它们就出现在新疆的天山南北，并改变了新疆的物质文化面貌、经济产业结构，把新疆史前史推进到青铜时代的新阶段。西来的这些文化因素，进入新疆地区后很快被融为地方文化，成为新疆远古文化重要构成因素。然后它们又从新疆出发，陆续沿着天山通道，逆前述的彩陶之路东进，进入并经过河西走廊，传播到甘青地区黄河上游黄土谷地，最终抵达中原文明的腹心区，参与到了中原文明的形成过程。我们把新疆远古文化因素的东向传播，称为一种文化向心倾向。

（一）青铜技术初传新疆

青铜技术最早产生于中亚西南部的山前绿洲，然后向周围传播。青铜技术东向传播首先进入中亚南部绿洲和近东一带，并快速地向欧洲北部草原和亚洲草原传播。总的看来，亚洲草原金属器的出现要晚于欧洲草原。青铜器沿着欧亚北部森林草原的东向传播，抵达米努辛斯克盆地和环阿尔泰山地，时间在公元前3千纪中叶到公元前2000年初，分布在这一区域的阿凡纳谢沃文化和奥库涅夫文化中普遍发现了青铜器[1]。早期青铜技术很可能通过中亚北部草原作用于新疆和整个中亚东部，青铜冶制技术经中亚南部绿洲区的东向传播，应该也是一条重要通路，只是我们目前对这条线路的情况了解不多。

（二）新疆青铜文化异军突起

1973年，在新疆天山的乌帕尔苏勒巴俄遗址采集到了17件铜器，推测其年代在公元前3000年左右[2]。如果这一看法无误，这是新疆地区发现的年代最早的一批铜器。1979年，罗布淖尔孔雀河古墓沟墓地发掘的42座墓葬中见有零星的红铜片，墓地出土的大量木器上遗留有明显用金属工具砍削的印迹[3]，暗示了当时存在有先进的青铜工具。2002—2005年小河墓地的全面发掘与研究表明，小河人掌握着先进的冶铜和制铜技术[4]，小河文化的年代在公元前3千纪末到公元前2千纪前半叶[5]。20世纪80年代发掘的哈密盆地天山北路墓地时，在700余座墓葬中出土了数以千计的各类铜器。天山北路墓地的一座墓葬内经常出土数件，多者可至数十件青铜器，器类主要为装饰品，有耳环、手镯、簪、牌饰、扣、珠、管、镜、铃铛等；其次是生活用具和生产工具，最多的是铜刀，还零星发现的有斧、剑、

---

[1] 杨建华、韶会秋《中国早期铜器的起源》，载《西域研究》2012年第3期。
[2] 王博《新疆乌帕尔细石器遗址调查报告》，载《新疆文物》1987年第3期。
[3] 王炳华《新疆地区青铜时代考古文化试析》，载王炳华《丝绸之路考古研究》，乌鲁木齐：新疆人民出版社，1996年，第148页。
[4] 小河考古队《小河墓地全面发掘的主要收获》，载《吐鲁番学研究》2005年第1期。
[5] 王炳华《孔雀河古墓沟发掘及其初步研究》，载《新疆社会科学》1983年第1期；伊弟利斯·阿不都热苏勒、李文瑛等《罗布泊地区古代人类活动》，载夏训诚主编《中国罗布泊》，北京：科学出版社，2007年，第390—447页。

锥、镞等。天山北路墓地是目前为止中国境内早期青铜器出土数量最多、类型较丰富、青铜技术领先的重要文化遗存，这一墓地的年代在公元前3千纪末到公元前2千纪中叶[①]。小河墓地和天山北路墓地青铜器，从青铜器成分、铸锻技术、器物形体等方面看，都表现出高超的技术水平。当时的中国境内其他区域，特别是中原地区，青铜器尚处于萌芽状态，只在中国西北的一隅显出青铜文化异军突起的景象。

（三）西北青铜文化圈的形成

1975年，甘肃东乡林家马家窑遗址出土了甘青地区最早的一件青铜铜刀，年代不早于公元前3千纪[②]。其后这一区域的马家窑文化马厂类型的个别墓葬中，发现零星属于公元前3千纪下半叶的铜器[③]。公元前2千纪初以后，甘青地区的四坝文化和齐家文化中，青铜文化已经发展到全新境地，对此不少学者做过统计与研究，不再赘述[④]。

新疆天山东部罗布泊的小河墓地、哈密天山北路墓地和甘青地区马厂、齐家和四坝文化，公元前2千纪初开始普遍发现青铜器。这一区域发现在不同文化中的青铜器，数量不同，存在西多东少的基本趋势，制法和器型虽不能说完全一致，但青铜器文化特征表现出来的强烈共性，则一目了然，它们之间存在明显的共性，青铜文化间的内在关系十分密切。结合中亚草原地区早期青铜器的东传过程可以看出，至少到公元前3千纪末开始，掌握着先进冶铜技术的西来人群大规模地进入阿尔泰和新疆天山一带，很快与这里的地方文化进行交流与交融，在向中国西北地区传播的过程中，导致了相对成熟和领先的青铜文化，最早出现在了新疆东天山和中国西北的其他地区，在千丝万缕的联系发展过程中，形成了中国

[①] 刘学堂、李文瑛《中国早期青铜文化的起源及其相关问题新探》，载《藏学研究》第3辑，成都：四川大学出版社，2007年。

[②] 甘肃省文物工作队等《甘肃东乡林家遗址发掘报告》，载《考古学集刊》第4集，北京：科学出版社，1984年，第111页；孙淑云、韩汝玢《甘肃早期铜器的发现与冶炼、制造技术的研究》，载《文物》1997年第7期。

[③] 梅建军《关于中国冶金起源及早期铜器研究的几个问题》，载《中国冶金史论文集》第4辑，北京：科学出版社，2006年，第11—24页。

[④] 李水城、水涛《四坝文化铜器研究》，载《文物》2000年第3期；李水城《中国西北地区的早期冶铜业及区域文化的互动》，载《吐鲁番学研究》2002年第2期；张忠培《齐家文化研究》（下），载《考古学报》1987年第2期。

西北青铜文化圈,揭开了中国早期青铜文明的重要一页[①]。

(四)中原早期青铜器的起源

陕西临潼姜寨第一期文化出土过一件黄铜片,曾被认为是黄河流域发现的最早的一件铜器,不过这件铜片是否真的存在及其在青铜史上的意义,学术界还存在争议[②]。其后的仰韶文化晚期的个别遗址,偶见有铜器残片[③];再其后的公元前3千纪后半叶新石器时代晚期的龙山时代,中原及邻近各地出土铜器的遗址相对多了起来,但仍是零星的发现[④]。到了二里头文化三、四期,中原地区青铜文化真正发展起来,铜器基本出土于河南洛阳偃师的二里头遗址。据年代学研究成果,二里头文化第三期的年代大致在公元前16世纪[⑤]。因此近年来有学者把中原地区进入青铜时代的年代定在公元前16世纪的商代早期[⑥]。

基于上述中原地区早期铜器的发现,考古学家和冶金史学家虽经长期的探索与研究,既无法在从仰韶文化早期开始到仰韶晚期龙山阶段之间,像众所周知欧亚西部青铜文化发展史那样,建立起完整和前后相承的中国早期冶铜技术发展史的体系,也很难将上述中原新石器时代偶见的残铜片铜渣等,当成二里头文化三、四期突然发展起来的中国早期青铜文化的源头。中原夏代考古已经取得了全面和丰硕成果,相关研究车载斗量,然而对于公元前1600年后这一文化突然发展起来的青铜器,依然难以说清其起源的背景,一些青铜器在中国难寻其踪迹,如二里头遗址出土有一部分铜器,显然不是中原文化传统中的器物,相反这类器物在中国西北青铜文化圈里却比较常见,而且出现的时代较早。根据这些线索,中原早期青铜文化起源研究的视野,转向中原以外的其他地区,即青铜文化出现更

---

① 刘学堂、李文瑛《中国早期青铜文化的起源及其相关问题新探》,载《藏学研究》第3辑,第1—64页。
② 安志敏《中国早期铜器的几个问题》,载《考古学报》1981年第3期;北京钢铁学院冶金史组《中国早期铜器的初步研究》,载《考古学报》1981年第3期。
③ 严文明《论中国的铜器并用时代》,载《史前研究》1984年第1期。
④ 由于铜器发现地点增多,学术界或认为这一时期进入了铜石并用时代。严文明《论中国的铜器并用时代》。白寿彝总主编、苏秉琦主编《中国通史·铜石并用时代》,上海:上海人民出版社,1994年,第211—246页。
⑤ 方燕明《早期夏文化研究中的几个问题》,载《中原文物》2001年第4期。
⑥ 蒋晓春《中国青铜时代起始时间考》,载《考古》2010年第6期。

早的西北地区，无疑会有利于这一问题研究的深入。

（五）史前青铜之路

最早出现在西亚的青铜冶铸技术，随着时间的推移不断向周围传播。至少在公元前3千纪初，中亚西部多数地区进入了青铜文化发展的繁荣阶段。公元前3千纪前后，零星的青铜器出现在中亚东部的新疆、甘青和中原个别区域，直到公元前3千纪中叶结束时，中原地区各种手工业技术快速发展，有了质的飞跃，青铜器却依然是罕见之物。公元前2千纪以后，青铜冶制技术的西东向传播再次掀起了高潮，青铜文化地方化过程也进一步深化。公元前2千年上半叶，自早至晚在中国西北、中国北方和中原陆续形成了三个不同的冶铜制铜中心。公元前19世纪以后，二里头文化一、二期偶见的刀、铃、锥、牌饰等，这些多是在西北地区早期青铜文化中首先发展起来的文化因素，尤其是二里头遗址中的长方形和圆形牌饰、环首刀等类器物，更具浓郁的西北早期青铜文化圈风格[①]。二里头遗址发现的青铜戚（斧）和青铜戈[②]，也有学者认为它们与西方青铜文化传统有密切关系，或者受到了哈密天山北路墓地有銎斧的影响而产生[③]。中原地区早期青铜器中的外来元素逐渐被辨析了出来，掀起了欧亚东部早期青铜器起源研究神秘面纱的一角，揭示出了史前青铜之路开辟的深层意义。

中原地区到了公元前17世纪以后，即二里头文化三、四期，才有了大型的青铜礼器，如青铜鼎、爵、斝、盉等，最终形成了中原青铜器的传统，并很快取得了优势的地位，开始对周边文化施加影响。

（六）小麦和大麦的东传

距今1万年前，近东西亚绿洲区域的古代居民首先培育出了小麦和大麦[④]。公元前1万年后，小麦种植技术就传到中亚东南绿洲区域，公元前3千纪前后的克什米尔山谷布尔扎洪（Burzahom）遗址的文化层中发现有麦类标本，表明这一区域

---

① 刘学堂、李文瑛《中国早期青铜文化的起源及其相关问题新探》，载《藏学研究》第3辑，第1—64页。
② 林澐《夏代的中国北方系青铜器》，载《边疆考研研究》第1辑，北京：科学出版社，2002年，第1—12页。
③ 韩建业《略论中国的"青铜时代革命"》，载《西域研究》2012年第3期。
④ V.萨里亚尼迪《呼罗珊与外阿姆河地区新石器时代食物生产聚落以及其他聚落：东伊朗、苏联中亚及阿富汗》，载《中亚文明史》第一卷，第72—86页。

在公元前3千纪以前已经种植了麦粒农作物[①]。

公元前3千纪内麦子种植技术已传入新疆。孔雀河古墓沟墓地和小河墓地墓葬随葬草编小篓内装有小麦粒[②]。小河墓地是目前东亚地区早期小麦标本出土最为集中的遗存，墓地墓葬中死者的胸腹部和身下多撒有小麦，一儿童身上几乎撒满了小麦。小河人身裹的毛织斗篷边缘都扎有小布包，内包麻黄草枝、小麦粒和黍粒[③]。哈密天山北路墓地出土的彩陶图案中有一类是绘在陶器腹部的"松枝纹"样，像是麦穗的摹写，类似的纹样在美索不达米亚公元前3000年的泥版文书中见到过，公元前2400年"大麦"的楔形文字仍延续这样的图形[④]。天山北路墓地一件陶罐的双耳上绘出男女人物形象，人头绘成禾苗状，双手绘成穗状，怀疑描绘的是作物神。天山北路墓地出土铜器中有一类长方形镂孔牌饰，图案也像是并排的麦穗[⑤]。这些现象表明农业祭祀活动相当频繁。

图5 哈密天山北路墓地陶器器耳绘的农神像

1975—1989年间，五次在甘肃民乐东灰山遗址发现有小麦类遗存[⑥]，据研

---

① M.沙里夫、B.K.撒帕尔《巴基斯坦及北印度的食物生产麦落》，载《中亚文明史》，北京：中国对外翻译出版公司，2002年，第86—97页。
② 王炳华《古墓沟人社会文化生活中的几个问题》，载王炳华《丝绸之路考古研究》，第203页。
③ 伊弟利斯·阿不都热苏勒、李文瑛《罗布泊地区古代人类活动》，载《中国罗布泊》，第390—447页。
④ 李水城《中国境内考古所见早期麦类作物》，《中华文明探源工程文集·环境卷1》，北京：科学出版社，2009年，第195—196页。
⑤ 参见哈密博物馆编《哈密文物精萃》，北京：科学出版社，2013年。
⑥ 李水城《中国境内考古所见早期麦类作物》，载《中华文明探源工程文集·环境卷1》，第1095—196页。

究，其时代在公元前3千纪初到3千纪中叶[①]；近年在青海省互助县的封台遗址浮选出小麦[②]，年代判断为公元前2千纪中叶到公元前1000年前后，在西藏昌果沟遗址的H2（灰坑）堆积中获取的3000粒碳化植物种子料中也有麦类植物，碳十四测定的年代在公元前1370年[③]。20世纪80年代，在陕西武功赵家来遗址的一间房址泥皮中鉴定出小麦秆印痕[④]，年代约在公元前2400年—公元前2000年间。此后，在黄河中下游龙山中晚期，年代在公元前2500年至公元前2000年前后的一些遗址零星见有麦子遗存，重要有山东日照两城镇[⑤]、山东聊城校场铺[⑥]、山东胶州赵家庄龙山晚期遗址[⑦]。公元前2000年以后二里头文化阶段，在中原地区发现更多的含小麦的遗存，重要的地点有河南洛阳关林皂角树[⑧]、河南焦作西金城[⑨]、河南禹州瓦店[⑩]，以及二里头文化遗址等[⑪]。近年来，随着植物浮选工作全面推进，植物学家从越来越多的夏商周时期的遗址中发现了炭化小麦遗存。这些发现说明小麦进入中原后便很快普及开来[⑫]。

内陆欧亚地区的麦粒考古发现和近年古代植物遗传学的研究，表明最早由新月沃地培育的麦类作物很早就开始了西传过程。至少在公元前3千纪内传播到了中亚的东部，继而进入中原腹地，很快普及并迅速改变了中原地区传统农作物的

[①] 李水城、莫多闻《东灰山碳化小麦年代考》，载《考古与文物》2004年第6期。
[②] 李水城《中国境内考古所见早期麦类作物》，载《中华文明探源工程文集·环境卷1》，第195—196页。
[③] 傅大雄《西域昌果沟遗址新石器时代农作物遗存的发现、鉴定与研究》，载《考古》2001年第3期。
[④] 黄石林《陕西龙山文化遗址出土小麦（秆）》，载《农业考古》1991年第1期。
[⑤] 凯利·克苏福德、赵志军等《山东日照市两城镇遗址出土龙山文化植物遗存的初步分析》，载《考古》2004年第9期。
[⑥] 赵志军《两城镇与教场铺龙山时代农业生产特点的对比分析》，载《东方考古》第1集，北京：科学出版社，2004年。
[⑦] 靳桂云、王海玉等《山东胶州赵家庄遗址龙山文化炭化植物遗存研究》，载《科技考古》第3辑，北京：科学出版社，2011年，第36—49页。
[⑧] 洛阳市文物工作队编《洛阳市皂角树——1992—1993年洛阳市皂角树二里头文化聚落遗址发掘报告》，北京：科学出版社，2002年。
[⑨] 王青、王良智《河南发现龙山文化城址》，载《中国文物报》，2008年3月28日。
[⑩] 赵志军《公元前2500年—公元前1500年中原地区农业经济研究》，载《科技考古》第2辑，北京：科学出版社，2007年。
[⑪] 赵志军《公元前2500年—公元前1500年中原地区农业经济研究》，载《科技考古》第2辑，第9页。
[⑫] 赵志军《植物考古学及其新进展》，载《考古》2005年第7期。

结构、饮食习惯。

（七）驯养黄牛与羊的东传

黄牛与羊的驯化都是新月沃地"新石器革命"的重要成果。里海南部中石器时代的阿里特佩岩洞遗址的发掘表明，这一地区在1万年前的中石器时代就开始了牛羊家畜的驯养。

青铜时代早期开始，新疆阿尔泰和天山地区的古代居民就畜养牛羊。这一地区保存条件较好、属于这一时期的墓地中都有羊骨出土。尤其是环塔里木盆地沙漠戈壁的青铜时代墓地中，广泛出土大量保存完好的羊毛纺织品、羊皮制器和其他牛羊制品等，说明牛羊畜养是当时人们生活的重要来源和支柱，也表明牛羊畜养和加工业在天山地区的普及程度。小河人掌握着成熟且发达的羊毛纺织业和羊皮革加工业技术，人们穿着的腰衣、斗篷都为羊毛织成等。墓地发现大量用黄牛、羊随葬和祭祀的现象[①]。

甘青地区在公元前3千纪以后的极个别遗址中零星见有驯养羊的骨殖。甘肃天水师赵村遗址马家窑文化石岭下类型墓葬的M5和青海民和核桃庄马家窑文化墓葬中偶然发现过随葬羊下颌或骨架的现象[②]。属于马家窑文化石岭下类型的甘肃武山傅家门遗址还发现多件羊卜骨，在天水师赵村五期墓葬中有以羊肩胛骨随葬的习俗。甘肃武威磨咀子遗址、甘肃广河的齐家坪遗址、甘肃永靖大何庄、秦魏家齐家文化墓葬和甘肃民乐东灰山四坝文化遗址中都发现有绵羊[③]。西北甘青地区的甘肃武威磨咀子遗址、甘肃广河的齐家坪遗址都有黄牛遗骸的发现。中原地区未发现早于公元前2500年的绵羊骸骨，此后这里的绵羊畜养突然变得相当普遍。属于龙山文化的河南汤阴白营遗址和山西夏县东下冯遗址都发现被捆绑后埋葬的绵羊骨架[④]。河南登封王城岗遗址龙山文化晚期和二里头时期的遗址层中，

[①] 伊弟利斯·阿不都热苏勒、李文瑛等《罗布泊地区古代人类活动》，载《中国罗布泊》，第390—414页。

[②] 中国社会科学院考古研究所《师赵村与西山坪》，北京：中国大百科全书出版社，1999年，第53页；青海省考古队《青海民和核桃庄马家窑类型第一号墓葬》，载《文物》1979年第9期。

[③] 周本雄《师赵村与西山坪遗址的动物遗存》，载《师赵村与西山坪》，第335—339页；中国科学院考古研究所甘肃工作队《甘肃永靖大何庄遗址发掘报告》，载《考古学报》1974年第2期；中国科学院考古研究所甘肃工作队《甘肃永靖秦魏家齐家文化墓地》，载《考古学报》1975年第2期；祁国琴《东灰山墓地兽骨鉴定报告》，载《民乐东灰山考古——四坝文化墓地的揭示与研究》，北京：科学出版社，1998年，第184—185页。

[④] 李有恒、韩德芬《陕西西安半坡新石器遗址中之兽类骨骼》，载《西脊椎动物与古人类》1959年第1卷第4期。

绵羊的数量明显增加。河南新密新砦遗址自龙山文化到二里头晚期的文化层中，绵羊的数量从早到晚也有一个明显增加的过程①。山东茌平教场铺遗址和河南禹州瓦店遗址属于龙山到二里头阶段的遗址中都有黄牛和绵羊出土。公元前2500年—公元前2100年左右的河南柘城山台寺遗址，发现有9头黄牛集中在一起埋葬的现象②；属于龙山文化的河南平粮台遗址发现有单独埋牛的现象；③属于二里头文化的河南郑州洛达庙遗址则发现几个兽坑，兽坑中分别埋葬多头完整的牛和羊，研究者认为这些都和祭祀有关④。中原地区随着牛和绵羊的引入，猪在家畜中的绝对优势地位有所下降。二里头遗址一到四期家养动物都以家畜为主，绵羊和黄牛从早到晚有一个大致增多的过程⑤。中国新石器时代的遗址中常见用整个猪或猪的特定部分作为牺牲或进行各种祭典活动，到了商周时代，中原地区多改用牛、羊祭祀，特别是用羊祭祀的现象不断增多，日渐普遍。

牛羊的畜养技术，至少在公元前3千纪内就传到了新疆。在克什米尔地区很早就有牛羊的畜养，因此牛羊的畜养技术传入新疆的途径，有可能是穿过帕米尔的山涧通道进入塔里木盆地。同时，"考虑到新疆地区地理环境较为复杂，多山系和风沙，很可能是人类迁徙中最后占据的地方之一，而在新疆北部有着广阔的草原，因此近东牛向东扩张也可能是通过新疆北部地区的南俄草原完成的"⑥，并由新疆很快传到中国西北的甘肃和其他北方地区，继而传入黄河流域的中原腹地。

四、新疆远古文化的历史地位

汉代开始，幅员辽阔、民族众多的中华民族历史演进到了全新阶段。这一局面的形成背景深远辽阔，新疆远古文化的多元发展，为此后一部完整的中华民族

---

① 袁靖、黄蕴平《公元前2500年至公元前1500年中原地区动物考古学研究——以陶寺、王城岗、新砦和二里头遗址为例》，载《科技考古》第2辑，第13—33页。
② 张长寿、张光直《河南商丘地区殷商文明调查发掘初步报告》，载《考古》1997年第4期。
③ 河南文物考古研究所、周口地区文物局文物科《河南淮阳平粮台龙山文化城址试掘》，载《文物》1983年第3期。
④ 王宜涛《紫荆遗址动物群及其环境意义》，载《环境考古研究》，北京：科学出版社，1991年。
⑤ 袁靖、黄蕴平等《公元前2500年至公元前1500年中原地区动物考古学研究——以陶寺、王城岗、新砦和二里头遗址为例》，载《科技考古》第2辑，第1—32页。
⑥ 李春香《小河墓地古代生物遗骸的分子遗传学研究》，吉林大学2010年博士论文，第66—72页。

史的展开，提供了重要的历史基础，具有不可替代的特殊地位。

（一）文明的次生地和文化人种接触带

新疆位于内陆欧亚的极度干旱区，这里的地理以高山、大漠、戈壁为主，大多数地方人迹罕至，不宜人类生活。只有依赖高山冰雪融水养育绿洲，以及山麓草原和沟谷草甸才能给人类生存提供了条件。这些绿洲草原多依山分布，面积或大或小，大多数相对独立。受纬度、海拔和地貌等多种因素的制约，不同小区域的自然地理条件千差万别，形成了相互封闭、独特的小区域生态环境。由于自然条件的约束，新疆居民自古以来就形成了大分散、小聚集居住生存格局。这种受季节性气候影响不大、相对分散独立的小区，生态平衡的脆弱性突出，抗击自然灾害的能力不强。一次大风暴或一次大雪都可使相对独立的草原和绿洲经济面临灭顶之灾，一个强盛族群、部落会因之土崩瓦解。和中原地区在多族群混合基础上，逐渐形成的以汉族为主体，连绵不断、子孙相沿的大历史脉络相比，历史上新疆不同族群兴衰交替，不同层面的文化断裂频繁发生。断裂、重组、整合成为新历史发展的常态。

正是由于这样的自然和人文地理环境，新疆不是原生文明最早的发生地，也不是欧亚文化的中心发展区。也正是由于新疆这样独特的地理位置、辽阔和多变的区域环境，又给内陆欧亚历史的展开，提供了无限辽阔、多维度空间。所以，一些学者将新疆中亚说成是世界历史的后花园，比喻形象恰当。一部欧亚历史，正是借助于新疆大地，才有了更多的回旋余地，得以伸缩自如地发展演变。新疆历史的意义在于：这里是欧亚东西方文明起源和文化发展中心所共有的文化中转区，是世界历史上独一无二的文化和人种接触地带，是世界历史发展的旋涡区域。新疆古代居民兼收并蓄、开放融合、汇入与传播，不断为东西方文化的发展提供动力资源。

（二）史前新疆经济生产方式突变

中亚特别是新疆史前考古资料提供的证据表明，东西方文化因素通过新疆进行传播的途径与方式，虽然遵循文化传播基本规律，但也受地理位置、文化特质等因素的制约，表现出不同的特征和结果。中原史前文化的西向拓展，对新疆远古文化持续的整合作用十分明显。

从新石器时代开始，中原地区以黄河流域为中心发展出了典型的东方农业文明。人们种植粟黍类农作物，驯化猪、鸡等家禽。陶器特别是彩陶是东方农业文化的外在表现形式。以彩陶为文化表征的东方农业经济方式传入新疆之前，新疆天山南北古代居民，几万年间一直延续着旧石器时代晚期以来的自然经济手段，人们沿着山前河沟草地，过着采集与狩猎的生活。几十年来，考古工作者在三山两盆的古今河床旁边，发现40多处细石器遗址点，为研究这一时期新疆居民经济文化提供了资料[①]。距今4000年前，溯黄河西进的农业民族由河西地区进入哈密，哈密盆地出现了新疆历史最早的定居农业部落。他们掌握着先进的农业技术和发达的彩陶技术，很快与当地人群和自然环境融合起来，世代定居下来。东方农业文明沿天山盆地、沟谷绿洲的西向的传播，表现的是一种自然的流布与扩展，东方农业文明一系列要素，持续不间断地渗透到天山南北古代居民的生活中，适应天山盆地沟谷特殊环境的绿洲经济迅速发展起来。绿洲经济模式的出现，使数万年传统的、依赖自然攫取生活资料、采集和狩猎的纯粹自然经济，一跃而进入全新的生产型经济时代。这一过程对于整个人类社会发展史而言，在欧亚东西方文明中心区域，经历了数以千年的探索过程才最终完成。在新疆，主要由于东来的先进生产经济方式介入，局部区域的哈密盆地一朝实现。并由此产生了东西向的"多米诺骨牌"效应，渐次沿天山普及开来，新疆各地先后进入了绿洲经济时代。当然，包括经济生活方式在内，文化的传播和影响从来都不是单方向的、直线的和绝对的。东来先进经济模式在天山地区对陈旧的采集和狩猎模式进行变革过程中，自西向东发展的铜器制作、麦类种植和牛羊驯养技术随时随地参与进来，对新疆绿洲经济形成产生的推动作用十分明显。但后者的影响是点线式和断续的，不像东来文化因素那样显性，是持续和流布式的，所起的作用因而不完全相同。

（三）中原文明起源过程中的外来因素

通过新疆传至内地的青铜、麦粒种植、黄牛和羊的驯化技术，对中原早期文明形成起了很大的推动作用，这些被认为是中原文明起源过程中的外来因素。

青铜器是文明起源的重要标志。这是因为每一件铜器，哪怕是微不足道的青铜器，都需要找矿、开矿、选矿、熔炼、设计、锻造和铸造等一系列工序，如果是合金，一件铜器的产生就需要更为复杂的程序，这无疑需要严密有效的基础社会组织才能实现。夏代中晚期成组青铜礼器的突然出现，表明了社会组织结构

---

① 伊弟利斯·阿不都热苏勒《新疆地区的细石器遗存》，载《新疆文物》1993年第4期。

的复杂和密化的程度，同时也是这一社会组织结构的结果。小麦是一种高产农作物，中原地区夏代或略早突然开始普遍种植的小麦，不仅对当时社会经济文化产生了巨大影响，而且粮食产量的增加，促进了人口增殖，还引发了更深层的学术问题。小麦是需要灌溉的农作物，因此它的大面积种植需要公共管理系统对水源进行分配与调节。国际学术界曾站在水利资源分配的角度，探究过西亚两河流域以及埃及文明出现的动因。小麦传入中原地区不仅改变了这里农作物的结构，进一步推测与小麦种植相随的水利灌溉与水源管理知识体系的传入，对中原夏代文明机制完善也有过贡献；牛羊类动物牲畜传入中原内地对中原早期文明发展所起的作用也不可低估。牛羊人工畜养传入中原内地后，不仅大大改变了当地传统的以猪肉为主的肉食结构，丰富了人类的营养，增强了人类体质。外来的牛羊与当地传统的猪相比，猪的食物与人类的食物有很大的同质性，与人类争食，是人类食物的竞争者。牛羊是食草动物，牛羊所食的野草大多是人类无法直接作为粮食下肚的野草，对于农业民族来讲，这样利用牛羊做中介极大地拓宽了草类食物资源的开发。另外牛羊的毛、皮和乳产品的广泛利用，对社会发展的贡献也不可低估。从考古发现看，夏代以前新石器时代中原居民主要用猪来进行各种祭典和祭祀，而夏代以后逐渐用牛和羊进行祭祀活动。夏商时代，中原地区猪的畜养由多渐少，相反牛羊的畜养快速增加，从而成为重要肉食来源。在商代甲骨文中多次提到的"太牢"和"少牢"等祭祀活动中，主要使用的牺牲就是牛和羊。所以，外来的牛羊家畜突然加入中原畜类阵营，对中原文明起源所起的深层作用需要更深一步去认识。

五、结语

科学的历史观告诉我们，新疆自古是多民族共同居住的地方；中亚诸族群是在西方欧洲人种和东方蒙古利亚两大人种集团的不断交合、互融、分化的过程中慢慢形成的；从史前到汉代前后生活在新疆见诸文献的塞种、乌孙、月氏及其他无名部落，以及其后的突厥、柔然、回鹘及其他无名族群，追根溯源，都源出一根。西域历史上兴衰交替发展起来的各族群，很难用白种人和黄种人，欧罗巴种和蒙古种等简单概念来界定，新疆历史上各族群之间原本血脉交汇、水乳相融，从人种学角度上讲，有一个共同的祖先。公元前4000年前开始，由黄河流域进入新疆的古代人群，携带着先进的农业技术和发达的彩陶技术进入新疆，终结数万年以来这里的原始的采集狩猎经济，使之飞跃式地跨入了生产经济时代，奠定了此后新疆历史发展的基本格局，从某种意义上讲，汉代张骞出使西域和丝绸之路的开通，公元前60年西域统一到祖国版图及此后中央政府对西域有效管理，都不是偶然发生，历史的功绩不能简单地记在张骞、郑吉、汉武帝等少数历史人物的智慧和雄才大略名下，虽然他们在这一过程中起到了关键作用。史前时期新疆与内地持续不断的密切关系，远古时期中原文化对新疆文化的深度整合，才是历史发展演变的真正基础。文化交流历来都是双向或多向的，因不同维度起着不同的作用。西来的技术文化因素在经历新疆的地方化，在建构新疆史前文化结构过程的同时，传播到中原地区，参与了中原早期文明的形成过程。中原早期文明形成过程中外来因素的发现，打破传统中原文化中心论的桎梏，极大拓宽了中国文明起源研究的视野[1]。

（本文原载辛组、徐平主编《新疆重大理论和现实问题研究》，乌鲁木齐：新疆人民出版社，2014年，第3—22页；有删减）

---

[1] 刘学堂《拓宽中华文明起源研究的视野》，载《光明日报》2012年2月20日。

试论唐人的汉代情结在西域的现实对应

海 滨

王维《送李补阙充河西支度营田判官序》曰:

> 汉张右掖,以备左衽,西遮空道,北护居延。然犬戎夜猎于山外,匈奴射雕于塞下,岁或有之。……补阙李公,家世龙门,词场虎步,五经在笥,一言蔽《诗》。广屯田之蓄,度长府之美,以赡边人,以弱敌国。然后驰檄识匿,略地昆仑。使麾下骑,刃楼兰之腹;发外国兵,系郅支之颈。五单于遁逃于漠北,杂种羌不近于陇上。子之行也,不谓是乎?拜首汉庭,驱传而出。穷塞砂碛以西极,黄河混沌而东注。胡风动地,朔雁成行,拔剑登车,慷慨而别! ①

唐代的李补阙赴任河西支度营田判官,王维的赠序却几乎整篇都以汉代的西域故实相比拟,何以如此?缘于汉唐情结——唐代文人强烈的汉代情结。

程千帆先生认为:"汉是唐以前唯一的国势强盛、历史悠久的统一大帝国;就这些方面说,汉唐两朝有许多可以类比的地方,因而以汉朝明喻或暗喻本朝,就成为唐代诗人的一种传统的表现手法。……乃是为了唤起人们对于历史的复杂的回忆,激发人们对于地理上的辽阔的想象。" ②

汉朝故实,在纵向的时间维度上,"唤起人们对于历史的复杂的回忆",文治武功,尽在其中;在横向的空间维度上,"激发人们对于地理上的辽阔的想象",大漠南海,莫非王土。而二者的交集,正是唐人的汉代情结,反映在唐诗中,往往落在了边塞尤其是西域。唐诗中大量出现的汉代故实,其出处大致在

---

① 陈铁民《王维集校注》,北京:中华书局,1997年,第845页。
② 程千帆《论唐人边塞诗中地名的方位、距离及其类似问题》,载《程千帆全集》第八卷,石家庄:河北教育出版社,2000年,第179—180页。

《史记》《汉书》《后汉书》的范围内，这些故实有很多已经积淀为特定的表达模式，比如言忠臣必举苏武，言良将必举李广，言壮志必举燕然勒石，言职贡必举葡萄天马。其中最突出的还是西域相关语汇的频繁出现。个中缘由，诚如程先生的分析，汉朝，既是唐人文教科举中的历史追忆，又被唐人在经营西域背景下再次探知，更与史地交集背景中的大唐气象遥相辉映。

一、融汇在科举教化传统中的历史追忆

唐人的历史记忆，最主要的获得途径就是通过当时的文献和历史典籍。唐代的科举制度和教化传统恰恰又使唐人对《史记》《汉书》以及两汉故实的了解和掌握达到了熟稔的程度。

首先，唐人修史明鉴以汉代故实为渊薮。在唐朝以前，史书撰述情况复杂，一家之言往往有之。《三国志》以降，虽颇有奉帝王命令修撰者，如陈寿《三国志》、魏收《魏书》之类，但并未能沿为制度。唐初高祖武德中，令狐德棻建言："近代无正史，梁、陈、齐文籍犹可据，至周、隋事多脱捐。今耳目尚相及，史有所凭；一易世，事皆汩暗，无所掇拾。陛下受禅于隋，隋承周，二祖功业多在周，今不论次，各为一王史，则先烈世庸不光明，后无传焉。"①高祖赞同其说，乃诏中书令萧瑀、祖孝孙、魏征等人修史。贞观三年（629），唐太宗因为感到武德年间萧瑀等修史未成，实有改组史馆，建立修史制度的必要，于是"始移史馆于禁中，在门下省北，宰相监修国史，自是著作郎始罢史职"②。正因为有了完备的组织结构，再加上政府的重视，使唐代的史书编撰工作取得了很大成绩，不仅这一时期修成了八部正史，治史之风也带动了一代政书修撰的风气，《通典》《会要》堪为代表。修正史者历览前鉴，斟酌损益，必然有相当的篇幅涉及两汉旧事；为政书者要沿波讨源，梳理流变，汉代的典章制度也是可资采择的重要渊源。

其次，唐代科举考试多涉及《史记》《汉书》。唐代科举有史科之设，核心内容往往为《史记》《汉书》。《新唐书·选举志》载："其科之目，有秀才，有明经，有俊士，有进士，有明法，有明字，有明算，有一史，有三史，有开元礼，有道举，有童子。而明经之别，有五经，有三经，有二经，有学究一经，有

---

① 《新唐书》卷一〇二《令狐德棻传》，北京：中华书局，1975年，第3983页。
② 《旧唐书》卷四三《职官志二》，北京：中华书局，1975年，第1852页。

三礼，有三传，有史科。……凡弘文、崇文生，试一大经、一小经，或二中经，或《史记》、前后《汉书》《三国志》各一，或时务策五道。"①《旧唐书·穆宗纪》载：长庆三年二月，"谏议大夫殷侑奏礼部贡举请置《三传》《三史》科，从之"②。殷侑所奏见于《唐会要》三传（三史附）："历代史书，皆记当时善恶，系以褒贬，垂裕劝戒。其司马迁《史记》、班固、范晔两《汉书》，音义详明，惩恶劝善，亚于六经，堪为世教。伏惟国朝故事，国子学有文史直者，宏文馆宏文生，并试以《史记》、两《汉书》《三国志》，又有一史科。近日以来，史学都废。……伏请置前件史科。"③《唐会要》卷六四弘文馆载："贞观元年敕，见在京官文武职事五品以上子，有性爱学书及有书性者，听于馆内学书。……（敕）著作郎许敬宗授以《史》《汉》。"④从上述史料来看，国子学、弘文馆均授《史记》《汉书》；长庆前则有一史科，以废弛日久，穆宗从殷侑奏，立三史科；弘文、崇文生的科目中则或有《史记》《汉书》。

除了史科外，进士科亦有强调和鼓励士子读史的趋势。开元二十五年（737）二月敕："进士中兼有精通一史，能试策十条得六以上者，委所司奏听进止（原注：此诏因侍郎姚弈奏）。"⑤《唐六典》则径谓："进士有兼通一史，试策及口问各十条，通六以上，须加甄奖，所司录名奏闻。"⑥

除常举外，制举中也时有涉史者。显庆五年（660）六月，诏文武五品以上四科举人，其中第一科为"孝悌可称，德行夙著，通涉经史，堪居繁剧"⑦。睿宗即位之初的景云元年（710）十二月，开七科举人，其第二科即为"能综一史，知本末者"⑧。开元五年（717）有"文史兼优科"⑨，开元二十一年（733）三月所开的"博学科"，也要求"试明三经、两史以上帖，试稍通者"⑩。

唐朝科举制度中既有如此门径，文人恃《史记》《汉书》学养，纵横科场以为谋功名之利器，两汉故实亦当烂熟于心。

---

① 《新唐书》卷四四《选举志》，第1159—1162页。
② 《旧唐书》卷一六《穆宗纪》，第502页。
③ 《唐会要》卷七六，北京：中华书局，1955年，第1398页。
④ 《唐会要》卷六四，第1115页。
⑤ 《唐会要》卷七五，第1377页。
⑥ 陈仲夫点校《唐六典》卷四，北京：中华书局，1992年，第109页。
⑦ 《册府元龟》卷六四五，北京：中华书局，1982年，第7728页。
⑧ 《唐会要》卷七六，第1392页。
⑨ 《唐会要》卷七六，第1388页。
⑩ 《登科记考》卷八，北京：中华书局，1984年，第264页。

再次，唐代学者文人沉溺于《史记》《汉书》，蔚然成风。唐代除了《史记》研究出现了司马贞索隐、张守节正义，《汉书》研究出现了颜师古注解这样的高峰外，赵弘智"学通《三礼》《史记》《汉书》"①，陆士季"从同郡顾野王学《左氏传》，兼通《史记》《汉书》"②，刘伯庄学兼《史记》《汉书》，著述颇丰，"龙朔中，兼授崇贤馆学士，撰《史记音义》《史记地名》《汉书音义》各二十卷，行于代"③，王方庆"年十六，起家越王府参军。尝就记室任希古受《史记》《汉书》，希古迁为太子舍人，方庆随之卒业"④，高子贡"弱冠游太学，遍涉六经，尤精《史记》"⑤，褚无量"尤精三礼及《史记》"⑥，郗士美"年十二，通五经、《史记》《汉书》，皆能成诵。父友萧颖士、颜真卿、柳芳与相论绎，尝曰：'吾曹异日当交二郗之间矣。'"⑦

陈羽有诗《读苏属国传》，岑参诗《登北庭北楼呈幕中诸公》曰："尝读西域传，汉家得轮台"，此皆诗人自道，也是唐代文人习《史记》《汉记》最典型的代表。

武人也颇读《史记》《汉书》，俨然儒将。李纲"少慷慨有志节，每以忠义自诩。初名瑗，字子玉，读《后汉书·张纲传》，慕而改之"⑧。哥舒翰"好读《左氏春秋传》及《汉书》"⑨。李光弼"幼持节行，善骑射，能读班氏《汉书》"⑩。马璘"年二十余，读《马援传》至'大丈夫当死于边野，以马革裹尸而归'，慨然叹曰：'岂使吾祖勋业坠于地乎！'开元末，仗剑从戎，自效于安西"⑪。浑瑊"通《春秋》《汉书》，尝慕司马迁《自叙》，著《行纪》一篇，其辞一不矜大"⑫。

在这样的时代和社会环境中，两汉故实就成为唐人文化教育中历史追忆的一般知识底线，就有可能成为唐代诗人隶事用典最便捷、最实用的资源，堪称唐代

---

① 《旧唐书》卷一八八《孝友·赵弘智传》，第4922页。
② 《旧唐书》卷一八八《孝友·陆南金传》，第4932页。
③ 《旧唐书》卷一八九《儒学传》上，第4955页。
④ 《旧唐书》卷八九《王方庆传》，第2897页。
⑤ 《旧唐书》卷一八九《儒学传》下，第4960页。
⑥ 《旧唐书》卷一〇二《褚无量传》，第3165页。
⑦ 《新唐书》卷一四三《郗士美传》，第4695页。
⑧ 《旧唐书》卷六二《李纲传》，第2373页。
⑨ 《旧唐书》卷一〇四《哥舒翰传》，第3212页。
⑩ 《旧唐书》卷一一〇《李光弼传》，第3303页。
⑪ 《旧唐书》卷一五二《马璘传》，第4065页。
⑫ 《新唐书》卷一五五《浑瑊传》，第4894页。

文人产生并积淀汉代情结的"集体无意识"基础。

二、展现在经营西域背景下的再次探知

在唐人实际的社会政治军事生活中，唐之突厥有若汉之匈奴，唐之葱岭东西一如汉之天山南北，唐之西域虎臣恰似汉之贰师定远。唐王朝经营西域的范围和程度，相似于汉又远胜于汉。唐人经营西域，不像是开疆拓宇，更像是对汉代西域功业的再次探知。这里仅以亲历西域的重要人物为例，考察一下唐人在西域的经营活动。

唐代亲历西域的人物主要集中在伊西庭三州和安西北庭二都护府，我们以这些人物为重点进行讨论。根据传世文献和考古资料，近年来文史学者和专家，钩沉发覆，对于伊西庭三州和安西北庭二都护府的长官僚佐等进行排比考证，曾经在这里生活、工作乃至牺牲者，曾经在这里释褐、转徙乃至升迁到宰相者，逐渐地明晰起来①。现在可以准确考知的人物按照职位和先后次序大体罗列如下。

伊州刺史：谢叔方、韩威、苏海政、衡文整、李育交、郭知运、张楚宾、袁光庭、王和清；

西州刺史：谢叔方、乔师望、郭孝恪、柴哲威、麴智湛、崔智辩、唐休璟、邓温、高广济、张楚珪、王斛斯、张待宾、元载、李秀（琇）璋；

庭州刺史：骆弘义、来济、袁公瑜、杜怀宝、王方翼、唐休璟、张仁楚；

安西都护府主将：谢叔方、乔师望、郭孝恪、柴哲威、麴智湛、杨胄、苏海政、匹娄武彻、高贤、陶大有、裴行俭、董宝亮、杜怀宝、王方翼、崔智辩、李祖隆、王世果、阎温古、昝斌、许钦明、公孙雅靖、田扬名、郭元振、周以悌、张玄表、吕休璟、郭虔瓘、汤嘉惠、张孝嵩、杜暹、赵颐贞、谢知信、赵含章、吕休琳、来曜、徐钦识、王斛斯、盖嘉运、田仁琬、夫蒙灵詧、高仙芝、王正见、封常清、赵光烈、梁宰、朱某、尔朱某、郭昕；

北庭都护府主将：解琬、杨何、吕休璟、阿史那献、郭虔瓘、汤嘉惠、张孝嵩、郑乾观、杨楚客、刘涣、盖嘉运、王正见、程千里、封常清、赵玼（泚）、杨预、杨休明、李元忠（曹令忠）、杨袭古；

---

① 参看郁贤皓《唐刺史全编》，戴伟华《唐方镇文职僚佐考》，薛宗正《安西与北庭》《中亚内陆——大唐帝国》，王永兴《唐代前期西北军事研究》《唐代前期军事史略论稿》，李方《唐西州行政体制考论》等著作和李方《唐西州长官编年考证——西州官吏考证》等系列论文。

其他：骆宾王、张宣明、袁公瑜、衡义整、李日孚、欧阳瓘、许远、倪彬、刘眺、独孤峻、高仙芝、封常清、岑参、王伯伦、刘单、皇甫龄、段秀实、来瑱、崔克让、杨何、李栖筠、张游艺、武判官、于群、李绾、萧沼、张谓、张锐、孙杲、张建章、赵仙舟、殷济、元二、薛侍御、屈突书记、韦书记、刘司直、程侍御、李侍御、宇文判官、裴别将、萧判官、宗学士、杨侍御、狄某、李某、王某等。

需要说明的是：安西北庭两都护府情况较为复杂，不同时期有都护和大都护之变迁，有副职暂摄者，有权兼两职者，还有不同时期任同一职务者，此处悉以主将之称概括；其他则有方镇和州府的文武僚佐，有来自朝廷和地方的使节，有出自河西地区的军人、布衣等。

除此之外，唐朝在西域展开的平定高昌的交河道行军至少涉及了侯君集、阿史那社尔、薛万均等；讨伐龟兹的昆丘道行军至少涉及了阿史那社尔、契苾何力、杨弘礼、李海岸等；平定西突厥阿史那贺鲁的弓月道行军、葱山道行军和伊丽道行军至少涉及了契苾何力、程知节、任雅相、萧嗣业等；另，唐朝与大食、吐蕃和回纥的政治交往往往以西域为孔道或途径，这也必然涉及更多的历史事件和人物。上列这些人物，就数量来说，虽然是唐代赴西域者中很少的一部分，但就其组成结构和分布状态而言，可以视为赴西域唐人总体情况的一个缩影。这些人物的行动、事件、行为，总是吸引着长安和洛阳的帝王的目光，引领着书生的理想和游侠的意气，也牵动着翠楼上和寒砧旁的思妇情肠。

这些人物大多洞悉山川形势，谙熟边疆事务，擅长经营西域。他们熟知西域地理形势、民族状况，又能推诚相待，以身作则，因此往往以其品行、政绩、武勇深得西域华戎上下服膺。《旧唐书·西戎传》载："其安西都护，则天时有田扬名，中宗时有郭元振，开元初则张孝嵩、杜暹，皆有政绩，为夷人所伏。"①《旧唐书》还记载道：谢叔方"历迁西、伊二州刺史，善绥边镇，胡戎爱而敬之，如事严父"②。郭孝恪于"贞观十六年，累授金紫光禄大夫，行安西都护、西州刺史。其地高昌旧都，士流与流配及镇兵杂处，又限以沙碛，与中国隔绝。孝恪推诚抚御，大获其欢心"③。解琬于"圣历初，迁侍御史，充使安抚乌质勒及十姓部落，咸得其便宜，蕃人大悦，以功擢拜御史中丞，兼北庭都护、持节西

---

① 《旧唐书》卷一九八《西戎传》，第5304页。
② 《旧唐书》卷一八七《忠义传》上，第4873页。
③ 《旧唐书》卷八三《郭孝恪传》，第2774页。

域安抚使"①。郭知运"自居西陲,甚为蕃夷所惮"②。杜暹"在安西四年,绥抚将士,不惮勤苦,甚得夷夏之心"③。

他们中有的是西域人,比如麹智湛和阿史那献,麹智湛是麹氏高昌国王族,末代国王麹智盛的弟弟。《旧唐书·西戎传》载:唐灭高昌,"其智盛君臣及其豪右,皆徙中国。……寻拜智盛为左武卫将军,封金城郡公;弟智湛为右武卫中郎将,天山县公"④。《册府元龟》:"显庆三年五月,以左骁卫大将军兼安西都护天山县公麹智湛为西州都督,统高昌之故地。"⑤《新唐书·突厥传》载:阿史那献是西突厥可汗的嫡亲,"阿史那弥射,亦室点蜜可汗五世孙,世为莫贺咄叶护。……弥射子元庆,……元庆子献。……长安中,以阿史那献为右骁卫大将军,袭兴昔亡可汗、安抚招慰十姓大使、北庭大都护"⑥。他们熟悉本地或本族,又效忠唐廷,镇守西域各地有其与生俱来的天然优势;他们有的则发迹或成长于西域,比如程千里、高仙芝和封常清。"程千里,京兆人。身长七尺,骨相魁岸,有勇力。本碛西募人,累以戎勋,官至安西副都护。"⑦"高仙芝,本高丽人也。父舍鸡,初从河西军,累劳至四镇十将、诸卫将军。……少随父至安西,以父有功授游击将军。"⑧"封常清,蒲州猗氏人也。外祖犯罪流安西效力,守胡城南门,颇读书,每坐常清于城门楼上,教其读书,多所历览。"⑨他们在西域的早期经历为日后纵横沙场脱颖而出乃至总戎西域奠定了至关重要的基础。

他们中有的极其熟悉西域地理布局,几乎到了出神入化的境界。"垂拱中,(唐休璟)迁安西副都护。……迁西州都督,上表请复取四镇。则天遣王孝杰破吐蕃,拔四镇,亦休璟之谋也。……休璟尤谙练边事,自碣石西逾四镇,绵亘万里,山川要害,皆能记之。长安中,西突厥乌质勒与诸蕃不和,举兵相持,安西道绝,表奏相继。则天令休璟与宰相商度事势,俄顷间草奏,便遣施行。后十余日,安西诸州表请兵马应接,程期一如休璟所画。则天谓休璟曰:'恨用卿

---

① 《旧唐书》卷一〇〇《解琬传》,第3112页。
② 《旧唐书》卷一〇三《郭知运传》,第3190页。
③ 《旧唐书》卷九八《杜暹传》,第3076页。
④ 《旧唐书》卷一九八《西戎传》,第5296页。
⑤ 《册府元龟》卷九六四,第11340页。
⑥ 《新唐书》卷二一五《突厥传》下,第6064—6065页。
⑦ 《旧唐书》卷一八七《忠义传》下,第4903页。
⑧ 《旧唐书》卷一〇四《高仙芝传》,第3203页。
⑨ 《旧唐书》卷一〇四《封常清传》,第3207页。

晚。'因迁夏官尚书、同凤阁鸾台三品。又谓魏元忠及杨再思、李峤、姚元崇、李迥秀等曰:'休璟谙练边事,卿等十不当一也。'"①开元末,会达奚部落背叛,夫蒙灵察使仙芝击之。"(封常清)于幕中潜作捷书,具言次舍井泉,遇贼形势,克获谋略,事颇精审。仙芝所欲言,无不周悉,仙芝大骇异之。"②"大历八年,蕃戎入邠宁之后,朝议以为三辅已西,无襟带之固,而泾州散地,不足为守。(元)载尝为西州刺史,知河西、陇右之要害,指画于上前……兼图其地形以献。"③战事讲究天时地利,注重知己知彼,唐休璟、封常清和元载等只有洞悉西域乃至整个西北局势于胸,才能做此谋划。

他们中有的知晓西域诸族习俗和脾性,善以诚相待得其人心。《旧唐书》载:

> (郭元振)神龙中,迁左骁卫将军、安西大都护。西突厥酋乌质勒部落盛强,款塞愿和,元振即牙帐与计事。会大雨雪,元振立不动,至夕冻冽;乌质勒已老,数拜伏,不胜寒,会罢即死。其子娑葛以元振计杀其父,谋勒兵袭击,副使解琬知之,劝元振夜遁,元振不听,坚卧营为不疑者。明日,素服往吊,道逢娑葛兵,虏不意元振来,遂不敢逼,扬言迎卫。进至其帐,修吊赠礼,哭甚哀,为留数十日助丧事,娑葛感义,更遣使献马五千、驼二百、牛羊十余万。④

张说为郭元振撰写的行状曰:

> 睿宗即位,征拜太仆卿,敕至之日,举家进发。安西士庶,诸蕃酋长,号哭数百里,或劓面截耳,抗表请留,因绐之而后即路。其至玉门关也,去凉州八百里,河西诸州百姓蕃部落闻公之至,贫者携壶浆,富者设供帐,连绵七百里不绝。公旌节下玉门关,百姓望之,宛转叫呼,声动岩谷,自朝至暮,传呼至凉州。凉州城中男女在衢路并歌舞出城,咸言我父至矣,通夜城门不受禁制。都督司马逸客闻之,谓公近矣,陈兵出迎,会候骑至,云始入

---

① 《旧唐书》卷九三《唐休璟传》,第2978—2979页。
② 《旧唐书》卷一〇四《封常清传》,第3207页。
③ 《旧唐书》卷一一八《元载传》,第3411页。
④ 《新唐书》卷一二二《郭元振传》,第4362—4363页。

玉门关，都督嗟叹良久，且状闻。①

这种震撼人心的场面、这种令人景仰的将领的确罕见。

他们中有的心怀仁德之义，洞悉西域格局，善于机谋、权变，兵不血刃而建奇勋。《旧唐书》载：

> 仪凤四年，十姓可汗阿史那匐延都支及李遮匐煽动蕃落，侵逼安西，连和吐蕃，议者欲发兵讨之。（裴）行俭建议曰："吐蕃叛换，干戈未息，敬玄、审礼，失律丧元，安可更为西方生事？今波斯王身没，其子泥涅师师充质在京，望差使往波斯册立，即路由二蕃部落，便宜从事，必可有功。"高宗从之，因命行俭册送波斯王，仍为安抚大食使。……至西州，人吏郊迎，行俭召其豪杰子弟千余人随己而西。乃扬言给其下曰："今正炎蒸，热坂难冒，凉秋之后，方可渐行。"都支觇知之，遂不设备。行俭仍召四镇诸蕃酋长豪杰谓曰："忆昔此游，未尝厌倦，虽还京辇，无时暂忘。今因是行，欲寻旧赏，谁能从吾猎也？"是时蕃酋子弟投募者仅万人。行俭假为畋游，教试部伍，数日，遂倍道而进。去都支部落十余里，先遣都支所亲问其安否，外示闲暇，似非讨袭，续又使人趣召相见。都支先与遮匐通谋，秋中拟拒汉使，卒闻军到，计无所出，自率儿侄首领等五百余骑就营来谒，遂擒之。是日，传其契箭，诸部酋长悉来请命，并执送碎叶城。简其精骑，轻赍晓夜前进，将虏遮匐。途中果获都支还使，与遮匐使同来。行俭释遮匐行人，令先往晓喻其主，兼述都支已擒，遮匐寻复来降。于是将吏已下立碑于碎叶城以纪其功，擒都支、遮匐而还。高宗廷劳之曰："比以西服未宁，遣卿总兵讨逐，孤军深入，经途万里。卿权略有闻，诚节夙著，兵不血刃，而凶党殄灭。伐叛柔服，深副朕委。"②

裴行俭此行，王方翼为副，兼检校安西都护，"又筑碎叶镇城，立四面十二门，皆屈曲作隐伏出没之状，五旬而毕。西域诸胡竞来观之，因献方物"③。兵不厌诈，裴、王此举不费兵卒、未扰民生，不但征服了西突厥叛军，而且锦上添花，四方来献，可谓奇勋卓著。

---

① 张说《兵部尚书代国公赠少保郭公行状》，载《全唐文》二三三，北京：中华书局，1983年，第2355页。
② 《旧唐书》卷八四《裴行俭传》，第2802—2803页。
③ 《旧唐书》卷一八五《良吏传》上，第4802—4803页。

这些人物的军事政治行动为唐王朝经营拓展了统治、羁縻和震慑西域的地理空间，他们自己也因此而得到朝廷的重用，他们在西域建立的奇功伟业和在朝廷获得的荣耀无疑是有着轰动效应的，不可能不引起当时及后来人的关注，张说为郭元振作《兵部尚书代国公赠少保郭公行状》就是典型的例子。这种关注的过程恰恰也是人们逐渐再次熟悉西域的过程。

值得注意的是这些西域人物中有些人本来就好学善议，如来济"流离艰险，而笃志好学，有文词，善谈论，尤晓时务。举进士"[①]；"转侧流离，而笃志为文章，善议论，晓畅时务，擢进士"[②]；"休璟少孤，授《易》于马嘉运，传《礼》于贾公彦，举明经高第"[③]；"（来）瑱少尚名节，慷慨有大志，颇涉书传"[④]。李栖筠"喜书，多所通晓，为文章劲迅有体要。……栖筠喜奖善，而乐人攻己短，为天下士归重，不敢有所斥，称赞皇公云"[⑤]。有些则因为身居要津而影响了不少文人，如裴行俭"尤晓阴阳、算术，兼有人伦之鉴。自掌选及为大总管，凡遇贤俊，无不甄采，……是时，苏味道、王剧未知名，因调选，行俭一见，深礼异之。仍谓曰：'有晚年子息，恨不见其成长。二公十数年当居衡石，愿记识此辈。'其后相继为吏部。皆如其言。行俭尝所引偏裨，有程务挺、张虔勖、崔智辩、王方翼、党金毗、刘敬同、郭待封、李多祚、黑齿常之，尽为名将，至刺史、将军者数十人。其所知赏，多此类也"[⑥]。元载"自幼嗜学，好属文，性敏惠，博览子史，尤学道书。家贫，徒步随乡赋，累上不升第。天宝初，玄宗崇奉道教，下诏求明庄、老、文、列四子之学者。载策入高科"[⑦]。《新唐书·文艺传》则云："大历初，数举进士不入第。元载取（卢）纶文以进，补阌乡尉。累迁监察御史。"[⑧]元载败，"与载厚善坐贬者……凡数十百人"[⑨]。

这些人物无论在边幕还是在朝廷，都能好学善议，礼贤下士，奖掖后学，擢拔才俊，他们身边聚集着大量的文人，这些文人不可能不了解他们在西域的活动。这就给文人们提供了最便捷有效地接受西域文化的间接途径。这样的再次探

---

① 《旧唐书》卷八十《来济传》，第2742页。
② 《新唐书》卷一〇五《来济传》，第4031页。
③ 《新唐书》卷一一一《唐休璟传》，第4149页。
④ 《旧唐书》卷一一四《来瑱传》，第3365页。
⑤ 《新唐书》卷一四六《李栖筠传》，第4735—4737页。
⑥ 《旧唐书》卷八四《裴行俭传》，第2805页。
⑦ 《旧唐书》卷一一八《元载传》，第3411页。
⑧ 《新唐书》卷二〇三《文艺传》下，第5785页。
⑨ 《新唐书》卷一四五《元载传》，第4714页。

知西域如同触媒，既可"激发人们对于地理上的辽阔的想象"，又激活了现实生活中文人的汉代历史记忆。

三、对应在唐代西域现实中的汉代情结

以这些亲历西域者为代表，依循着大汉王朝的历史记忆，驰骋在曾经焕发过汉代荣光的西域，汉唐气象，遥相辉映，唐人大体以两种方式对应和再现了汉代故实，一种是万里封侯，一种是为国捐躯。这两种方式，堪称汉唐情结的典范。

其一，万里封侯。

正如《资治通鉴》所评价："自唐兴以来，边帅皆用忠厚名臣，不久任，不遥领，不兼统，功名著者往往入为宰相。"[1]这些亲历西域者有不少以立功西域而加官进爵，或者成为地方要员，或者出将入相，或者待遇优渥。

裴行俭，"显庆二年，……左授西州都督府长史。麟德二年，累拜安西大都护，西域诸国多慕义归降，征拜司文少卿。总章中，迁司列少常伯。咸亨初，官名复旧，改为吏部侍郎，与李敬玄为贰，同时典选十余年，甚有能名，时人称为裴、李。……上元二年，加银青光禄大夫。……仪凤四年，……拜礼部尚书，兼检校右卫大将军"，"以勋封闻喜县公"[2]。

唐休璟，"垂拱中，迁安西副都护。……圣历中，为司卫卿，兼凉州都督、右肃政御史大夫，持节陇右诸军州大使。久视元年……擢拜右武威、右金吾二卫大将军。……长安中，……转太子右庶子，依旧知政事。以契丹入寇，复拜夏官尚书，兼检校幽、营等州都督，兼安东都护。……中宗即位，召拜辅国大将军、同中书门下三品，封酒泉郡公，……未几，加特进，拜尚书右仆射。……寻迁中书令，充京师留守，我加检校吏部尚书。又以宫僚之旧，赐实封三百户，累封宋国公"[3]。

董宝亮，《元和姓纂》卷六"陇西董氏"："宝亮，安西都护、陇州刺史，天水公。"[4]

郭元振，"神龙中，迁左骁卫将军、安西大都护。……景云二年，进同中书

---

① 《资治通鉴》卷二一六，北京：中华书局，1956年，第6888页。
② 《旧唐书》卷八四《裴行俭传》，第2801—2804页。
③ 《旧唐书》卷九三《唐休璟传》，第2978—2980页。
④ （唐）林宝《元和姓纂》，嘉庆七年刊版，卷六，第1页。

门下三品,迁吏部尚书,封馆陶县男。先天元年,为朔方军大总管,筑丰安、定远城,兵得保顿。明年,以兵部尚书复同中书门下三品。玄宗诛太平公主也,睿宗御承天门,诸宰相走伏外省,独元振总兵扈帝,事定,宿中书者十四昔乃休。进封代国公,实封四百户,赐一子官,物千段"①。

郭知运,"初为秦州三度府果毅,以战功累除左骁卫中郎将、瀚海军经略使,又转检校伊州刺史,兼伊吾军使。开元二年春,副郭虔瓘破突厥于北庭,以功封介休县公,加云麾将军,擢拜右武卫将军。其秋,……拜知运鄯州都督、陇右诸军节度大使。……六年,……知运献捷,遂分赐京文武五品以上清官及朝集使,拜知运为兼鸿胪卿、摄御史中丞,加封太原郡公。八年,六州胡康待宾等反,诏知运与王晙讨平之,拜左武卫大将军,授一子官,赐金银器百事、杂彩千段。九年,卒于军,赠凉州都督,锡米粟五百斛、绢帛五百段,仍令中书令张说为其碑文"②。

杜暹,"开元四年,迁监察御史,仍往碛西覆屯。……十二年,安西都护张孝嵩迁为太原尹,或荐暹往使安西,蕃人伏其清慎,深思慕之,乃夺情擢拜黄门侍郎,兼安西副大都护。……十四年,诏暹同中书门下平章事,仍遣中使往迎之。……后与李元纮不叶,罢知政事,出为荆州大都督府长史。又历魏州刺史、太原尹。二十年,上幸北都,拜暹为户部尚书,便令扈从入京。行幸东都,诏暹为京留守。……俄代李林甫为礼部尚书,累封魏县侯。二十八年,病卒,年六十余,诏赠尚书右丞相"③。

程千里,"本碛西募人,累以戎勋,官至安西副都护。天宝十一载,授御史中丞。十二载,兼北庭都护,充安西、北庭节度使。……十三载三月,千里献俘于勤政楼,斩之于朱雀街,以功授右金吾卫大将军同正,仍留佐羽林军。禄山之乱,诏千里于河东召募,充河东节度副使、云中太守。十五载正月,迁上党郡长史、特进,摄御史中丞,以兵守上党。贼来攻城,屡为千里所败,以功累加开府仪同三司、礼部尚书、兼御史大夫"④。

高仙芝,"开元末,为安西副都护、四镇都知兵马使。天宝六载……制授仙芝鸿胪卿、摄御史中丞,代夫蒙灵詧为四镇节度使,征灵詧入朝。……八载,入

---

① 《新唐书》卷一二二《郭元振传》,第4362—4365页。
② 《旧唐书》卷一〇三《郭知运传》,第3189—3190页。
③ 《旧唐书》卷九八《杜暹传》,第3076—3077页。
④ 《旧唐书》卷一八七《忠义传》下,第4903—4904页。

朝，加特进，兼左金吾卫大将军同正员，仍与一子五品官。九载，……入朝，拜开府仪同三司，寻除武威太守、河西节度使，代安思顺。思顺讽群胡割耳劈面请留，监察御史裴周南奏之，制复留思顺，以仙芝为右羽林大将军。十四载，封密云郡公。……十一月，安禄山据范阳叛。是日，以京兆牧、荣王琬为讨贼元帅，仙芝为副。……仍以仙芝兼御史大夫"①。

封常清，先为高仙芝身边一傔，开元末，高仙芝破达奚部落叛贼，封常清书写奏捷有功，"便以为判官，累以军功授镇将、果毅、折冲。天宝六载，从仙芝破小勃律。十二月，仙芝代夫蒙灵察为安西节度使，便奏常清为庆王府录事参军，充节度判官，赐紫金鱼袋。寻加朝散大夫，专知四镇仓库、屯田、甲仗、支度、营田事。仙芝每出征讨，常令常清知留后事。……十载，仙芝改西节度使，奏常清为判官。王正见为安西节度，奏常清为四镇支度营田副使、行军司马。十一载，正见死，乃以常清为安西副大都护，摄御史中丞，持节充安西四镇节度、经略、支度、营田副大使，知节度事。十三载入朝，摄御史大夫，仍与一子五品官，赐第一区，亡父母皆赠封爵。俄而北庭都护程千里入为右金吾大将军，仍令常清权知北庭都护，持节充伊西节度等使。……十四载，入朝，十一月，谒玄宗于华清宫。……玄宗方忧，壮其言。翌日，以常清为范阳节度，俾募兵东讨"②。

来瑱，"天宝初，四镇从职。十一载，为左赞善大夫、殿中侍御史，充伊西、北庭行军司马。……收复两京，与鲁炅同制加开府仪同三司、行兵部尚书、中书门下平章事、充山南东道节度观察处置等使、上柱国、颍国公"③。

李嗣业，"天宝初，随募至安西，……节度使灵察知其勇健，每出师，令嗣业与焉。累迁至中郎将。天宝七载，安西都知兵马使高仙芝奉诏总军，专征勃律，选嗣业与郎将田珍为左右陌刀将。……由此拜右威卫将军。……仙芝表其功，加骠骑左金吾大将军。及禄山反，两京陷，上在灵武，诏嗣业赴行在。嗣业自安西统众万里，威令肃然，所过郡县，秋毫不犯。……至德二年九月，……嗣业时为镇西、北庭支度行营节度使，……子仪遂收东都。嗣业以功加开府仪同三司、卫尉卿，封虢国公，食实封二百户"④。

---

① 《旧唐书》卷一〇四《高仙芝传》，第3203—3205页。
② 《旧唐书》卷一〇四《封常清传》，第3207—3209页。
③ 《旧唐书》卷一一四《来瑱传》，第3365页。
④ 《旧唐书》卷一〇九《李嗣业传》，第3298—3300页。

李栖筠，安西封常清节度府判官，"常清被召，表摄监察御史，为行军司马。肃宗驻灵武，发安西兵，栖筠料精卒七千赴难，擢殿中侍御史。李岘为大夫，以三司按群臣陷贼者，表栖筠为详理判官。……三迁吏部员外郎，判南曹。……李光弼守河阳，高其才，引为行军司马，兼粮料使。改绛州刺史，擢累给事中。……进工部侍郎。……魁然有宰相望。元载忌之，出为常州刺史。……以治行进银青光禄大夫，封赞皇县子，赐一子官。人为刻石颂德。……以功进兼御史大夫。……帝比比欲召相，惮载辄止。然有进用，皆密访焉，多所补助"①。

其二，马革裹尸。

有些亲历西域者则是沙场马革裹尸，赴难大义凛然，临危殒身死节。战事变幻，不虞之险往往有焉；敌众我寡，殒身固守亦见名节。

贞观中，"以（郭）孝恪为昆丘道副大总管以讨龟兹，破其都城。孝恪自留守之，余军分道别进，龟兹国相那利率众遁逃。……孝恪失于警候，贼将入城鼓噪，孝恪始觉之，乃率部下千余人入城，与贼合战。城中人复应那利，攻孝恪。孝恪力战而入，至其王所居，旋复出，战于城门，中流矢而死，孝恪子待诏亦同死于阵"②。

龙朔中，来济徙庭州。"二年，突厥入寇，济总兵拒之，谓其众曰：'吾尝絓刑罔，蒙赦死，今当以身塞责。'遂不介胄而驰贼，没焉，年五十三。"③

天宝末，袁光庭"为伊州刺史。禄山之乱，西北边戎兵入赴难，河、陇郡邑，皆为吐蕃所拔。唯光庭守伊州累年，外救不至。虏百端诱说，终不之屈，部下如一。及矢石既尽，粮储并竭，城将陷没，光庭手杀其妻子，自焚而死"④。

自河、陇陷虏，伊西、北庭为吐蕃所隔，至德宗年间遣使历回纥诸蕃入奏，方知音信，建中三年五月丙申，德宗诏曰："故伊西北庭节度使杨休明、故河西节度使周鼎、故西州刺史李琇璋、故瓜州刺史张铣等，寄崇方镇，时属殷忧，固守西陲，以抗期戎虏。殁身异域，多历岁年，以迨于兹，旅榇方旋，诚深追悼，宜加宠赠，以贲幽泉。休明可赠司徒，鼎赠太保，琇璋赠户部尚书，铣赠兵部侍郎。"⑤这些至德以来殒命西域的将领，到西蕃通和方得归葬。

---

① 《新唐书》卷一四六《李栖筠传》，第4735—4737页。
② 《旧唐书》卷八三《郭孝恪传》，第2774页。
③ 《新唐书》卷一〇五《来济传》，第4032页。
④ 《旧唐书》卷一八七《忠义传》下，第4904页。
⑤ 《旧唐书》卷一二《德宗纪》上，第333页。

另，则天朝，"突厥默啜率众数万奄至城下，（许）钦明拒战。久之，力屈被执。贼将钦明至灵州城下，令说城中早降，钦明大呼曰：'贼中都无饮食，城内有美酱，乞二升，粱米乞二斗，墨乞一梃。'是时，贼营处四面阻泥河，惟有一路得入，钦明乞此物以喻城中，冀其简兵陈将，候夜掩袭，城中无悟其旨者，寻遇害。兄弟同年皆死王事，论者称之"①。

安史之乱中，"诸将同围相州。是时筑堤引漳水灌城，经月余，城不拔。是时，军无统帅，诸将自图全，人无斗志。贼每出战，（李）嗣业被坚冲突，履锋冒刃，为流矢所中。数日，疮欲愈，卧于帐中，忽闻金鼓之声，因而大叫，疮中血出数升注地而卒"②。曾经披坚执锐于西域的许钦明、虢国公李嗣业在灵州和相州以身殉国。

无论是封侯晋爵还是马革裹尸，这些亲历西域者的经历、功勋和生死哀荣就如同汉代的那些西域使臣和大将，他们就是当代的张骞、班超、卫青、霍去病。在同一片西域沙场上，唐人和汉人的丰功伟业互相辉映，唐人和汉人的豪迈精神互为激荡。唐人在评价这些亲历西域的伟大人物时往往以汉代的英雄相媲美，写在史书和墓碑上，就是这样的评价：

> 史臣曰：郭虔瓘、郭知运、王君㚟、张守珪、牛仙客、王忠嗣立功边疆，为世虎臣，班超、傅介子之流也。③

> （解琬）器局坚正，才识高远，公忠彰夷立身，贞固足以干事，类张骞之出使，同魏绛之和戎。④

> （袁公瑜）走月氏，降日逐，柳中罢柝，葱右无尘，虽郑吉班超，不之加也。⑤

不仅仅是西域的赫赫战功，唐代当下的很多社会生活实际都能与汉代历史的积淀一拍即合，唐人心目中的泱泱大国理想和知识结构中的西域故实在眼前的盛世和寥廓的西域一一找到了现实的对应，面对惊心动魄的边事、可歌可泣的牺牲和辉煌荣耀的战功，唐人找到了最便于比拟的前鉴。牟发松在《汉唐异同论》中论道："无论从国力的强盛，版图的奠定，还是从经济文化成就及其相应的国

---

① 《旧唐书》卷五九《许绍传》，第2329页。
② 《旧唐书》卷一〇九《李嗣业传》，第3300页。
③ 《旧唐书》卷一〇三《郭虔瓘等传》，第3201页。
④ 《旧唐书》卷一〇〇《解琬传》，第3113页。
⑤ 《大周故相州刺史袁府君（公瑜）墓志铭并序》，或河南省文物研究所、河南省洛阳地区文管处编《千唐志斋藏志》上册，北京：文物出版社，1984年，第481页。

际地位，汉唐都无愧于盛世之称。汉族、汉语，作为指代华夏民族及其语言文字的称谓；唐人、唐装，作为中国人一种自豪的称呼，自汉唐以来行用至今，表明汉唐文化具有超越一朝一代的影响力和生命力。汉唐中隔四百年，其历史演进过程却极为相似。透过状若循环的相似性，两朝历史内在的连续性，时代特质的差异性，亦在在可见。"①这样，唐人的汉代情结才成为可能，而这种可能性的体现，恰恰又以西域的现实对应为典型。

在上述语境中，汉唐之间的悠远的时间距离被急剧压缩，汉代的故实与唐代的现实杂糅胶合难分彼此，反映在诗歌中，就是诗人们关于汉唐情结的反复而强烈的表达，限于篇幅，仅罗列典型三例：

秦时明月汉时关，万里长征人未还。但使龙城飞将在，不教胡马度阴山。（王昌龄《出塞》）②
闻道玉门犹被遮，应将性命逐轻车。年年战骨埋荒外，空见蒲桃入汉家。（李颀《古从军行》）③
君不见沙场征战苦，至今犹忆李将军。（高适《燕歌行》）④

王诗一气呵成，从秦汉直至当朝，以一个主题统摄三个时代，气势磅礴，格调高昂；李诗所写"古"从军行处处都是"汉"从军行，而命意则指向当朝的军政方略；高诗从当朝边塞战争写起，浓墨重彩，极尽渲染，篇终则以汉代故实反观。三首诗虽然内容不同，但均以汉唐呼应而成，主要围绕西域展开，所引诗句并不长，但其所涵盖的历史空间和时间距离则辽阔悠远，汉唐语汇在不经意间的移步换形把如此巨大的时空消弭于无痕，诗歌本身的内涵则变得厚重而深远。

（本文原载《昌吉学院学报》2015年第4期，第6—16页）

---

① 牟发松《汉唐异同论》，载《华东师范大学学报》2004年第3期。
② 王昌龄《出塞》，载《全唐诗》（增订本），北京：中华书局，1999年，第1444页。
③ 李颀《古从军行》，载《全唐诗》（增订本），第1348页。
④ 高适《燕歌行》，载刘开扬《高适诗集编年笺注》，北京：中华书局，1981年，第97页。

泼寒胡戏在唐代长安的境遇

——以张说的变化为中心

朱玉麒

一

作为中古中国曾经盛行一时的外来民俗乐舞，泼寒胡戏的研究在已知文献的基础上，经过学者几十年来的探索，几近了无剩意。

中国学者关于其渊源的研究，自向达、岑仲勉、韩儒林以来，已做出比较接近历史的还原[①]。他们认为：泼寒胡戏源自5世纪前后出现在古代萨珊波斯王朝（伊兰）的节日歌舞 Ābrēzagān，是国王卑路斯（Peroz，457—484年在位）为纪念甘雨解除了干旱而创立的节日表演。它分南北两条道路传入中国。南道经由印度、缅甸传入中国西南，形成至今流传不衰的云南少数民族新年节日"泼水节"；北道经由中亚粟特地区的康国（撒马尔罕，Samarkand），传入西域的龟兹、高昌，在中原内地形成以长安、洛阳为中心的"泼胡戏"，或称"乞寒胡"，或以舞曲名之为"苏幕（摩）遮"。

---

① 向达《唐代长安与西域文明》，原载《燕京学报》专刊之二，1933年；收入作者著同名论文集，北京：生活·读书·新知三联书店，1957年，第71—74页。岑仲勉《唐代戏乐之波斯语》，原载《东方杂志》第40卷第17号，1944年，第46—50页；又见作者著《隋唐史》，北京：高等教育出版社，1957年，第646页。韩儒林《泼寒胡戏与泼水节的起源》，阎文儒、陈玉龙编《向达先生纪念文集》，乌鲁木齐：新疆人民出版社，1986年，第100—103页。相关综述，可参胡戟等主编《二十世纪唐研究》，北京：中国社会科学出版社，2002年，第694—695页；尚衍斌《泼水节溯源与传播小考》，载《中央民族大学学报》2005年第3期；收入作者著《元史及西域史丛考》，北京：中央民族大学出版社，2013年，第531—543页。

近十多年以来，有关其在中国北方的流变研究，也成为热点①。研究者注意到泼寒胡戏曾经在北朝及唐代前期盛极一时，北周以及唐中宗、睿宗期间，均曾有在宫殿与坊里观戏为乐的记载。但是，它也在唐代初年受到文士的直言极谏，最终在玄宗开元元年（713）被下敕禁行。泼寒胡戏遭禁后，一些歌曲、舞蹈形式从中剥离，为唐代以后诸多音乐文艺样式所汲取，在中国音乐、舞蹈和文学史上留下了不灭的痕迹。

事实上，泼寒胡戏流行中国的诸多细节，如传入的时间，在中原举行的时间变更，与波斯及粟特地区、龟兹、高昌诸国诸泼寒胡戏的异同等，也都留下了可以讨论的空间。限于历史文献的不足征引，这些问题目前还不能找到确切的答案。所有的问题中，只有泼寒胡戏在中国遭到禁止的时间是肯定的。即由于中书令张说（667—731）的疏谏，玄宗在开元元年十二月颁布《禁断腊月乞寒敕》，明文禁止②。然而，这一确定的事件，也包含着疑问——什么样的原因使唐代在这样的时间点上中止了全国上下为之欣喜若狂的外来歌舞？

在史料留存的唐代前期三篇谏泼寒胡戏奏表中，中宗神龙二年（706）并州清源县令吕元泰③、睿宗景云二年（711）右拾遗韩朝宗④，都留下措辞激烈的谏言。吕元泰所谓"旗鼓相当，军阵之势也；腾逐喧噪，战争之象也；锦绣夸竞，害女工也；征敛贫弱，伤政体也；胡服相观，非雅乐也；浑脱为号，非美

---

① 姜伯勤《敦煌悉磨遮为苏摩遮乐舞考》，作者著《敦煌艺术宗教与礼乐文明》，北京：中国社会科学出版社，1996年，第527—549页；陈海涛《唐代"泼胡乞寒"习俗考探》，载《社会科学辑刊》2002年第3期；李昌集《"苏幕遮"的乐与辞：胡乐入华的个案研究与唐代曲子辞的声、词关系探讨》，载《中国文化研究》2004年夏之卷；柏红秀、李昌集《泼寒胡戏之入华与流变》，载《文学遗产》2004年第3期（与前篇多有重合）；林大志《泼寒胡戏入华时间再考》，载《光明日报》2007年11月30日；王凤霞《从泼寒胡到苏幕遮：泼寒胡戏在中原地区流变的几个问题》，载《广州大学学报》2005年第3期。

② 杜佑《通典》卷一四六《乐·四方乐》，北京：中华书局，1988年，第3724—3725页；《旧唐书》卷九七《张说传》，北京：中华书局，1975年，第3052页；《新唐书》卷一二五《张说传》，北京：中华书局，1975年，第4406—4407页；《唐会要》卷三四，北京：中华书局，1955年，第629页。玄宗《禁断腊月乞寒敕》全文，又载《唐大诏令集》卷一〇九，上海：学林出版社，第517页；《全唐文》卷二五四（苏颋文），北京：中华书局，1983年，第2572页。张说《谏泼胡表》全文，又载《张说之集》影宋本卷二七；《全唐文》卷二二三，第2256—2257页。

③ 《通典》卷一四六《乐·四方乐》，第3724页；《资治通鉴》卷二〇八"中宗神龙元年"条，北京：中华书局，1956年，第6596页；《新唐书》卷一一八《吕元泰传》，第4276—4277页；《唐会要》卷三四两见，第626、628页。《资治通鉴》《新唐书》记载均作神龙元年。吕元泰《陈时政疏》全文，又载《全唐文》卷二七〇，第2741—2743页。

④ 《通典》卷一四六《乐·四方乐》，第3724页；《新唐书》卷一一八《韩朝宗传》，第4273页。《唐会要》卷三四作"景云三年"，第629页。韩朝宗《谏作乞寒胡戏表》全文，又载《全唐文》卷三〇一，第3058页。

名也",认为它是战争的象征,有伤政体;而"窃见诸王,亦有此好"(吕元泰)、"皇太子微行观此戏……深可畏也"(韩朝宗),对从上至下的风气表达了深深的忧虑。韩朝宗谏表所及"皇太子",即指时为皇太子的玄宗,可见玄宗对于泼寒胡戏的爱好也超越了寻常。不过这些谏言都没有被采纳。

张说的《谏泼胡表》在内容上并没有后来居上,其云:

> 臣闻韩宣适鲁,见周礼而叹;孔子会齐,数倡优之罪。列国如此,况天朝乎?今外蕃请和,选使朝谒,所望接以礼乐,示以兵威。虽曰戎夷,不可轻易,焉知无驹支之辩、由余之贤哉?且乞寒泼胡,未闻前典,裸体跳足,盛德何观;挥水投泥,失容斯甚。法殊鲁礼,褒比齐优,恐非干羽柔远之仪,樽俎折冲之道。愿择刍言,特罢此戏。干冒宸极,伏深惶惶。①

以上谏表以泼寒胡戏不合中原传统礼仪、有碍观瞻为由,语词最为温和,却反而为玄宗所采纳,敕令停止了这一朝野上下都耽于其间的外来舞蹈。从外在的表象看,张说于该年封燕国公、为紫微令(中书令)②,可能是其重要的地位产生了以往官员所不能达到的影响力,因而起到了中止"乞寒泼胡"的作用;而从内在的政权层面考虑,政治利益是泼寒胡戏被禁的根本原因。不过,仅仅以其包含军事政变的隐忧③、不合中原礼俗作解释,仍不免皮相之见。

综合分析张说谏表产生作用的时代与个人背景,则其历史因缘当具有更为丰富的内涵。本文即是从唐代制度史的角度,提出泼寒胡戏被禁的政治内涵之假说。

二

张说的文集留存的作品,对于泼寒胡戏的记载最具史料价值,同时反映出张说本人对于泼寒胡戏的态度也非前后一致。就在景云二年韩朝宗谏言之际,张说还为玄宗的生母——昭成皇后的娘家窦氏撰有《苏摩遮》五首,盛赞泼寒胡戏之精彩表演。这一组词,是研究泼寒胡戏以及音乐文学史的重要史料,兹录文如下,再作分析:

---

① 张说《谏泼胡表》,《四库全书》本《张燕公集》题作"谏泼寒戏疏",《全唐文》本作"谏泼寒胡戏疏";此处据影宋椒花吟舫本《张说之集》卷二七录文,个别文字据他本校改。
② 《旧唐书》卷九七《张说传》,第3052页;陈祖言《张说年谱》,香港:香港中文大学出版社,1984年,第33、35页。
③ 赵望秦《泼寒胡戏被禁原因发微》,载《学术月刊》1998年第2期。

苏摩遮五首为窦家作

> 摩遮本出海西胡,琉璃宝服紫髯须。闻道皇恩遍宇宙,来将歌舞助欢娱。亿岁乐
>
> 绣装帕额宝花冠,夷歌绮舞借人看。自能激水成阴气,不虑今年寒不寒。亿岁乐
>
> 腊月凝阴积帝台,齐歌急鼓送寒来。油囊取得天河水,将添上寿万年杯。亿岁乐
>
> 寒气宜人最可怜,故将寒水散庭前。惟愿圣君无限寿,长取新年续旧年。亿岁乐
>
> 昭成皇后之家亲,荣乐诸人不比人。往日霜前花委地,今年雪后又逢春。亿岁乐[①]

《苏摩遮》五首在词曲研究中经常被讨论,泼寒胡戏的表演细节也往往从中得以钩稽出来[②]。就本文的宗旨而言,组诗的以下四个问题值得关注:

(一)关于作品的年代

《苏摩遮》五首在陈祖言的《张说年谱》中未作系年;《唐五代文学编年史》最早列于景云二年[③];熊飞《张说年谱新编》《张说集校注》列于先天二年(开元元年)十二月[④]。熊飞认为此诗应作于改元为开元元年的十二月一日后到己亥(十日)泼寒胡戏被禁断的十日内。而在这个时间内,如前所揭,张说又写了《谏泼胡表》。在短暂的十天之内做出相反的表白,于情于理都是不太可能的。诗歌的系年,需要联系写作的对象"为窦家作"来考虑。诗中的"昭成皇后",是睿宗的德妃,玄宗和金仙、玉真二公主的生母窦氏。长寿二年(693),她被诬告诅咒武则天而遇害。景云元年睿宗即位,谥"昭成皇后",本家窦氏也得到优恤,父窦谌追赠太尉、邠国公,兄弟希瑊、希球、希瓘并得恩

---

① 张说《苏摩遮》五首,据影宋椒花吟舫本《张说之集》卷一〇录文,个别文字据他本校改。
② 近年专以张说《苏摩遮》为主题讨论其与乞寒戏流传的论文有李未醉《张说与泼寒胡戏》,载《交响——西安音乐学院学报》2004年第2期;姚春梅《张说〈苏摩遮〉与西域乞寒舞》,载《平原大学学报》2005年第3期。
③ 陶敏、傅璇琮《唐五代文学编年史·初盛唐卷》,沈阳:辽海出版社,1998年,第484页。
④ 熊飞《张说年谱新编》,新北:花木兰文化出版社,2012年,第96—97页;《张说集校注》,北京:中华书局,2013年,第550页。

宠赐爵①。从最后的诗句歌咏窦家"往日霜前花委地，今年雪后又逢春"中，可以看出诗歌的写作应当是昭成皇后被平反、赐谥，窦氏家族衰而复兴不久的事。所以，景云二年的十二月，应当是张说创作《苏摩遮》五首比较合理的系年。

（二）泼寒胡戏的演出者

《苏摩遮》五首除了让我们了解到这一"夷歌绮舞"在长安的精彩表演外，舞蹈者本身并非唐人的特点也分外清楚。第一首词作明确地交代：这个被窦家请来歌舞的乐队是"琉璃宝服紫髯须"的海西胡人；也正因为如此，这个舞蹈的旧曲一定也是胡歌。为了使这一乐舞表演传达出更加明白的文字意义，窦家邀请了张说为这次特别的乐舞重填了即景的汉文歌词，《苏摩遮》五首就是张说为这些旧曲在长安的演奏所谱的新词。为乐曲填词，张说是行家里手，在其诗集中留下来的《开元乐章》一十九首、《赠崔二安平公乐世词》一首、《十五日夜御前口号踏歌词》二首、《破阵乐词》二首、《舞马词》六首、《舞马千秋万岁乐府词》三首②，都是那样的曲词。

张说的《苏摩遮》填词，未见同时期诗人的作品流传。中国词史上流传的《苏幕（摩）遮》杂言词作，多系泼寒胡戏被禁、音乐与舞蹈分离之后乐曲流传过程中的唱词；甚至连词牌也受张说"闻道皇恩遍宇宙，来将歌舞助欢娱"的影响，而改称《感皇恩》。这一点，也提示我们唐代流传的泼寒胡戏多为胡人的表演、胡语的歌唱。

此外，玄宗在开元元年十二月颁布的《禁断腊月乞寒敕》，最后的禁断文字，也有不同的文本，通行的文本如《唐大诏令集》是："自今以后，即宜禁断。"而《唐会要》的文本则是："自今以后，无问蕃汉，即宜禁断。"《禁断腊月乞寒敕》的作者是苏颋（670—727），景龙以来，任中书舍人，专草拟制敕之责。"无问蕃汉"一词如果不是后人搀入的话，很可能是玄宗在发布敕文之际对苏颋的原文进行了增补所致。在唐代的疆界内禁断泼寒胡戏，不加注解的话，自然是指阻止唐人的搬演。但是在这个敕令中强调"无问蕃汉"，则表述了更要禁止蕃人在唐朝的演出——无疑，蕃胡的演出可能比唐人的模仿在当时更为频繁

---

① 《旧唐书》卷五一《睿宗昭成皇后窦氏传》，第2176页；卷一三三《窦孝谌传》，第4725—4726页。

② 以上诗作均见于影宋本《张说之集》卷一〇。

且具有影响。

(三) 泼寒胡戏的组织者

史书记载中的泼寒胡戏,为研究者所引用的,其实也只有三数次:

> (神龙元年十一月)己丑,御洛城南门观泼寒胡戏。
> (景龙三年,709)十二月乙酉,令诸司长官向醴泉坊看泼胡王乞寒戏。①
> (景云二年)十二月丁未,作泼寒胡戏。②

《旧唐书·张说传》记载张说作《谏泼胡表》的因由时,提及:"自则天末年,季冬为泼寒胡戏,中宗尝御楼以观之。至是,因蕃夷入朝,又作此戏。"③这里提及的"中宗尝御楼以观之",即此处神龙元年"御洛城南门观泼寒胡戏"一事,这一助兴的歌舞应该是与中宗复辟的庆典相关联的。吕元泰的《陈时政疏》即是针对此次演出而上奏,其中"锦绣夸竞,害女工也;征敛贫弱,伤政体也"的揭示,说明了安排这样的一次活动所费巨大。

景龙三年"令诸司长官向醴泉坊看泼胡王乞寒戏",猜想是与醴泉坊的"波斯胡寺""祆祠"相关。《唐两京城坊考》卷四"醴泉坊"条记载:

> 十字街南之东,旧波斯胡寺。仪凤二年(677),波斯王毕路斯奏请于此置波斯寺。景龙中,宗楚客筑此,寺地入其宅,遂移寺于布政坊之西南隅祆祠之西。西门之南,祆祠。④

波斯王毕路斯(?—678?),亦作卑路斯、俾路斯,与前揭5世纪前后创立泼寒胡戏的国王卑路斯同名,是波斯萨珊王朝的最后一位君主伊嗣俟三世(Yazdgerd Ⅲ,632—651年在位)的儿子。萨珊波斯被阿拉伯帝国灭亡后,毕路斯的流亡政府依靠唐朝的力量在中亚东部的吐火罗一带立足,最终又逃亡到长安,终老于此。⑤由其奏立波斯寺的醴泉坊,无疑成为波斯贵族来华聚居的重要社区。醴泉坊的波斯寺传播的是由波斯传入的景教(Nestorianism),祆祠传播的

---

① 《旧唐书》卷七《中宗纪》,第141、149页。
② 《新唐书》卷五《睿宗纪》,第118页。
③ 《旧唐书》卷九七《张说传》,第3052页。
④ 徐松撰、李健超增订《增订唐两京城坊考》(修订版),西安:三秦出版社,2006年,第227页。
⑤ 《旧唐书》卷一九八《波斯传》,第5312—5313页。

也是由波斯传来的琐罗亚斯德教（Zoroastrianism），这些都是有神论的波斯和中亚国家共同信奉的"夷教"；即使如上所引，景龙年间因为宗楚客筑宅而将波斯胡寺迁移到了紧邻东侧的布政坊，醴泉坊作为波斯贵族居住了三十多年的地方，应当依旧是他们最集中的聚落。景龙三年十二月乙酉在这里举行的"泼胡王乞寒戏"，可能是侨寓其间的王族庆祝其节令最为隆重的乐舞，因为"泼胡王乞寒戏"中的"王"字如果不是衍文的话，确实不同于其他记载里的"泼胡乞寒"组词；此次的演出者，很大可能是来自波斯的胡人。这个庆典的内容显然也事先奏禀了中宗，因此会下达"令诸司长官向醴泉坊看泼胡王乞寒戏"的命令。

至于景云二年十二月丁未的"作泼寒胡戏"，应该就是张说"为窦家作"新歌词的那次泼寒胡戏。歌词中的"闻道皇恩遍宇宙，来将歌舞助欢娱"，"油囊取得天河水，将添上寿万年杯"，"惟愿圣君无限寿，长取新年续旧年"，都表达了对皇恩的歌颂。这次的泼寒胡戏，可以看作是由窦家为了自身的复兴、感戴皇恩而精心策划的一个盛大庆典，它利用为唐朝社会所迷恋的外来乐舞达到了轰动的效应。同样，这次的演出也立即遭到了右拾遗韩朝宗的上谏。

如上可知，泼寒胡戏在中原内地，可能有华人仿效者，但是高规格的演出，仍然由胡人表演；每次安排这样的表演，所费不赀，因此，演出的组织者基本上属于朝廷或者富可敌国的外戚与波斯王族。

长安醴泉坊波斯胡寺的存在和乞寒戏在该坊的演出，与张说《苏摩遮》吟咏"摩遮本出海西胡"的说法吻合，提示我们在这里流播的"乞寒戏"是直接由波斯传入、泼寒胡戏的演出者也是迁徙东来的波斯人这一事实。因此，在讨论乞寒戏究竟是传自波斯本土还是其流经地康国、龟兹、高昌[①]，以及"苏摩遮"是波斯语"苏摩（Soma）"还是粟特语"飒秣建/散马尔干"的分歧上[②]，我们更倾向

[①] 唐代中原的乞寒戏源自波斯本土说者，以岑仲勉说为代表，参注1。源自中亚康国说者，以刘铭恕《康居泼寒胡戏传入中国考》为代表，原载《新亚细亚》1937年第13卷第4期；收入《刘铭恕考古文集》，郑州：河南人民出版社，2013年，第609—612页。源自龟兹说者，以向达说为代表，参注1。源自高昌说者，以任半塘为代表，参所著《唐戏弄》，上海：上海古籍出版社，1984年，第582页。其余还有源自印度等等说法，兹不赘。

[②] "苏摩遮"的语源，岑仲勉《唐代戏乐之波斯语》释"苏摩"为草名、"遮"为曲，参注1；以其为粟特语"撒马尔干"者，则据《新唐书·西域传》"康国"条"康者，一曰萨末鞬，亦曰飒秣建"，慧琳《一切经音义》"苏摩遮，西戎胡语也，正云飒磨遮"为词。他又有以为源自"慕阇"等。

于长安的乞寒戏直接源自波斯本土、"苏摩遮"为波斯语的解释合理性。

（四）泼寒胡戏的演出频率

如前所示，张说的《苏摩遮》填词，并未见同时期诗人的汉文作品流传，除了提示唐代流传的泼寒胡戏多为胡人表演外，也表达了其演出的频率不容高估。正因为长安街头规模非凡的泼寒胡戏并非经常上演，故而每次演出，都会倾动朝野，才会有"窃见诸王，亦有此好"，"皇太子微行观此戏"，"令诸司长官向醴泉坊看泼胡王乞寒戏"的现象出现；也正因为到张说在先天二年谏演的那场泼寒胡戏为止，上演频率并不太高，才会有"至是因蕃夷入朝，又作此戏"的表述。吕元泰谏表所谓的"比见都邑城市相率为浑脱"，事实上是一种来自外地官员对洛阳都城演出的想象和夸张之词；喜好娱乐的中宗、睿宗应该也明白这一乐舞的事实影响甚微，因此对于吕元泰和韩朝宗出自儒家立国思想的上谏表现出虽然赞许、但并不采纳的处理方式。

但是，玄宗登基不久，张说所击节歌颂的泼寒胡戏却被自我否定，并上升到国家礼仪的高度要求禁演；玄宗也随之发布《禁断腊月乞寒敕》，禁断了此戏在唐朝的传播。皇帝与宰相的合谋所中止的泼寒胡戏，自然有更多的政治考虑存在。

三

如上所揭，泼寒胡戏在唐代的传播是一个以胡人为演出主体、耗资巨大、频率不高的外来乐舞。玄宗先天二年安排这一演出，也是"因蕃夷入朝，又作此戏"。在即位之初"外蕃请贺"的庆典中演出来自外蕃的乐舞，体现兼容并蓄、包容天下的盛唐气象，也许是玄宗搬演泼寒胡戏的初衷，不但无可厚非，对于外蕃胡夷也未必产生负面的影响。

张说上表以泼寒胡戏舞蹈中的"裸体跳足""挥水投泥"不符儒家经典礼仪予以谏止，显然是小题大做而借题发挥。从其《苏摩遮》的描写中，我们看到泼寒胡戏的舞蹈激动人心的场面还有"绣装帕额宝花冠，夷歌骑舞借人看"的"豪歌击鼓"。"裸体跳足""挥水投泥"只是其中的一些场景，但又是乞寒泼胡的必然过程；因此攻其不可减省的舞蹈行为与儒家扞格，就必然没有可以迁就的演出理由。

玄宗的《禁断腊月乞寒敕》出自苏颋的手笔，《新唐书·苏颋传》记载：

自景龙后，（颋）与张说以文章显，称望略等，故时号"燕许大手笔"。帝爱其文，曰："卿所为诏令，别录副本，署臣某撰，朕当留中。"后遂为故事。①

以上的文字是我们知晓朝廷制草执笔者秘密的制度史缘由。而苏颋的草敕确实充满文学的才情，但是在昭示禁断的理由时，以泼寒胡戏"至使乘肥衣轻，竞矜胡服；阓城溢陌，深玷华风"，无疑有夸大的倾向。南北朝以来流传在中原的物质文明胡化倾向，并非只是泼寒胡戏的影响；在泼寒胡戏禁断之后，这种胡服矜尚也并没有得到改变，元稹"胡音胡骑与胡妆，五十年来竞纷泊"（《和李校书新题乐府十二首·法曲》）即是其例。而玄宗后来的酷嗜胡俗，也被元稹无情揭示，如《和李校书新题乐府十二首·胡旋女》所讽刺："天宝欲末胡欲乱，胡人献女能胡旋。旋得明王不觉迷，妖胡奄到长生殿。"比起元稹揭示的胡旋女以及驯犀、骠国乐、西凉伎等的胡俗影响来说，在胡风充溢的唐代，泼寒胡戏的演出并没有特别的危害。

更有甚者，虽然张表、苏敕的目的一致，但是述及禁断的理由却并不同步。张说的谏表以"裸体跳足""挥水投泥"的胡俗为失容，苏颋的草敕以"乘肥衣轻，竞矜胡服"为"颓弊"。齐名的"苏许大手笔"在事件处理的因由上答非所问，可见在胡俗纷纭的时代，禁断泼寒胡戏实在没有太多特别的理由。然而，此时此刻的玄宗皇帝还是断然放弃了自己从太子时代就深好的蕃胡乐舞，无疑也当是另有寄托。

一种深层的可能性是：玄宗以来建立新的大唐礼仪、文化制度的任务，落到初任宰执的张说身上，重道尊儒、建立典型的目标，成为开元时代前十八年间张说不懈的追求。

张说是唐玄宗在东宫以来就建立了非凡关系的臣子。《旧唐书·张说传》中，记载张说在玄宗立储、即位的关键时刻，都给予了有力的支持：

> 玄宗在东宫，说与国子司业褚无量俱为侍读，深见亲敬。明年，同中书门下平章事，监修国史。是岁二月，睿宗谓侍臣曰："有术者上言，五日内有急兵入宫，卿等为朕备之。"左右相顾莫能对，说进曰："此是谗人设计，拟摇动东宫耳。陛下若使太子监国，则君臣分定，自然窥觎路绝，灾难不生。"睿宗大悦，即日下制皇太子监国。明年，又制皇太子即帝位。……说既知太平等阴怀异计，乃因使献佩刀于玄宗，请先事讨之，玄宗深嘉纳焉。及至忠等伏诛，征拜中书令，封燕国公，赐实封二百户。其冬，改易官

---

① 《新唐书》卷一二五《苏颋传》，第4402页。

> 名，拜紫微令。①

玄宗对于张说的信任，超越了其他臣子。即位之后，这种信托与依赖也通过拜官、封爵、赐食邑表现出来。有鉴于唐朝以往的历史现实，如何创造出后来称道为"开元之治"的盛唐局面，一定成为帝臣之间无比焦虑的问题。健全制度、崇尚儒学的文治策略，可能是在张说心目中比较明确的想法。恰在这样的时刻，神龙元年中宗复辟而"御洛城南门观泼寒胡戏"的习俗被玄宗仿效，用于其登基后接受外蕃请贺的庆典之中。《谏泼胡表》便成为其建立新的法制的探路之石。

毫无疑问，在即位之后与臣子建立新的信任关系，成为玄宗当务之急。张说最初的谏言不论小大，是否采纳，自然是重要的信号。因此玄宗皇帝不惜牺牲个人的嗜好而俯允下情，泼寒胡戏因此成为众多外来文明与大唐礼仪制度冲突而需要革除的替罪羊。

虽然在《谏泼胡表》之后不久，张说为姚崇所诉而左迁八年，具体的文治策略因之滞后，但是玄宗对于他的信任不变，包括违反常规，允许他"兼修国史，仍赍史本随军修撰"这样的包容②。因此在开元九年返回长安，张说"拜兵部尚书、同中书门下三品，仍依旧修国史"之后，一系列的建设性举措：经修《六典》、祀后土祠、享圆丘、议封禅、倡修《大唐开元礼》、进《开元大衍历》、定《大唐乐》……因之而顺理成章地实现。关于张说在玄宗时代的意义，汪籛先生的《唐玄宗时期吏治与文学之争：玄宗朝政治史发微之二》③是探微发覆的力作。作者从姚崇、张说的互不兼容的细节出发，揭示了姚崇和张说的矛盾隐含着用吏治与用文学的政见不同。虽然两派之间未必完全对立，但确实提供给了我们理解开元时期以张说、张九龄为代表的文学大臣建立文质彬彬时代的重要视角。

可以说，从《谏泼胡表》开始，破除外来文化的不良影响，为建立儒家文明的自身秩序作铺垫，崇尚法度的大唐文化因此建立起来。

（本文原载荣新江、罗丰主编《粟特人在中国：考古发现与出土文献的新印证》，北京：科学出版社，2016年，第698—705页）

---

① 《旧唐书》卷九七《张说传》，第3051—3052页。
② 《旧唐书》卷九七《张说传》，第3052页。
③ 汪籛《唐玄宗时期吏治与文学之争：玄宗朝政治史发微之二》，载《汪籛隋唐史论稿》，北京：中国社会科学出版社，1981年，第196—208页。

佛教信仰从授记到结构化的转化

——以于阗佛菩萨信仰为例

栾 睿

佛教中的佛菩萨信仰十分丰富。佛即王者的思想非常普遍,但早期也有供佛得佛授记成王(成佛)思想的普遍流行。随着大乘佛教兴起,修行者的内心对理想人格的主要认同对象,从罗汉转而向菩萨,佛教经典所记载的菩萨也和大乘时期的佛一样,名目极多。有时同一菩萨,在不同经典中的名称和经历故事也多有差异。相对于佛的崇高和无与匹敌,菩萨常常因经历故事的亲和性强、个人成长空间大等特征成为人们修行过程中的投射对象,也就是说,人们经常将自己认为存在于自身的某些尚且不那么完美的人格特征,赋予菩萨身上,使他们更有人情味。菩萨还常因身份的相对灵活性,以及无所不能的神通神变力,容易成为自比菩萨的地方统治者自诩的对象。基于这样的背景,菩萨信仰随着时间的推移而不断地演进变化着,并未有明显的结构化、体系化的线索,因为各自身份投射的性质之不同,也没有将所有菩萨进行结构化、体系化信仰的必要。但是,这也并非意味着菩萨信仰就完全是随机随性、漫无系统、临时起意的"抱佛脚"之举。事实上,在佛教发展的漫长历程中,一段时间里,某个或某些地区所信奉的菩萨,是有一定规律性可循的,特别是传入汉地的菩萨信仰,在唐代以后受到不同经典理念的影响,结合了"四方天下"的空间意识,逐步形成东(观世音)、南(地藏)、西(普贤)、北(文殊)的结构,以及法华—华严体系、净土体系、药师体系等一佛二菩萨结构化的表达方式。考察西域佛教发展的过程,会看出这种从菩萨信仰的多元化逐步到结构化的大致轮廓。

一

于阗佛教的佛信仰及佛像供奉有着明显的授记色彩,这一点在敦煌有关于阗佛教的壁画中以及现存汉藏文于阗文献中均有表现。

佛经中所说的授记，是指佛陀对弟子或菩萨预示他们将来成佛的肯定性以及各种条件和具体时间地点。这是由印度古代帝王传承制度所遗留下来的习俗，国王生了长子，在向外宣告其作为继承人的法定地位时，取四大海水为王子灌顶，以象征他可以统治四海之内的所有地方和人民，通过仪式昭告天下，从此被称为灌顶王子，意味着具有了法定继承人的地位，至于什么时候从父亲手中接过权力管理国家，那是由具体情况来决定，但其继承权和当然继承人的地位是不可动摇的，这种活动称为授记。佛教借用了这种授予方式和名称来表示佛对人人皆可成佛的信心，尤其明确的是指称那些被佛认定必然能够成就至上真理的弟子和菩萨，使其崇高地位得以确认。佛教中常见的授记情景是某一古佛对释迦牟尼必将成佛的授记（例如燃灯佛授记），或是释迦牟尼佛对其他菩萨、弟子将来必定成佛的授记（例如弥勒菩萨成佛）。

在李圣天时代的于阗佛教现存资料中，对佛菩萨的崇拜十分显著地带有授记色彩。《于阗国授记》《牛角山授记》《于阗教法史》等藏文经典、文书中多次表述释迦牟尼佛在牛角山（又称牛头山，今称库马尔山，地处喀拉喀什河北岸，以下同）授记于阗将建立起一个佛教王国。《大唐西域记》也记载了这个传说，"昔如来曾至此处，为诸天人略说法要，悬记此地当建国土，敬崇遗法，遵习大乘"[①]。在《于阗教法史》《宋云行纪》《汉藏史集》《土观宗派源流》等汉藏文献中，多处提到于阗的建国传说和佛法落地传说：弥勒菩萨化身为于阗国王，文殊菩萨化身为毗卢遮那；毗卢遮那创造了于阗文字，国王修建了杂尔玛佛殿，佛教始传于阗[②]，也都在渲染王权神授和佛菩萨化身治国的理念。现今保存在敦煌石窟中与于阗相关的壁画，更加形象具体地展示了于阗佛教的佛菩萨信仰状况。

敦煌所存于阗佛教壁画中（敦煌莫高窟第9、85、231、98、454窟，榆林窟33窟等洞窟中），迦叶佛、释迦牟尼佛的授记故事占大量的篇幅，这与文献的记载是一致的。洞窟壁画中与文献不同之处在于创造出许多诸佛菩萨显圣神迹和圣像护佑理念，并有明确的题记，使我们看到的于阗佛教信仰内容更加丰富，佛菩

---

① （唐）玄奘、辩机著，季羡林等校注《大唐西域记校注》，北京：中华书局，2000年，第1013页。
② 王尧、陈践译注《敦煌吐蕃文献选》，成都：四川民族出版社，1983年，第149页；范祥雍《洛阳伽蓝记校注》，上海：上海古籍出版社，1978年，第271页；达仓宗巴·班觉桑布著，陈庆英译《汉藏史集》，拉萨：西藏人民出版社，1999年，第50页；土观·罗桑却吉尼玛著，刘立千译注《土观宗派源流》，北京：民族出版社，2000年，第233页。

萨形象的表现方式更加多样，许多学者也指出这与于阗地方性独立的绘本有关。在这个体系中，佛像有迦叶佛、毗婆尸佛（也有写作微波施佛的，如中唐231窟龛顶西披的题记）、菩萨形象则有虚空藏、观世音及其变化身、弥勒（佛及菩萨）和大势至、金刚藏、宝坛花（宝昙华）等。其中佛像供养多与授记理念相关，例如迦叶佛和毗婆尸佛。"在康相的休阿木中心，在萨耶古寺有安置过去佛大迦叶舍利的自然形成之宝塔"①。

迦叶佛与释迦牟尼之间的授记关系（即燃灯授记故事），由于西域佛教遗址中多有表现而广为人知：迦叶佛又称燃灯佛，音译提和竭罗、提洹竭，也依其名意写作定光如来、锭光如来、普光如来、灯光如来。传说是过去世为释迦菩萨授记的佛陀。在《过去现在因果经》②《修行本起经》等经典中有描述，说他是提和卫国的太子，父王临终授命于他，但是太子明白世间之无常，就把国政授予其弟，自己则出家修习。成佛后游化四方，启示群生。"是时有梵志儒童，值灯光佛游化，乃散花供佛，并解髻布发于泥道上，请佛蹈之，佛乃为儒童授来世成佛之记"③。此儒童即释迦牟尼佛。《大智度论》《增壹阿含经》卷十三、《四分律》卷三十一等也有述及④。

燃灯佛授记故事在佛教经典中属于"杂藏"，是传说类，并非一定如佛传般可信，而是在佛教流传过程中强化出来的。其意义在于突出其传承的神授特点，也是为了说明释迦牟尼佛在授记的那个时刻具备了随意化身在任意国土从而护佑众生的能力⑤。

燃灯授记故事在西域其他地区也颇受重视，特别是"布发于地"细节被雕塑家和画家特别地注意并使用，成为表现这个故事时必用的题材，强调的是以"布

---

① 王尧、陈践译注《敦煌吐蕃文献选》，1983年，第143页。
② （刘宋）求那跋陀罗译《过去现在因果经》卷四，载《大正新修大藏经》NO.0189，第3册，第620页。
③ （后汉）竺大力，康孟祥译《修行本起经》，载《大正新修大藏经》NO.0184，第3册，第461页。
④ （姚秦）鸠摩罗什译《大智度论》卷一〇〇，载《大正新修大藏经》NO.1509，第25册，第57页。（东晋）瞿昙僧伽提婆译《增壹阿含经》卷五一，载《大正新修大藏经》NO.0125，第2册，第549页；（后秦）佛陀耶舍共竺佛念等译《四分律》卷六〇，载《大正新修大藏经》NO.1428，第22册，第567页。
⑤ 参见印顺《初期大乘佛教之起源与开展》第九章第二节："然灯佛授记，是传说（属于'杂藏'），是不必尽然的。与说一切有部有关的佛传，如《众许摩诃帝经》《佛说普曜经》等，也就没有编入燃灯佛授记的事。然在大众部、分别说系中，燃灯佛授记，对于释尊的历劫修行，是一关键性大事。因为确认燃灯佛授记时，菩萨'得无生法忍'，然后'菩萨为欲饶益有情，愿生恶趣、随意能往'；大菩萨的神通示现，普度众生，都有了理论的根据。" 北京：中华书局，2011年，第559页。

发"细节为标志的供养诚意，这应当与西域地区普遍的供养功德意识相关；而于阗燃灯佛的单独瑞像供养显然是与追求神迹、希冀佛力降临加被王权相关。①

毗婆尸佛则是过去七佛之首位，对此佛的解说，佛经有《佛说观佛三昧海经》："过去久远有佛世尊名毗婆尸佛，身高显长六十由旬，其佛圆光百二十由旬，身紫金色八万四千相，一一相中八万四千好，一一好中无数金光，一一光中有恒沙化佛，一一化佛有恒沙色光，一一光中无数诸天声闻比丘菩萨大众以为侍者，人人各持一大宝华，华上皆有百千亿宝摩尼网艳，网艳相次高百千丈以为佛光。是时佛身益更明显，如百千日照紫金山，光明艳起化佛无数，一一化佛犹如百亿日月俱出，令行者见。毗婆尸佛偏袒右肩，出金色臂摩行者顶告言：法子，汝行观佛三昧，得念佛心，故我来证汝，汝今可观我真色身，从一一相次第观之，汝当至心立金刚誓：我等先昔行佛道时与汝无异。尔时毗婆尸佛慰行人已，即时化作大宝莲华如须弥山……彼佛告曰：若有众生闻我名者礼拜我者，除却五百亿劫生死之罪。汝今见我消除诸障，得无量亿旋陀罗尼，于未来世当得作佛。"②《长阿含经》卷一《大本经》中所说的毗婆尸佛，在过去九十一劫，人寿八万四千岁时，毗婆尸佛出现于世，出身刹帝利种姓，姓拘利若，在波波罗树下成道③。以上种种对佛的敬仰，与生于高贵种姓、家族兴旺、获无量大能力相关。这种诚意观佛念佛可得佛授记的理念，既是于阗佛教授记观念的依据，也是圣山、圣像、瑞像、神迹崇拜的思想基础。

另有《地藏菩萨本愿经》卷中《称佛名号品第九》："又于过去有佛出世，号毗婆尸。若有男子女人闻是佛名，永不堕恶道，常生人天，受胜妙乐。"④显然，前者是授记理念而后者是净土理念。由佛授记成佛或由佛与神王护佑而得富贵、生天道、获福佑的观念，在于阗是非常牢固的。例如《日藏经·护塔品》中关于龙王受佛的嘱咐护佑于阗国以及《西藏记》和《于阗教法史》中，均有佛遣弟子决海为陆并预言建立于阗国的记载⑤，在这些故事中释迦牟尼佛为重振于阗

---

① 苗立辉《龟兹燃灯佛授记造像及相关问题的探讨》，载《西域研究》2007年第3期；霍旭初《龟兹石窟"过去佛"研究》，载《敦煌研究》2012年第5期。
② （东晋）佛陀跋陀罗译《佛说观佛三昧海经》卷一〇，载《大正新修大藏经》NO.0643，第15册，第693页。
③ （后秦）佛陀耶舍共竺佛念译《长阿含经》卷二二，载《大正新修大藏经》NO.0001，第1册，第1页。
④ （唐）于阗国三藏沙门实叉难陀译《地藏菩萨本愿经》，载《大正新修大藏经》NO.0412，第13册，第777页。
⑤ 张小刚《敦煌所见于阗牛头山圣迹及瑞像》，载《敦煌研究》2008年第4期。

佛教而作的授记都是典型的"以佛菩萨之力助佑王权"理念之体现[①]。

敦煌洞窟涉及于阗佛教的壁画里，除了用授记方式显示佛的加持和护佑外，还有大量的佛和菩萨瑞像神迹的出现，多有题记表明佛从印度灵鹫山腾升而来，瑞像在于阗某处降临的故事。佛教瑞像是指具有某种神异性、具备佛的法力（例如能在任意一地按照佛或众生的意愿随时出现的），能够替代佛起到传法作用的佛像[②]。早期的瑞像是佛教徒出于宣扬佛、崇拜佛、纪念佛而雕刻、摩画的佛像，以佛传故事为主，兼有单纯用来崇拜敬仰的功德像（如旃檀像），后来为了表示对佛教圣地的纪念，形成了纪念性瑞像。但是这种具有肉身功能、神秘幻化、将佛的法力随处留驻的瑞像，则与前两者不同，此种瑞像的出现和佛教授记故事一样，发挥着另一种作用：强烈地表达了护佑本地王权统治的祈愿，即宣扬佛的神秘性、宣扬佛在世间的护佑主地位，并将瑞像与佛教的发源地印度神秘地结合在一起，以增强瑞像的神圣性，突出瑞像所现地区王权的合法性[③]。

在敦煌保留的牛头山瑞像图中，佛菩萨的位置和名称大致有些规则，但并无特定模式，也不一定有明确经典依据。当然，这些瑞像在敦煌被作为于阗佛教的象征多次集中重复表现，有曹氏归义军时期敦煌与于阗的特殊关系（这一点在古正美、林敬真、张晓刚等多位学者的文章、论著中都有所阐释）[④]，说明在于阗本地，佛菩萨化身从天而降，护佑于阗地方，振隆国祚的意识十分强烈。

二

在现有文献和图像遗存中可以看出于阗的菩萨信仰非常盛行，文献中所反映的主要是受吐蕃佛教影响而崇奉的"八大菩萨"，图像中则包含了"八大菩萨"

[①] 王尧、陈践译注《敦煌吐蕃文献选》，第155页。
[②] 关于瑞像，学者们从佛教研究的不同角度有多种理解，例如张广达、荣新江《敦煌"瑞像记"、瑞像图及其反映的于阗》，载《敦煌吐鲁番文献研究论集》第3辑，1986年；丁福保《佛学大辞典》，北京：文物出版社，1984年；肥田路美《凉州番禾县瑞像故事及造形》，载牛源译《敦煌学辑刊》，2006年；尚永琪《优填王旃檀瑞像流布中国考》，载《历史研究》，2012年；高田修《佛像的起源》，高桥宣治、杨美莉泽，台北：华宇出版社，1935年。
[③] 关于瑞像的功能及其形成的时段问题，蒋家华《古代印度佛教瑞像的生成研究》一文有详细论述，见地颇深，载《云南社会科学》2013年第6期。就本文所讨论的内容而言，本人采纳蒋家华的观点，此不赘言。
[④] 参见古正美《贵霜佛教政治传统与大乘佛教》，台北：允晨文化，1993年；林敬真《敦煌史迹瑞像画初探》，台南艺术大学艺术史与批评研究所2004年硕士学位论文；张小刚《敦煌所见于阗牛头山圣迹及瑞像》，载《敦煌研究》2008年第4期。

多种组合的名号，可见其时其地的菩萨信仰并无明显的组织化、结构化迹象，其中有较为集中出现的虚空藏菩萨单独形象、弥勒菩萨（或弥勒佛）、大势至菩萨等，还有金刚藏、宝坛花（宝昙华）等。

《于阗教法史》中记载："八位天生的菩萨，现在还在于阗，他们的名字是：金刚手密教之主；现居于牛头山的阶梯山顶雄甲；观世音居于菊年；虚空藏居于桂仲；文殊和牟尼巴瓦二者居于牛头山；地藏王居于卓地尔；普贤居于多雷僧伽保陇；药师王居于马诺觉；弥勒菩萨居于麦诺聂。"①

现存敦煌的于阗史迹瑞像壁画及题记也有相应的内容留存，只是并不像文献中所记述的那样具有地理方位上的结构性，从妙吉祥菩萨、药王菩萨等几个身份和名称上看，与多部涉及八大菩萨概念的经典相关。已有学者指出，于阗和敦煌八大菩萨的信仰与吐蕃时期八菩萨信仰的影响有关，名称多有与经典相同之处②，但是菩萨的组合模式与后来在汉藏两地佛教的"八大菩萨"模式并不完全相合，与佛经中常见的八菩萨组合模式也不完全吻合。其中观世音、虚空藏、文殊、普贤、金刚手、大势至、弥勒诸菩萨，都有单独供养的情况，这些菩萨在《八大菩萨曼荼罗经》③《七佛八菩萨所说大陀罗尼神咒经》④《药师琉璃光七佛本愿功德经》⑤等经中较为集中，其余则是各经典的另类组合方式，也就是于阗当时、当地信仰模式的反映。例如宝昙华系列是东方琉璃净土信仰的痕迹，除障盖则是密宗八大菩萨之一，而且在各种与八大菩萨相关的佛经中，除"观音菩萨居于珞珈山"这种笼统的概念外，基本上都没有明确表示各菩萨的地理位置，更没有具体到某一国土的某一地理位置。显然，于阗的菩萨所居位置是与佛菩萨瑞像"履空而来降于某处"这种出于授记理念的神授思想紧密相关的。而且，八大菩萨格式对于阗当地非常盛行的四大龙王、八大守护神的概念和固定模式也有着直接的影响⑥。

于阗所崇奉的菩萨另一特点是，并未形成一佛二菩萨或某菩萨与某一佛的固定组合模式。敦煌莫高窟454窟（宋代）于阗牛头山瑞像组图中，尚有两身菩萨

---

① 王尧、陈践译注《敦煌吐蕃文献选》，第151页。
② 参见刘永增《敦煌石窟八大菩萨曼陀罗图像解说（下）》，载《敦煌研究》2009年第5期。
③ （唐）不空译《八大菩萨曼荼罗经》卷一，《大正新修大藏经》NO.1167，第20册，第675页。
④ （晋）失译《七佛八菩萨所说大陀罗尼神咒经》，《大正新修大藏经》NO.1332，第21册，第536页。
⑤ （唐）义净译《药师琉璃光七佛本愿功德经》卷二，《大正新修大藏经》NO.0451，第14册，第409页。
⑥ 参见陈粟裕《敦煌石窟中的于阗守护神图像研究》，载《故宫博物院院刊》2012年第4期。

各跨坐一骑兽（似文殊与普贤）的模式出现①，但其他各时段的瑞像崇奉图像和文献描述里，都几乎没有组织化、结构化的菩萨形象，从中更能反映大乘菩萨信仰未被组织进固定的佛信仰体系之前的样貌。信徒更主要的是从菩萨那里得到直接的庇佑和神力加被，而不是得到佛的某一智慧、能力、愿力的象征。

更为重要的是，在于阗文献中八大菩萨各居一处，从空间方位上形成了对于阗的护佑，虽然我们今天除牛头山之外无法确指文献中所说的其他具体地点，但从祈求神力加被，庇护一方，襄助统治的思路出发，这段文字表明的是地理方位意义上的环绕式全匝护佑，这一点应当是不错的；在敦煌所存于阗牛头山瑞像图中，也多处反映了某一佛或菩萨居于某一处的固定模式。例如在于阗新样文殊图普贤变中，主尊周围绘于阗特有的山水，其间星布寺院、庙塔、决海场景等，特指普贤正处在于阗境②。这种将佛菩萨与某一特定地理位置相关联并固定下来的理念是十分重要的，它直接影响到后来汉地四大名山的形成。

在吐蕃佛教研究中已有学者通过对犍陀罗菩萨像起源的研究，将佛教图像学与印度社会的世界观、宗教观综合分析，认为菩萨形象可分为两类，一类是以宇宙之主梵天的性格特征表现的弥勒菩萨，是以佛教的实践者、求道者形象出现的，是智慧的象征，其演变序列是梵天→婆罗门→弥勒菩萨，宗教实践的功能是"上求菩提"；另一类则是以诸神之主帝释天的性格特征来表现的观音菩萨，他可以化身为俗界之王——转轮圣王，拥有力量和慈悲之心，是丰饶、幸福世界的实践者，演变序列是帝释天→刹帝利→观音菩萨，宗教实践的功能是"下化众生"。而藏文文献中记载的有关于阗国王是弥勒菩萨化现的转轮王，观音菩萨和毗沙门天王共同建立于阗国的记载也是将观音信仰转化为建国王者的一种表现③。表明这种由菩萨化身为帝王，以菩萨的慈悲、力量治国血民的意识，在于阗国曾很盛行，并与相邻的吐蕃相互影响。

三

汉地佛教的菩萨信仰以及与之结合的名山崇拜有着很深的授记理念痕迹，菩

---

① 林敬真《敦煌史迹瑞像画初探》，台南艺术大学艺术史与批评研究所2004硕士学位论文，第41页，图版见（图23a）。
② 张小刚《敦煌所见于阗牛头山圣迹及瑞像》，第11页。
③ 张清涛《试论早期吐蕃的观音信仰及与周边地区的关系》，载《敦煌研究》2005年第6期。

萨各居一处，形成"护佑天下"格局，而菩萨的来历和落居本地的传说则充满授记思想色彩。例如：

观音菩萨，是最早也最普遍的菩萨信仰，在《悲华经》中记载观世音菩萨因缘的文字中就明确了其模式是佛独立向观世音菩萨授记，观音所居之山为珞珈山①。因为佛菩萨的化现特性，凡被人们认为有化现事迹的地方就有观音道场的资格，例如普陀山。其后的大慈大悲内涵以及女性形象等特性是逐步演化出来的。

弥勒，中国古代每遇社会动荡，遂有"天下不平，弥勒出世"之说，所以弥勒传说化现的地方较多，又由于佛经中说迦叶尊者得佛授记，于佛灭后到鸡足山（三峰拔地而起状如鸡足）奉佛衣入定，以待弥勒现世②，于是云南鸡足山成为"弥勒道场"（也有说成迦叶道场）③。随着弥勒信仰的传播和对"人间净土"的现实化需要，除鸡足山之外，还有贵州梵净山、浙江岳林山、浙江雪窦山、云南锦屏山、辽宁千山等弥勒道场。

文殊菩萨，文殊菩萨也是得佛授记，独立具有了传法摄受众生资格的菩萨，据《文殊师利宝藏陀罗尼经》说："尔时世尊，告金刚密迹菩萨言：我灭度后，于此瞻部洲东北方，有国名大振邦，其国有山号曰五顶，文殊童子，游行居上，为诸众生，于中说法。"④文殊所居之五顶山，后来被中国人认定为山西的五台山（又叫清凉山），在密教中文殊代表着佛的五智⑤，因而与五台山联系更加紧密。

大势至菩萨，在《悲华经》中获得与观世音、文殊菩萨相同的授记，早期于阗佛教信仰中也是独立尊奉的。在《思益梵天所问经》中也强调大势至菩萨的威猛和震慑力："我投足之处，震动三千大千世界及魔宫殿，故名大势至。"⑥

藏传佛教则与吐蕃时期佛教信仰一脉相承，沿袭着八大菩萨的崇奉格局。当然，其中观世音信仰有着更加独特地位，也就有着与神山崇拜一体的特性。

---

① （北凉）昙无谶译《悲华经》卷一〇，《大正新修大藏经》NO.0157，第3册，第129页。
② （宋）志磐撰《佛祖统纪》卷五三"名山胜迹条"，《大正新修大藏经》NO.2035，第49册，第129页。
③ 侯冲《云南鸡足山成为迦叶道场的由来》，载《中华文化论坛》1994年第4期。
④ （唐）菩提流志译《文殊师利宝藏陀罗尼经》卷一，《大正新修大藏经》NO.1185b，第20册，第798页。
⑤ 五智：佛教认为佛有五智，即大圆镜智、妙观察智、成所作智、平等性智和法界体性智。显宗的唯识理论和密宗都强调五智，常用五个组合在一起的事物象征。
⑥ （姚秦）鸠摩罗什译《思益梵天所问经》卷四，《大正新修大藏经》NO.0586，第15册，第33页。

在将菩萨独立尊奉的模式中,基本上是以佛经中有授记记载的菩萨为主,也就是说,这些曾得佛授记的菩萨获得了独立护佑一方、镇守一隅的身份,因而会形成以菩萨为主题的名山崇仰。在这种体系中菩萨是主要供养对象,独立强调其得佛授记的合法性,强调其法力无比、智慧无比的特性,其有独立担当护佑众生的责任,尚未与佛信仰结合而衍生成一个更结构化的组合。汉地佛教的"四大名山""八小名山"[①]均有这种独立崇奉某一菩萨的特点。

佛与菩萨形成结构性组合被崇奉,是出于石窟造像、壁画等"化导众生"和宣扬佛菩萨崇拜的理论宣传需要。这种以崇拜为主题的尊像组合最早见于犍陀罗,是以释迦牟尼佛居中,观世音居佛之右首,弥勒居佛之左首的格式。此一种供奉方式尚未找出佛典之依据[②],菩萨信仰被组织化、结构化,与佛信仰形成一个完整框架,在汉地佛教后来发展过程中较为突出。这是因为汉地佛教发展过程中深受佛教经典理论分派的影响,倡导一种以佛为主导,念佛而成佛、尊佛而成佛的思想[③],菩萨逐步被组织到佛体系中。较为清晰和结构化的有:

以《华严经》为理论基础的佛菩萨供奉模式。在华严经中,文殊菩萨以智、普贤菩萨以行辅佐释迦牟尼佛的法身毗卢遮那佛(密宗称大日如来)。在造像上就形成了主体为毗卢遮那佛,两侧胁侍为文殊、普贤二菩萨的"华严三圣"模式。又因为天台宗、唯识宗都认为佛的法身(自性身)毗卢遮那、报身(受用身)卢舍那、化身(变化身)释迦牟尼可以看成一个整体,在造像上可用一身卢舍那佛表示。因而后来这种所谓"华严三圣"在造像方面逐步用卢舍那佛居中,文殊、普贤胁侍两侧的方式(例如龙门石窟主窟造像)。

以《法华经》为理论基础的模式。有学者认为,一些与《法华经》有紧密联系的摩崖造像或石窟壁画,主体为释迦、多宝二佛并坐,两胁侍亦为文殊、普贤二位菩萨。

以《悲华经》《无量寿经》《观无量寿经》等所主张净土思想为主导的"西方三圣"造像,以西方净土教主阿弥陀佛居中,大势至、观世音菩萨胁侍两侧的

---

① 中国佛教四大名山是指:观音菩萨道场浙江普陀山、文殊菩萨道场山西五台山、普贤菩萨道场四川峨眉山和地藏菩萨道场安徽九华山;八小名山是指:江苏狼山、南岳衡山、中岳嵩山、江西庐山、滇西鸡足山、浙东天台山、陕西终南山、北京香山。
② 殷光明《从释迦三尊到华严三圣的图像转变看大乘菩萨思想的发展》,载《敦煌研究》2010年第3期,第2页。
③ (唐)般刺蜜帝译《大佛顶如来密因修证了义诸菩萨万行首楞严经》卷一〇,《大正新修大藏经》NO.0945,第19册,第105页。

模式。值得注意的是，在这个以《悲华经》为基础，同样有着大势至菩萨、观世音菩萨的结构中，并未强调菩萨得到授记的神圣性，而是强调两位菩萨协助佛对众生的"接引"功能，因此，这个模式和早期在于阗佛教中对大势至、观世音的崇奉，其理论出发点是不相同的。

  弥勒三尊：指以弥勒佛居中，法音轮菩萨居左，大妙相菩萨居右之三尊佛像。依据弥勒上生信仰和下生信仰，明确的经典则有唐代金刚智译之《吽迦陀野仪轨》卷中载："作随心曼荼罗，中央为弥勒，两侧各为法华林与大妙相，四方则有四大天王。"①

  药师三尊：依据药师佛相关经典②，以药师如来为主尊；左右两胁侍为日光与月光二菩萨。

  以上各宗派所崇奉经典不同，形成了不同的佛菩萨组合结构，但是，这种供奉模式在石窟、寺院殿堂中较为普遍，与于阗佛教为代表的菩萨居于一方、护佑一方的理念显然是有差别的。由此可以看出，早期于阗佛教的佛菩萨崇拜有着明显的地方色彩，由佛、菩萨与世俗王者共同治理共同拥有一方土地和人民，混杂着王即是佛、佛即是王的护佑观念。正如马克斯·韦伯所说："一切正当的政治权力（不管其结构为何）多少都混合有神权政治或政教合一的要素，因为任何的卡理斯玛（charisma）终究都要求多少有一点巫术起源的痕迹，因而与宗教权力有其亲缘关系，结果政治权力中也因而总含带着某种意味的神授性。"③关于历史上王权与佛教相互利用的关系，已有学者做出了详正的考论，此处不再细赘④。中原所形成的菩萨与名山信仰与于阗佛教的特性一脉相承，与后来中原佛

---

  ① （唐）金刚智译《吽迦陀野仪轨》卷三，《大正新修大藏经》NO.1251，第21册，第233页。
  ② （隋）达摩笈多译《佛说药师如来本愿经》卷一，《大正新修大藏经》NO.0449，第14册，第404页；（唐）玄奘译《药师琉璃光如来本愿功德经》卷一，《大正新修大藏经》NO.0450，第14册，第404页；（唐）义净译《药师琉璃光七佛本愿功德经》卷二，《大正新修大藏经》NO.0451，第14册，第409页；失译《日光菩萨月光菩萨陀罗尼》卷一，《大正新修大藏经》NO.1160，第20册，第660页。
  ③ [德] 马克斯·韦伯（Max Weber）著，康乐、简惠美译《支配社会学》，桂林：广西师范大学出版社，2005年，第375页。
  ④ 参见古正美《贵霜佛教政治传统与大乘佛教》，台北：允晨文化，1993年；康乐《转轮王观念与中国中古的佛教政治》，载台湾《中央研究院历史语言研究所集刊》，六十七本第一分本，1996年第3期。

教石窟殿堂基于各部佛经和各理论派系所侧重的佛菩萨供养方式是不尽相同的。

结论

佛教佛菩萨信仰诞生在印度早期文化土壤中，随着中国佛教对经典的倚重和对理论的热情逐步深入，在后来的发展过程中随时、随地、随文化环境做出了极其灵活的调适，并由主要经典聚合起不同的宗派，菩萨信仰逐渐形成了与地理环境相对应、与地方文化相适应的信仰模式，菩萨形象也日趋集中化、结构化、体系化。所到之处与时代、地方的文化结合十分紧密，通过对各地方文化元素深入和淡出佛教过程的探讨，我们不但能认识佛教本身的发展线索、文化特质，也因此而认识到各地方文化的丰富形态与特质。例如于阗国在动荡、多元冲突时代对佛教神迹的崇尚，中原佛教受原有文化影响而呈现出的结构化、体系化特征。

（本文原载《西域研究》2016年第1期，第79—86页）

论卫拉特婚俗之"上赭色哈达"礼仪

那·舍敦扎布

人类社会婚姻史上,自古就有定婚习俗。在蒙古族古时婚姻习俗中,确认婚约的方式较为一致。但是随着社会历史的发展,因地域、历史条件、部落等差异,形成了确认婚约的各种习俗。在这些婚约习俗中,有的保留了蒙古族古时习惯,有的在历史发展过程中发生了变化,有的带有浓厚的地方色彩和部落特征。下面,我就卫拉特蒙古婚俗中确认缔结婚约时以"上赭色哈达"礼仪为题,追溯蒙古族古时婚约习俗,考证哈达渊源及其在婚约中的运用,探讨卫拉特蒙古族"上赭色哈达"礼仪之文化内涵等,旨在与学者们商榷赐教。

一、蒙古族古时婚约习俗追溯

《蒙古秘史》有这样一段记载:"帖木真九岁时,也速该就带他前往母舅亲斡勒忽讷惕人住地说亲。……德薛禅领着也速该朝自己家走去。……也速该看李儿帖较为合意,便于第二天向德薛禅提起了亲事。德薛禅说:'虽然多次求婚才答应则显尊贵,刚求婚便答应,而予以则轻贱,但女儿之命在他家,将我女儿许配给你的儿子吧,请把你儿子留在我家便是了。'也速该说:'我把儿子留下'……说罢,便把牵来之马当作聘礼送给德薛禅。"[①]当也速该和德薛禅约为亲家时,也速该将牵来的马作为聘礼送给亲家。从这一点可看出,当时的蒙古社会似乎有以赠送马匹作为聘礼来确认婚约效力的习俗。

在布里雅特蒙古族的婚俗中有这样的记载,他们把确认婚约的过程称之为"乘骑马或赠聘礼","如若把寻媳妇称为定婚,那么把乘骑马可视为依法领取

---

① 特·官布扎布、阿斯钢译《蒙古秘史》,呼和浩特:内蒙古人民出版社,2007年,第19—22页。

结婚证也不为有多少过错"①。这些应该是蒙古族古代社会以赠送马匹作为聘礼来确认婚约效力的习俗在布里雅特蒙古部落氏族中的历史遗留现象。在众多蒙古部落氏族中,广泛流传着男方娶新娘时牵马去让女方舅舅乘骑的这一习俗,也是确认婚约效力的一种演化形式。

在《元代社会生活史》一书有这样一段记载:"定婚时男方家要向女方家下聘礼,通常以马作为聘礼。双方缔结婚约后,未来的女婿要在女方家住一段时间。"②从这一点可看出,以赠送马匹作为聘礼,显然是当时社会上确认婚约成立的一种习俗。

在蒙古族英雄史诗《江格尔》的"浩顺·乌兰成亲"一章中,浩顺·乌兰与呼希赞丹成亲之前同巴音查干争夺婚约时这样写道:"你送给的是马驹子,我给的却是栗色线脸马。你以为姑娘没答应我婚约吗?"③这也是古时以送马匹作为确定婚约习俗在古代文学中的真实反映,所送的马匹也应该是新娘日后的乘骑。在《朱黑米吉德呼》这一史诗中说:"婚礼不可急,两国汗成了亲家,就把女儿送去吗?闺女要乘的金黄宝马还在大洋畔,让强壮敏捷的女婿抓来吧!"④这里,虽然是女方家在考验未来女婿的技能,但却反映出了男方向新娘送乘骑马的习俗。

据《蒙古秘史》记载:在合剌合勒只战役之前,克烈部桑昆与众议出谋抓帖木真时称:"前些日子,帖木真不是向我们的察兀儿别乞提亲吗?现在可指定时日,叫他们过来吃不兀勒札儿,趁机将他们一一拿下!"⑤此处讲的"不兀勒札儿",意为羊脖肉。吃"不兀勒札儿",旁译为吃"许婚筵席"。从这一点看,古时吃"不兀勒札儿"也是蒙古族确认婚约的另一种礼俗。类似的习俗在《元史》当中也有所记载⑥。

在察哈尔婚俗中有"要让新郎掰羊脖骨的习俗。当新郎费尽力气掰羊脖骨时,旁观的众女嘲笑新郎'不知六节羊脖骨,不知能否知道百以内的数数'"⑦? 这种在婚礼过程中戏耍新郎的形式,显然是自古时吃"不兀勒札儿"

---

① 阿古达睦、策·乌尔亘《蒙古婚礼》,呼和浩特:内蒙古文化出版社,1987年,第4页。
② 史卫民《元代社会生活史》,北京:中国社会科学出版社,1996年,第76页。
③ 宝音和西格、托·巴达玛整理《江格尔》,呼和浩特:内蒙古人民出版社,1982年,第1290页。
④ 巴·布林贝赫、宝音和西格等《蒙古族英雄史诗选》,呼和浩特:内蒙古人民出版社,1988年,第96页。
⑤ 特·官布扎布、阿斯钢译《蒙古秘史》,第113页。
⑥ (明)宋濂等《元史》,北京:中华书局,1976年,第9页。
⑦ 色音《蒙古民俗学》,北京:民族出版社,1996年,第283页。

习俗演化而来。

　　蒙古人自古就实行与外氏族通婚制度，提亲时特别注重路途的远近与否。当时，蒙古地区交通不便，部落氏族间时常发生征战，时局不稳定，所以确保婚约效力已成为婚姻习俗中特别重要的一个环节。探究上述文献记载、英雄史诗、习俗演化，古时赠送马匹、吃"不兀勒札儿"之礼，在蒙古人婚俗中同时起到了确保婚约效力的作用。这种古婚俗到后来演化为给女方舅舅乘骑马匹、让新郎掰羊脖骨等习俗，而献哈达便成了确认婚约的主要形式。特别是在布里雅特蒙古婚礼上的"骑马"以及在《蒙古风俗鉴》中记载的"马哈达""羊哈达"等，应该是蒙古人古时传下来的遗俗。

二、哈达渊源及哈达在婚约中的运用

　　近年来，在各种学术刊物及互联网上已有不少介绍哈达的文章和研究论文。其中有：那木吉勒的《哈达》（1982），甄芬《献哈达》（1982），巴音《哈达的起源及蒙古人的运用习俗》（1983），策·哈斯毕力格图《闲话哈达手帕鼻烟壶》（1983），达·扎木苏《关于鄂尔多斯蒙古人的鼻烟哈达》（1989），策·特木尔《蒙古人献哈达之礼》（1990），乌兰其其格《上哈达礼》（1993），斯琴巴特《献哈达礼》（1994），普龙格《乌珠穆沁蒙古人献哈达见面礼及献哈达祝福礼》（1995），斯琴巴特《蒙古人献哈达及换鼻烟壶礼》（1995），那·呼日查《哈达及其正确使用问题》（1995），董晓荣《蒙古传统文化——哈达》（1996），巴扎尔《哈达来源及献哈达之礼》（1997）等十余篇。这些论文和文章，为研究哈达提供了宝贵的资料。下面将上述论文的观点归纳如下：（1）哈达起源于印度，13世纪经西藏、中原传入蒙古高原。（2）哈达是藏语的音译，蒙古族在拜佛、拜年、迎来送往等日常交往中常用哈达，以示敬意。（3）《马可·波罗行纪》中记载的关于呈献皇帝的白色布匹和普通百姓之间相送的白色礼物，实际上就是古时哈达的雏形。（4）《蒙古秘史》及在有关资料中出现的"Hiib"一词，应是哈达之意。（5）哈达一词来源于西藏，主要用于佛教宗教活动。献哈达之礼始于元朝，到明末清初，随着喇嘛教在蒙古地区的广泛传播，哈达便成了蒙古人日常交往中的贵重礼品。（6）哈达一词的词根是"had"，是古代突厥、蒙古通用语"巾"之意。献哈达之礼，经八思巴喇嘛传播于雪域高原时披上浓重的宗教色彩，随着喇嘛教传入，流行于蒙古地区。在以上观点中，（1）（2）（5）认为哈达是藏语，来源于印度和西藏；（3）（4）（6）认为哈达来源于蒙古语；其中，（6）观点的史料证据较可靠。

相关辞典中关于哈达的注解：（1）"献哈达，在蒙古人的物品中位居首位，在一切重大礼仪活动中惯用的物品之一就是哈达"①。（2）"哈达，在重大庆典、接待宴席时，作为敬献对方的专用形状丝绸或棉质织品"②。（3）"哈达，礼仪之先导吉祥物，用棉质细丝线织成的面料，叫哈达"③。（4）"哈达（Hadak），藏语，用于寺庙，以示亲切和尊重之意所敬献的小巾。长六尺，淡蓝色锦缎"④。（5）"哈达，一种用于见面礼的棉质品，同汉族古时用于礼品的巾"⑤。（6）"藏族、蒙古族拜佛或相见时以表敬意的薄锦缎"⑥。（7）"哈达，藏语音译，藏族和一部分蒙古族人民迎来送往、祝福献礼、敬神及其在日常交往中所使用的一种巾，以示敬意或祝愿。以白色为主，分红色、黄色、淡蓝色等颜色"⑦。（8）"哈达，是一种作为赠送礼品的巾或能作巾的布匹边段"⑧。在少数几部蒙古语辞典中[（1）（2）（3）]虽对"哈达"一词进行了注解，但对其词源没作说明，似认为是蒙古语。在日、藏、汉语辞典中[（4）（5）（6）（7）]注释哈达一词为藏语。从近年来学者们在书刊中所发表的研究情况看，对"哈达"一词的藏语来源说持怀疑态度。在俄罗斯学者编纂的辞典[（8）]中，认为"哈达"一词为古突厥语、蒙古语中的通用词汇，意为"巾"。这一注释与我们所查到的文献依据基本相符，本人也赞同这一观点。

《中华奇风趣俗》一书记载："哈达，在元朝时传入藏区。当时，西藏的八思巴喇嘛拜见元世祖忽必烈后，第一次返藏时将最早的正中印有'吉祥'二字、两端印有长城图案的哈达带到了西藏。后人对哈达赋予了宗教色彩的解释，说是天仙戴的饰物。"⑨认为哈达原为蒙古地区表示尊敬的物品，自从八思巴带入西藏后才有了宗教色彩。藏学家巴桑罗布在《藏族哈达文化》一文中提出："哈达，用藏语音译为'卡达克'。根据藏语音及其组词规律分析，哈达似乎不太像藏

---

① 阿日雅苏荣、宁布《蒙古习俗解释词典》，呼和浩特：内蒙古文化出版社，1993年，第400页。
② 达·巴特尔《类语辞典》，呼和浩特：内蒙古人民出版社，1992年，第277页。
③ 那木吉勒玛整理《二十八卷本词典》，呼和浩特：内蒙古人民出版社，1994年，"哈达"词条。
④ 樋山光四郎《蒙古语大辞典》（上卷），小林又七印刷所，"哈达"词条。
⑤ 《藏汉大辞典》，北京：民族出版社，1985年，"哈达"词条。
⑥ 《辞源》，北京：商务印书馆，1998年，"哈达"词条。
⑦ 《辞海》，上海：上海辞书出版社，1979年，"哈达"词条。
⑧ 娃·拉德罗夫《突厥语方言试用语词典》，彼得堡，1898年，第310页。
⑨ 雅瑟咪等《中华奇风趣俗》，成都：四川辞书出版社，1991年，第45页。

语，反倒像是用藏语拼蒙古语的"哈达"变音。"①不仅澄清了哈达是蒙古语，藏语的哈达是蒙古语的音译，而且澄清了八思巴喇嘛"第一次返回藏区后向藏区的菩萨画像敬献了哈达，还向众僧侣和官员赐受了哈达。据作者所了解，在历史上最早关于哈达的真正记载即从此时开始"②。进一步论证哈达是经蒙古传入藏区这一事实。

《马可·波罗行纪》中记载的关于呈献给皇帝的白色布匹和普通百姓之间相互赠送的白色礼物，可视为是哈达的雏形，但此前的文献中从未发现"哈达"这一词，而与此相关的词语在我们的文献中却有可见。在《蒙古秘史》第201节，当扎木合对自己所做的事表示忏悔时所说的话，分别用中世纪蒙古语（Hadagtu uges ugulelduge）和现代语（Hadagatu uges ugulelduge）加以记载，在旁译注为"紧要有的言语每共说来"③。在额尔登泰，阿尔达扎布所作的注释中写着："Hadagat一词在书面语中qadaqa为重要，科尔沁方言中Hama Hadag gui不重要。"④据"Hadagatu"一词意为"重要"，及扎木合所言之意分析，其意为"所说的话斩钉截铁"。再有《蒙古秘史》第279节出现"不要把使者当成无关紧要"，旁译为"紧要事"⑤。在此处，亦邻真注释为"尊贵、重要"⑥。《十善福白史》中"慎思做非常美好的事业，不要执意做无关紧要的事"⑦，实为"常想做好事，不要做不可靠的事"的训诫之意。所以，在文献中出现的"Hadaha"一词，是能够表达"重要、尊贵、牢固"之类意思的词。

《马可·波罗行纪》中提到的白色布段礼物，虽说是哈达的雏形，但"哈达"这一专用名词尚未出现，只是蒙古人按照崇尚白色的习俗表达敬重之意。随着将白布普遍用于重大、尊重的事项，特别是作为确认婚约的重要物品时，把能够表达"重要、尊贵、牢固"之意的"Hadaha"词根"Had"加后缀"ag"创造了"Hadag"一词，来表达认为重要、尊贵、牢靠事项的意思。此后，到元世祖忽必烈皇帝时期，国师八思巴喇嘛第一次返藏时把蒙古人常用的哈达之礼带入藏区，不仅赋予了宗教色彩，还传承了原在蒙古地区用于婚姻礼仪的习俗。在藏族

---

① 巴桑罗布《藏族哈达文化》，载《中国西藏》1994年第6期。
② 巴桑罗布《藏族哈达文化》，载《中国西藏》1994年第6期。
③ 巴雅尔《蒙古秘史》（第2册），呼和浩特：内蒙古人民出版社，1980年，第913页。
④ 额尔登泰、阿尔达扎布《蒙古秘史——还原注释》，呼和浩特：内蒙古教育出版社，1986年，第651页。
⑤ 巴雅尔《蒙古秘史》（第3册），呼和浩特：内蒙古人民出版社，1980年，第1445页。
⑥ 亦邻真复原《蒙古秘史》，呼和浩特：内蒙古大学出版社，1987年，第282页。
⑦ 刘金锁《十善福白史》，呼和浩特：内蒙古人民出版社，1981年，第90页。

的婚俗中"过去有过抢婚，如果女方父母确实不同意这门婚事，男方可招集三五个亲朋好友，趁夜到女方家悄悄将她带回家。走时在女方家的毡帐上系一条哈达"①的记载为我们提供了佐证。16世纪，随着喇嘛教在蒙古地区的广泛传播，由蒙古地区传入藏区的哈达以众多浓厚的宗教色彩再次传回到蒙古地区。在现实交往中，哈达在两个不同地区所表现的形式内容逐渐相融，演变为蒙古地区现代意义的哈达，更加丰富和发展了原有的内容，并赋予了更新含义。

在蒙古人婚姻和婚约习俗中，曾以赠送马匹、吃"不兀勒札儿"来确认婚约效力的习俗演化成上哈达的过程至今虽无史料记载，但民间口头文学、英雄史诗、民俗志、婚约言词等给我们提供了有力证据。

在《婚礼中献哈达习俗之来源》的故事中讲道："妖魔蟒古斯来到了猎人家，变成了与他们家白色宝马相同的十匹马，天天夜里抓人吃。猎人因既不能清除妖魔蟒古斯，又不能认出自己可爱的宝马而发难。后来，按照宝马的忠实提醒，杀死了那十匹马，认出了自己的宝马。可是宝马已经死了，猎人非常悲痛'将白马的头和脖子缝好，用白布缠绕，置于高山之顶'。从此，每当想起白马，就手拿着白布上山放置于那匹马的脖上。他们把那块白布称为'哈达'，从此逐渐演变为敬重之礼，形成了献哈达习俗。"②在这则故事中：（1）用白布缠绕了死去的马脖子，被称为"哈达"。（2）将白布置于马脖，表达了举和挂的意思。（3）马已经死了，每当想起时在马脖上挂哈达，表明以哈达代替了马。在《蒙古风俗鉴》中记载着"以一丈锦缎或一尺左右的丝绸为哈达，作为礼品的首选，分白色、蓝色。一丈哈达可视为一只羊。所以，才有称马哈达、羊哈达之说法"③。这些充分说明了过去的赠马习俗被上哈达习俗所替代，演化为献哈达习俗这一事实。

在英雄史诗中："没过多久，可汗那里送来了哈达巾……很有脸面地把最小妹妹嫁出去了。"④这说明，就是可汗娶夫人，也要送哈达来履行婚约。"让哈喇吉令弓箭手，敬献哈达巾；让世间美男子明艳，端送酒碗"⑤。从江格尔给准备娶亲去的洪格尔安排献哈达专人随从，牵去婚礼乘骑五百匹马这一叙述看，当时赠送马匹和献哈达的婚约礼俗显然是同时存在的，而且献哈达逐渐趋于占有重

---

① 朱世奎《青海风俗简志》，西宁：青海人民出版社，1994年，第220页。
② 满都呼、哈斯其木格《蒙古风俗故事》，呼和浩特：内蒙古教育出版社，1997年，第261页。
③ 罗卜桑悫丹《蒙古风俗鉴》，呼和浩特：内蒙古教育出版社，1981年，第129页。
④ 那·乌珠玛《八白鹅那木吉勒汗》（托忒文），载《汗腾格尔》1982年第2期。
⑤ 宝音和西格、托·巴达玛《江格尔》，第509页。

要地位。

在婚姻祝福中有"归还金色的赭色,贴于洁白哈达之右角,说出牢靠的三句话,收取婚约礼物"的祝词①来确认婚约。在罗卜桑悫丹所著《蒙古风俗鉴》中有"以哈达作证据来谈婚事"②。在巴尔虎婚俗中有"放置挂哈达的钉子"③,意为说出去的话、钉下去的钉子,不可变更。在新疆的卫拉特地区把"上赭色哈达"之礼,也称作"送哈达巾""婚约承诺""置白色礼品""喝名酒"等,证明了这些称呼来源于白色哈达和以哈达巾作为确认婚约的习俗。在阿拉善地区的部分蒙古人当中,女方的母亲接受"赭色哈达"之后不置于佛像前,而是挟在毡房背面正中哈纳(蒙古包的墙)的小凹处④。这不仅证明喇嘛教传入卫拉特部落之前,蒙古人以右为上,而且佐证了曾经以哈达作为确认婚约的这一婚俗礼仪习俗。

16世纪,伴随着喇嘛教在蒙古地区的广泛传播,具有宗教色彩的哈达和蒙古原有的哈达的内容和形式逐渐相融,不仅用于寺庙和其他庆典活动时闪耀着宗教色彩,就是用于缔结婚约也具有了宗教特色。阿拉善人用于婚俗时,"将两条哈达并排,用胶黏合,置于佛像前"⑤。寓意为子女婚姻更加牢固,向佛发出承诺。此外,巴尔虎、库伦、蒙古贞人的婚俗中,将婚约哈达置于佛像前,其寓意均与以上略同。

三、"上赭色哈达"之文化内涵

在婚约中重用哈达已成为全蒙古的习俗。分布于新疆、青海、阿拉善等地的卫拉特蒙古人将确认婚约称为"上赭色哈达",其过程和内容,以上三地间略有不同,但大体包括以下几个方面。

缔结婚约时,一般以赭色哈达、茶叶、酒、糖、魔石、火石、羊髀石、黄油、枣等为礼品,以押韵的祝福词形式释明以上物品的象征意义。

男方上赭色哈达时,先将哈达向外折叠,并在朝向对方的折口处涂抹一层赤

---

① 齐·艾仁才、特·那木吉拉《卫拉特民俗》(托忒文),乌鲁木齐:新疆人民出版社,1995年,第215页。
② 罗卜桑悫丹《蒙古风俗鉴》,第55页。
③ 阿古达睦、策·乌尔亘《蒙古族婚礼》,呼和浩特:内蒙古文化出版社,1987年,第27页。
④ 乌·策·索德那木皮勒巴《阿拉善婚礼》,阿拉善盟地方志办公室内部印刷资料。
⑤ 松儒布、斯钦毕力格《阿拉善风俗》,呼和浩特:内蒙古人民出版社,2012年,第203页。

赭色献给女方；女方也如此，在朝向对方的哈达上涂抹一层赤赭色献给男方，双方将哈达对齐，并致缔结婚约祝词。

在上赭色哈达过程中要致哈达祝词，须把赭色哈达献给女方的母亲，女方母亲接收后将哈达置于佛像前。这是喇嘛教传入蒙古地区后，哈达具有了宗教色彩，实为遵照佛祖旨意做出承诺。

上赭色哈达之意，首先是确定婚约效力，意为黏合的哈达牢不可破，双方已正式成为亲家。其次是将婚约宣布于众，按礼俗得到社会予以认可。此礼后，双方不得违约，全力为双方子女将来的美满幸福生活着想，力争将婚事办得吉祥圆满。

关于赭色，各类辞典均有多种解释。（1）zoshuu—boorah[1]。boorah，话多之意。没有专门的zos的解释。（2）zos，重复、话多[2]。（3）zoshuu，不干活、瞎吹[3]。国内出版的词典里找不到zos的准确解释，能查到的词根为zos，但用于动词的zos、zoshuu等词的解释均为"重复、话多、瞎说"之意，和我们在文中探讨的婚约礼仪"上赭色哈达"的赭色之意不符。《蒙古人民共和国蒙古语方言辞典》就"zos"的解释很准确。"赭色哈达，粘胶哈达（婚俗），用胶黏合。'zos'一词，卡尔梅克文拼写为zosn，蒙古文拼写为cabuu，托忒文拼写为zoson"[4]。从此我们可以得出这样的结论：zos一词不是全蒙古人普遍使用的名词，是属卫拉特方言词，是指全蒙古人通用的胶caboo。

《阿拉善婚礼》一书详细记载了"上赭色哈达"礼仪，并解释"赭色"为"胶"。在青海蒙古人婚俗中有"上赭色哈达，意味着确定了婚约，用赭色可粘天地合为一，预示着两新人爱情长久，婚姻牢固"[5]。《新疆图志》中也有"献哈达时用胶黏合，置于佛像前"[6]的记载。由此看，"赭色哈达"按习俗礼仪预示着两位子女婚姻关系变为"拉不断，折不弯，唇齿相依，肝胆相照"。

世界上众多民族视红色为贵，卫拉特蒙古人自古崇尚红色，自称红丝带蒙古。以红色为尊的藏传红教在卫拉特地区的影响较深远。文献有这样的记载：

---

[1] 确精扎布、托·巴达玛《蒙文和托忒文对照蒙语辞典》，乌鲁木齐：新疆人民出版社，1976年，"赭色"词条。
[2] 斯钦朝克图《蒙古语词根词典》，呼和浩特：内蒙古人民出版社，1988年，"赭色"词条。
[3] 达·巴特尔《类语词典》，"赭色"词条。
[4] 确精扎布、托·巴达玛《蒙文和托忒文对照蒙语辞典》，"赭色"词条。
[5] 斯钦朝克图《蒙古语词根词典》，"赭色"词条。
[6] 达·巴特尔《类语词典》，"赭色"词条。

"红教逐渐失去了原有信仰,当有必要对其进行革新时,黄教便产生并取代了红教。但是,红教在新疆蒙古人以及西康和青海等地有很多僧侣和信徒。"①

卫拉特蒙古人确定婚约时所献的哈达,是用红色赭色黏合了哈达的折口处的。赭色(胶)通常是红褐色,这红色赭色与蒙古人崇尚的色彩文化有关。"蒙古人有崇尚红色的习俗,以蒙古人看来,红色是亲暖色,象征着幸运福祉、圆满胜利、兴旺发达"②。通常将这种具有象征意义的颜色用于人生追求美满生活的婚俗中,祈求幸福安康。如举行婚礼的第二天,"主婚人用红柳穿插羊尾巴和四条肋骨,给新房举行祝福礼"③等也说明了这一文化。人一生中从来都离不开红色,这种例子不胜枚举。如:孕妇难产时,用"红柳轻轻抽打就会顺产"④,产下后,"将幼儿肚脐裹好晒干,用红绸裹住挂于摇篮顶部遮挡背面"⑤,"若是生男孩,在门上挂一弓箭,系红布,箭头朝外"⑥。若是生女孩,门上挂耳环或戒指,系红布。这种系红布的习俗,虽是可理解为一种禁忌,但却是说明又一新生命的诞生。按照蒙古人的审美观,把年轻人的朝气蓬勃比喻为"红光满面",把漂亮姑娘比喻为"红白分明"。"蒙古姑娘喜欢用红绳扎头,爱戴花,以现年轻人充满阳光的青春活力和美貌"⑦。如上所述,蒙古人从出生到幼儿、青年时期均以红色作为象征。在以建立美满幸福家庭为基础的婚俗中,上赭色哈达时,用赤赭色黏合哈达向外折口处的这一文化深层内涵,以及世界上有些民族婚礼习俗中用刀割开男女双方手腕后交叉相压,以示融合双方血液这一现象的相互联系看,实际上都是在确认男女双方的血肉因缘。

四、总结

蒙古民族在古时确认婚约效力时,以赠送马匹和吃羊脖肉为主。不仅在《蒙古秘史》《元史》等文献中得到证实,而且在英雄史诗中也有所反映,同时可找到后期风俗鉴中的演变形式。

哈达,是古突厥、蒙古通用语,意为"巾",词根是"Hadah"的

---

① 《蒙古人民共和国蒙古语方言辞典》(卫拉特方言卷),乌兰巴托,1988年,"赭色"词条。
② 萨仁格日勒《上蒙古风俗志》,呼和浩特:内蒙古人民出版社,1990年,第288页。
③ 袁大化修、王树枏《新疆图志》,台北:文海出版社,1965年,第1718页。
④ 释妙舟法师《蒙藏佛教史》,北京:京城印书局,1980年,第5页。
⑤ 呼和宝音《蒙古习俗追溯》,呼和浩特:内蒙古文化出版社,1988年,第467页。
⑥ 色音《蒙古民俗学》,第27页。
⑦ 色音《蒙古民俗学》,第119页。

"Had"。从这一词根衍生的词在《蒙古秘史》出现两处，意思是"重要、尊贵、牢固"。在《十善福白史》一书中，用于"紧要、牢固"，即表达重视、尊敬、敲定之类的意思。在《马可·波罗行纪》中提到的"白色布段"，是哈达的雏形，后来蒙古人称其为"哈达"，主要用于重大、尊重的事项及将要敲定事项。八思巴喇嘛把蒙古的哈达带入藏区，并传播普及于藏区。16世纪，伴随喇嘛教的传播而赋予了浓厚宗教色彩的"哈达"传入蒙古地区，与蒙古原有的哈达在内容与形式上逐渐相融。

哈达用于婚约，是把哈达广泛运用于重大、尊重的事项及将要敲定事项开始，最终传播普及于全蒙古，并在婚俗中取代了赠送马匹和吃羊脖肉为主的礼俗。这一演变过程不仅在民间文学、英雄史诗中有反映，而且在蒙古风俗鉴中也有"马哈达""羊哈达"等演变形式。

在卫拉特蒙古婚俗中，用赤赭色黏合哈运的衍口，并有"上赭色哈达"的礼俗。这些不仅与卫拉特及全蒙古崇尚红色文化有关联，而且在文化深层所蕴含的是确认血肉因缘的象征意义。

（本文原载《内蒙古民族大学学报》2018年第2期，第26—31页；有增补）

浅谈柯尔克孜约隆的传唱现状

买买提艾沙·买买提吐尔汗

一、综述

约隆歌（ƟlƟng）是柯尔克孜民间礼仪歌谣中的一种。它具有独特的演唱场所、曲目和诗歌结构，其内容也包罗万象，"主要描述日常生活现象、传统习俗、言行道德问题、年轻人的感情以及他们的生活观等"[①]。据目前收集的资料可知，我国柯尔克孜约隆歌主要流传在帕米尔高原阿克陶县柯尔克孜人中。在帕米尔柯尔克孜文学中，约隆体裁占有独特的位置，用它丰富的内容，强烈的结构性、历史性，深刻的文化内涵丰富着柯尔克孜文学。此外，喀什地区塔什库尔干塔吉克自治县科克亚尔柯尔克孜民族乡、和田地区皮山县康克尔民族乡，以及乌恰县的瞟尔托阔依乡和波斯坦铁热克乡也有部分演唱约隆歌的民间艺人。国外的约隆歌，则流传于吉尔吉斯斯坦南部奥什、贾拉拉巴德、巴特肯等州，塔吉克斯坦的捷尔格塔勒地区以及阿富汗的小帕米尔等地区。

约隆歌作为跨民族、跨文化、跨地域的民间文学现象，其形成与古代突厥语族各部落的西迁和草原文化的相互融合有关，因此，它与哈萨克、阿尔泰、图瓦、哈卡斯等北方民族的民间文学也都存在着内在联系。经过代代相传的发展与演变，今天可以听到的约隆歌种类繁多，有劝嫁约隆、迎客约隆、猜谜语约隆、对唱约隆、讽刺约隆、"纳萨特"（劝善）约隆、"铁尔灭"（柯尔克孜语中指无韵诗，或哲言诗）约隆以及女性约隆、男性约隆等。

虽然约隆歌在帕米尔地区聚居的柯尔克孜族各部落中口耳相传，但真正受到

[①] 古丽巴拉·吾若孜娃《柯尔克孜约隆研究》（吉尔吉斯文），比什凯克：Uluu toolor出版社，2009年，第6页。

世人关注，是从1980年才开始。2007年，柯尔克孜约隆歌作为代表性项目，被列入新疆维吾尔自治区首批非物质文化遗产名单。2008年列入由国务院批准、文化部确定的第二批国家级非物质文化遗产名录。自2010年以来，在乌鲁木齐市以及克州多次举行过约隆研讨会和约隆演唱活动。通过有关单位和研究人员的大力搜集与整理，约隆歌现在已成为民间文化与文学研究的热点话题。以曼拜特·吐尔地、马克来克·玉米尔拜等为代表的我国柯尔克孜族专家学者长期从事柯尔克孜约隆歌研究，已发表研究论文20余篇。本人于2014年出版的《柯尔克孜约隆及约隆歌手研究》，是柯尔克孜约隆研究的首部专著。2015年，克州阿克陶县文体局又整理出版《柯尔克孜约隆文化》论文集。这些成果都极大地推进了我国柯尔克孜约隆歌的研究。

二、柯尔克孜约隆的传唱现状

从我们开始关注约隆起，就在关心约隆歌到底是在什么样的场合中演唱的这个问题。弄清楚柯尔克孜约隆的演唱场合，是对其进行保护、传承和研究的一个重要环节。

柯尔克孜口头文学的任何一种体裁都有其独特的演唱场合。譬如，《玛纳斯》等宏大史诗都是在人民比较集中的大型宴会中演唱，《西热里当》（牧马歌）是在放马时演唱，《别克别凯依》（守圈歌）是在夜里守护羊圈时演唱，《奥普玛依丹》（打场歌）是在收麦子的时候演唱等等。同样，约隆歌也有其固定的演唱场合。一般来说，约隆歌是在婚礼仪式上演唱。在柯尔克孜人的传统中，宴会、礼仪的隆重程度都由仪式有没有知名的玛纳斯奇[①]、有没有曲目演奏家、有没有即兴阿肯[②]等民间艺人来决定的。同样，柯尔克孜族铁依提、西普恰克、波斯坦、多洛斯等部落中举行婚礼的隆重程度也与约隆歌，尤其是与约隆歌手的演唱水准有直接的关系。

柯尔克孜人特别尊敬约隆歌手，在举办婚礼之前，男女双方父母都会提前做好准备，分别把自己认为最优秀的约隆歌手请来，并用装扮好的马迎接他们。当婚礼进行到即将迎送新娘时，即进入演唱约隆阶段。婚礼上的约隆演唱带有一些竞争的意味，约隆歌手们为了己方的地位与荣誉，都将通过自己的优雅语言和高

[①] 玛纳斯奇：柯尔克孜语中演唱《玛纳斯》史诗的史诗歌手的名字。
[②] 阿肯：指现场即兴创作歌谣的民间歌手、即兴诗人。

超技艺来战胜对方歌手作为目的。婚礼上的约隆歌由男女双方各自的歌手演唱，习惯上首先是由代表女方的约隆歌手或女性约隆歌手开始。所以，柯尔克孜人中流传着"约隆是由女方开始的，由女方开始的约隆百姓爱听"这样一句俗语。但是由于各种各样的原因，如今女性约隆歌手登台演唱的情况越来越少见。

关于约隆歌的演唱场合、目的与形式，法国著名学者列米·多尔（Remi Dor）在他的《阿富汗帕米尔的柯尔克孜族》一书中曾做过探讨，认为婚礼上演唱约隆"是为了对出嫁的女孩儿表示祝福"。而"约隆的内容还是以出嫁女孩儿的愿望为主。约隆在富家的婚礼上演唱的比较长，在穷人的婚礼上演唱的比较短"[①]。虽然有关约隆歌的演唱目的还需要日后进一步考察，但由他的研究可见，在婚礼上演唱约隆，无论中外，都是一个普遍的现象和习俗。

根据约隆歌本身的特点，具体又可以将婚礼上的约隆演唱分为两种类型：

（一）在送新娘时演唱

在柯尔克孜族婚礼中，自古以来就有送新娘歌时演唱《哭嫁歌》的环节。《哭嫁歌》要由女方的嫂子们和男方的嫂子们分为两方来演唱。女方的嫂子们在演唱中要夸奖即将结婚的女孩儿和她的父母，希望女孩儿到新郎家后能被珍惜和好好对待，并对女孩儿成家后如何对待婆家人进行了引导。而男方的嫂子们则是夸赞男孩儿和男孩子的父母，在保证女孩儿出嫁以后不会被欺负的同时，也劝勉女孩儿善待自己的丈夫和公婆。送新娘时演唱《哭嫁歌》的古老习俗，在帕米尔柯尔克孜各部落中以演唱约隆歌的形式延续下来。不同的是，约隆歌是由民间艺人来演唱而非结婚者的亲属，人们将这些民间艺人统称为"约隆其"。

据马克来克·玉米尔拜研究，迎送新娘时演唱约隆歌有一定的讲究：

> 婚礼中送新娘时，要在白毡房或者在房屋前面铺上坐垫，然后让伴娘们把新娘领到这里，在她们的上面，由四个人从四个角抓住新娘的婚帐（婚礼时隔开洞房的帐子）晃动。男女双方提前指定的约隆歌手，骑在用白色绣花被子（坐垫）装扮好的马上。手里拿着恰其洛（又称恰其拉，恰其力，指过节或者喜事中所做的油炸面包），提着一袋儿一袋儿（一盆一盆）的油炸果子、方块糖，来到婚帐的两侧，前来参加婚礼的群众围绕着他们。随后，由女方歌手站在马背上一边朝着婚帐和人群撒恰其洛，一边开始演唱约隆歌。

[①] 列米·多尔《阿富汗帕米尔的柯尔克孜族》，比什凯克：吉尔吉斯斯坦出版社，1993年，第39页。

接着男方约隆歌手会根据女方演唱者的内容进行对唱。[①]

演唱约隆歌时，伴郎会站在姑娘们的后边。正如前文所说，对于约隆歌手而言，此时演唱约隆歌是一种比赛。演唱开始的时候，都是以平和的形式开头，慢慢演变成对唱，继而转化为互相调侃。高潮部分是演唱猜谜语约隆，歌手通过演唱来比智慧。如果在这一环节还没有分出胜负，最后双方会以讽刺约隆的方式来挖苦对方。

由于在送新娘演唱约隆时聚集的人很多——包括老人、孩子、男男女女都会来聆听，所以在这种场合下，约隆歌手演唱的内容也比较庞杂，如纳萨特约隆、铁尔灭约隆、猜谜语约隆等，都属于送新娘时常用的约隆种类。尤其是猜谜语约隆，其中包含着有关人物、动物、自然界和民间知识等方方面面的题材，不仅考验了演唱者的智慧与能力，也被上至七十岁、下到七岁的听众们所广泛喜爱。

有意思的是在唱调侃约隆或者讽刺约隆时，由于歌手们即兴创作能力不同，加上对唱情景的激发，双方约隆歌手相互讥讽、争吵的情况也会发生，甚至会有一些演唱者因为过于尴尬而下马走掉。不过这种事情很少出现——围观的听众们总是会提前帮忙将他们劝解开。除此之外，在送新娘演唱约隆的过程中，如果举办婚礼的主人不好好招待歌手，让他们感到不满意的话，约隆歌手们也会在演唱约隆过程中用约隆诗句毫不留情地批评婚礼举办者。

（二）在举行婚礼当天的通宵晚会中演唱（柯尔克孜语称为"奥依诺托尔"）

在婚礼当晚的娱乐晚会中，年轻人们会进行"抓茶"（递茶碗）、"丢头巾"等游戏。在"抓茶"游戏中，主持人往碗里倒上马奶酒，然后在不抛洒的情况下，一边唱歌一边将这碗马奶酒从别人的头上传递过去。"丢头巾"指的是柯尔克孜族古老的"托克莫克萨勒德"（传递棒子）游戏，"主持游戏活动的嫂子要手持一个编结成棒状的头巾，用歌声祝福新郎、新娘成亲顺利，婚后的生活幸福美满，并用传递这个头巾棒的方式邀请在场的人民唱歌跳舞为婚礼助兴"[②]。在这些游戏的过程中都需要演唱歌谣，所以约隆歌又成为必不可少的环节。

当然，娱乐晚会上年轻人的游戏中演唱的约隆，和送新娘时演唱的约隆在形式和内容上有一定区别。比如，娱乐晚会中不需要骑在装扮好的马背上演唱约隆歌，而是很平常地站在那里演唱。而且在这个环节中不需要抛洒恰其洛。从内

[①] 马克来克·玉米尔拜《浅谈柯尔克孜约隆》，载《帕米尔柯尔克孜约隆》，阿图什：克孜勒苏柯尔克孜文出版社，2009年，第13页。

[②] 阿地里·居玛吐尔地编著《中国柯尔克孜族》，宁夏人民出版社，2012年，第236页。

容上看，晚会游戏时演唱的约隆内容，以表达年轻人的性格、内心想法为主，调侃和对唱形式的约隆占有主要的地位。特别值得注意的是，在年轻人的娱乐晚会中，男女两方也会事先请好约隆歌手，这些歌手都以年轻人为主。

三、结语

　　以上我们对约隆歌在婚礼场合传唱的情况进行了探讨。需要说明的是，有部分学者认为，约隆歌在婚礼的演唱，只出现在送新娘的阶段，约隆歌的各个种类，包括调侃约隆、抒情约隆、讽刺约隆都作为固定的程序被演绎。年轻人的娱乐晚会上可能并不唱约隆歌，而是演唱柯尔克孜族的其他民间歌曲。我们的观点恰恰与之相反，对于婚礼娱乐晚会中约隆歌演唱的继续探索和思考，将会成为约隆歌研究的一个颇有价值的学术点。

　　最后，有关柯尔克孜约隆歌传唱的具体状况，还有必要再提出几点需要澄清和注意的问题。第一，以前在送新娘演唱约隆歌时，没有弹奏传统乐器库姆孜的情况，因为约隆歌手站在马背上抛洒恰其洛，演唱约隆时，不可能弹奏库姆孜。在娱乐晚会上，年轻人在演唱约隆的游戏环节中，也不弹奏库姆孜等乐器。而现在，在这两种场合中都加入了弹奏库姆孜等民族乐器的表演，可以视为约隆演唱的一种新变化。第二，约隆歌只是在新婚女孩的婚礼中演唱，而不能在二婚妇人的婚礼中演唱。正如有的约隆歌本身所唱："如果我演唱约隆的话——我的月亮一样的姑娘——对你有益，对于没有人娶的少妇，不会有约隆。"前辈约隆歌手们都秉持着这一观点。第三，有人根据"约隆是在宴会仪式中演唱的"这种习惯语，进而从理论上将约隆歌演唱范围扩大到"祭典宴会"上，以混淆视听。实际通过我们的实地调研，不管是从约隆歌的内容来看，还是从约隆的演唱情况来观察，都找不到它在祭礼上演唱的痕迹。因此我们还要进一步强调，约隆歌只在新婚女孩的婚礼中演唱，而不会出现在祭礼或者其他仪式的场合。

　　（本文原载《居素普·玛玛依与中亚民族史诗国际学术研讨会论文集》，
　　　比什凯克：Max Print出版社，2017年，第280—285页；
　　　此系首次用汉文发表，有删减）

甘肃八旗驻防历史变迁研究

锋 晖

一、甘肃八旗驻防的历史变迁

（一）甘肃驻防的缘起与建立

清代甘肃，北界蒙古，西接新疆，东靠陕西，南临青海，自古战略位置极为重要。

甘肃八旗驻防设置前，清军虽多次用兵甘肃，但均为短期驻军。顺治年间，清军进入西北，镇压农民军，以八旗兵甚少，于甘肃未设八旗驻防，以绿营辖控周边，将八旗驻防兵力集中于西安，进入甘肃多为临时驻军，战事结束随即撤军。康熙十二年（1673），三藩倡乱，陕西提督王辅臣于甘肃平凉策应，清廷遂授绿营将领率兵平叛，派八旗官兵于宁夏督战，待三藩平定后，清廷遂又将宁夏八旗官兵调入川蜀作战。

康熙十八年，准噶尔逐步强大，征伐哈萨克、布鲁特各部，灭叶尔羌汗国，控制回疆，控制青藏，构成清朝潜在威胁。康熙二十七年，噶尔丹率军由北路进攻喀尔喀蒙古，引发清朝与准噶尔激战，康熙帝一面亲征御敌，对北路驻防严密部署，一面布设宁夏八旗驻军。康熙帝谕："西安将军尼雅翰，副都统巴赛、柏天郁，率满洲兵二千、汉军兵一千屯宁夏，其宁夏绿旗兵亦令预备。"①乌兰布通大捷后，清廷遂撤军。康熙三十年，噶尔丹劫掠墨尔根济农，清廷着令西安满营前往宁夏，后令将军尼雅翰率领驻宁夏、西安满兵及绿营合击噶尔丹，战后西安大军遂撤。

---

① 《清圣祖实录》，北京：中华书局，1986年，第615—616页。

康熙三十四年，噶尔丹再次率军沿克鲁伦河进犯北路。为配合北路作战，康熙帝谕："宁夏地方紧要，宜设官兵驻防。可遣官往彼监造营房。"[①]同年七月，"升右卫左翼护军统领觉罗舒恕为宁夏将军"[②]；九月，升参领胡什巴为宁夏左翼副都统，正红旗蒙古副都统沙济宁为宁夏右翼副都统，调西宁副都统马自德为宁夏副都统。康熙三十五年，康熙帝二次亲征噶尔丹，费扬古率西路军，经宁夏集结，于"昭莫多之役"大败准部[③]。康熙三十六年二月，康熙帝第三次亲征噶尔丹，亲至宁夏，对阵噶尔丹所居萨克萨特呼里克，噶尔丹残部食尽粮绝，纷纷降清，噶尔丹败亡科布多阿察阿穆塔台。战后，清廷撤兵宁夏，宁夏将军一职随之裁撤。

康熙五十四年三月，策妄阿拉布坦派兵袭扰哈密，清廷引兵进讨后，起用年羹尧、岳钟琪等汉官，以甘肃绿营加强哈密兵屯。康熙五十六年，策妄阿拉布坦派大军入藏，占领拉萨，击毙拉藏汗，康熙遂派军征伐，各路大军集结于宁夏、庄浪、凉州，合力击溃准军。康熙六十一年，康熙帝驾崩，青海和硕特首领罗卜藏丹津趁机反叛，青海叛众达数十万，清朝平叛历时一年。清廷鉴于数次西北平乱经验，遂有意以宁夏为重心，强化甘肃驻防。

雍正二年（1724）二月，抚远大将军年羹尧奏："宁夏地阔田肥，原设总兵官驻扎，遇哈密有事，将满洲兵由内派往，路途遥远，甚属无益，宁夏贺兰山之外，离哈密不甚遥远，宜于宁夏令满洲兵驻防。"[④]并奏请设置宁夏将军1员、副都统2员，驻兵2200百名[⑤]。十一月，清廷批准年羹尧奏议，再次设立宁夏将军。次年，清廷自黑龙江、吉林调满蒙官兵3541人、官兵家属7202人移驻宁夏，调太原满洲兵三百前往宁夏驻防，修筑满城，宁夏八旗驻防由此开启。

雍正九年，清准双方于"和通淖尔之役""额尔德尼昭之役"两败俱伤，清廷一面与准和谈划界，一面强化甘肃驻防，鉴于"凉州为甘肃咽喉，通省关键"[⑥]，雍正十三年，清廷设凉州将军，并于西安满营移驻官兵2000名，又将拟移驻西宁之官兵调至庄浪，构建庄浪驻防，"设甘肃凉州八旗满、蒙、汉兵凡二千人，设驻防庄浪八旗满、蒙、汉兵凡千人"，满城于当年修筑完毕，至此形

---

① 《清圣祖实录》，第821页。
② 《清圣祖实录》，第823页。
③ 《清圣祖实录》，第875页。
④ 《清世宗实录》，北京：中华书局，1986年，第292—293页。
⑤ 中国第一历史档案馆编《雍正朝满文朱批奏折全译》（上册），黄山书社，1998年，第955页。
⑥ 《清世宗实录》，第635页。

成宁夏、凉州、庄浪三点"品型"驻防格局，影响蒙古、新疆、青藏三线战事。

乾隆三年（1738）十一月，宁夏大地震，满城房屋全行坍塌，"城尽毁"①，驻防官兵及家属死亡1118人，人员锐减。清廷将幸存的宁夏驻防步甲六百改为养育兵，以示体恤，清廷发内帑95.3万两，另筑宁夏新满城②，减员兵额自西安满洲官兵顶补。乾隆十一年，又有部分庄浪满兵移驻宁夏。几经征调，宁夏驻防官兵达3514人，合家眷共10734人③，合计凉州、庄浪驻防官兵3200名，甘肃驻防满营官兵达6700余，合家眷约2万余众。

（二）驻防官兵的移驻与补入

乾隆朝，甘肃驻防八旗及绿营围绕新疆问题两度移驻，构建伊犁驻防及新疆东路驻防，并调北京、西安等地满营官兵补充。

乾隆十八年，随准噶尔内讧，准噶尔诸部首领率众投清，清廷遂再次着手出兵征准。清廷"派凉州、庄浪满洲兵一千，宁夏兵一千等组成西路军两万，合同北路军三万，共五万，筹备征准事宜"④。乾隆二十年至二十五年，清朝出兵天山南北，先后征服准回二部，彻底消除准噶尔威胁。清朝西北驻防战略对象由此变化，并向西域以西推进。

乾隆二十七年，清廷设置伊犁将军府，乾隆谕："前因准夷未平，凉州、庄浪等处为西陲冲要，故将西安驻防之满洲、蒙古、汉军兵丁，派出数千名分地驻防，今大功告成，巴里坤以西皆成内地，凉庄既非边徼，而该处并无行围习艺之所，以致兵丁怠惰偷安，俱归无用，现在伊犁建造城堡，设立将军，驻防屯田，与其三年一次派兵更番戍守，何如即以凉庄兵丁挈眷迁移，较为省便。"⑤清廷二次平准后，明确巴里坤以西皆成内地，凉庄既非边徼，将西域新征服准之噶尔故地视为新疆，驻兵问题上亦明确以携眷为主。

乾隆二十八年，乾隆帝谕："今回部、厄鲁特俱已平定，伊犁宜应永久驻军。将凉州、庄浪等处满洲官兵携眷迁移。"⑥其移驻官兵有协领4名、佐领28名、防御28名、骁骑校28名、领催191名、前锋302名、马甲1771名、步甲600

---

① 国家档案局明清档案馆编《清代地震档案史料》，北京 中华书局，1959年，第454页。
② 柳玉宏《（乾隆）宁夏小志》，北京：中国社会科学出版社，2015年，第20页。
③ 辽宁少数民族社会历史调查组编《满族社会历史调查》，沈阳：辽宁人民出版社，1985年，第164页。
④ 《清高宗实录》，北京：中华书局，1986年，第1027—1028页。
⑤ 《清高宗实录》，第575—576页。
⑥ 中国第一历史档案馆编《乾隆朝满文寄信档译编》，长沙：岳麓书院，2011年，第405页。

名、养育兵200名、炮手75名、匠役头目12名、匠役95名，官兵共计3334名。首度移驻后，清廷认为："凉、庄满兵二千二百余户，现今移驻伊犁。凉、庄虽属内地，无可守御之处。但该处系西陲通衢，且城垣房屋建立未久，若因官兵移驻伊犁，将城垣房屋空闲，必致倒坏，即行人往来，亦不足以肃观瞻。西安官兵驻防年久，生齿日繁，若将西安官兵内酌量移驻凉、庄，居住则现有之城，垣房屋既不致空废，于西安兵丁生计亦大有裨益，可将西安满兵内拨二千名移驻凉、庄。兵数既以无多，毋庸设立将军。凉州留副都统一员，庄浪设城守尉一员，以资管辖。"①同年，清廷令西安满营向凉州派驻马兵1300名、步兵200名，共1500名，又向庄浪派驻马兵400名、步兵100名，共兵500名。乾隆三十三年正月，清廷又因"宁夏满城兵丁无多，将军一员、副都统一员足敷管辖，其右翼副都统员缺即行裁汰"②。因驻防官兵移驻，撤销凉州将军，裁撤庄浪副都统为城守尉。清廷设置甘肃驻防，其根本在于消除西北各类威胁，平定准噶尔后，遂将庄浪、凉州官兵移驻伊犁，应对新疆各类潜在威胁。庄浪、凉州驻防官兵首度移驻伊犁后，清廷对该处驻防重视随之淡化，其再次移驻西安官兵于庄凉，其目的仅为不致满城房屋空废，安置西安多余旗丁，同时鉴于甘肃军务大量减少，清廷遂对甘肃驻防官员进行裁减。

乾隆三十六年初，蒙古土尔扈特17万部众，自伏尔加河流域东返。清廷对土尔扈特东归心态复杂，十分戒备，一面调拨物资，施以赈济，一面对其甄别，调整驻防，对其分割安置，严加管控，消除隐患。清廷遂议强化以乌鲁木齐为中心之新疆东路驻防问题，迅速移驻官兵，布设针对土尔扈特的驻防格局。

伊犁将军舒赫德奏请："此次移驻理合就近移驻。凉州、庄浪二地驻兵近三千名，宁夏驻兵约四千名。凉州、庄浪之兵，原先防范厄鲁特而驻。今仰赖皇上神威洪福，开拓疆域二万里，塞外各地均有驻兵，故在凉州、庄浪不必永久驻兵，即请全数移驻乌鲁木齐。"③将凉州、庄浪的旗官兵全部携眷移驻，清廷对此批准。而实际出发时，官兵数目并非3000名，"凉州、庄浪二地之官共八十三员，马甲二千七百名，步甲三百名，炮手四十名，工匠二十四名，养育兵二百八十名"，清廷另补拨凉州上三旗九牛录900余名兵、正红旗蒙古牛录90余

---

① 铁保《钦定八旗通志》，台北：学生书局，1968年，第8823页。
② 《清高宗实录》，第823页。
③ 中国第一历史档案馆编《清代新疆满文档案汇编》第103册，桂林：广西师范大学出版社，2012年，第20页。

名兵，移驻官兵达4400余名，清廷于乌鲁木齐修筑巩宁城，构建乌鲁木齐驻防。

此外，清廷又移驻宁夏、西安满营官兵至新疆。乾隆三十七年，清廷将宁夏满洲兵1000名，西安满洲兵1000名，移驻至巴里坤，自北京八旗中补充缺额。"西安、宁夏满营，每佐领下所管兵，俱系各按本营旧制，今两处官兵，同驻巴里坤，自应画一分拨，请于西安宁夏两处各派协领二、佐领、防御、骁骑校各八，分为八旗，各兵仍听本处协领等管辖，并每处分派领催、前锋各四十，马兵八百，步兵八十，炮手十六，匠役二十四，至宁夏拨缺之兵，将来由京拨补原额"①。

宁夏、西安满洲兵移驻巴里坤后，因巴里坤兵粮转运维艰，清廷又将其分驻巴里坤、古城两处。乾隆三十九年，乌鲁木齐都统索诺木策凌奏请："古城应驻满兵一千名，议于西安宁夏两处拨移，查西安满兵移驻巴里坤者，器用房屋，久经安置妥协，毋庸矢移，请于宁夏满兵内拨一千名移驻古城。"②清廷准奏。至此，巴里坤、古城两处八旗驻防也相继定启动。

表1 新疆六大满营驻防城信息

	驻防城	建城时间	官兵来源	官兵数额
1	伊犁惠远城	乾隆三十年	热河、凉州、庄浪	4640名
2	伊犁惠宁城	乾隆三十五年	西安	2144名
3	乌鲁木齐巩宁城	乾隆三十七年	凉州、宁夏	3376名
4	巴里坤会宁城	乾隆三十七年	西安	2000名
5	古城孚远城	乾隆四十年	宁夏	1000名
6	吐鲁番广安城	乾隆四十五年	凉州、庄浪	564名
总计				13724名

注：此表根据《西域图志》《乌鲁木齐事宜》《三州辑略》相关数据而制。

乾隆三十七年，清廷自北京选调官兵1000名，携眷总计3357口，783户，驻防宁夏。乾隆三十八年，清廷移驻北京官兵500名至庄浪。乾隆五十年八月，清廷"派宁夏当差之拜唐阿闲散五百名移驻凉州，另于满洲、蒙古八旗拨兵三百，前往庄浪"。乾隆五十一年，清廷自北京又移驻三百官兵于庄浪。

乾隆末年，甘肃八旗驻防几经移驻补入，规模逐渐稳定。宁夏驻防中，包括将军1人，副都统1人，协领兼佐领5人，佐领19人，防御24人，步营防御2人，骁骑校24人，笔帖式3人，八旗满洲、蒙古委前锋校16人，前锋184名，鸟铳领催48名，鸟铳骁骑952名，炮领催8名，炮骁骑92名，领催72名，骁骑828名，鸟铳

---

① 《清高宗实录》，第269页。
② 《清高宗实录》，第1277页。

步军400名，步军200名，养育兵600名，弓箭铁匠各24名；凉州驻防中，撤将军为副都统，协领2人，佐领6人，防御8人，骁骑校8人，八旗满洲、蒙古前锋领催、骁骑共1260名，步军120名，炮手40名，养育兵120名，弓箭铁匠共40名；庄浪驻防中，撤副都统为城守尉，设城守尉1人，佐领4人，防御4人，骁骑校4人，八旗满洲、蒙古前锋领催、骁骑共656名，步军80名，炮手16名，养育兵64名，弓箭、铁匠共24名，官兵总数合计5962名。

嘉庆朝后，甘肃驻防未曾出现大规模移驻，规模较为稳定，八旗人丁不断增加，道光朝仅宁夏满营人口就达1520户，人口1.3411万人①。新疆驻防定型后，甘肃驻防几经补充也随即定型。

（三）甘肃驻防的衰落与终结

道光年间，甘肃驻防八旗多次参与新疆平乱战事，战功显著。鸦片战争后，清廷为节省军费，接连裁减陕甘绿营3630名，使绿营驻防逐渐弱化。同治年间，受太平天国运动、捻军起义影响，陕甘回民相继反清起义，波及西北各地，为清末重大社会事件。期间，宁夏、庄浪、凉州官兵被征调西北各处作战，驻防军民于回民起义中受到重创，军民人口锐减，官兵人数由5962名，锐减至1000余名。宁夏满营军民由1.3411万人，锐减至3000余人②，庄浪、凉州满营军民由1.25万余人，锐减至5000余人③。宁夏将军奕梁向清廷告危。清廷遂自山西、山东、直隶、吉林、黑龙江、北京、天津、喀尔喀蒙古等地，征调官兵进入西北，镇压回民起义。战后，阵亡官兵之缺，本地驻防无法补充，不仅官兵数目严重减员，战斗力亦急剧下降，清廷几度于京城等处调拨八旗补充，才使甘肃驻防官兵数目有所恢复。光绪年间，甘肃宁夏、庄浪、凉州三处驻防官兵总数5842名，其中宁夏驻防官兵3488名，包括前锋校16名，领催128名，前锋184名，马甲1872名，步甲头目24名，步甲576名，养育兵600名，匠役66名，炮手16名；凉州驻防官兵1510名，包括前锋领催120名，马甲1150名，炮甲20名，养育兵180名，匠役40名；庄浪驻防官兵844名，包括前锋领催马甲680名，步甲64名，炮手10名，养育兵75名，匠役15名。官兵数目随恢复至乾隆末期，但战斗力却难以恢复，以致光绪二十一年（1895），庄浪满城旗兵因误战事，朝廷取消其"双口双粮"的优惠待

---

① 宁夏博物馆编《宁夏满营事宜》，道光抄本。
② 宁夏博物馆编《宁夏满营事宜》，道光抄本。
③ 柳玉宏《（乾隆）宁夏小志》，第164页。

遇。

1911年,"宁夏革命军政府"千余人,响应武昌起义,进攻宁夏满营,宁夏将军常连率军激战,双方僵持,满营坚守。1914年,北洋政府裁宁夏将军,解散官兵,化旗为民,并拨荒地以开垦。1916年,北洋政府以"化旗为民,筹办生计",解散八旗官兵2200人,分发遣散费,骑兵50两,步兵25两,宁夏满营彻底解体,宁夏旗人被逐出城外,将军府遂改宁朔县衙。庄浪旗人,被甘肃提督迁移他处,自辟田地谋生,分散各处。凉州旗人,则或迁移他处,或继续留居满城,直至1931年马步芳强占满城,而被迫散居周边。

二、甘肃八旗驻防的战略地位

军事驻防者,与其战略目标及军事对象密切相连。纵览清朝甘肃驻防之变迁,始终围绕西北威胁而设置调整,初为准噶尔政权之威胁,再为哈萨克、布鲁特之越境侵踞,后为土尔扈特之入境定居,同治朝镇压陕甘回民反清运动,其战略对象、威胁程度,遂决定各时期甘肃驻防之沿革,为清廷稳定西北的军事重心,及应对新疆问题的战略后方。

(一) 征服准部的重要力量

有清一代,边患之大,莫过于准噶尔,而甘肃驻防为清朝征服准噶尔的重要力量。准噶尔的崛起,其初统一天山北路卫拉特诸部,再而征服回疆,实现天山南北的统一,旋征服哈萨克、布鲁特等诸部,实现中亚区域的统一,最后出兵漠北,拟统一喀尔喀诸部,实现自中亚区域至蒙古草原的统一,合同青藏教区,构建一个蒙藏统一体,其汗国历程实为统一蒙古、统一中国之历程。而甘肃紧邻准噶尔,清准关系之缓急,直接决定甘肃驻防之规模。清准围绕喀尔喀归属,蒙藏之兼并而几度大战,甘肃驻防随准部威胁而日益强化。清廷以甘肃驻防,堵截准部东进,截断蒙藏联系,与北路乌里雅苏台驻防呈南北策应,被清朝视为用兵准噶尔之关键。乾隆二十年,清朝初征准噶尔完胜,准噶尔政权覆灭,但清廷无意驻军于新疆,分封四汗分治,即行撤返陕甘等各路官兵,但准噶尔各部又随阿睦尔撒纳纷纷反清,清朝遂再度自甘肃等处调兵入疆剿杀,直至准噶尔部众覆灭,北疆空虚无人,以准噶尔为军事目标之甘肃驻防遂完成使命。

康雍乾时期,清廷以甘肃驻防实现三线用兵。其北,系蒙古驻防,为清廷对准用兵之左翼，甘肃驻军为右翼，清朝以此两翼官兵，于历次用兵准噶尔实施左右合击；其南，系青藏区域，清廷以甘肃至巴里坤、哈密一线驻防，隔断西域与青藏之联络，打击入藏之准军，杜绝蒙藏联合，派驻藏大臣于内羁縻，以甘肃驻防于外围震慑青藏，其效果可谓显著；其西，甘肃驻防于巴里坤、哈密前沿直接对抗准噶尔，有效控辖、笼络哈密、吐鲁番回部，并隔离准噶尔以东商贸联络通道，集合回、蒙、藏诸部及汉军绿营之力合击准噶尔。康雍两朝，北路清军曾一度出现和通泊等战役溃败，而甘肃驻防始终稳固，三线出兵，鲜有败绩，可谓是对抗准噶尔的主要力量。

（二）戡定西北的重要基地

甘肃驻防，为清朝戡定西北之重要基地。纵览清朝入关，以北京为核心，布设京畿驻防，再分进直省各域，沿长城、长江、黄河、沿海、运河，呈五条线路布设驻防，层第推进。于西北地区，清廷先构筑西安驻防，后设置宁夏、凉州、庄浪驻防，再以甘肃驻防为根基，征服准噶尔。准噶尔政权覆灭后，哈萨克等越境区域延延数千里，清廷急需以驻防重构中亚秩序，遂移驻甘肃等地八旗于伊犁，设置伊犁六营①，震慑内外部众，自北路塔尔巴哈台，至南路喀什噶尔，设置换防，守卡巡边，边境秩序得以稳定。乾隆三十六年，土尔扈特东归，清廷对其防范有加，再次移驻庄浪、凉州、宁夏等处驻防官兵，以乌鲁木齐为中心，布设东路四营驻防，并移驻陕甘绿营数万，广布驻防满营之间，新疆东路四满营相继形成，陕甘绿营亦随之完成部署，形成东路绿营二十八城格局，即乌鲁木齐以东十三城②，乌鲁木齐以西十四城③，及乌鲁木齐以南嘉德城。围绕新疆问题，甘肃驻防两度尽数移驻，撤凉州将军，设伊犁将军，构建新疆军府格局，其后数次派兵进入新疆，平定内乱。综合青藏区域用兵，可见甘肃驻防之战略防御对象，涉及西北各地。

就乾隆朝全国军事大调整而言，甘肃驻防可谓牵一发而动全身。因准噶尔威胁消除，甘肃驻防尽数移驻，改编为伊犁驻防，清廷遂展开全国军事大调整，其连锁效应波及全国，西安满蒙八旗兵、盛京锡伯兵、黑龙江索伦兵、张家口察

---

① 伊犁六营：惠远城满营、惠宁城满营、锡伯营、索伦营、察哈尔营、厄鲁特营。
② 乌鲁木齐以东十三城：惠来堡、屡丰堡、辑怀堡、阜康城、惠徕堡、育昌堡、时和堡、恺安城、保惠城、古城汉城、靖宁城、木垒城、镇西城。
③ 乌鲁木齐以西十四城：宣仁堡、怀义堡、头屯所、宁边城、宝昌堡、乐全堡、芦草沟所、景化城、康吉城、绥宁城、绥来堡、遂成堡、丰润堡、安阜城。

哈尔兵，随即组建移驻。而清廷于太平盛世无意增加全国兵额军费，遂令京口、杭州、甘肃等各地八旗汉军大批出旗，或出旗为民，或编入绿营，其缺额补充西北驻防。可见，八旗驻防由北京辐射边疆，层第推进，而甘肃驻防则为清廷统一西北、定鼎疆域版图之重要环节。自新疆驻防建立后，历经张格尔之乱等数次战乱，清廷屡派甘肃驻防兵力参与平乱，伊犁将军、乌鲁木齐都统与陕甘总督关系密切，甘肃驻防亦为新疆驻防有力依托，借以稳定西北政局，其意义重大。

就八旗、绿营关系而言，自顺治绿营编设开始，遂西北战事甘肃绿营发展迅速，而"凡地方有绿旗兵丁，不可无满兵"[1]，清廷于"三藩之乱"后，鉴于内地直省稳定，将八旗驻防逐渐西移，雍正年间，甘肃绿营人数8.2888万名[2]，清廷以旗人补放绿营武职，借以强化对绿营之控辖监督，乾隆四十九年，旗人任各省绿营缺者686任，其中甘肃84名[3]，其官制自提督至都司、守备、把总，贯穿而下，其比例较高，渗透之深，可窥见清廷以八旗控辖绿营，形成以八旗为核心之武装体系，借以对峙准噶尔之格局，相对北路喀尔喀札萨克武装而言，清廷对甘肃绿营之控制可谓严密。

三、结语

甘肃八旗驻防史，自顺治朝临时驻军，康熙朝定期换防，雍正朝初创驻防，乾隆朝鼎盛定型，同治朝受到重创，至辛亥革命彻底解体，可谓贯穿清朝始末。满营系清廷最为信任之武装，故甘肃驻防满营于西北战事，作用可谓显著，尤其康雍乾三朝，甘肃八旗驻防，其驻防规格之高端，派兵次数之频繁，移驻官兵数目之巨大，参与各路战事之众多，军事防御对象之繁杂，承担各类军务之繁重，为同时期各地驻防所不及。此外，就西北建设发展而言，尤以甘肃驻防推进为主线，绿营随八旗用兵扩编，无论级别、规模，均创各地驻防之首，屯牧规模空前。同时，满营官兵食俸饷而不事生产，系清代重要的消费阶层，加之管辖商贸要道，使满营驻防之处必跟随各类大小官民商家，城镇建设兴旺，商业往来频繁，文化交流繁荣，移民规模空前，诸多八旗、绿营驻防城，遂发展为今日西北主要城市。甘肃驻防中，随军事、生产、商贸关系发展，旗、民、商三者相互依

---

[1] 《清高宗实录》，第657页。
[2] 基于《甘肃通志·兵防》《甘肃新通志·兵防》中雍正七年至十年驻兵数据统计而成。
[3] 具体内容参见《大清中枢备览》"乾隆四十九年"条。

赖，八旗与绿营密不可分，对稳定社会环境，密切民族交往大有裨益，此状况随甘肃驻防移驻新疆而推移，对带动新疆近现代城镇发展，促进屯牧经济繁荣，强化天山南北民族交融，其意义可谓深远。

（本文原载《宁夏社会科学》2018年第1期，第196—200页）

清朝前期新疆官办学校制度研究

——以《伊江汇览》叙述为例

多 强 钟名扬

《伊江汇览》是由乾隆年间的伊犁官学总管、满洲佐领格琫额编纂，原本有手抄本流传，后经吴丰培先生整理，收录于《中国边疆史地资料丛刊》的《清代新疆稀见史料汇辑》中，成为国内外学者研究清代新疆史地不可缺少的重要参考资料[①]。作为当时新疆的军事、政治、文化中心，由《伊江汇览》"学校"篇所记录的乾隆时期在伊犁推行各项官办学校教育的政策和措施，使我们对这一时期新疆总体的教育状况有"窥一斑而见全豹"的感觉，为我们了解新疆移民社会的建设提供了可资借鉴的史料。

一、《伊江汇览》官办学校制度形成的历史背景

（一）伊犁为新疆中枢地位的确立

乾隆二十四年（1759），乾隆皇帝平定准噶尔与回部的叛乱，统一新疆后，一再宣告："准噶尔荡平，凡有旧游牧，皆我版图。"[②]为了维护清政府在新疆的有效统治，乾隆皇帝常告诫官员"西北塞防乃国家根本"，"伊犁既归版章，久安善后之图，要焉已定者讵宜复失"[③]。经君臣商讨，决定在全疆各地建立军政机构，行使中央政府对边疆地区的国家主权。乾隆二十七年十月，以"伊犁为

---

① 格琫额纂、吴丰培整理《伊江汇览》，载中国社会科学院中国边疆史地研究中心编《清代新疆稀见史料汇辑》，北京：全国图书馆文献缩微复制中心，1990年，第1—88页。
② 《平定准噶尔方略》续编，卷四，台北：商务印书馆，1986年，第179页。
③ 《乾隆御制诗文四集》卷二〇，北京：中国人民大学出版社，2013年，第43页。

新疆都会，现在驻兵屯田，自应设立将军，总管军务"，清政府正式宣布在新疆设立伊犁将军[1]。任命明瑞为首任"总统伊犁等处将军"[2]。伊犁将军是清朝设立在新疆的最高军事行政长官，驻节伊犁惠远城。下设都统和参赞、办事和领队等各级官吏，分别派驻天山南北各地，协助伊犁将军管理地方军政要务。这象征着清代以伊犁为中心的统辖全疆的伊犁军府制正式确立。《伊江汇览》中的"疆域篇"对当时伊犁的总体情况进行了详细的描述：

> 伊犁在甘肃省治西北五千五百里。乾隆二十七年特授总统将军驻扎惠远。大城正东三百八十里至精河所属托和穆图台，为乌鲁木齐界；东北二百五十里至呢楚浑北山口，为精河界；正北五百五十里至巴尔鲁克，为塔尔巴哈台界；西北一百三十里至和尔果斯，为哈萨克界，正西四百里至匡俄尔鄂鸾，为哈萨克界，西南四百七十里至木尔图里克，西连布鲁特界，南连叶尔羌回界；正南六百六十里至穆素尔岭，为乌什、阿克素界；东南八百里至朱尔图斯，为喀拉沙拉回户界。凡东至乌鲁木齐、辟展、巴里坤、哈密；西至布鲁特、哈萨克等处游牧；南至阿克苏、乌什、库车、喀拉沙尔、叶尔羌、喀什噶尔、英吉沙尔、于阗；北至塔尔巴哈克台；皆将军统辖之。幅员辽阔，诸部云屯，扶绥之而弹压之，屹然称重镇焉。[3]

以上这段总括要言不烦，不仅准确地描述了伊犁的四至范围，也概论了伊犁将军所管辖的范围，为下面关于该地的教育面貌论证提供了张本。

（二）伊犁军府制下促进社会稳定发展的制度建设概貌

恢复中央对新疆的集权统治后，摆在清政府面前的是一个饱受战乱之苦、民生凋零的经济社会。在平定叛乱的过程中，发动重军征讨各地，清政府也深感军需供给的重要性。为了巩固统治地位和尽快稳定社会局面，清政府采取和实施了一系列的官制、兵额、仓储、户籍、贸易、赋税、马政、屯政水利、边防及学校教育等制度。这些措施在较短的时间里就收到了一定的成效，《伊江汇览》在这些制度上都分门别类做了总结。

---

[1]《清高宗实录》卷六一九，台北：华文书局，1971年，第4页。
[2] 马国荣、徐伯夫《新疆地方历史资料选辑》，北京：人民出版社，1987年，第278页。
[3] 格琫额《伊江汇览》，第5页。

在兴办学校教育上，乾隆二十五年，清政府于乌鲁木齐、昌吉两地设厅直官，1769年设置厅学并设学额，这标志着清政府在新疆正式实施科举的序幕。1782年，清政府在新疆的镇西、宜禾、奇台、迪化、昌吉、阜康、绥来各设儒学一处，岁试文童27名，岁试武童27名，科试文童27名[①]。这一时期学校教育和科举制度的推行，对于驻防新疆的八旗官兵人心稳定和缓和社会发展都产生了积极有利的影响。不过以上的这些设置主要在新疆的东部地区，由乌鲁木齐都统管辖的范围内。在行政地理区域上，它们具有一定的独立性，不完全归属于伊犁将军管辖。在伊犁地区建立学校制度，才是在新疆全境具有开创意义的教育制度。

（三）官办学校制度的形成始于内地官兵的驻防需求

清朝在新疆的驻扎军队分为驻防和换防两种。驻防主要来自盛京、黑龙江、张家口和热河等地，其中有携眷之满洲、蒙古、锡伯、索伦（即达斡尔）、察哈尔、额鲁特等营，长期驻守。换防军不带家眷，短期驻守。其中，塔尔巴哈台及南疆各地兵丁由伊犁、乌鲁木齐、古城（吉木萨尔）调拨。军队驻扎地主要在北疆，而且主要集中在伊犁、乌鲁木齐、巴里坤等地[②]。根据统计，乾隆皇帝总共向新疆派遣了三批驻防官兵，分别是：1763年1月，军机大臣傅恒等遵照乾隆帝旨谕议奏清廷："将凉州、庄浪3200名满洲、蒙古兵，遵旨尽数携眷迁往伊犁永久驻防。"[③]这批官兵最后到达伊犁的总人数为3334人，其中协领4员、佐领28员、防御28员、骁骑校28员、领催191名、前锋302名、马甲1717名、步甲600名、养育兵200名、炮手57名、匠役头目12名、匠役59名[④]。在首批官兵及家眷自凉州、庄浪起程西迁的同时，清政府又命令已拟定由热河迁往伊犁的满洲驻防兵准备启程。热河驻防兵是驻防于避暑山庄、喀喇河屯、桦榆沟等处的由热河副都统管辖的八旗兵，总共领催51名、前锋26名、马甲887名、炮手13名、匠役23名及协领2员、佐领10员、防御10员、骁骑校10员，合计1032名[⑤]。因此可以计算得出，凉州、庄浪、热河的满洲驻防兵和蒙古官兵共计4366名，实际上是一起迁驻伊犁的。但随着伊犁九城的陆续建成以及驻防、巡守范围的逐步扩大，兵力又

---

① 傅恒等《钦定皇舆西域图志》卷三六"学校篇"，杭州：便益书局影印，1893年，第208页。
② 魏源《圣武记》卷四，北京：中华书局，1984年，第158页。
③ 吴元丰《清代乌鲁木齐满营述论》，载《中国边疆史地研究》2004年第3期。
④ 吴元丰《清代伊犁满营综述》，载王钟翰主编《满族历史与文化》，北京：中央民族大学出版社，1996年，第105—106页。
⑤ 佟克力《伊犁驻防满营与新满营始末》，载《新疆大学学报》（社会科学版）2004年第3期。

显不足。因此，清政府根据乾隆帝早年旨谕中的调军思路和原则，又决定就近自西安抽调一批满洲、蒙古官兵携眷迁驻伊犁。这批官兵总计2088名，其中协领3员、佐领13员、防御16员、骁骑校16员、领催116名、前锋160名、马甲1524名、步甲200名、炮手40名、匠役48名①。至此，清政府拟定的派遣满洲、蒙古携眷兵迁往伊犁驻防的任务，经过8年才基本结束。三批迁驻伊犁的官兵已达6454名，加上家眷近2万人②。其中80%为八旗官兵，绿营只占20%③。

《伊江汇览》的"户籍篇"对当时伊犁的驻军及人口增长也进行了详细地描述：

> 各营官兵之移驻伊犁也，原来户籍，载在档册，今已十余载矣。生齿日繁，添丁增户，岁岁有之。现在惠远城之满洲蒙古官兵凡四千三百六十八户，计大小一万八千三百六十九名口。惠宁城满洲蒙古官兵凡二千二百一十六户，计大小八千七百二十三名口；锡伯营官兵凡一千零一十八户，计大小四千四百三十九名口；索伦营官兵凡一千零一十八户，计大小三千二百六十八名口；察哈尔营官兵凡一千八百三十六户，计大小五千五百四十八名口；厄鲁特营官兵闲散凡三千五百一十六户，计大小一万七百三十七名口；回子伯克并耕地挖铁额齐回子凡六千四百零六户，计大小二万五百五十六名口；招募民户七十一户，凡大小二百零九名口，按年增减，曾无定额焉。④

由此可以看出，随着清政府在伊犁驻军数量的不断增加，也就带来了随军子弟上学和受教育的问题，尤其是作为统治阶层的八旗在新疆长期的驻守和社会管理的自身需要，学校教育应运而生。一开始，新疆的学校教育是从旗学，或者叫营学开始的。1766年，伊犁将军明瑞首度奏请朝廷批准在伊犁满族八旗军营中各设立官学一所：

> 三十一年凉、庄、热河满兵移驻伊犁以来，八旗各设官学一处，遴选教习二人，训课本旗子弟。⑤

---

① 佟克力《伊犁驻防满营与新满营始末》，载《新疆大学学报》（社会科学版）2004年第3期。
② 苏奎俊《满洲八旗驻防新疆及其人口变化》，载《西域研究》2015年第2期。
③ 余太山《西域通史》，郑州：中州古籍出版社，2003年，第434页。
④ 格琫额《伊江汇览》，第40页。
⑤ 格琫额《伊江汇览》，第41页。

1769年，伊犁将军永贵奏请朝廷批准，分别在满族、汉族和蒙古族军营中建立学校各一所，并任命格琫额为首任官学总管。

> 嗣于三十四年，将军永贵因旗兵驻于新疆，为各部落总汇之区，凡国语、蒙古、汉文在在均须熟悉，始于办公应事有益，是以奏明建立满、汉、蒙古官学各一所。于惠远城营务之处侧，选派满洲佐领格琫额总理其事。①

同年，伊犁将军伊勒图奏请朝廷批准在伊犁"两满营特设义学一所，派协领等官管理"②。事隔不久，在哈密也建立了以教训兵家子弟为主的营学和以教训民人子弟为主的乡学③。至此，新疆有了第一批随营官办学校。

二、《伊江汇览》所记录官办学校的具体制度

（一）重视启蒙教育，限定官办学校的学生人数和课程设置

根据格琫额在《伊江汇览》学校篇中的记载，可以看出当时的伊犁将军和各地官学都非常重视官办学校的建设，认为八旗子弟读书和学习知识是正务，至关紧要，学校和父母都应支持和督促孩子认真上学，学好本领。另外，为保证教育的质量和效果，还对学校的学生人数做了限制。在课程设置上也效仿中原教育体制，开设必修的文化课和武功实践课程。

> 议以子弟当童稚之年，言行最关紧要，读书固属正务，诲迪夏楚维严，课读之外，如学生之言语稍乖，举止不逊者，尤当加意惩创，以归绳正谦物之方，并饬其父兄不得溺爱自误。
>
> 八旗学生多寡向无定额，官学额定学生六十四人。
>
> 犹恐未立章程，教习无所循法，因将启蒙应读之书，如〈国语十二字头〉，暨《四十条连珠集》《十条七训》《圣谕广训》，均酌篇页难易为定，诵读之期，并余暇日，令其温习，兼记国语数句及成语对带一条，就中

---

① 格琫额《伊江汇览》，第41页。
② 祁韵士《西陲总统事略》卷八"教学篇"，嘉庆十四年刊本，第132页。
③ 钟方《哈密志》卷四五《学校志》，中华民国二十六年禹贡学会边疆丛书铅印本，第124页。

人之资,不过五百日读完。即岁时伏腊,解馆暇隙,亦止二年之间,可遍诵读熟悉矣。若届期诵习未完,则成教习督课之驰,而子弟愚钝之质,亦送回本佐,入于弓房,专习骑射,仍年终考校一次,视其肆业有成,资性明敏者,拨置汉、满、蒙古官学,授以小学、《四书》《书经》《潘氏总论》《六部成语》《八旗则例》诸书,讲习翻译。一日之间,晨起鼓箧,之中习字,傍暮习射,刻晷课程,群无情志焉。①

(二)重视教师的专业知识技能,对教育效果建立严格奖惩制度

1782年,伊犁将军舒赫德奏准考核学校规则,条文规定:每年对学官考核一次,如果功绩卓著,便奖励该官员并记录一次,对优秀的教师还奖赏盐菜银。对于学生则通过考试来确定具体名次,考入前三名的学生奖励相应的纸笔银。如果学生学习不努力或跟不上课程,则会被学校退回。《伊江汇览》对此也进行了详细的记载:

> 满蒙两学教习人员,皆旗中文理优通,兼请蒙古字语者分教之。
> 三十七年,将军舒(赫德)奏明官学教化攸关,每岁一为程校,如果启迪有方,自当予以奖励,将该官员记录一次。教习中系披甲者,于挑升列名,如闲散之人,赏给盐菜银一两五钱。至学生内考入头等者,月给纸笔银三钱,二等者二钱,三等者一钱,以示奖劝。其教习系大甲月给薪费银一两,小甲闲散月给薪费银一两五钱,均于管辅余平项内动支,惠城之官学亦如之。②

(三)开展新疆少数民族教育和涉外人才的培养

清政府不仅在满、蒙、汉八旗军营中设立官办学校,而且也顾及了其他少数民族的营学教育。1769年,锡伯营各佐领均设官学,其规模和形式与满汉蒙各官学相同。除此之外,清政府在管理厄鲁特领队大臣署旁也建立学校,挑选厄鲁特子弟数十人,教授满蒙书字。在其他的索伦营、察哈尔营也都有教授蒙古字语的教师。《伊江汇览》中有以下记载:

---

① 格琫额《伊江汇览》,第41页。
② 格琫额《伊江汇览》,第42页。

故今之子弟醇谨，率教兼善书写，而通蒙古字语者，童而习之，莫非训策鼓励之良法也。至移驻之锡伯，虽务农者多，然向驻盛京，深沐风化，自三十四年领队大臣伊（勒图）振兴教养，各设官学于佐领中，其教习课读之规，尚与满营相耳。他如索伦、察哈尔、厄鲁特皆有教习蒙古字语者，第半系父兄自相传授。初无讲学之法，近于管理厄鲁特营领队大臣署傍，挑取厄鲁特子弟数十人，教以满蒙书字。①

此外，清政府出于维护统治的目的，支持少数民族创办满语学校。早在1791年，维吾尔阿奇木伯克迈默阿布都拉奏准自设满文学校，该校教师由清政府提供，学生选自维吾尔族伯克子弟，教学内容为"礼仪和满语"，即清政府的规章制度和满文满语，这是新疆境内出现的最早的维吾尔族满语学校②。

18世纪末，俄国人涉足我国西北地区，为了满足新疆涉外工作的需要。1792年，伊犁将军保宁奏请朝廷批准在伊犁设立一所俄罗斯学校。学校教员请自京城俄罗斯馆，学生选自伊犁官学子弟，教学内容为俄罗斯文和厄鲁特文，学期为五年，五年期满后将通过考试，成绩优异者将被报请军机处备案③。"第一者准充本处笔帖式，遇缺坐补。"④

三、乾隆时期新疆官办学校制度的意义

（一）稳定八旗将士军心，有效地维护了社会稳定

清朝初年，新疆的各族人民处于准噶尔汗国的统治下。准噶尔贵族奉行"执其酋，收其赋"的政策，在被征服地区推行繁重的苛捐杂税，企图将其变成汗国的物资供应基地。无数的杂税和经常的勒索激化了民族矛盾，加剧了新疆地区的动乱⑤。自乾隆皇帝平定准噶尔后，在伊犁设置伊犁将军，以军府制对新疆进行了有效统治。首任伊犁将军明瑞面对战乱后的新疆社会现状，采取了一系列的政策和措施，在较短的时间内取得了成效，恢复了正常的社会秩序。因此，乾隆朝

---

① 格琫额《伊江汇览》，第42页。
② 马文华《新疆教育史稿》，乌鲁木齐：新疆教育出版社，2006年，第14页。
③ 马文华《新疆教育史稿》，第13页。
④ 祁韵士《西陲总统事略》卷八"教学篇"，第59页。
⑤ 赵海霞《清代新疆民族关系研究》，西北大学博士论文，2011年，第1页。

新疆的社会情况被誉为历史上最好的时期。有史料形容当时的伊犁城内"商民阗阓，民乐田畴。轮蹄懋迁，货殖平准。村落毗接，鸡犬相闻。昔年荒服之区，今悉无殊内地矣"①。1772年，陕甘总督文绶在巴里坤见到的已是"城关内外，烟户铺面，毕栉而居，商贾毕集，晋民尤多"②。乌鲁木齐时为"四达之区，字号店铺，鳞次栉比，市衢宽广，人民辐辏。茶寮酒肆，优伶歌童，工艺技巧之人，无一不备，繁华富庶，甲于关外"③。从今天看，乾隆年间天山北路兴起的这些城镇，不仅繁荣了当地的经济，而且为近代乃至现在新疆北部城市的开拓和发展奠定了重要的基础。而清政府在这一时期内重视官办学校的发展，解决了八旗官军子弟入学教育的问题，稳定了军心，从这一方面讲，官办学校制度对当时社会秩序的恢复和稳定，也起到了积极的作用。

（二）缓和民族关系，培养社会需求的人才

官办学校以及后期其他学校的设立，不仅使满族统治阶层子女能够接受正统的教育，也使蒙、汉、厄鲁特、察哈尔和维吾尔等民族有机会进入学校学习。语言等课程的设置，更加增进了各民族的交流、融合和发展。针对当时满族官兵的满语水平退化的问题，乾隆皇帝认为各城驻扎满洲大臣的一切文移，都应用满文，"若清语不熟，致失满洲体制，必为回子、哈萨克诸部笑"，所以下令"著寄信明瑞，及驻扎各城大臣，黾勉肄习"④。从这里看出，乾隆皇帝当时所说"清语乃满洲根本"⑤，意在强调占统治地位的民族语言的重要性，而其他民族学习满语、汉语等官方交流的语言，参与社会管理，对于本民族的发展是积极有益的。后期俄语学校的设置，也对清政府与俄罗斯的贸易往来、外交谈判等所需翻译人才的培养有着重要意义。官办学校的建立既解决了八旗官兵自身的教育问题，又促进了新疆当时教育事业的发展。

乾隆皇帝是我国历史上一位重要的人物，在统治清朝的60多年里，功勋卓著。由《伊江汇览》记录的乾隆皇帝对于新疆所采取的官办学校制度，是他治理

---

① 此段描述未出现在吴丰培整理本中，此据厉声所著《中俄伊犁交涉》，乌鲁木齐：新疆人民出版社，1995年，第9页。
② 贺长龄、魏源《皇朝经世文编》卷八一《兵政篇》十二《塞防》下，台北：台湾大学出版社，1989年，第66页。
③ 椿园《西域记》卷一，《新疆纪略》上，据清乾隆四十二年刊本影印，台北：成文出版社，1968年，第2页。
④ 《清高宗实录》卷六九八，北京：中华书局，1986年，第204页。
⑤ 《清高宗实录》卷七二七，北京：中华书局，1986年，第241页。

新疆众多措施中的一部分,其目的都是为了维护清政府在新疆的统治地位,从学校的设置、教师的选用和课程的管理都充分反映了这点;而且,少数人群的知识学习仍然无法使得社会具有真正意义上的进步,这也是《伊江汇览》展现给我们西北边疆的实际情形,但这些也都不是我们可以苛求于那个时代的。但是,值得我们借鉴的经验是:这些官办学校的建立,在培养统治阶级自身人才的同时,也培养了一批汉、蒙古、索伦、锡伯和维吾尔等民族的知识分子,对于一个军府制下新型的移民社会的长治久安,这些学校的建立在新疆教育发展的历史上所起到的作用和影响是不可磨灭的。

(本文原载《新疆大学学报》2016年第6期,第87—91页)